S0-BPR-615

Bélisaire

BELISAIRE
par
M. Marmontel
de l'Acad.^e Franç.^e

H. Gravelot Inv.   C. le Vasseur Sculp.

Ecce fpectaculum dignum, ad quod refpiciat
intentus operi fuo Deus: ecce par Deo dignum,
Vir fortis cum mala fortuna compofitus. Senec.

Frontispice de l'édition originale.

5741038   80

Jean-François Marmontel

PQ
2005
B4
1994
main

Bélisaire

édition établie, présentée et annotée par
Robert Granderoute
Paris, Société des Textes Français Modernes 1994

Conformément aux statuts de la Société des Textes Français Modernes, ce volume a été soumis à l'approbation du Comité de lecture, qui a chargé M. François Moureau d'en surveiller la correction en collaboration avec M. Robert Granderoute.

Ouvrage publié avec le concours du C.N.R.S.

ISSN 0768-0821
ISBN 2-86503-233-7
© SOCIÉTÉ DES TEXTES FRANÇAIS MODERNES, 1994.

INTRODUCTION

I – Aperçu biographique

Retracer l'itinéraire de Jean-François Marmontel, c'est, même si l'on ne se fie pas aux seuls *Mémoires* qui, tardivement écrits, composent non sans complaisance un rôle brillant, dessiner la courbe ascendante de la réussite sociale, matérielle, mondaine et littéraire d'un petit provincial de l'Ancien Régime, d'origine modeste, à qui ni l'intelligence ni la volonté ni la ... chance n'ont manqué.

Né le 11 juillet 1723 à Bort-lès-Orgues en Limousin d'un père tailleur d'habits, élevé dans un milieu familial riche d'affection sinon de biens, J.-F. Marmontel manifeste tôt un penchant vif pour l'étude. Si vif que, placé par son père chez un marchand clermontois après une rhétorique interrompue en juin 1738 au collège des jésuites de Mauriac sans doute pour acte d'indiscipline, il quitte l'apprentissage du métier paternel à peine commencé et décide de faire sa philosophie chez les jésuites de Clermont tout en étant répétiteur pour subvenir à ses besoins. Quoi d'étonnant que le jeune homme sans ressources, qui, à la suite de la mort de son père (1740), entend venir en aide à sa famille, soit, au terme de ses deux années de philosophie, tenté par la carrière ecclésiastique ? Mais, tandis qu'après avoir été tonsuré à Limoges le 25 février 1741, il poursuit, à partir d'octobre, son instruction à Toulouse, le voici qui s'adonne au culte des Muses. Lauréat des Jeux Floraux en 1744 et 1745, il finit par renoncer à la voie de l'Église et par tenter celle des lettres, répondant à l'appel de Voltaire avec qui il est en correspondance depuis 1743 (il le restera jusqu'à la mort du philosophe) : « Venez et venez sans inquiétude. M. Orry, à qui j'ai parlé, se charge de votre sort »[1].

Lorsqu'il arrive à Paris en décembre 1745, le contrôleur général des finances est tombé en disgrâce et Marmontel, privé d'emploi, connaît des débuts difficiles. Il tâte du journalisme (*L'Observateur littéraire*, fondé avec Bauvin en 1746, ne va pas au-delà du huitième numéro), continue à écrire des poèmes dont deux sont couronnés par l'Académie française en 1746 et 1747 et, comme tout jeune écrivain de son temps aspirant au laurier d'Apollon, se tourne vers le genre noble de la tragédie. Mais, après deux succès – *Denys le Tyran* (5 février 1748), *Aristomène* (30 avril 1749) –, il se heurte à l'indifférence du public et renonce à la suite de l'échec d'*Egyptus* (1753), conscient, si l'on en croit Morellet[2], de rester « au-dessous des grands modèles ».

Cependant il ne néglige pas l'aspect social et mondain de sa carrière commençante. Il s'introduit dans divers salons et sociétés, fréquente des financiers (La Popelinière, Bouret...), des aristocrates et des intellectuels, gagne des protecteurs et des ...protectrices dont Madame de Pompadour par la faveur de laquelle il est nommé en 1753 secrétaire des bâtiments à Versailles auprès du marquis de Marigny (il le demeurera jusqu'en 1758).

Lié d'amitié avec les éditeurs et auteurs de l'*Encyclopédie*, il s'associe à leurs travaux et rédige jusqu'en 1757 un certain nombre d'articles essentiellement littéraires. A partir de

---

1. *Correspondence and related documents*, éd. Besterman, 1968-1977, D.3257. Dans la suite du développement, nous renvoyons à cette édition en mentionnant entre parenthèses dans le texte même le numéro de la lettre précédé de D.

2. *Mélanges de littérature et de philosophie du XVIIIᵉ siècle*, Paris, 1818, t. I, p. 62.

septembre 1755, il publie dans le *Mercure* des contes qui font sa réputation. De ce *Mercure*, il reçoit le privilège, grâce encore à Madame de Pompadour, le 27 avril 1758. Sous sa direction, le périodique, alors peu estimé, devient véritablement, pour reprendre les termes de l'Avant-Propos d'août 1758, « le rendez-vous des sciences et des arts et le canal de leur commerce ». Mais, soupçonné à tort d'avoir composé la parodie d'une scène de *Cinna* où le duc d'Aumont, premier gentilhomme de la Chambre du Roi, est traité de manière injurieuse (c'est en réalité l'œuvre de Bay de Curys), il est embastillé (28/12/1759 – 7/1/1760) et perd le privilège accordé avec ses avantages financiers.

Nullement découragé, il réunit en 1761 ses contes en volume qui seront réédités, augmentés, traduits en diverses langues et feront l'objet de très nombreuses adaptations théâtrales et musicales. Cependant, rêvant d'être de l'Académie française, il entend s'affirmer dans le domaine de la critique et publie en 1763 la *Poétique française* formée de ses articles de l'*Encyclopédie* : le 23 novembre 1763, il est élu au fauteuil de Bougainville.

Soucieux de consolider et d'étendre sa réputation littéraire, il entreprend et fait paraître son *Bélisaire* (1767) qui, par l'affaire soulevée, lui vaut un renom de dimension européenne. Tandis qu'il commence à rédiger *Les Incas* qui ne seront publiés que dix ans plus tard (1777), il chausse « le brodequin musical »[3] et compose pour Grétry des livrets d'opéras-comiques (*Le Huron, Lucile, Sylvain...*) dont le bon goût enchante Paris.

Nommé historiographe du Roi le 27 mars 1772 à la place de Duclos mort la veille, et auteur, à ce titre, d'une *Histoire de la Régence de Philippe d'Orléans* écrite à partir du manuscrit original des *Mémoires* de Saint-Simon (elle sera publiée en 1805), rédacteur à partir de 1776 de nombreux articles des quatre volumes in-folio des *Suppléments*

---

3. *Journal et Mémoires de Charles Collé*, éd. H. Bonhomme, Paris, 1868, t. I, p. 24, note 1.

de l'*Encyclopédie*, il tente de faire avec le grand opéra ce qu'il a fait avec l'opéra-comique : travaillant de concert avec Piccini, il applique aux œuvres de Quinault (*Armide, Roland, Atys*...) l'« art charmant » qui distingue l'Italie[4], compose une *Didon* jouée avec succès à Fontainebleau, et se trouve mêlé à la querelle musicale où, face à ses adversaires gluckistes qui, tel l'abbé Arnaud, usent sans ménagement de l'injure et du sarcasme, du pamphlet et de l'épigramme, il fait preuve d'une relative modération.

Son élection le 27 novembre 1783, à la grande pluralité des suffrages, au poste de secrétaire perpétuel de l'Académie française, sa nomination en 1785 au poste d'historiographe des Bâtiments, son accession à la chaire d'histoire du Lycée, la publication des *Éléments de littérature* où, reprenant et augmentant sa *Poétique*, il livre le fruit de « trente ans de méditations sur l'art d'écrire et sur les divers genres de compositions »[5] semblent marquer le couronnement de sa carrière littéraire et sociale.

Cependant, depuis le 11 octobre 1777, date à laquelle il a épousé la nièce de son ami l'abbé Morellet, Marie-Adélaïde de Lerein de Montigny, âgée de dix-huit ans seulement, il connaît une autre réussite : celle de la vie familiale, de ses douceurs, de ses charmes et de ses vertus.

A celui qui est ainsi parvenu à se créer un nom et à se tailler une belle et solide place à force d'esprit, d'énergie et de persévérance (ceux qui ne l'aiment pas, les Collé, les Fréron..., parlent d'intrigues et de manèges), la Révolution va porter un coup sensible. Membre de l'Assemblée électorale de Paris en 1789, Marmontel, qui s'est déclaré hostile à la liberté illimitée de la presse, n'est pas élu député aux États généraux et ne tarde pas, devant les excès de toutes sortes auxquels conduit « l'esprit de parti », à se détourner d'une histoire qui se fait dans le désordre et le sang répandu. Au début d'août 1792, il quitte, à l'instigation de sa femme, une

---

4. Morellet, *ouvr. cité*, p. 80.

5. *Ibid.*, p. 77.

maison qu'il possède à Grignon et se réfugie en Normandie. Installé d'abord à Évreux, puis à Abloville près de Gaillon où il achète une chaumière, il passe, sans être inquiété, les temps difficiles de la Terreur, sachant s'adapter à une existence privée d'aisance et d'éclat.

Après avoir composé de 1790 à 1792 de nouveaux *Contes moraux* publiés dans le *Mercure*, il écrit de février 1793 à avril 1797 les *Mémoires d'un père pour servir à l'instruction de ses enfants* qui paraîtront posthumes en 1804. Mentionnons encore, témoignage des soins apportés à l'éducation de ses trois fils, les *Leçons d'un père à ses enfants sur la logique etc.* (1805).

Nommé le 13 octobre 1795 président de l'Assemblée électorale de l'Eure, élu le 12 avril 1797 au Conseil des Anciens dont il devient le secrétaire le 22 juillet, il est, par ses commettants, chargé de solliciter auprès du gouvernement le libre exercice des cultes et écrit à ce propos un *Discours* que le coup d'état du 18 Fructidor l'empêche de prononcer. Son élection ayant été annulée à la suite de ce même coup d'état, il regagne sa retraite champêtre où il meurt dans la nuit du 30 au 31 décembre 1799.

Écrivain, Marmontel s'est exercé, on le voit, dans la plupart des genres, de la tragédie à l'opéra, de la poésie à la critique, du conte à l'histoire et aux mémoires... Cette production variée que marque d'un rayonnement particulier la parution de *Bélisaire* révèle, disons-le d'emblée avec le *Journal des gens du monde*[6], un « littérateur estimable » qui, s'il ne fait pas époque dans son siècle, à l'exemple d'un Voltaire, lui fait cependant honneur.

II – Genèse et Publication

Selon la *Correspondance littéraire* du 1ᵉʳ mars 1767, c'est Diderot qui, « un jour », aurait dit à Marmontel « que, s'il

---

6. N° 54, 3ᵉ livraison de 1784, pp. 362-370.

voulait faire un livre tout à fait agréable et intéressant », il devait écrire « les Soirées de Bélisaire vieux, aveugle et mendiant »[7]. Dans ses *Mémoires*, Marmontel rapporte, lui, qu'il a été frappé par une estampe qu'on lui avait offerte et qui représentait le général de Justinien (il s'agit de l'estampe gravée par Abraham Bosse d'après le tableau de Van Dyck) : « Je m'étonnais », écrit-il, « que les poètes n'eussent rien tiré d'un sujet si moral, si intéressant. Il me prit envie de le traiter moi-même en prose »[8]. En fait, « les poètes » – ceux du siècle précédent – n'ont pas ignoré Bélisaire, mais, il est vrai, sans référence à la légende du général aveugle et mendiant. Rappelons que Desfontaines compose, en 1641, une tragi-comédie où Bélisaire, qui a reçu de Justinien reconnaissant les marques de l'Empire, se trouve en butte à la vengeance de Théodora qui l'a jadis aimé sans retour : faussement accusé par l'Impératrice, il est emprisonné, puis libéré sur l'intervention même de Théodora prise de remords, et justifié ; rétabli dans ses biens et ses honneurs, il épouse la nièce de celle-ci, la princesse Sophie... Deux ans plus tard, Rotrou, dont Marmontel en 1759 « rajeunit »[9] le *Venceslas*, exploite le même thème dans une tragédie avec plus d'intensité dramatique (Théodora décide de se venger elle-même, recourt à la calomnie et, avant Phèdre, finit par avouer mais trop tard sa faute). A son tour, La Calprenède écrit un *Bélisaire*, représenté en 1659 à l'Hôtel de Bourgogne, non imprimé mais loué par Jean Loret dans sa *Muse historique* du 12 juillet, et, comme le rappelle le *Journal encyclopédique*[10] du 1er mars 1768, deux autres *Bélisaire*

---

7. *Correspondance littéraire, philosophique et critique* par Grimm, Diderot, Raynal, Meister, etc., éd. M. Tourneux, Paris, 1877-1882, t. VII, p. 249.

8. *Mémoires de Marmontel*, éd. M. Tourneux, Paris, 1891, t. II, Livre VIII, p. 269.

9. Collé, *ouvr. cité*, t. II, p. 167.

10. T. II, 2e Partie, pp. 107-111.

seront encore joués sur les planches du même Hôtel, l'un en 1678 (c'est l'œuvre de G. de Chantonnière), l'autre en 1681.

Quoi qu'il en soit de ces précédents qu'il ne devait pas ignorer, Marmontel entreprend son ouvrage dans les derniers mois de 1765 alors que, malade, il se croit condamné (il s'imagine atteint par le mal de poitrine qui a emporté plusieurs membres de sa famille). Hanté par la perspective d'une mort prochaine, il rêve d'une gloire plus durable que celle qu'il a connue jusqu'alors et entend composer, en prononçant ses « novissima verba », une œuvre « plus grave » – non dénuée de portée politique – qui « pût », dit-il, « laisser de [lui] traces d'homme ». Lorsque, dans ses *Mémoires*, il rapporte la genèse du livre, il distingue deux temps : celui, d'abord, de l'invention de la fable (arrangement des situations, distribution des scènes...), temps du « pouvoir merveilleux de l'imagination » qui aurait duré trois mois ; celui, ensuite, du travail érudit : « Les chapitres qui demandaient des études étaient les seuls qui me restaient à composer »[11].

Il tente une première lecture auprès de Diderot qui, « très content de la partie morale », l'engage à étendre « la partie politique » jugée « trop rétrécie »[12]. Le 24 mai 1766, il lit un large extrait à l'Académie française à l'occasion de la séance extraordinaire tenue en l'honneur du prince de Brunswick et dont la presse se fait largement l'écho. Le même extrait semble alors avoir été lu, pour leur plus grande satisfaction, par Julie de Lespinasse (« Ce que je viens de lire de vous est plein de sentiment, d'intérêt, de vertu, de sagesse, de raison », écrit-elle à l'auteur) et la marquise de Créqui[13].

---

11. *Mémoires de Marmontel*, t. II, pp. 268-270.

12. *Ibid.*, p. 271.

13. J.-F. Marmontel, *Correspondance*, éd. J. Renwick, Université de Clermond-Ferrand, Centre de Recherches Révolutionnaires et Romantiques, 1974, t. I, Lettres n° 91 et 92. Dans la suite du développement, nous renvoyons à cette édition en mentionnant entre parenthèses dans le cours même du texte le numéro de la lettre.

Le 28 octobre 1766, Marmontel confie à Voltaire : « Mon petit roman de Bélisaire est achevé ». Il ajoute : « Il s'agit à présent de le faire passer, et c'est le plus difficile ; car il contient quelques vérités simples et vieilles comme le monde, mais auxquelles bien des gens ne sont pas encore accoutumés » (n° 95). Ce sentiment des difficultés de la publication a-t-il été accompagné de la clairvoyance, de la finesse et de l'adresse tactiques dont l'auteur se targue dans ses *Mémoires* lorsqu'il rappelle les dispositions prudentes prises du côté de la Cour par l'intermédiaire du comte de Saint-Florentin (il propose de dédier son livre à Louis XV) et du côté du Parlement par l'intermédiaire de l'abbé Terray, membre influent ? Marmontel a-t-il été aussi indifférent qu'il le prétend à l'hostilité prévisible de la Sorbonne (« Ce n'était point là ce qui m'inquiétait »[14]) dont les censures, Morellet le souligne, n'étaient pas alors sans « de fâcheux effets *civils* »[15] ? De toute façon, il lui faut obtenir un privilège. A cette fin, il fait agir la femme de son libraire Merlin auprès de Maupeou, garde des sceaux. Bret, qui a déjà examiné les *Contes moraux*, la *Poétique*…, est nommé censeur, mais il prétend ne pas se prononcer sur ce qui a trait à la théologie. C'est pourquoi l'ouvrage est soumis au sentiment d'un docteur de Sorbonne, lequel refuse l'approbation. « Heureusement », raconte plus tard Marmontel, « j'en trouvai un moins difficile »[16] : c'est l'abbé Genest, professeur au collège Mazarin, qui donne – verbalement – un avis favorable. Ainsi, le 20 novembre, Bret signe l'approbation et le privilège est accordé en date du 10 décembre et registré le 16. Dès le 7 décembre, Marmontel écrit à Voltaire que *Bélisaire* « s'imprime » et il en annonce la parution pour « le commencement de l'année » (n° 98). « J'aurai donc Bélisaire pour mes étrennes », répond Voltaire qui, depuis avril,

14. *Mémoires de Marmontel*, t. II, p. 275.

15. Morellet, *ouvr. cité*, p. 75.

16. *Mémoires de Marmonte*l, t. II, p. 276.

attend avec « impatience » un livre dont le sujet « intéressant, moral, politique » « présente les plus grands tableaux »
(D.13265) et qu'il devine devoir être le « chef-d'œuvre » de
l'auteur (D.13689). En fait, Voltaire attend tout le mois de
janvier et même au-delà et c'est seulement le 16 février
qu'il annonce à Marmontel : « *Bélisaire* arrive » (D.13967).
C'est que l'ouvrage, dont l'impression est seulement achevée
fin janvier si l'on se reporte aux lettres qui accompagnent
l'envoi du volume aux têtes couronnées d'Europe, n'est dif-
fusé qu'au début de février (il est présenté le 3 à l'Académie
Française). Dans une information datée de Paris 9 février,
les *Gazettes d'Utrecht* (Supplément au n° 14 du 17/2/1767)
et de *Leyde* (n°14, 17/2/1767) signalent que Marmontel
« vient de mettre au jour l'Histoire de Bélisaire » (les
Mémoires secrets mentionnent la parution le 13 février).
Les contemporains sont unanimes à reconnaître que l'ouvrage s'est très rapidement répandu dans le public et qu'il a
été lu avec avidité. « L'édition s'en est débitée en fort peu de
jours », écrit Collé[17]. Le 15 avril 1767, la *Correspondance
littéraire* rappelle qu'« en quinze jours de temps, il s'était
répandu dans Paris plus de deux mille exemplaires ». « Mon
livre était enlevé », rapporte Marmontel dans ses *Mémoires*,[18] « la première édition était épuisée, je pressai la
seconde... ». Mais une annonce datée de Paris 20 février et
insérée dans les deux *Gazettes d'Utrecht* et de *Leyde* du 27
signale que les libraires « ont reçu l'ordre de ne plus
débiter » *Bélisaire*. « Parce que », selon la *Gazette
d'Utrecht*, « il s'y trouve quelques phrases favorables au
déisme », « parce que », précise le nouvelliste de *Leyde*,
« l'entretien où il est question de la religion favorise, dit-on,
le *Théisme* ou la *Liberté de penser* ». « Les censeurs qui ont
approuvé ce livre », poursuit-il, « avaient cru que les raisonnements d'un général étaient sans conséquence en matière
de religion »... De leur côté, les *Mémoires* de Bachaumont

---

17. *Journal et Mémoires*, t. III, p. 128.

18. T. II, p. 276.

évoquent, le 21 février, le « tumulte » que soulève *Bélisaire* : c'est sur les « vives représentations » de la Sorbonne que « le livre vient d'être arrêté ». Et l'on parle d'une révocation du privilège, d'un mandement de l'archevêque de Paris et d'une censure publique de la Faculté de Théologie. Est déjà née l'affaire de *Bélisaire*.

III – L'affaire de Bélisaire

Ouverte le livre à peine paru, longue d'une année, la querelle, élevée autour du 15ᵉ chapitre interprété comme une attaque de la religion établie, voit s'affronter les tenants de la tradition et les esprits de progrès. « L'Encyclopédie opposa ses foudres à celles de la Théologie », rappelle Fréron en 1786[19]. En effet, face à la Sorbonne, bastion de la mentalité réactionnaire, se dressent, aux côtés de Marmontel, les philosophes, ses amis, ses « frères » – et Voltaire au premier rang – qui s'engagent de leur plume et qui, dans leurs libelles, malmènent vivement et plaisamment l'adversaire. L'affaire de Bélisaire constitue ainsi un des épisodes marquants du combat philosophique particulièrement intense en cette décennie où se déroulent les affaires Calas et Sirven et, même si, comme l'écrit Voltaire, elle « n'est qu'une farce » en comparaison des deux tragédies languedociennes (D.14018), elle mobilise l'opinion en France et à l'étranger autour des enjeux clés du mouvement des Lumières[20]. En 1767, Bélisaire devient « un cri de ralliement »[21] et Mar-

---

19. *Année littéraire,* 1786, t. VIII, Lettre XIII, p. 294.

20. Selon J. Renwick, il s'agirait du point culminant de la lutte philosophique : voir *Marmontel, Voltaire and the Bélisaire Affair,* Oxford, The Voltaire Foundation, *Studies on Voltaire and the Eighteenth Century,* vol. CXXI, 1974. Pour une histoire détaillée de l'affaire que nous évoquons ici brièvement, nous renvoyons à ce même ouvrage.

21. *Année littéraire, art. cit.*

montel est appelé à rester, selon l'expression du philosophe de Ferney, « le secrétaire de Bélisaire » (D.14047), « l'historiographe de Bélisaire », « le chancelier de Bélisaire » (D.13999).

Je trouve que Marmontel a fait trop d'honneur à cette canaille [sorbonnique] *d'entrer en négociation avec elle*

(D'Alembert à Voltaire, 11 mars 1767, D.14030)

Marmontel s'essaie d'abord, par le biais de lettres, d'entrevues, de conférences, à calmer la tempête soulevée, protestant auprès du syndic de la Faculté, l'abbé Ambroise Riballier, principal du collège Mazarin, qu'il rencontre dès le 17 février à l'instigation de Sartine, lieutenant général de Police, auprès de l'archevêque de Paris, Christophe de Beaumont, de ses intentions pures, de sa bonne foi, de sa docilité à souscrire aux éclaircissements jugés nécessaires grâce à d'éventuelles notes. Le 2 mars, au cours de l'assemblée de la Faculté – « prima mensis » –, huit docteurs députés sont nommés qui se réunissent le 5 mars à Conflans chez l'archevêque animé de dispositions conciliatrices. Au terme de ces premiers pourparlers, il semble qu'il soit possible de « se contenter d'une bonne et suffisante exposition du dogme, pourvu qu'elle fût suivie d'une explication de M. Marmontel qui valut une rétractation »[22]. L'auteur qui attend dans le cabinet même du prélat l'issue de la discussion donne son accord et, dès le lendemain, 6 mars, les députés travaillent au projet. « En attendant, la seconde édition est suspendue et l'enchanteur Merlin [le libraire] est au purgatoire » (n° 113).

Mais l'accommodement tenté n'a finalement pas lieu. Conscient de ne pouvoir attirer à lui l'archevêque contre la Faculté et de courir le risque de voir s'éloigner les philosophes mécontents (« Il aurait dû se tenir paisiblement renfermé [...] sans s'inquiéter des clabauderies de la meute dite

_____

22. *Nouvelles ecclésiastiques*, 19/3/1768, p. 45.

de Sorbonne »[23]), Marmontel fait en sorte que la conciliation achoppe sur l'article – le plus brûlant – de la tolérance civile au sujet duquel lui est demandée une rétractation authentique. Par là même, il retrouve le sens jaloux de son « honneur » et de celui de la philosophie, à la satisfaction de ses amis et de Voltaire notamment qui s'est déjà jeté dans la mêlée. En effet, loin d'être « fâché de l'éclat de *Bélisaire* » (D.13997), le philosophe de Ferney, qui, le 12 mars, recommande à d'Hornoy : « Criez en faveur de Bélisaire, c'est un bon homme, un brave soldat et l'aveugle le plus clairvoyant qu'il y ait au monde » (D.14031), a composé, comme il l'annonce le 21 mars à Damilaville, une « espèce de dialogue entre l'auteur de Bélisaire et un moine » (D.14061), qui « n'est pas long » mais « dit beaucoup » (D.14087) : voici lancée la première « flèche du ridicule » propre à faire « trembler les méchants et les sots » (n° 118), l'*Anecdote sur Bélisaire par l'abbé Mauduit qui prie qu'on ne le nomme pas* où, sur le ton de l'ironie et à la faveur du travestissement, la « maudite et plate engeance est traitée comme elle le mérite » (D.14090).

Lors du *prima mensis* d'avril, est lu l'exposé du dogme suivi des explications que Marmontel donnerait au bas de chaque article. Mais le 6, la Faculté, jugeant insuffisant le plan mis en place (n'a-t-elle pas éprouvé par le passé, avec l'*Esprit des lois*, l'*Histoire naturelle*..., l'inefficacité des explications données en vue de réparer le scandale soulevé ?), se prononce pour une censure raisonnée et détaillée en la forme traditionnelle. Marmontel est désormais promis à un sort comparable à celui de l'abbé de Prades.

> *La Sorbonne vient de faire imprimer 37 propositions extraites du livre de Marmontel et qu'elle se propose de qualifier dans un gros volume qu'elle donnera quand il plaira à Dieu*

> (D'Alembert à Voltaire, 4 mai 1767, D.14161).

---

23. *Correspondance littéraire*, 15/4/1767, t. VII, p. 292.

Comme un « avant-coureur de la censure sorbonnique »[24] propre à préparer l'opinion, paraît, anonyme, un *Examen de Bélisaire*, approuvé le 14 avril par Riballier et annoncé par le *Catalogue hebdomadaire* du 25 avril 1767. Rédigée par François-Marie Coger, régent de rhétorique au collège Mazarin et secrétaire du syndic, divisée en deux parties (Analyse et Jugement), cette critique, louée pour son utilité, sa solidité, sa justesse, son caractère méthodique et réfléchi par les *Mémoires* de Bachaumont (22 avril 1767), les *Mémoires pour l'histoire des sciences et des beaux-arts* (mai 1767), l'*Avant-Coureur* (4 mai 1767), l'*Année littéraire*[25]..., suscite une vive réaction de la part de Marmontel qui, dans une lettre à Riballier (n° 120), s'élève avec indignation contre ce qu'il appelle « un libelle injurieux » et « calomnieux », dénonçant les « mutilations », les « altérations », les « transpositions de passages » opérées de mauvaise foi par celui qui cherche à le faire passer pour « un impie et un séditieux » décidé à « braver l'autel et le trône ».

Cependant, dans le cadre de la préparation directe de la censure, est dressé, selon l'usage, un « Indiculus propositionum » destiné à être imprimé à l'intention des docteurs appelés à réfléchir sur les qualifications des erreurs relevées. Rédigé dans la précipitation en deux chapitres et non en cinq ainsi qu'il avait été prévu, composé de trente-sept propositions livrées sans commentaire (seize sont relatives à la profession de foi, vingt-et-une au plaidoyer sur la tolérance), cet « Indiculus » est désavoué, le 5 mai, par l'assemblée. « Mais », comme l'écrit le rédacteur des *Nouvelles ecclésiastiques*[26], « les patrons de M. Marmontel ne manquèrent point de profiter de cette méprise pour divertir leurs amis aux dépens de la Faculté ». Imprimé par leurs propres soins à partir d'exemplaires que la Faculté avait laissé échapper (*Indiculus propositionum exceptarum ex libro cui*

---

24. *Ibid.*, p. 294.

25. 1768, t. VIII, Lettre XIII.

26. *Art. cit.*, p. 46.

titulus Belisaire, Paris, Merlin, 1767), répandu malgré elle, l'Extrait couvre la Sorbonne d'un nouveau ridicule et jette d'avance sur elle « l'opprobre » (D.14161). Parlant de l'« Indiculum ridiculum », Voltaire estime qu'on ne peut travailler plus « heureusement » à la « justification » et à la « gloire » de Marmontel (D.14191). « L'abbé Mauduit ne nous donnera-t-il pas ses réflexions sur ce prodige d'atrocité et de bêtise ? » demande, le 23 mai, D'Alembert à Voltaire (D.14195). En fait c'est Turgot qui réplique en publiant dans la première quinzaine de juin *Les XXXVII Vérités opposées aux XXXVII Impiétés de Bélisaire par un bachelier ubiquiste* où il s'amuse à retourner les erreurs recensées par la Faculté en présentant en deux colonnes les propositions « censurables » et les contradictoires auxquelles, souligne avec ironie la *Correspondance littéraire* (15/6/1767), « tout bon catholique est obligé de souscrire ». « Le bachelier est malin », ajoute-t-elle, « il paraît orthodoxe et qui plus est de bonne compagnie » ! Cependant, alors que Marmontel, qui non sans raison évite de se compromettre puisque ses amis œuvrent en sa faveur (n'oublions pas la *Seconde Anecdote sur Bélisaire* inspirée d'éléments qu'il a lui-même fournis), s'éloigne de Paris vers la mi-juin – jusqu'au-delà de la mi-septembre – pour accompagner la comtesse de Séran et Madame Filleul, mère de Madame de Marigny, aux eaux d'Aix-la-Chapelle, la Sorbonne mène à terme son projet de censure qui compte quatre chefs sous lesquels sont rangées dix-neuf des trente-sept propositions initiales. Lus dans l'assemblée du 21 mai, les premier et deuxième chefs, dont des copies sont distribuées, sont relus, abrégés et approuvés le 1er juin. Une même procédure est suivie pour les troisième et quatrième chefs, le dernier, qui a trait notamment à la tolérance civile, étant spécialement relu dans l'assemblée du 26 juin au cours de laquelle la Faculté décide que le texte sera traduit en français et imprimé dans les deux langues. Toutefois cinq mois vont s'écouler avant que la Censure, dont la Préface, rédigée par le syndic, est approuvée avec applaudissement le 1er août, ne soit rendue publique[27].

---

27. Voir *ibid.*, p. 48.

*J'étais persuadé, malgré toutes les fluctuations de la
Sorbonne, qu'elle ne nous frustrerait pas de la censure
de Bélisaire*

(*Correspondance littéraire*, 1er février 1768)

Ce retard s'explique en raison des difficultés qu'essuie
l'article de la tolérance de la part des autorités civiles. « La
Cour qui est sur cela dans des principes un peu différents de
ces messieurs », écrit D'Alembert à Voltaire, « et même,
dit-on, le Parlement, tout intolérant qu'il est, leur ont fait
dire qu'ils voulaient voir cet endroit de la censure avant
qu'elle parût » (D.14436). Le Ministère juge en effet dangereuses les assertions sur la nécessité de l'intolérance civile
liée, aux yeux des « sages maîtres », à l'intolérance religieuse en vertu de l'union intime des deux puissances et il
entend faire procéder à d'indispensables corrections. De
mois en mois, journaux et correspondances reviennent sur
l'incertaine parution du décret. Qu'on relise, par exemple,
les lettres de D'Alembert à Voltaire : 14 juillet : « On dit
que la censure de la Sorbonne va enfin paraître »
(D.14274) ; 14 août : « On dit que le belle censure de la
Sorbonne va enfin paraître, et qui plus est, le mandement du
Révérendissime Père en Dieu Christophe de Beaumont »
(D.14367) ; 22 septembre : « Ils ne savent plus comment s'y
prendre pour faire paraître leur censure [...] d'autres prétendent que l'article de la tolérance sera supprimé [...] d'autres disent que la censure ne paraîtra point du tout »
(D.14436)... Le 1er octobre, la *Correspondance littéraire*[28]
note : « Il devient aujourd'hui très problématique que cette
illustre carcasse [il s'agit de « la vieille masure de la Sorbonne »] veuille publier la censure ». De son côté, le
8 octobre, Marmontel qui, trois jours plus tôt, dans une
lettre à Gyllenstolpe, chambellan de la reine de Suède, fait
état de variantes sans cesse reprises (n° 149), déclare à Voltaire : « La Sorbonne ne sait plus, dit-on, où donner de la
tête » (n° 154).

---

28. T. VII, p. 439.

Tandis que l'attente se prolonge et que croît l'embarras des docteurs, la guerre des pamphlets ne se relâche pas. Vers la mi-juillet, est publiée, à titre de « préservatif » (Préface), une « nouvelle édition augmentée » de l'*Examen* qui accentue les accusations précédemment portées. Cette deuxième édition, à la suite de laquelle Marmontel écrit d'Aix une lettre très vive à Riballier (n° 136), où il répond point par point aux « calomnies » et « absurdités » lancées, irrite fort Voltaire. C'est que l'auteur des *Anecdotes*, qui a aussi composé le chapitre 22 de la *Défense de mon oncle* intitulé « Défense d'un général d'armée attaqué par des cuistres » (D'Alembert avoue le 4 août l'avoir lu avec plaisir, D.14333), est ouvertement pris à partie à travers le *Poème sur la Loi naturelle* (1752) et le *Dictionnaire philosophique* (1764). Auprès de ses correspondants habituels, il s'indigne de cette « rage de nuire », de cette « insolence », de ces « impostures », et un échange de lettres a lieu avec Coger. Ce n'est pas lui toutefois qui se trouve l'auteur d'un nouveau pamphlet paru dans les premiers jours de septembre, l'*Honnêteté théologique*. Bien qu'il lui soit évidemment attribué – « à cause du titre », observe-t-il plaisamment, « parce qu'on sait que je suis très honnête avec ces messieurs de la théologie » (D.14506) – et de façon d'autant plus vraisemblable qu'il est suivi d'une de ses missives (Lettre à Marmontel du 7 août), le libelle, emporté sur le mode ironique et que Diderot présente à Sophie Volland comme une « satire d'une gaieté d'enfant, mais d'une méchanceté effroyable »[29], serait, dit-on, de Damilaville – ce Damilaville à qui précisément Voltaire écrit le 11 novembre : « Je ne l'[l'*Honnêteté*]ai pas faite. Il faut que chacun jouisse de sa gloire »[30]. Cependant Voltaire, à qui, le 20 septembre, « ce maroufle de Coger » ose se plaindre des

---

29. *Correspondance*, éd. G. Roth, Paris, 1962, t. VII, p. 176 (Lettre du [11/10/1767]).

30. D.14528. Le philosophe a très vraisemblablement revu la brochure.

injures grossières qui lui sont prodiguées dans l'*Honnêteté* et dans la missive qui la suit, prépare la *Défense de mon maître ou Réponse catégorique au sieur Cogé signée Valentin parlant au nom de son maître* — car, dit-il, c'est avec les valets qu'il faut laisser les pédants se débattre (n° 158) —, mais parce qu'il juge qu'un tel maraud ne vaut pas la plaisanterie, il écarte cette réponse spirituelle où sont stigmatisées l'impudence et l'imposture du secrétaire de Riballier (elle paraîtra, datée du 15 décembre 1767, dans la *Correspondance littéraire* du 15 janvier 1768) et compose la *Lettre de Gérofle à Cogé* que, le 4 octobre, il recommande à Damilaville de faire imprimer chez Merlin et de « faire circuler pour achever d'anéantir ce misérable » (D.14464). Dans le mouvement de cette campagne de discrédit jeté sur l'adversaire, citons encore les *Pièces relatives à Bélisaire*, pièces satiriques, composées de cinq cahiers où sont rassemblées diverses brochures et lettres antérieurement parues et qui, imprimées à Genève, débitées par Merlin et Sallé, distribuées par d'Argental, D'Alembert, Damilaville, Morellet, font à la fin d'octobre l'objet d'un ordre de saisie de Sartine.

Revenu d'Aix, Marmontel, qui, s'absente de nouveau de Paris le 15 octobre, prépare, lui, afin de contrebalancer la future censure, la publication des lettres flatteuses des rois et princes d'Europe dont sa correspondance fait état depuis plusieurs mois. Ces « suffrages » « illustres » et « glorieux », bien propres à le consoler « de toutes les clameurs de l'école » (n° 149), sont imprimés fin novembre et les *Mémoires secrets* (12/12/1767) rapportent la fable imaginée pour ménager la modestie de l'auteur.

Cependant « l'école » finit par lancer sa grande clameur, car, « quand il s'agit de faire une sottise, un corps ne s'y refuse pas, et un corps de théologiens moins qu'un autre »[31]. Le 1ᵉ décembre, les *Mémoires secrets* annoncent : « Enfin la Faculté vient de publier sa censure contre Bélisaire ; elle

---

31. *Correspondance littéraire*, 1/12/1767, t. VII, p. 501.

forme un in-4° français et latin de 231 pages ». Le 4 décembre, un débat se tient en Sorbonne. Dévoué à la Cour, Riballier est chargé de faire passer les corrections imposées par le gouvernement sur la tolérance civile, mais, devant les protestations soulevées, obtient le report de la délibération au mois suivant, tout en faisant état d'une lettre de cachet qui témoigne de l'ordre reçu de mettre fin à toute discussion. L'ouvrage qui devait être mis en vente le 7 est arrêté. « La police fait suspendre encore la publication de cette censure », lit-on dans le *Supplément* de la *Gazette d'Utrecht* du 15 décembre (Paris, 7 décembre), « quoique l'imprimeur en ait pourtant distribué des exemplaires de présent ordinaires ».

Par une information du 21 décembre, cette même *Gazette* (29 décembre) nous apprend qu'il a été permis à la Faculté de répandre sa Censure. « La facétie de la Sorbonne contre *Bélisaire* paraît enfin », écrit à Moultou, le 29 décembre, Voltaire (D.14627) qui, ailleurs, s'égaie aux dépens du solécisme du titre français (*Censure de la Faculté de Théologie de Paris contre le livre qui a pour titre Bélisaire*) et du barbarisme du titre latin (*Determinatio sacrae facultatis Parisiensis in libellum cui titulus Bélisaire*)[32].

Ce n'est pas dire pour autant que la Sorbonne s'apaise. « Fort orageux », le *prima mensis* des 15-18 janvier 1768 s'achève sur l'enregistrement de la lettre de cachet mise en avant le mois précédent, celui du 3 février est l'occasion de la lecture d'une lettre du comte de Saint-Florentin du 24 janvier où le Roi marque son intention qu'il ne soit « plus parlé ni délibéré sur la conclusion de la censure

---

32. « On ne dit pas *censure contre*, mais *censure de* [...] *Determinatio in* est un barbarisme insupportable », *Les Trois Empereurs en Sorbonne par M. l'abbé Caille*, 1768, in *Œuvres complètes*, éd. Moland, t. X, p. 153, note 1. Signalons que la *Determinatio* est annoncée par le *Catalogue hebdomadaire* du 5/12/1767 sous trois formats, in-4° (Latin-Français), in-8° (Latin-Français) et in-12 (tout Français).

du livre de Bélisaire ». Néanmoins, selon les *Mémoires secrets* du 9 février, la Sorbonne « continue à s'occuper de cet objet dans des assemblées particulières », tandis qu'elle ne cache pas son mécontentement à l'encontre du mandement de l'archevêque de Paris qui ne lui semble pas s'être expliqué nettement dans le domaine de la tolérance. Car le mandement finit lui aussi par paraître. Imprimé en 56 pages in-4°, daté du 24 janvier, il est lu le dimanche 31 « aux prônes des messes paroissiales des Églises de la ville, faubourgs et diocèse de Paris »[33] et « affiché dans tous les coins de Paris »[34].

Cependant la double diffusion de la censure et du mandement ne met pas fin à la polémique. Dans le prolongement de la *Lettre à M. Marmontel par un déiste converti* (1767) qui contient une critique du 15e chapitre, plusieurs ouvrages paraissent datés de 1768 et qui viennent en quelque sorte soutenir après coup les docteurs de Sorbonne. Telles les *Pièces relatives à l'Examen de Bélisaire* dues à un abbé du diocèse de Rennes, M. de Legge, et dont le titre fait écho à celui des *Pièces relatives à Bélisaire*. Mais, demande le rédacteur de la *Correspondance littéraire*[35], « comment des pédants plats et malappris se soutiendraient-ils contre l'Hercule de Ferney ? » Il n'empêche que le père François Aubert publie une *Réfutation de Bélisaire et de ses oracles J.J. Rousseau, Voltaire etc.* qu'annonce le *Catalogue hebdomadaire* dès le 19 décembre 1767 et où un curé, porteparole de la doctrine catholique, dialogue avec un vicaire à qui sont prêtés le langage de Bélisaire et celui du Vicaire

---

33. *Mandement portant condamnation d'un livre qui a pour titre Bélisaire, par M. Marmontel de l'Académie Française*, Paris, Merlin, 1767, in *Recueil de Mandements, Lettres et Instructions pastorales de Monseigneur l'Archevêque de Paris depuis 1747 jusques et y compris 1779*, Paris, Simon, 1781, p. 298.

34. *Correspondance littéraire*, 1/2/1768, t. VIII, p. 33.

35. *Ibid.*, 15/1/1768, t. VIII, p. 28. Sur la parution des *Pièces*, voir *Catalogue hebdomadaire*, 26/12/1767.

savoyard et de Voltaire. Mentionné par le *Journal des savants* de juin 1768, le *Journal des beaux-arts et des sciences* du même mois, le *Seizième chapitre de Bélisaire* (« A Constantinople et se trouve à Paris ») se présente sous la forme d'une conversation tenue entre les personnages du livre au sujet de « quelques maximes » relatives à la tolérance : autre réfutation qui prétend souligner la faiblesse des raisonnements du héros qualifié de « sophiste ». De leur côté, les partisans de Marmontel ne désarment pas et la Sorbonne continue à être l'objet de traits sarcastiques. « Chaque jour », signalent les *Mémoires secrets* le 7 février 1768, « ce sont de nouveaux pamphlets où l'on rappelle des anecdotes peu flatteuses pour ce corps ». Ainsi, de Voltaire encore, *La Prophétie de la Sorbonne de l'an 1530 tirée des manuscrits de M. Baluse*, l'*Épître écrite de Constantinople aux Frères*, un de ces « rogatons » destinés à mortifier les cuistres, et aussi, en réponse au *Mandement*, la *Lettre de l'archevêque de Cantorbéri à l'archevêque de Paris*.

Incontestablement, l'affaire de *Bélisaire* correspond à une page très riche de l'histoire mouvementée de la polémique des Lumières. De l'œuvre de Marmontel, ne saurait être dissociée cette constellation de brochures issues de l'horizon philosophique, écrites sur le mode plaisant et propres à toucher l'opinion publique et à discréditer les suppôts de l'intolérance.

IV – Le succès

« On me fit dire seulement de garder le silence », rapporte Marmontel dans ses *Mémoires*[36] lorsqu'il évoque les lendemains de la Censure, « et *Bélisaire* continua de s'imprimer et de se vendre avec privilège du roi ». C'est laisser entendre que la *Censure*, loin de nuire à l'auteur et à l'ouvrage, consacre en fait la victoire du premier sur une Sorbonne

---

36. T. II, p. 321.

partiellement désavouée par le pouvoir et profite largement
au second. « Les plus méchants livres proscrits en devien-
nent plus recherchés », rappellaient à juste titre les
Mémoires secrets du 21 février 1767, et Voltaire n'avait pas
tort lorsque, le 27 février 1767, il écrivait à Damilaville que
Bélisaire attaqué en serait « plus couru et plus goûté »
(D.13997). Liée d'abord à « quelques assertions hardies »
(*Mémoires secrets*, 13/2/1767), la célébrité de *Bélisaire*
s'étend à mesure que l'affaire se développe et se prolonge.
Certains, avec malice, s'empressent de le souligner : sans le
15ᵉ chapitre et le bruit fait autour, l'ouvrage serait peut-être
« tombé dès sa naissance dans l'oubli », écrit, par exemple,
Fréron qui voit dans « la petite fortune » de *Bélisaire* « le
fruit de quelques circonstances » et qui, en 1786, va jusqu'à
suggérer que ce furent « des amis adroits qui machinèrent le
succès » du livre « en faisant soulever la Sorbonne »[37]. Deux
ans auparavant, le *Journal des gens du monde* était enclin à
voir dans l'affaire « une ruse du libraire »...

En même temps qu'il a « de grandes obligations à la Sorbonne »[38] qui éternise ce qu'elle veut proscrire[39], Marmontel
doit à ceux qui ont combattu pour lui, à Voltaire en particulier, le premier sur la brèche et dont les coups d'estoc ont
blessé l'adversaire tout en égayant le public. Il doit également aux Princes du Nord dont les appréciations élogieuses
ont rendu le livre « agréable à la nation »[40].

De ce succès, la presse (si l'on écarte les correspondances
et nouvelles manuscrites, attentives, elles, et riches de
détail : *Correspondance littéraire, Mémoires secrets...*) ne
se fait que l'écho imparfait. Le silence des périodiques
imprimés en France ne surprend pas : l'affaire l'explique

---

37. *Année littéraire*, 1768, t. I, Lettre I, p. 26 et 1786, t. VIII,
Lettre 13, p. 294.

38. *Correspondance littéraire*, 1/10/1767, t. VII, p. 439.

39. *Gazette de Leyde*, 15/12/1767.

40. *Correspondance littéraire*, 1/10/1767, t. VII, p. 439.

suffisamment. Le *Mercure* ne dit mot de *Bélisaire* et l'*Année littéraire* attendra le début de 1768 pour l'analyser. S'il est fait mention du livre de Marmontel, c'est à l'occasion des publications qui alimentent la polémique et notamment à l'occasion de l'*Examen* et de la *Censure*[41]. Les *Nouvelles ecclésiastiques* constituent un cas particulier. Le 27 février 1768, elles annoncent le *Mandement* de l'archevêque de Paris et saisissent l'occasion pour retracer dans des livraisons successives (5, 12, 19, 26/3, 4, 18/4, 9/5) l'histoire de la querelle ; c'est qu'elles croient déceler dans *Bélisaire* les conséquences extrêmes auxquelles conduit le molinisme honni dont le *Mandement* ne leur paraît pas du reste exempt.

Quant aux journaux français publiés à l'étranger, ils se révèlent moins discrets que la presse française « officielle ». Nous l'avons vu, les *Gazettes d'Utrecht* et *de Leyde* – et l'on pourrait ajouter le *Courrier du Bas-Rhin*, le *Courrier d'Avignon* – suivent les phases de l'affaire et procèdent à des comptes rendus réguliers. Éditée à La Haye, la *Bibliothèque des sciences et des beaux-arts* entonne, pour sa part, un éloge vibrant :

« Cet admirable ouvrage, l'un des meilleurs qui aient paru dans ce siècle, a sans doute été lu ou relu par tous nos lecteurs. Ce serait donc la chose du monde la plus superflue que d'en donner un extrait. Nous n'en faisons mention ici que pour joindre nos applaudissements à ceux du public et pour rendre hommage à l'excellent auteur qui a développé dans ce livre immortel toute la beauté de son génie et toute la noblesse de son âme »[42].

Prudent, le *Journal encyclopédique* déclare, lui, le 15 mars 1768, avoir cru devoir s'interdire tout jugement sur l'ouvrage de Marmontel (c'est pourquoi il ne parlera pas non

---

41. Voir *Suite de la Clé* (janvier 1768, pp. 24-30), *Journal des beaux-arts et des sciences* (février 1768, pp. 380-381), *Journal des savants* (mars 1768, p. 202)...

42. T. XXII, 1ʳᵉ Partie, janvier-mars 1767, p. 260.

plus de ses critiques). Il ajoute simplement : « Nous avons souvent regretté que ce 15ᵉ chapitre, qui pouvait être supprimé sans déranger l'économie du reste de ce roman philosophique, ait attiré à cet ouvrage utile et agréable des désagréments... ».

Quoi qu'il en soit, éditions et traductions attestent le grand rayonnement du livre. « Il en a été fait une multitude d'éditions », rappelle Desessarts à la fin du siècle[43]. En France comme à l'étranger. Au fil des informations données par la presse, on apprend que trois éditions sont faites presque en même temps en 1767 à Amsterdam, qu'une édition à bon marché paraît à Yverdon[44] ...*Bélisaire* est réimprimé à Liège (Bassompierre en est à la troisième édition quand Marmontel revient d'Aix-la-Chapelle), à Vienne... Il n'est évidemment pas possible d'évaluer le nombre d'exemplaires ainsi parus. Dans son *Éloge*, Morellet parle de vingt mille répandus dans toute l'Europe avant la diffusion de la *Censure*. De toute façon, le retentissement international est tel que *Bélisaire* sera lu jusqu'en Amérique dans ses deux versions française et anglaise (n° 169). Car le livre est traduit en anglais[45] comme dans les diverses langues : allemande (1767), russe (Catherine II participe au travail de traduction)[46], italienne (1768), suédoise (Stockholm,

---

43. *Supplément à la Bibliothèque d'un homme de goût*, Paris, An VII, t. IV, p. 9.

44. *Bibliothèque des sciences et des beaux-arts, art. cit.* et 2ᵉ Partie, p. 455.

45. *Belisarius*, London, P. Vaillant, 1767 ; the second edition, P. Vaillant, Robinson & Co., 1767 ; the third edition, *ibid.*, 1767 (la Préface du traducteur, 1ʳᵉ éd., est datée du 2 mars 1767) ; Edinburgh, Kincaid & J. Bell & W. Gordon, 1767. Vaillant donnera de nouvelles éditions en 1768, 1773... tandis que d'autres traductions seront faites sous diverses adresses de Londres jusqu'en 1800 et au-delà.

46. Voir Lettres n° 121, 126, 143, 163, 166, 168.

L.L. Grefing, 1768), hongroise[47]... – les traductions pouvant faire elles-mêmes l'objet d'éditions successives. En juillet 1781, dans une lettre à Beaumarchais (n° 264), Marmontel pourra non sans raison s'enorgueillir du fait que *Bélisaire* « est traduit dans toutes les langues ».

Un autre témoignage du succès est fourni par la parodie. Dès 1767, l'avocat Jean-Henri Marchand, connu pour ses productions critiques et facétieuses, publie, sous l'adresse d'Amsterdam, *Hylaire par un métaphysicien*. Selon les lois du travestissement, les lieux sont transposés (nous sommes en France), les temps (c'est l'époque des guerres de Louis XIV) et les personnages : Hylaire (chaque nom est un écho sonore du nom correspondant chez Marmontel) est un vieux sergent borgne, accusé de contrebande de tabac et jeté en prison où il perd son autre œil, Grandvaurien est le capitaine général des commis aux barrières... Aux nobles maximes de *Bélisaire*, le parodiste, qui observe fidèlement le mouvement du livre dans ses seize chapitres, entend substituer une « instruction moins élevée » (le problème du gouvernement d'un état laisse place à celui du gouvernement domestique et le bon roi le cède au bon maître de maison), à l'« élégance du style » un « style vulgaire ». Au seuil de l'ouvrage, Marchand déclare : « Je m'amuse ». S'il y a quelques formules heureuses dans la transposition (la noblesse est « un prêt qu'on vous fait sur le crédit de vos grands pères, en attendant que vous puissiez payer vousmême ; mais souvent [...] le débiteur fait banqueroute »[48]), si le caractère « discoureur » de Bélisaire peut être, comme dans le chapitre IX, prétexte à rire, l'ensemble n'est pas

---

47. *Bélisaire* est traduit en latin avant de l'être en hongrois. Le 15ᵉ chapitre a, pour des raisons religieuses, posé problème aux traducteurs des pays d'Europe centrale... *Bélisaire* sera traduit aussi en grec vulgaire (Vienne, 1783).

48. Pp. 92-93. Notons que le problème religieux est écarté aussitôt qu'il est abordé, Hylaire ne voulant pas avoir querelle avec missionnaires et curé !

dénué de platitude. Mais, comme le remarque l'auteur dans sa Préface, la parodie, loin d'être une dégradation, est « un hommage », elle est l'une des étapes indispensables du cycle des traverses qui attendent « les plus rares productions » lesquelles sont « toujours critiquées, attaquées, suspendues et travesties ».

V – Le genre

Sous la plume des contemporains, le terme de conte court volontiers pour désigner *Bélisaire*. Nouveau conte de l'auteur des *Contes moraux*, c'est ainsi que Madame Geoffrin présente le livre à son royal correspondant polonais le 7 février 1767[49]. Cependant l'ouvrage est aussi appelé roman et il arrive que le qualificatif « moral » alterne avec le qualificatif « politique » ou « philosophique ». La diversité des désignations, qui n'est pas sans rappeler les variations des titres des recueils de récits voltairiens, n'étonne pas à une époque où les frontières entre les deux modes de narration ne sont pas rigoureusement dessinées, sinon sur le plan de la longueur, conte et brièveté allant de pair. Il en est pourtant qui hésitent à parler proprement de roman ou de conte, tel le rédacteur de la *Correspondance littéraire*[50] pour qui *Bélisaire* n'est qu'« une espèce de roman ou conte », tel encore Collé qui va jusqu'à affirmer : « On ne sait quel nom donner à ce livre qui n'est ni chair ni poisson »[51].

Sans doute peut-on placer *Bélisaire* dans le prolongement des contes antérieurs. Des éléments caractéristiques du « genre » jusque-là pratiqué s'y retrouvent : resserrement du cadre, scènes dialoguées, correspondance d'épisodes, suffi-

---

49. *Correspondance inédite de Stanislas-Auguste Poniatowski et de Madame Geoffrin*, éd. de Mouÿ, Paris, 1875, Lettre LIV, p. 273.

50. T. VII, 1/3/1767, p. 249.

51. *Journal et Mémoires*, t. III, p. 127.

sante unité, riche moralité et même sentimentalité... Mais *Bélisaire* ne répond guère à « l'intérêt du conte » qui, selon les *Éléments de littérature*[52], réside dans un trait final ou dans « le nœud et le dénouement d'une action comique ». D'autre part, le livre ne se développe pas autour des thèmes de l'amour et de la galanterie qui constituent l'objet essentiel des contes précédents, même si ceux-ci ne sont pas dénués de portée sociale et peuvent à l'occasion (qu'on songe à *L'Amitié à l'épreuve*, au *Misanthrope corrigé*...) effleurer les problèmes de la cité et laisser deviner un mouvement vers l'expression d'un idéal politique, voire religieux.

C'est pourquoi nous serions plutôt tenté d'inscrire ce que Marmontel se contente d'appeler au début de sa Préface un « petit ouvrage » dans la lignée des œuvres qui, à travers le siècle, dérivent du *Télémaque* et retrouvent, pour les accentuer, les antinomies du modèle : les réticences de Grimm ou de Collé s'expliquent mieux alors. *Bélisaire* semble bien en effet relever de cette forme de récit pédagogique qu'en 1762 a encore illustré l'*Émile* et l'on pourrait dire avec Marie-Joseph Chénier que l'ouvrage de Marmontel, « sans égaler à beaucoup près » les deux « chefs-d'œuvre » de Fénelon et de Rousseau, « les suit du moins avec honneur »[53].

Il est significatif que celui qui confie au sujet de *Télémaque* : « C'est de tous les livres celui que j'aimerais le mieux avoir donné au monde ; celui de tous que je serais, je ne dis pas le plus glorieux, mais le plus content d'avoir fait »[54] invoque, au seuil de son développement, par le biais du projet de la dédicace à Louis XV, l'exemple du précepteur du père du monarque et ne cache pas que, tracé par la main d'un Fénelon, le tableau qu'il a seulement esquissé serait « digne des regards du meilleur des rois ». Il est non

---

52. T. I, Paris, Didot, 1856, p. 335 (article « Conte »).

53. *Tableau historique de l'état et des progrès de la littérature française depuis 1789*, 3ᵉ éd.., Paris, 1818, ch. 2, p. 76.

54. *Essai sur les romans considérés du côté moral*, in *Œuvres complètes de Marmontel*, nouvelle éd., Paris, 1819, t. X, p. 347.

moins significatif que *Bélisaire* soit, par les lecteurs et les critiques du temps, rapproché des *Aventures de Télémaque*. Dès le 13 février 1767, les *Mémoires secrets* suggèrent la comparaison, se hâtant d'ailleurs d'ajouter que le nouveau livre « ne peut être que très médiocre » par rapport à l'œuvre fénelonienne. Dans le cadre de la polémique, la comparaison ne cesse d'être reprise par les adversaires de Marmontel à des fins de dénigrement. Coger, qui consacre plusieurs pages à souligner les ressemblances des deux ouvrages, déclare que c'est « l'adulation » qui a « osé mettre en parallèle » *Bélisaire* et le *Télémaque*, ce livre immortel « dicté par la sagesse » et composé « par la main des grâces »[55]. Dans son compte rendu de l'*Examen*, Fréron, poussant l'attaque, feint de penser que Coger se trompe dans le rapprochement : « Je ne crois pas qu'il y ait en France quelqu'un d'assez dépourvu de sens, d'esprit et de goût pour s'être avisé de faire un si ridicule parallèle. C'est probablement une supposition imaginée par l'Examinateur »[56]. A sa manière incisive, Piron exploite cette prétendue supposition dans l'épigramme où il vise à la fois l'auteur de *Bélisaire* et celui d'*Hylaire* :

> L'un croit que par son Bélisaire
> Télémaque est anéanti.
> L'autre prétend que son Hilaire
> Vaut un Virgile travesti.
> Voilà l'Hélicon bien loti...[57]

Par-delà ces réactions indignées et scandalisées qu'inspire l'esprit partisan et que prolongera un Sabatier de Castres dans ses *Trois Siècles de la littérature française*[58], il reste

---

55. *Examen de Bélisaire*, Paris, 1767, pp. 32-36.

56. *Année littéraire*, 1768, t. VIII, Lettre 13, p. 292.

57. Épigramme rapportée notamment par les *Mémoires secrets* du 4/10/1767.

58. La Haye, 1779, t. III, p. 49 : la comparaison outrage « la raison et la gloire de la nation française ».

que *Bélisaire* a été effectivement rapproché de *Télémaque*, et cela non sans raison. Désireux de composer une œuvre « grave » en proférant ses « dernières paroles », Marmontel a pu penser au précédent fénelonien... De toute façon, *Bélisaire* répond à un dessein comparable à celui du *Télémaque*. Fénelon veut préparer son disciple princier aux devoirs d'un futur roi. Bien qu'il ne soit pas précepteur du Dauphin, Marmontel a néanmoins pour but de former un jeune Prince dans l'art de gouverner. N'exprime-t-il pas, dans sa Dédicace, le vœu de voir au moins une des idées répandues dans le livre être utile à « quelque jeune prince » ? A la reine Ulrique de Suède, il précise qu'il a écrit « pour les enfants que le ciel destine » à « l'emploi sublime » de régner (tel le Prince de Suède que son âge et sa situation mettent en état de profiter des leçons de l'ouvrage) et non pour les rois expérimentés (n° 107 et 129), quoique, comme l'avance J. Renwick, il ait pu rêver de devenir à la faveur de *Bélisaire* le conseiller de Louis XV... Réalité vécue par Fénelon, simple éventualité pour Marmontel, la relation pédagogique est au cœur de chacune des deux œuvres : le jeune Tibère, pour qui le monde est nouveau, est appelé à recueillir les « fruits » de l'enseignement de Bélisaire, son maître, et l'ouvrage, à l'instar du *Télémaque*, se présente comme l'école des souverains. Des correspondances s'établissent entre le héros et Mentor, Tibère et Télémaque – le couple pédagogique fondamental – et aussi entre Justinien et Idoménée, voire entre Eudoxe et Antiope. Par ailleurs, *Bélisaire*, après *Télémaque*, s'inscrit dans le monde de l'antiquité caractéristique du monde scolaire. Fénelon nous reporte aux temps légendaires et compose à partir du poème homérique étudié dans les classes. Marmontel, lui, se réfère aux temps historiques (VIᵉ siècle après Jésus-Christ) et met en scène le célèbre général de Justinien dont le nom est, ainsi que le remarque justement la *Correspondance littéraire* du 1ᵉʳ mars 1767, « consacré dans nos écoles à retracer à la jeunesse les vicissitudes de la bonne et de la mauvaise fortune ». Finalité reconnue, structure dessinée, univers choisi : bien des traits incitent à découvrir dans *Bélisaire* un

« Télémaque en petit », pour reprendre, sans intention péjorative, l'expression de l'*Examen*. Il n'est pas jusqu'à la floraison d'ouvrages critiques qui ne vienne soutenir le rapprochement. On se souvient de la *Télémacomanie* (1700) et de la *Critique générale des Aventures de Télémaque* (1700) : Voltaire observe à bon droit que Marmontel « a trouvé son Faydit et son Gueudeville dans le régent de collège Coger et dans Riballier »[59].

Bélisaire tend ainsi à rejoindre les précédentes imitations de *Télémaque*, tel le *Sethos* (1731) auquel renvoie précisément Fréron dans son article de 1768 ou encore le *Cyrus* (1728) qu'avec le roman de Terrasson Collé a cru bon de relire à l'occasion du livre de 1767[60]. On ne s'étonne pas dès lors que Marmontel se heurte aux difficultés que les imitateurs antérieurs de Fénelon ont héritées de leur source et qu'ils n'ont guère su résoudre. A son tour, l'auteur de *Bélisaire* tente de concilier plus ou moins heureusement histoire et fiction, romanesque et didactisme, prose et poésie.

1) *Histoire et fiction*

Dans les *Aventures de Télémaque*, Fénelon met à profit son immense culture gréco-latine pour composer un tableau de l'antiquité légendaire. Choisissant une époque historique plus proche, Ramsay peint la Perse du VIᵉ siècle avant Jésus-Christ et puise à des sources érudites comme le fait Terrasson lorsque, remontant dans le temps, il représente l'ancienne Égypte du siècle antérieur à celui de la guerre de Troie. A leur exemple, Marmontel ne quitte ni l'histoire ancienne ni le monde oriental : après la Grèce, la Perse, l'Égypte, voici Rome ou, plus précisément, l'empire romain byzantin au déclin du règne de Justinien. Si, dès les pre-

---

59. *Lettre de Gérofle à Coger* in J. Renwick, *Marmontel, Voltaire and the Bélisaire Affair*, Appendice Fii, p. 369.

60. *Journal et Mémoires*, t. III, p. 321. Collé ne cache pas son ennui : « Au diable Cyrus et Sethos / Et le moderne Bélisaire. »

mières lignes de sa Préface, l'auteur reconnaît le caractère apocryphe de l'image de Bélisaire « aveugle et mendiant », il s'empresse, aussitôt après, de faire état de sa fidélité à l'histoire « sur tout le reste » – « à peu de choses près », ajoute-t-il prudemment. Et il mentionne sa source, considérée de nos jours encore comme un élément essentiel d'information : le récit des guerres des Vandales et des Goths rédigé par Procope et continué par Agathias. A cette source principale qu'il aborde dans sa version latine, faute de savoir le grec, Marmontel, qui nie l'authenticité d'un autre ouvrage de Procope, les *Anecdotes*, dont est aujourd'hui reconnue la valeur historique, joint la connaissance de nombreux textes anciens ainsi que l'attestent les notes qui, comme dans le *Cyrus* ou le *Sethos*, ponctuent le développement : histoires (Salluste, Tacite, Aurelius Victor, Diogène Laërce, Sidoine Apollinaire, Denys d'Halicarnasse, Zosime...), œuvres morales (Plutarque) et philosophiques (Cicéron, Sénèque, Marc-Aurèle...) et jusqu'aux recueils législatifs et jurisprudentiels : *Codes* de Théodose et de Justinien, *Pandectes*, *Novelles*. Marmontel profite aussi d'ouvrages modernes et contemporains : *De tributis ac vectigalibus populi romani Liber* (1612) de J.-C. Boulanger, les *Considérations sur les causes de la grandeur des Romains et de leur décadence* (1734), le *Traité de l'origine du gouvernement français* (1765) de J.-J. Garnier... Bref, *Bélisaire* repose sur une information qui le distingue des *Contes moraux* dont certains se situent dans un cadre antique ouvertement dénué de vérité historique (*Alcibiade, Lausus et Lydie, Les Mariages samnites...*).

« La première chose qu'on est en droit d'exiger », observe la *Correspondance littéraire*, le 1er mars 1767, « c'est une connaissance parfaite de l'esprit du siècle de Bélisaire, de l'état de l'Empire romain sous le règne de Justinien, de l'état des forces et des finances, du caractère de ce règne, de la tournure des esprits, de la philosophie, des arts et des sciences de ce siècle ». Or, de ce « tableau des mœurs d'un siècle », le rédacteur prétend ne pas découvrir « la plus légère esquisse ». Il est vrai que Marmontel, dont l'ouvrage est bref, est loin d'atteindre à la réussite de Fénelon qui parvient admirablement à restituer, au fil des nombreux épisodes de son ample narration, le monde entier de la fable antique. Mais, par le jeu d'allusions dispersées, une fresque s'ébauche dans *Bélisaire* des dernières années du règne de Justinien (insécurité de l'Empire, intrigues de la Cour, affaiblissement du pouvoir, désordres et injustices multipliés...) et aussi, à travers l'itinéraire rappelé du héros, des trente premières années plus brillantes au cours desquelles fut tentée la reconstitution de l'Empire abattu depuis un demi-siècle. L'auteur de *Bélisaire* dresse une toile de fond sur laquelle s'inscrivent, dans leur exactitude historique, comme le prouvent nos notes, maints événements, détails et circonstances.

Pourtant toute infidélité à l'histoire n'est pas exclue. Il suffit de considérer la manière dont les personnages historiques, Justinien et Bélisaire notamment, sont représentés et leurs caractères altérés. D'un Empereur qui présida à tant de conquêtes et de négociations et qui eut tant d'affaires à administrer et régler, Marmontel fait un prince faible, désorienté, inexpérimenté pour ainsi dire. D'un Empereur attaché à la foi catholique et qui poursuivit et persécuta les athées et les hérétiques, il fait un prince sensible à la tolérance que prône un interlocuteur qui ne semble pas d'une parfaite orthodoxie ! Bélisaire n'est pas moins transformé. L'histoire garde le souvenir d'un soldat avant tout et aussi celui d'un mari faible et trompé. Marmontel tait les rapports conjugaux tumultueux, les galanteries éhontées de la femme et les lâchetés de l'époux indulgent, et tend à faire croire, autour de la figure d'Eudoxe la fille, à l'existence d'une famille tendrement unie. D'autre part, ce général qui semble bien être resté à l'écart de la politique et dont on ignore en tout cas les opinions politiques, il le peint comme un esprit versé dans toutes les parties de l'administration et du gouvernement. Plus, il l'engage dans des discussions religieuses et lui attribue des propos qui ne sont pas exactement conformes aux sentiments dont le Bélisaire historique passait pour être convaincu. Au fond, comme Coger le remarque, le héros du livre parle de tout sauf du seul art où le vrai Bélisaire était devenu maître : l'art militaire... ! Se réservant certaines libertés, Marmontel recrée donc et recompose, estompant volontairement les défauts, les faiblesses, les fautes et les erreurs de l'homme public et privé. Souvenons-nous de Voltaire : « J'ai quelque pente à croire que Bélisaire fut très ambitieux, grand pillard et quelquefois cruel, courtisan tantôt adroit et tantôt maladroit »[61]. Sous le pinceau de Marmontel, Bélisaire s'auréole d'une belle couronne de vertus qui brillent d'autant plus que Justinien, face à lui, paraît terne et comme avili. Ferme et courageux dans l'infortune, loyal, intègre, désintéressé, Bélisaire se montre profondément humain, sensible, généreux, prêt à pardonner à ceux-là même qui lui ont fait le plus de mal. Peut-être, dans ce mouvement de reconstruction et d'embellissement, le souvenir de Mentor a-t-il joué. Car Bélisaire, selon le type récurrent du maître du récit d'éducation, s'impose par l'âge, l'expérience, la maîtrise de soi, la puissance de la réflexion, la force de la sagesse et la richesse du cœur. Sa « belle âme », sa « grande âme » lui confère une noblesse majestueuse qui le rapproche du maître fénelonien, mais qui l'éloigne de la réalité historique. Ainsi, tout en étant issu de l'histoire, Bélisaire, sur qui d'ailleurs Marmontel comptait pour assurer le succès de son livre, accède, magnifié, au monde des héros à la faveur duquel il peut revêtir, par-delà la portée de la légende populaire, diverses significations symboliques chères à l'auteur. Marmontel rejoint les Fénelon, les Ramsay, les Terrasson... chez qui la mythologie ou l'histoire, s'accommodant d'une part de fiction, servent à figurer certaines options de l'écrivain, non parfois sans quelque discordance anachronique – reproche qui a pu être précisément adressé à *Bélisaire*. En même temps, Marmontel ne paraît pas s'éloigner de la conception du roman politique qu'analyse l'*Essai sur les romans* et selon laquelle la fiction peut s'allier et s'entremêler à l'histoire « pour l'épu-

---

61. *Défense de mon oncle*, in *Œuvres complètes*, t. XXVI, p. 429.

rer, l'embellir [...] et la rendre encore plus instructive et plus morale ». *Bélisaire* se rapproche de la *Cyropédie*, l'exemple avancé du roman politique enraciné dans l'histoire (le *Télémaque* étant le modèle du roman enraciné dans la fable) et où tout est fondé sur le caractère du personnage et « ajusté » au dessein de donner « de grandes leçons »[62].

2) *Roman et didactisme*

En s'ouvrant « in medias res », en procédant, au chapitre 5, à un mouvement rétrospectif, le « roman » de *Bélisaire* semble se souvenir de la composition du grand roman baroque ; et, bien qu'il ne s'intitule ni Aventures, comme *Télémaque*, ni Voyages, comme *Cyrus*, il présente des incidents et des situations caractéristiques. Rencontres et reconnaissances, attaques, captures et délivrances, disparition brutale, mariage final... : Marmontel n'hésite pas à puiser dans l'arsenal traditionnel au prix d'inévitables invraisemblances. Que de coïncidences merveilleuses emportent en effet le récit ! Bélisaire se trouve précisément reçu par l'ancien roi des Vandales ; pris par un détachement bulgare, il est précisément conduit au château de son ennemi personnel... Et comment se peut-il qu'il soit accueilli par des courtisans de Justinien sans être reconnu ? que Gelimer n'identifie pas son hôte et en vienne à parler de Bélisaire à Bélisaire lui-même ?... Dans son article de 1786, Fréron rappelle que « les gens de goût », en 1767, « ne concevaient pas comment cet illustre aveugle n'avait pas donné avis à sa famille de sa sortie de prison et n'avait qu'un enfant pour le conduire ; comment sa femme pouvait n'être pas instruite et de sa délivrance et du prix cruel qu'on y avait mis ». « Ils ne concevaient rien non plus », ajoute-t-il, « aux incidents peu vraisemblables qui troublent la marche obscure de ce vieillard, ni à son imprudence qui lui fait si souvent décliner son nom malgré toute l'envie qu'il a de n'être pas

---

62. *Essai sur les romans, éd. cit.*, pp. 346-349.

connu »[63]. Facile et forcée paraît la mort d'Antonine, l'épouse de Bélisaire, dont la présence eût été gênante lors des visites ultérieures de Justinien, artificielle paraît l'intrigue qui, au dénouement, conduit à l'union de Tibère et d'Eudoxe, faible, l'invention de l'incognito qui fonde les rencontres de Bélisaire et de Justinien et laisse supposer que le général ne reconnaît pas une voix qui doit pourtant lui être familière. A moins que l'on n'imagine, selon la suggestion ironique de la *Correspondance littéraire* (1/3/1767), que Justinien contrefasse sa voix ! Et Anselme et Eudoxe sont-ils eux-mêmes aveugles pour ne pas identifier l'Empereur ?

Marquée d'invraisemblance, la fiction n'échappe pas à une certaine monotonie. Marmontel tend à mettre en œuvre les mêmes ressorts. Les premiers chapitres se déroulent selon le mouvement identique d'une rencontre, d'une offre d'hospitalité et d'une scène de reconnaissance. Aux chapitres 3 et 16, les mêmes incidents sont repris : incursion des Barbares, enlèvement, incognito... *Bélisaire* pèche par un défaut d'invention. Pauvre, le romanesque reste conventionnel et parfois même renvoie à des sources reconnaissables. Ironisant sur la « copie du disciple » et les « larcins faits au maître », Fréron décèle à juste titre dans la rencontre de Bélisaire et de Gelimer un souvenir du chapitre des six rois de *Candide*, dans la « bêche » de Gelimer un souvenir du chapitre 30[64]... Ajoutons que les péripéties dramatiques se trouvent resserrées dans l'espace des six premiers chapitres. Il faut attendre le chapitre 16 – et dernier – pour voir resurgir le mouvement de l'action qui se clôt alors aussitôt. Dans l'intervalle, se développent les conversations de Bélisaire avec Justinien et Tibère. C'est dire que Marmontel épuise vite l'intérêt romanesque pour se livrer à ce que certains analyseront comme une sorte de remplissage, de hors-d'œuvre. Devant un ouvrage jugé mal lié, mal suivi, « mal ourdi », Fréron n'hésite pas à crier au « monstre d'Horace »...

---

63. *Année littéraire, art. cit.*

64. *Ibid.*, 1768, t. I, Lettre I, p. 8.

En fait, Marmontel rencontre un obstacle qu'ont connu avant lui les Ramsay et Terrasson et que n'a pas ignoré Fénelon lui-même : la difficile conciliation du romanesque et du didactique. Il est certes facile d'opposer avec Coger à la maigre invention de Marmontel la richesse d'imagination dont Fénelon aurait fait preuve s'il avait composé l'ouvrage. Mais, ne l'oublions pas, le *Télémaque* n'échappe pas à toute tension entre action et parole et il arrive que celle-ci l'emporte sur celle-là. Mentor parle et beaucoup et parfois même à contretemps, et l'on a tôt reproché à Fénelon la surabondance du verbe magistral, source d'un ralentissement de l'action. La faiblesse romanesque de *Bélisaire* tient au fait que la parole domine le corps central du livre, qu'à partir du chapitre 7 les mots se substituent aux choses et que l'ordre dramatique laisse place à l'ordre discursif et réflexif, même si le courant de sensibilité, si présent initialement (reconnaissances, retrouvailles, adieux… ne vont pas sans leur lot d'émois, de larmes et de soupirs) se prolonge en ce temps avec les déchirements de douleur et de désespoir, les frémissements de honte et d'humiliation, les morsures du remords qui pénètrent et accablent l'Empereur. Plus que *Bélisaire*, l'ouvrage pourrait s'intituler les « Entretiens de Bélisaire », à l'exemple de l'ouvrage de l'abbé de Mably, les *Entretiens de Phocion* (1763), où l'on voit, dans une Grèce affaiblie par la corruption et inquiète devant l'ambition de Philippe, Phocion donner des leçons de morale et de politique au jeune Aristias né pour aimer la vérité et la vertu, mais gâté par l'esprit des sophistes. Ici et là, c'est la même forme retenue de l'échange, de la conversation – l'une des modalités du *Télémaque* que les imitateurs ont exploitée de façon privilégiée sinon exclusive.

Faut-il aller plus loin et reconnaître que l'échange, dans *Bélisaire*, tend à le céder à la dissertation du maître ? « Notre ami Marmontel », écrit Diderot à Falconet, « disserte sans fin et il ne sait ce que c'est que causer »[65]. Les cri-

---

65. *Correspondance, éd. cit.*, t. VII, Lettre 442, p. 57. Même observation dans la *Correspondance littéraire*.

tiques de 1767 n'ont pas eu grand peine à se gausser des deux interlocuteurs du héros. Humble et timide disciple de son général, prêt à adopter docilement ses vues et ses raisonnements, Justinien, différent d'Idoménée capable d'appliquer les conseils de Mentor, « écoute », pour reprendre les termes de Collé, « avec toute l'attention d'un imbécile sans rien objecter, sans rien discuter, excepté dans le chapitre du luxe où ce *Cha-Bahan* est assez hardi pour faire quelques objections »[66]. A ses côtés, Tibère joue le personnage d'un écolier plutôt niais peu en accord avec le caractère d'un jeune militaire impatient de gloire. Comment, à ce propos, ne pas se souvenir des critiques railleuses lancées en 1728 contre l'élève de Ramsay ? Même passivité, même silence, même admiration ingénue... Face à ces disciples qui n'osent réclamer, Bélisaire impose sa parole. « Discoureur », « dissertateur », « pédagogue », « parleur insatiable », « bavard à l'excès » ou encore « vieux radoteur »... : les expressions péjoratives fleurissent sous la plume des critiques qui jugent ses interventions froides, longues et ennuyeuses, comme... des « sermons ». « Le bonhomme vous endort son lecteur comme un moine qui prêche », lit-on dans la *Correspondance littéraire* (1/3/1767) qui, avec Voltaire (D.14064, 14119), se plaît à parler du « Petit carême du R.P. Marmontel ». Incontestablement, *Bélisaire* est empreint d'un didactisme qui nuit à la vie, à la chaleur et au naturel de la narration amorcée et qui est d'autant plus sensible qu'une même mécanique préside à l'organisation des entretiens. Placées dans un cadre quasi identique, centrées chacune sur un objet distinct, consacrées de façon très logique à l'analyse successive du mal et du remède, les « conversations » s'ouvrent et s'achèvent de la même manière avec l'arrivée de disciples curieux et empressés et le départ de ces mêmes personnages convaincus et enthousiastes. De nouveau surgit le souvenir de *Cyrus* où une structure uniforme emporte la longue série des rencontres du héros et de ses divers maîtres. Non plus

---

66. *Journal et Mémoires*, t. III, p. 128.

que ses prédécesseurs, Marmontel ne parvient à accorder harmonieusement les exigences de l'intérêt romanesque et celles du développement didactique. S'il commence comme un roman, *Bélisaire* se poursuit, par-delà la forme de présentation dialoguée, comme une sorte d'exposé magistral. L'ouvrage témoigne de la nature hybride du genre perceptible déjà chez Fénelon et plus encore chez ses imitateurs. Doit-on dire avec Salverte[67] que *Bélisaire* contient trop de morale et de politique pour un roman et trop de roman pour un livre de morale et de politique ? Peut-être pourrait-on qualifier l'ouvrage de narration sérieuse qui parle tour à tour au cœur et à la raison, qui d'abord attache (Fréron avoue que les quarante premières pages lui ont fait « beaucoup de plaisir en général »), puis instruit, selon une technique où l'idée à transmettre prédétermine la fiction, oriente l'action et le sentiment. Que, comme l'écrit le comte de Scheffer (n° 131), la plupart des lecteurs de 1767 aient été « infiniment plus contents des premiers chapitres », on le conçoit : ils attendaient les péripéties d'un roman. Mais cela ne veut pas dire que la partie morale et politique n'ait pas retenu et intéressé : les esprits éclairés y retrouvaient leurs préoccupations majeures.

3) *Prose et poésie*

« On était sûr qu'un livre de vous devait être bien écrit » (n° 142) : le roi de Pologne Stanislas-Auguste s'appuie sur la réputation de correction et d'élégance qu'a acquise l'écrivain avant 1767. Les critiques les plus virulents le reconnaissent : le style, en général, est « clair, coulant, gracieux, naturel, surtout dans les récits qui peuvent être proposés comme des modèles de perfection »[68]. Dès leur Préface, les traducteurs ne cachent pas qu'ils ne sauraient rendre les qua-

---

67. *Tableau littéraire de la France au dix-huitième siècle*, Paris, 1809, p. 211.

68. *Examen de Bélisaire*, pp. 36-37.

lités de l'expression... Une expression qui, à vrai dire, n'est pas exempte de quelque recherche, de quelque affèterie, déjà sensible dans les *Contes*, mais qui surtout se distingue par certains traits qui nous reportent aux questions soulevées par le *Télémaque*. On sait le débat qu'a suscité le livre de Fénelon autour du problème des rapports de la prose et de la poésie. A ce problème, le XVIIIe siècle, hostile au vers, n'a cessé de s'intéresser. Dans le prolongement direct des *Aventures de Télémaque*, des œuvres ont paru, des *Aventures d'Apollonius de Tyr* (1710) de Le Brun aux *Aventures de Periphas* (1761) de Puget de Saint-Pierre, qui ont tenté de retrouver la voie du modèle « poème en prose ». Par sa forme d'écriture, *Bélisaire* ne paraît pas totalement étranger à ce rêve d'une prose susceptible de se revêtir des vertus de la poésie.

Dans ses tragédies comme plus tard dans ses livrets d'opéra, dans ses poèmes couronnés par l'Académie ou lus en son sein comme dans ses poésies familières, Marmontel s'est souvent exercé au vers, même si ses contemporains ont tendu à lui dénier un vrai talent pour la poésie et à lui reprocher une diction... prosaïque. Or il est caractéristique que la prose de *Bélisaire*, par le choix de l'expression, le mouvement de l'éloquence, la recherche de la cadence, semble vouloir se parer de quelque chose de poétique.

La langue employée n'est pas, en effet, sans rapport avec la langue consacrée par la poésie du siècle. Marmontel privilégie le terme noble, la périphrase élégante, l'épithète convenue (le « coursier » ne saurait être que « superbe »), l'expression abstraite, vague et générale. Il ne dédaigne pas l'image, qu'elle soit empruntée à la nature (grands éléments, monde animal et végétal) ou à l'univers de l'homme et à la réalité des choses, qu'elle se resserre dans le tour de la métaphore ou se développe dans le mouvement d'une comparaison susceptible d'acquérir, à la manière homérique et... fénelonienne, une autonomie syntaxique. Il recourt volontiers à l'allégorie, à la prosopopée (« La Patrie dit... »), à l'alliance de mots (« s'élever en rampant ») et autres figures auxquelles se complaît la convention poétique d'alors.

D'autre part, la prose de *Bélisaire* est traversée de mouvements d'éloquence qui ne manquent ni d'éclat ni d'énergie. Évoquant dans la *Défense de mon oncle*[69] l'œuvre de « l'éloquent grec Marmontelos », Voltaire remarque que, comparé au héros du livre, le vrai Bélisaire « ne parlait pas si bien ». « Il parle bien à la vérité », avoue Coger[70] à propos du maître de Justinien et de Tibère. Sans égaler ceux de Mentor aux inflexions insinuantes et au charme si pénétrant, les discours de Bélisaire, souvent scandés sur l'anaphore et emportés sur un rythme ternaire, sachant jouer des effets de répétitions, de parallélismes, de chiasmes, d'antithèses, et profiter des vibrations du mode interrogatif ou exclamatif, frappent et saisissent. Dans l'article « Éloquence » des *Éléments de littérature*[71], Marmontel observe que, si le thème de l'administration économique d'un État n'est guère favorable en lui-même à l'éloquence, il se prête néanmoins aux mouvements oratoires lorsqu'il est fondé sur les principes d'humanité et d'équité. Ainsi se pressent et s'animent les paroles de Bélisaire que soulèvent la passion de l'intérêt public et l'ardent désir de contribuer au bonheur des hommes.

Poésie : éloquence harmonieuse ; on se souvient de la célèbre définition. Marmontel n'a-t-il pas espéré créer cette harmonie en recourant à une prose cadencée ? *Bélisaire* se caractérise, en effet, par une diction mesurée. A titre d'exemple, reproduisons après Fréron[72] cet extrait des propos du héros tels qu'ils se dessinent au chapitre 15 :

> Et si vous vous trompez, voyez ce qu'il m'en coûte.
> Vous-même dont l'erreur pouvait être innocente,
> Serez-vous innocent de m'avoir égaré ?
> Hélas ! à quoi pense un mortel

---

69. *Éd. cit.*, p. 431.

70. *Examen de Bélisaire*, p. 32.

71. *Éd. cit.*, t. II, p. 42.

72. *Année littéraire*, 1786, t. VIII, Lettre 13, pp. 297-299.

De donner pour loi sa croyance ?
Mille autres d'aussi bonne foi,
Ont été séduits et trompés.
Mais quand il serait infaillible,
Est-ce un devoir pour moi de le supposer tel ?

De ces... « vers blancs », dans le moule desquels se coule le verbe oratoire du maître, les temps narratifs eux-mêmes ne sont pas exempts. C'est tout au long du livre qu'alexandrins et octosyllabes se mêlent et s'entrelacent − avec une prédilection pour les octosyllabes dont se déroulent de véritables strophes.

La critique n'a pas épargné cette prose « symétrisée ». Fréron est très sévère : « Quelle prétention plus ridicule que d'écrire en prose de manière à faire sentir qu'on serait un mauvais poète ! Ce luxe prosaïque est certainement du plus mauvais goût ». L'auteur de l'*Année littéraire* estime, en outre, que la recherche constante de la mesure « étourdit l'oreille », « déroute l'attention » et rend la lecture difficile et fatigante. Comment ici ne pas invoquer Marmontel lui-même ? « Il est difficile », écrit-il dans l'article « Vers blancs » des *Éléments de littérature*[73], « que cette espèce de vers ait une harmonie assez marquée, assez chère à l'oreille, assez supérieure à celle de la bonne prose pour compenser par cela le désagrément et la gêne d'une cadence uniforme ». De fait, *Bélisaire* n'échappe pas au défaut qu'analysera le théoricien lucide. Le *Télémaque*, avec la liberté et la souplesse de ses modulations rythmiques, atteint à une harmonie infiniment plus subtile, plus riche et plus complexe que *Bélisaire* avec l'emploi affecté d'éléments mesurés. Cependant l'ouvrage de Marmontel, par ses insuffisances mêmes − vocabulaire choisi et apprêté, ornements artificiels et compassés, tours maniérés, éloquence plus propre à agir sur l'entendement que sur l'âme, phrase au nombre monotone −, n'en appartient pas moins à un courant typique d'un siècle qui a cherché à rejoindre la poésie en

---

73. T. I, p. 227.

dehors des règles traditionnelles de la prosodie. *Bélisaire* prépare et annonce *Les Incas* où les mêmes traits seront repris, accentués et prolongés par des recherches sonores. Dans sa *Bibliothèque d'un homme de goût*[74], Desessarts n'hésite pas à classer *Bélisaire*, avec *Les Incas*, au rang des « romans épiques écrits en prose poétique », entre, d'une part, les *Aventures de Télémaque* et, d'autre part, les œuvres de Bitaubé dont le *Joseph* est de 1767 et celles de Florian (*Numa Pompilius*, 1786). Même s'il n'est pas sans laisser une impression de facticité et de froideur, le *Bélisaire* de Marmontel, d'un genre assurément plus relevé que les *Contes*, a l'intérêt de témoigner des tentatives répétées d'une prose en quête de rayonnement poétique.

VI – Le livre des Rois

Au soir de sa vie, Marmontel rapporte une conversation qu'il eut à Aix-la-Chapelle durant l'été 1767 avec deux évêques français et au cours de laquelle il déclara que les philosophes du XVIIIe siècle étaient appelés à prendre la relève des ecclésiastiques d'autrefois qui, tel Fénelon, étaient assez courageux pour « prêcher [...] des vérités qu'on dit trop rarement aux souverains, à leurs ministres, aux flatteurs qui les environnent »[75]. C'est en quelque sorte se poser en successeur de l'archevêque de Cambrai dans son rôle de précepteur des rois. Effectivement, *Bélisaire*, comme *Télémaque*, contient une leçon politique et, comme lui, a donné lieu, par-delà les tentatives de l'auteur pour prévenir toute interprétation satirique, au jeu des « allusions et applications malignes »[76] de la part de lecteurs familiers

---

74. 3e éd., Paris, An VI, t. I, p. 107. Voir également *Supplément*, t. IV, p. 9.

75. *Mémoires de Marmontel*, t. II, Livre VIII, p. 294.

76. Expression de Marmontel (*ibid.*, p. 273) et de Collé qui voit là une des raisons du succès du livre (*ouvr. cit.*, t. III, p. 128).

d'une littérature de masque et tentés de retrouver la France de Louis XV derrière le tableau de l'Empire de Justinien.

« Livre des rois et de tous ceux qui sont appelés au gouvernement des Empires » (n° 131), « bréviaire des souverains où les vues les plus grandes et les plus solides sont développées avec netteté et combinées avec justesse, où les matières les plus importantes sont discutées avec profondeur et réflexion » (n° 130) : ces éloges venus du Nord veulent sans doute contrebalancer l'aveu de fausse modestie de l'écrivain (« Les lumières m'ont manqué dans la partie politique », n° 117), traduisent peut-être, selon la suggestion de Diderot, un retard sur le plan politique de ces pays pourtant lecteurs de l'*Esprit des lois*[77] ; ils s'opposent en tout cas au sentiment des détracteurs de Marmontel. Car, pour un Coger, par exemple, *Bélisaire*, traitant des « affaires d'État », « répète avec emphase des choses que d'autres avant lui ont dites cent fois et peut-être mieux que lui »[78]. Il est vrai que Marmontel semble bien s'être inspiré de certains écrits de son siècle, du *Télémaque* à l'*Encyclopédie* en passant notamment par les *Entretiens de Phocion*, mais, outre que son ouvrage peut faire entendre sur un fond commun des inflexions propres, il a le mérite de proposer en une sorte de tableau synoptique un ensemble de réflexions susceptibles d'intéresser à une époque où la France, libérée de la guerre, était appelée à se redresser.

« En ce qui regarde les souverains », assure Fréron, « c'est dans *Télémaque*, c'est dans *Sethos*, c'est dans d'autres livres qu'il [Marmontel] a puisé les leçons qu'il s'ingère de leur donner »[79]. Assurément, se dégage, de *Bélisaire*, le profil d'un prince d'inspiration fénelonienne. Si, à l'appui des *Pandectes*, le héros déclare que le souverain est « au-dessus

---

77. *Correspondance de Diderot*, t. VII, Lettre 458, p. 175. Diderot pense aussi que « les cours étrangères sont charmées de nasarder un peu notre ministère ».

78. *Examen de Bélisaire*, pp. 34-35.

79. *Année littéraire*, 1768, t. I, Lettre I, p. 13.

des lois », il s'empresse d'ajouter que, placé sur le trône, il commencerait par l'oublier. Et le chapitre 9 qui détaille les devoirs et les obligations du roi déclare expressément, comme Marmontel le répète dans une de ses lettres à sa traductrice russe (n° 146), « qu'il n'y a d'absolu que le pouvoir des lois et que celui qui veut régner arbitrairement est esclave ». Esclave de ses passions, précise-t-il, à l'exemple de Fénelon, dans une autre de ses lettres à Catherine II (n° 166). Dans cette affirmation d'une nécessaire soumission aux lois, bien propre à satisfaire le Parlement, Marmontel prolonge l'auteur du *Télémaque*[80] en même temps qu'il rejoint l'*Encyclopédie* et son article « Souverain » où le même impératif est posé tant par rapport aux lois naturelles et fondamentales que par rapport aux lois civiles. Partisan de la monarchie (nulle contestation chez lui du système établi), attaché à la noblesse de naissance pourvu qu'elle engendre l'émulation et non l'orgueil, ouvert à la reconnaissance du mérite... bourgeois, Marmontel compose l'image d'un prince fénelonien, ami de la vérité et capable d'en entendre le langage austère, digne à ce titre d'avoir des amis, hostile à l'intrigue et au favoritisme, soucieux de la plus exacte justice, et avide de travailler au seul bonheur de ses sujets, bref, l'image d'un roi-père, selon la comparaison qui court du *Télémaque* à l'*Encyclopédie*[81]. Appliqué, laborieux, accessible, dévoué, le Prince de Marmontel, tel Sésostris, fait taire ses égoïsmes et ses passions, renonce à lui, se donne et se sacrifie tout entier à son peuple : « Ne serait-il pas bizarre que tous fussent pour un et que plutôt un ne fût pas pour tous ? », demande l'auteur de l'article « Société »[82]. Dans le prolongement direct du *Télémaque*, la gloire (n'oublions pas que Marmontel est l'auteur de l'article

---

80. « C'est la loi et non pas l'homme qui doit régner », « [L']autorité [du roi] est celle des lois », *Aventures de Télémaque*, éd. J.L. Goré, G.-F., 1968, Livre V, p. 150, et Livre XVIII, p. 495.

81. « Autorité politique », « Législateur »...

82. *Encyclopédie*, t. XV, 1765, p. 253 b.

« Gloire » de l'*Encyclopédie*, reproduit d'ailleurs, comme les articles « Des Grands » et « De la Grandeur », à la suite de *Bélisaire*) n'est plus la gloire « monstrueuse »[83], liée au haut fait guerrier ; elle réside dans les bienfaits répandus, l'abondance, l'équité, l'harmonie et la paix assurées. Avec *Bélisaire*, l'ambition le cède à la modération, à l'humanité et à la justice, les vains plaisirs à la volonté d'être utile, le faste de la puissance aux vertus simples et modestes. Autant que Fénelon, Marmontel met l'accent sur les peines infinies et les dangers multipliés du trône. Le pouvoir s'analyse en devoirs graves et lourds que le Prince accomplit avec courage et constance dans l'enthousiasme du bien public et pour lesquels il n'a de dédommagement à attendre que de ses vertus.

De cette morale des rois, *Bélisaire* ne dissocie pas la morale des peuples et l'énoncé des nobles maximes qui gouvernent le bon roi est complété par la définition de la conduite que le sujet doit observer à l'égard de son prince. Sur ce point, les adversaires de Marmontel, dans l'espoir d'ailleurs vain d'intéresser à leur cause la Cour et le Parlement, ont tenté de montrer que l'ouvrage contient des principes audacieux et dangereux. Dans la première édition de l'*Examen*[84], Coger, citant notamment la phrase du chapitre 8 mise dans la bouche du peuple : « Que risquons-nous en nous donnant un roi ? », exprime son indignation : « Comme si la plénitude de l'autorité résidait dans le peuple et non dans le souverain, comme si c'était de ses sujets que le Prince tînt l'autorité qu'il a sur eux, et non pas de Dieu seul que les Rois tiennent leur sceptre ». Le critique décèle là l'influence de l'*Encyclopédie* (« Le Prince tient de ses sujets l'autorité qu'il a sur eux »[85]) et y voit un renouvellement des principes de l'*Émile* condamnés par l'arrêt du Parlement du 9 juin 1762 « comme tendant à donner un carac-

---

83. *Aventures de Télémaque*, Livre XIII, p. 365.

84. P. 46.

85. T. I, 1751, « Autorité politique », p. 898 b.

tère faux et odieux à l'autorité souveraine, à détruire le principe de l'obéissance qui lui est due, et à affaiblir le respect et l'amour des peuples pour leur roi ». Dans la deuxième édition de l'*Examen*[86], il renforce l'attaque par le biais d'additions et proteste avec véhémence contre le droit que Bélisaire reconnaîtrait aux peuples de punir un souverain injuste. A cette accusation qu'il juge calomnieuse, Marmontel répond vivement dans sa lettre d'août 1767 adressée à Riballier (n° 136), montrant que Bélisaire, serviteur zélé de l'Empereur pendant vingt ans et demeuré loyal malgré l'ingratitude et l'injustice de celui-ci, ne laisse pas indécis le principe de respect dû au Prince. Son livre, il le redit de lettre en lettre à ses correspondants, n'est fait que pour « inspirer aux peuples une fidélité inviolable et un dévouement absolu » (n° 166). Et c'est non sans malice que l'auteur de l'*Honnêteté théologique*[87] oppose aux docteurs de l'Église, qui, à partir de saint Paul, reconnaissent que « l'Église et son chef peuvent déposer les rois hérétiques et délier leurs sujets du serment de fidélité », ce Bélisaire pour qui « rien ne peut dispenser les sujets de l'obéissance et de la fidélité qu'ils doivent à leurs souverains légitimes », pour qui « il n'est jamais permis de se venger d'eux ni de les trahir, quelque offense et quelque injustice qu'on en ait reçu ». Reste à préciser la portée de l'hypothèse du peuple prêt à se donner un roi...

Cependant Marmontel ne s'en tient pas à la seule analyse des liens qui unissent réciproquement le roi et son peuple. A l'imitation de Fénelon, de Terrasson... et des philosophes contemporains, il entre dans le détail de l'organisation de la cité ou plutôt de sa réorganisation. Contentons-nous ici de souligner deux problèmes qui, ont, en 1767, valeur d'actualité. Et d'abord celui de l'impôt – un problème si délicat que Marmontel croit prudent d'envelopper son texte d'un apparat

---

86. P. 52 et s.

87. J. Renwick, *Marmontel, Voltaire and the Bélisaire Affair*, Appendice E, pp. 362 et 364.

de notes érudites. Retrouvant un lieu commun, il dénonce les défauts et les abus d'une fiscalité qui est la source de la misère et du désespoir de l'humble peuple. Hostile aux taxations multiples, complexes et arbitraires dont la mauvaise perception accroît l'injustice, partisan de la propriété privée, soucieux d'accorder à l'agriculture une considération particulière, il suggère une réforme où se devine l'influence de Turgot et des physiocrates. D'autre part, il s'engage dans le débat sur le luxe où tant d'autres ont pris parti, de Fénelon à Rousseau qui censure et à Saint-Lambert qui loue. S'éloignant ici du *Télémaque*, il rejette l'établissement de lois somptuaires. C'est qu'à la suite des physiocrates, il est attaché à la notion de liberté (liberté des échanges indissociable de la liberté de l'individu) et à celle de propriété, ce droit « naturel » pour employer le qualificatif cher à la doctrine de Quesnay. Il reconnaît la possibilité de s'enrichir et l'entière disposition des richesses acquises, admet la libre circulation du commerce et ne dissimule pas les conséquences d'inégalité sociale qui en résultent. En cela, il se montre sensible à l'aspect économique qui, depuis Melon, caractérise la question du luxe que la tradition abordait d'un point de vue strictement moral. Mais Marmontel n'applaudit pas pour autant au développement du luxe. Loin de le considérer comme un facteur d'« utilité publique », il le juge un « mal » (voici retrouvé le langage de Fénelon[88]) et, parce qu'il désire contenir ou réduire ce « mal », si « inévitable » soit-il, sans agir sur les éléments d'ordre économique, il en vient à s'élever au plan moral. Il assigne, en effet, au roi qui, à ses yeux, inspire tout dans le pays (c'est reconnaître à la manière de Fénelon l'autorité de l'exemple du Roi), le soin de créer un nouvel état d'esprit tel que la récompense suprême soit liée

---

88. *Aventures de Télémaque*, Livre XVII, p. 461. Chez les physiocrates, il existe aussi une méfiance à l'encontre du luxe (du luxe d'ostentation sinon de subsistance) parce que les dépenses qui lui sont afférentes ne concourent pas au vrai but de l'emploi des richesses.

non plus à l'argent mais aux marques d'honneur et d'estime publique – en quoi il se rapproche de l'auteur des *Entretiens de Phocion*, disciple de Rousseau. Dès lors, la contagion du luxe pourrait s'effacer devant celle de la simplicité. Marmontel a foi dans le pouvoir de l'opinion – celle du roi faisant l'opinion publique – et, de ce qu'il appelle la « reine du monde », il fait dépendre, plus que des lois, la révolution dans les mœurs dont la réforme du luxe constitue la première étape. *Bélisaire* finit ainsi par brosser le tableau d'une pureté de mœurs où le mérite serait l'objet de la louange publique et où transparaît, comme chez Rousseau et Mably, le souvenir de la Rome primitive. S'appuyant d'abord sur des considérations économiques que les apologistes du luxe font primer depuis plusieurs décennies, Marmontel réintroduit ensuite des considérations morales qui lui font retrouver les adversaires du luxe. « Je veux mourir s'il entend lui-même ce que Bélisaire débite sur le luxe », observe la *Correspondance littéraire* (1/3/1767). Le comte de Scheffer, lui, trouve le chapitre « admirable » même après les ouvrages de Montesquieu, d'Helvétius ou de Mirabeau, car Bélisaire est le premier qui ait su présenter la matière « compliquée » du luxe « d'une manière à concilier les grandes vues de la politique avec les intérêts précieux de la morale ». Cependant il ne peut s'empêcher de remarquer que l'auteur ne se prononce pas sur le point de savoir si « la ruine entière des arts dont la richesse est l'aliment » est « une chose à désirer ou à redouter pour la postérité d'un état » (n° 131). Dans sa réponse (n° 153), Marmontel ne cache pas que son article du luxe « aurait besoin d'être approfondi » et envisage d'aller « un peu plus loin dans une nouvelle édition »... Par-delà ses détours et ses incertitudes, la réflexion illustre à tout le moins la volonté de l'auteur de ne pas dissocier politique et morale. Volonté qui commande le livre, renvoie évidemment au *Télémaque* qui avait remis en honneur la morale dans un domaine d'où Machiavel l'avait chassée, et repose sur une solide confiance dans l'efficacité sociale et politique du pouvoir rayonnant de la vertu.

VII – Le catéchisme philosophique

Aux yeux d'un certain nombre de lecteurs du XVIIIᵉ siècle et en particulier des détracteurs du livre, le chapitre 15 de *Bélisaire* qui fut au cœur de la querelle paraît être un chapitre épisodique que rien ne justifie et que n'imposait pas la fiction morale retenue. En réalité, le modèle du *Télémaque* exigeait que l'aspect religieux de l'enseignement du maître de Tibère ne fût pas ignoré. Le *Télémaque*, dans sa portée la plus haute, ne correspond-il pas à une odyssée religieuse, voire mystique ? n'aborde-t-il pas au livre XVII le problème des rapports de la religion et de la politique lorsque Mentor conseille à Idoménée de ne pas se mêler des « choses sacrées » et pose le principe d'une séparation au moins relative de la religion et de l'État ? Avec son avant-dernier chapitre, *Bélisaire* suit la voie tracée par *Télémaque*, reprise par le *Cyrus*...

Le 21 août 1767, Voltaire confie à Marmontel qu'il récite le « credo » de Bélisaire (D.14389). Credo chrétien comme le veut l'histoire ? Car Marmontel se reporte à l'état de l'Empire postérieur à l'édit de Constantin (313) et l'on sait que Bélisaire comme Justinien professèrent le christianisme. A ce propos, Coger s'étonne que le terme de chrétien ne soit jamais prononcé au cours du chapitre et devine une réticence qui n'est pas sans dessein. Marmontel, pour sa part, prétend qu'il n'y a aucun doute : dans la bouche de ses personnages, la « religion » ne peut être que le christianisme. « Il est prudent d'avertir », note la *Réponse à l'Apologie de M. Marmontel*, car « la lecture du chapitre 15 ferait soupçonner tout le contraire »[89]...

A vrai dire, Marmontel ne nie pas la Révélation, parle de soumission à des « mystères inconcevables », résume sa croyance en deux commandements qui, renvoyant à saint-

---

89. *Pièces relatives à l'Examen de Bélisaire, contenant 1) Réponse à l'Apologie de M. Marmontel adressée à M. Riballier syndic de la Faculté de Théologie de Paris...*, Paris, 1768, p. 27.

Luc (X, 27), ont une résonance chrétienne : « aimer Dieu » et « aimer ses semblables » – encore que le terme « prochain » eût été plus approprié[90]... Mais la définition qu'il donne de la Révélation, le rôle et la portée qu'il assigne aux mystères ne jettent-ils pas quelque équivoque ? Les tenants de la tradition ont eu beau jeu de remarquer que Marmontel, s'il ne va pas aussi loin que Rousseau qui, lui, refuse la Révélation et affirme que Dieu a « tout dit à nos yeux, à notre conscience, à notre jugement », se rapproche étrangement de Voltaire et de l'abbé de Prades évoquant « la loi naturelle perfectionnée »[91]. Ils soutiennent que Bélisaire, après avoir reconnu l'existence de la Révélation, tend à en réduire la nécessité et l'utilité pour mettre au premier plan ce qu'il désigne sous les termes de « sentiment », de « conscience », de « raison », c'est-à-dire qu'il tend à subordonner l'autorité de la foi à celle d'une faculté toute naturelle. Ils insistent sur le fait que, pour le héros, les « vérités mystérieuses » (entendons les mystères de la foi, les dogmes de l'Incarnation, de la Transsubstantiation, de la Trinité...) sont sans influence sur les mœurs, à l'opposé des « vérités de sentiment », vérités premières et accessibles à tout homme, ce qui, leur semble-t-il, conduit à dire que la Révélation est totalement indifférente ou a pour seul objet des vérités de pure spéculation. Cette interprétation leur paraît confirmée par les propos tenus sur l'après-vie. Certes Bélisaire parle de « perte » et de « salut », déclare ne pas concevoir Dieu sans le pouvoir de « récompenser » et de « punir » et le reconnaît même « terrible aux méchants » – ces méchants qui ne seront pas dans le ciel. Mais est-il question de peines éternelles ? est-il précisé où seront les

---

90. Voltaire rappelle la « loi » du « Dieu clément » : « Aimer Dieu et votre prochain », *Traité sur la tolérance*, éd. R. Pomeau, Paris, G-.F., 1989, ch. XXII, p. 139.

91. Voir *Examen de Bélisaire*, 1ʳᵉ éd., pp. 54-56, *Pièces relatives à l'Examen de Bélisaire...* Cf. J.-J. Rousseau, *Émile*, in *Œuvres complètes*, éd. La Pléiade, t. IV, 1969, Livre IV, p. 607.

méchants ? Bélisaire ne va-t-il pas jusqu'à nier la possibilité de la volonté d'offenser Dieu, autrement dit le péché ? Et ne place-t-il pas dans la cour céleste les Titus, les Trajan et les Antonins, les Aristide et les Caton ? C'est lier le salut à une probité toute humaine, à une vertu toute profane ! C'est sauver de sa propre autorité et avec témérité des païens qui non seulement n'ont pas eu une foi explicite ni implicite, mais qui, ayant connu le christianisme, l'ont persécuté (Trajan, Marc-Aurèle), des païens qui ont violé la loi naturelle par le suicide, tel Caton, par les vices et la débauche, tel Trajan, par les superstitions extravagantes du culte idolâtrique, tel Marc-Aurèle ! C'est ainsi que critiques et censeurs en viennent à voir dans Marmontel un des « philosophes » du siècle, à retrouver dans l'exposé les mêmes lieux communs et dans son mouvement exempt d'attaque ouverte la tactique des Encyclopédistes experts dans l'art de la feinte et habiles à affirmer l'existence de ce qu'ils détruisent ensuite. En somme, ils en viennent à suspecter une religion qui ne leur semble être ni la religion chrétienne, ni même la religion naturelle, mais une religion plus douce, visant à assurer un salut universel tout en ouvrant la porte à tous les vices, faisant fi de la justice de Dieu pour ne laisser subsister que sa miséricorde, conduisant au fond à l'indifférentisme.

À cette lecture du camp chrétien, il est tentant d'opposer, par-delà les arguments défensifs de l'auteur énoncés dans ses lettres à Riballier (n° 111 et 120), le mode de lecture des partisans des Lumières. Ceux-ci se félicitent de la place qui paraît conférée à la loi naturelle, ils communient dans le sentiment de l'obscurité et de la vanité reconnues de tout ce qui ressortit au domaine métaphysique et partagent le respect silencieux de Bélisaire devant des « abîmes […] trop profonds pour notre débile vue »[92]. Ils se retrouvent dans ce héros qui loge au ciel les Titus vantés pour leurs vertus, eux, lecteurs familiers du *Poème sur la Loi naturelle* et du *Traité sur la tolérance*. Car Voltaire est bien celui qui, sui-

---

92. *Traité sur la tolérance*, ch. XII, pp. 89-90.

vant le mot de Fréron[93], « ressasse », à la lumière des
mêmes exemples historiques, l'idée du salut des païens vertueux, tantôt sur un ton grave :

> Penses-tu que Trajan, Marc-Aurèle et Titus
> Noms chéris, noms sacrés que tu n'as jamais lus,
> Aux fureurs des démons sont livrés en partage,
> Par le Dieu bienfaisant dont ils étaient l'image ?[94]

tantôt sur le ton de l'ironie, comme dans ces vers du
Chant V de *La Pucelle* (v. 78 et s.) où un cordelier plongé
en Enfer se plaît à déclarer :

> Nous y plaçons Antonin, Marc-Aurèle,
> Ce bon Trajan, des princes le modèle,
> Ce doux Titus, l'amour de l'univers,
> Les deux Catons, ces fléaux des pervers ;
> [...]
> Vous y grillez [...]
> Juste Aristide et vertueux Solon,
> Tous malheureux, morts sans confession.

Ainsi, de l'exaltation du sentiment naturel et intime à la
conception d'un Dieu dont la clémence paraît devoir
s'étendre jusque sur les « méchants », du rejet dédaigneux
des disputes métaphysiques à la mise en retrait des dogmes
de la foi, il y a là des motifs dont la formulation a pu faire
crier au déisme.

Mais, si l'on en croit Marmontel (n° 117), c'est moins le
soupçon de déisme que le plaidoyer en faveur de la tolérance qui a suscité l'hostilité de la Sorbonne. C'est laisser
entendre la portée majeure du développement final du chapitre 15, écho des revendications qu'ont déjà lancées notamment le *Traité sur la Tolérance*, le *Dictionnaire philosophique* (« Fanatisme », « Tolérance ») ou l'*Encyclopédie*
(« Intolérance », « Tolérance »).

93. *Année littéraire*, t. 8, Lettre 13, p. 297.

94. *Poème sur la Loi naturelle*, in *Œuvres complètes*, t. IX,
3ᵉ Partie, p. 454.

Tolérance : mot « le plus horrible que puissent entendre des oreilles théologiques » ![95] Sans envisager l'intolérance théologique qui exclut du salut les âmes rebelles à l'adoption des dogmes, Bélisaire s'élève contre l'intolérance civile (mais, demande Rousseau dans la *Profession de Foi du Vicaire Savoyard*, la distinction n'est-elle pas vaine ?), c'est-à-dire celle qui, dans l'ordre de la cité, contraint les consciences par le fer et le feu. Pour le héros de Marmontel, le Prince, qui n'est pas habilité à juger des doctrines, n'a pas le droit d'imposer tyranniquement à ses sujets celle à laquelle il se rattache. Le pouvoir temporel ne doit pas être mis au service du pouvoir spirituel, car le domaine des pensées et des consciences échappe au politique. La croyance est de l'ordre individuel, elle n'est pas du ressort de l'intervention des puissances établies. A cet article, essentiel aux yeux des philosophes, Marmontel est resté fermement attaché tout au long de l'affaire (il souligne dans ses *Mémoires* son obstination à combattre le droit du glaive, des proscriptions, des cachots, des poignards, des tortures et des bûchers pour faire croire à la religion de l'Agneau), et, dès la mi-mars 1767, il rédige l'*Exposé des motifs qui m'empêchent de souscrire à l'intolérance civile*, témoignage de sa volonté arrêtée de ne pas signer la rétractation demandée par les commissaires de la Sorbonne.

On a rappelé plus haut comment le gouvernement de Louis XV s'est démarqué de la Sorbonne et lui a imposé son propre texte. C'est que, sensible à l'évolution de l'opinion, il se préoccupe alors du problème du statut civil des protestants et il juge la proclamation des membres de la Faculté contraire à ses projets[96]. Placé dans ce contexte, *Bélisaire* se charge d'une valeur d'actualité politique.

Dans le cadre plus général de la campagne menée par les

---

95. *Honnêteté théologique, éd. cit.*, p. 360.

96. Un édit destiné à légitimer les mariages des protestants est alors préparé. Il est vrai qu'il passera trois fois en vain devant le Conseil du Roi.

philosophes et notamment par Voltaire, le livre de Marmontel, par la querelle suscitée et l'issue apportée, acquiert un poids particulier. Certes, deux ans auparavant, une bataille non négligeable a été gagnée avec la réhabilitation de Jean Calas (9 mars 1765). Mais, grâce à *Bélisaire*, voici la Sorbonne, symbole des forces du passé, démentie – et par le pouvoir même –, isolée, discréditée. Sa dignité et son autorité compromises marquent presque symboliquement un recul de l'esprit des ténèbres. Que la censure dans son quatrième chef ait été réécrite dans le sens d'un adoucissement, c'est le signe que, d'une certaine manière, l'heure n'est plus au « droit inouï de tenir les âmes dans les fers »[97]. Pourtant, et quel que soit le progrès qui se dessine dans les esprits en France et aussi à l'étranger si l'on se fie à Voltaire rapportant le mot d'ordre de Catherine II : « Malheur aux persécuteurs » (D.13999), il reste que la victoire n'est pas définitivement remportée. Marmontel lui-même le reconnaîtra lorsque, par exemple, le 3 juillet 1769, il écrira à Ribotte-Charon que « les partisans intéressés du fanatisme sont plus puissants que l'on ne croit » (n° 170).

En conférant, ainsi que l'écrit Morellet dans son *Éloge*, au tribunal de la raison l'erreur de l'intolérance politique, en faisant entendre la réclamation des esprits raisonnables, Marmontel n'apporte pas sans doute d'argument nouveau. Mais son développement se distingue par une éloquence et une force de conviction qui traduisent la sincérité de celui qui, en 1777, publiera, sans que se manifeste cette fois-ci et pour cause ! la Sorbonne, « une note explicative » (en deux tomes) du 15e chapitre (n° 184). Choisissant un théâtre privilégié, Marmontel compose en effet avec *Les Incas* une dénonciation qui prolonge et accentue celle de 1767 – dénonciation énergique et lancinante de la sottise, de l'injustice et de l'horreur du zèle persécuteur.

On voit comment *Bélisaire* sert les intérêts de la cause du

---

97. *Dictionnaire philosophique*, éd. J. Benda et R. Naves, 1961, « Liberté de penser », p. 278.

progrès. L'auteur s'affronte aux deux hydres insatiables contre lesquelles les philosophes n'ont cessé de lutter : l'erreur et ses noirs fantômes (c'est ici « l'erreur qui damne les infidèles de bonne foi » ayant suivi « la loi naturelle », n° 146), le fanatisme et ses monstrueuses violences. En peignant un prince qui refuse de violenter les esprits, de faire céder leur conscience à la sienne, en peignant une religion de l'essence de laquelle relève la tolérance civile parce qu'elle accorde à la « douce persuasion » seule (l'expression est de Fénelon) le pouvoir d'acheminer à la vérité, Marmontel défend et propage les valeurs constitutives de l'idéal nouveau. Leçon religieuse et leçon politique se fondent dans ce « catéchisme des rois » dont parle Voltaire (D.13967) et dont les articles se regroupent autour des mots clés : liberté de conscience, humanité, sensibilité, raison, modération, vertu. Par sa brièveté, sa composition claire et ordonnée, son mouvement progressif, l'élégante correction de ses énoncés, *Bélisaire* tend à apparaître comme une sorte de résumé, de « digest » de la philosophie du siècle. Marmontel n'a pas caché que son ambition était de composer un livre « utile ». Les larges perspectives qu'il esquisse d'une cité réorganisée, la noble cause qu'il embrasse en militant pour l'indispensable respect des consciences permettent de dire avec Voltaire (D.13967) qu'il a tenté de rendre les hommes plus modérés, plus raisonnables et plus heureux. De tout le livre, le chapitre 15 a l'intérêt de cristalliser pour ainsi dire les grandes options des Lumières (Voltaire déclarait y trouver la philosophie qui lui plaisait) et aussi de renvoyer à la polémique centrale du siècle avec les mouvements indignés des uns et la verve ironiquement agressive des autres – ce chapitre derrière lequel les Coger découvraient « un incrédule moderne travesti en un sophiste subtil et séduisant »[98] et que Voltaire, lui, qualifiait de « beau » (D.13967) d'« admirable », d'« ouvrage de génie », et considérait comme l'« un des meilleurs morceaux de littérature,

---

98. *Examen de Bélisaire*, 1ʳᵉ éd., p. 99.

de philosophie et de vraie piété qui aient jamais été écrits dans la langue française »[99].

VIII – La fortune de Bélisaire

Ne soyons pas surpris que *Bélisaire*, imitation du *Télémaque*, donne, à son tour, naissance à des imitations. Du livre de Fénelon au *Cyrus*, du *Cyrus* au *Sethos*..., le même processus d'engendrement s'observe. Bien que les œuvres suscitées soient généralement de qualité assez médiocre, elles attestent le retentissement prolongé de *Bélisaire*, d'ailleurs régulièrement réédité au cours des trois dernières décennies du siècle, en même temps que, par le jeu des transformations opérées en fonction soit du genre soit de l'évolution des idées et des sensibilités, elles soulignent certains traits de l'ouvrage.

Le 23 avril 1766, Voltaire, attendant *Bélisaire*, faisait remarquer à l'auteur : « Si nous étions raisonnables, je vous conseillerais d'en faire une tragédie » (D.13265). Sans doute Voltaire se souvient-il des *Bélisaire* antérieurement mis sur scène. Il est caractéristique qu'au lendemain de 1767, Bélisaire revienne au théâtre et sous des formes diverses. Témoin ce *Bélisaire ou les Masques tombés, drame histori-philoso-héroï-comique*, pièce de société de C.-N. Mondolot, composée en cinq actes et en prose, jouée sur un théâtre de campagne (Clichy) et que mentionne le *Journal encyclopédique* du 1ᵉʳ mars 1768, témoins aussi ce *Bélisaire, drame en cinq actes et en vers* d'Ozicourt qu'annonce le *Catalogue hebdomadaire* du 4 février 1769 ou encore le *Bélisaire*,

---

99. *Précis du Siècle de Louis XV*, in *Œuvres complètes*, t. XV, ch. XLIII, p. 435 ; *Épître CIX Au Roi de Danemark Christian VII* (janvier 1771), *ibid.*, t. X, p. 422, note 2. Cf. l'appréciation élogieuse portée ultérieurement par Sade évoquant « celui qui avait fait le quinzième chapitre » de *Bélisaire*, « ouvrage qui suffisait seul à la gloire de l'auteur » (*Idée sur les Romans* in *Œuvres complètes du marquis de Sade*, éd. définitive, Paris, éd. Tête de Feuilles, 1973, t. X, p. 12).

comédie héroïque en cinq actes et en prose (1769) de Mous-
lier de Moissy... Fondées sur la justification du général de
Justinien, ces pièces, qui d'emblée invoquent l'œuvre de
Marmontel, conservent les personnages du livre, tout en
apportant certaines modifications. Chez Ozicourt, par
exemple, Antonine ne meurt qu'au dernier acte, Bessas se
révèle au cours du drame une menace pour la famille de
Bélisaire, Eudoxe et Tibère s'aiment avant même le lever du
rideau, ce qui limite l'invraisemblance du mariage final si
sensible chez Marmontel. De son côté, Moissy, parce qu'il
désire introduire « un coloris de gaieté », refuse de faire
paraître Antonine sur la scène quoiqu'il ménage « derrière la
toile » l'intérêt du personnage. Mais ce qui est surtout frap-
pant, c'est la manière inégale dont sont utilisés les chapitres
de Marmontel. Ozicourt qui ouvre sa pièce sur les plaintes
d'Antonine (écho du début du chapitre 5) retient, pour les
distribuer différemment, les épisodes des chapitres « dramatiques », 3, 4, 5, 6 et 16. Chez Moissy qui respecte le mouvement même du *Bélisaire* de Marmontel, les trois premiers
actes correspondent aux chapitres 1-3, l'acte IV renvoie aux
chapitres 5 et 6, et le dernier acte s'appuie sur les chapitres 6, 7 et 16. C'est dire que sont effacées les longues
conversations du héros et de ses deux hôtes : Ozicourt se
contente de rapporter, à la lumière du chapitre 7, l'arrivée de
Tibère et de l'Empereur dans la maison du vieil aveugle, et,
si Moissy pose le rapport pédagogique et définit l'objet de
l'enseignement, il passe sous silence les leçons elles-mêmes.
Ces transpositions théâtrales manifestent ainsi la distorsion
qui, dans le modèle, existe entre l'action et le verbe, cependant que la forme versifiée d'Ozicourt accuse la diction
mesurée du prosateur de 1767 d'autant plus que des para-
graphes entiers sont presque littéralement repris.

Sans s'attarder au *Bélisaire* (1781) de Delisle de Sales qui
joue par rapport à la tragédie de Rotrou et non par rapport à
l'œuvre de Marmontel, bien que l'idée de sa composition ait
pu être inspirée par le best-seller de 1767, on peut encore
mentionner, d'Auguste-Félix Desaugiers, *Bélisaire*, tragédie
lyrique en quatre actes et en vers libres, lue le 16 mai

1787[100], et dont le mode d'expression choisi est un nouvel écho de la cadence distinctive de la prose de Marmontel. Desaugiers, qui atténue, à son tour, certaines invraisemblances (Tibère et Eudoxe s'aiment avant que ne commence l'action, l'épouse n'ignore pas la libération de son mari si elle en ignore l'état...), fait, comme Ozicourt, entendre au début de la pièce les plaintes d'Antonine tout en mettant en scène le complot évoqué, transpose, à l'acte II, l'épisode champêtre du chapitre 4 et, après avoir montré Tibère envoyé par Bélisaire auprès de l'Empereur pour lui découvrir la trame de la conspiration qui menace sa vie (Acte III), présente, au cours du dernier acte, Justinien que le même Tibère conduit chez le vieil aveugle au titre non de père mais d'« ami » et qui va reconnaître dans l'émotion l'injustice commise et s'efforcer de la réparer par un retour triomphal au palais impérial.

Signalons également ce *Bélisaire*, lu et reçu par l'administration des Jeux gymniques à Paris le 4 juillet 1800 et dont nous possédons en manuscrit le récit de l'action découpé en scènes[101]. Un prologue qui peint l'Empereur à Byzance inquiet des menaces bulgares est suivi de deux tableaux historiques à grand spectacle. Les principaux personnages de 1767 se retrouvent, mais la mère d'Eudoxe, disparue, est remplacée par une gouvernante, tandis que Bessas ne meurt pas et est épris d'Eudoxe. La fiction de l'incognito de Justinien est conservée (elle est décidée à la suite d'une scène issue du chapitre 1), mais de nouveau est escamotée la partie didactique. Illustrant un changement du goût, des actions violentes se succèdent (tentative d'enlèvement d'Eudoxe par Bessas, tentative d'assassinat du père et de la fille par le même Bessas, attaques répétées des Bulgares...) dans le décor d'une nature tourmentée faite de montagnes et de cavernes et traversée d'orages. En même temps, se déploient, à un degré exacerbé, les manifestations de sensibilité présentes chez Marmontel.

---

100. B.N., n.a.fr. 2873, f° 86-111.

101. B.H.V.P., ms. 773.

De ce *Bélisaire* à l'atmosphère mêlée de frayeur et d'horreur, nous passons, avec Madame de Genlis, à un *Bélisaire* (1808) marqué au sceau de l'idéologie nouvelle qu'annonce, en 1802, la parution du *Génie du christianisme*. *Bélisaire* redevient roman — « historique », précise l'auteur, qui, rappelons-le, est accoutumé à mettre en œuvre la structure pédagogique héritée de Fénelon. Au « roman politique » de Marmontel, qu'elle déclare ne pas vouloir refaire, la romancière, qui se dit attachée à la vérité historique et notamment à celle des caractères, consacre de longues pages[102] où elle relève les invraisemblances (depuis la scène initiale marquée par les interventions de l'humble aveugle assis au coin du feu dans une compagnie formée des plus grands seigneurs de la Cour jusqu'à la fiction des leçons adressées à un Justinien qui devait en connaître la teneur) et où elle critique le portrait du héros ; car cet « encyclopédiste », ce « déiste » (alors que les déistes au VIᵉ siècle passaient pour des impies !), cet homme modeste (alors que le général fut couvert de gloire !), cette victime totalement dénuée de ressentiment, même dans les premiers moments, lui semble n'être qu'un « portrait de fantaisie ». A l'opposé, Madame de Genlis peint un héros plein d'orgueil qu'irrite l'ingratitude de l'Empereur et qui est prêt à se venger. Refusant, par respect pour la majesté royale, l'avilissement « intolérable » où Marmontel plonge Justinien, elle imagine que celui-ci est seulement coupable de faiblesse et d'injustice et met l'acte de cruauté au compte de Narsès, le rival. Le récit montre comment Bélisaire est peu à peu détourné de son projet de vengeance sous l'influence de… Gelimer, transformé, aux dépens de la vérité historique pourtant initialement revendiquée, en solitaire de Thébaïde, en véritable saint. On l'a compris : Madame de Genlis réoriente le *Bélisaire* « philosophique » de Marmontel et le transforme en un livre destiné à illustrer, à travers un exemple sublime, le pouvoir de

_____

102. *Bélisaire*, Paris, 1808, Préface et Notes historiques, pp. 213-232.

la religion. Guidé par Gelimer qui l'incite à la résignation et à la patience, le héros finit par déposer aux pieds du crucifix ses désirs mauvais et remporter une noble victoire sur lui-même. *Bélisaire* est désormais ouvertement « christianisé »[103]. Métamorphose significative et qui semble pour ainsi dire sonner le glas de l'ère des Lumières...

IX – Les éditions

Selon le *Catalogue hebdomadaire* du 7 février 1767, *Bélisaire* (340 p.) paraît à Paris chez Merlin sous deux formats, in-8° avec figures (au prix de 5 livres) et in-12 avec ou sans figures (aux prix de 3 et 2 livres respectivement). Les figures qui sont de Gravelot comprennent, outre un frontispice, trois planches qui illustrent des scènes des chapitres 6, 7 et 16. Le frontispice, qui porte les deux signatures de Gravelot et de Le Vasseur (*H. Gravelot inv. C. Le Vasseur sculp.*) et dont le titre est emprunté à Sénèque (« Ecce spectaculum dignum ad quod respiciat intentus operi suo Deus : ecce par deo dignum, Vir fortis, cum mala fortuna compositus. *Senec.* »), montre, dans un paysage planté d'arbres à l'arrière-plan duquel se distinguent des constructions et un clocher, Bélisaire qui s'avance, s'appuyant d'une main sur un bâton et posant l'autre sur l'épaule de son jeune guide. Les deux personnages viennent à peine de dépasser un socle, situé sur la gauche, d'où s'élève une colonne tronquée et sur lequel on lit / BELISAIRE / *par*/ M. Marmontel / *de l'Acad.ᶜ Franc.*

Des figures qui suivent, la première (face à la page 57), signée *H. Gravelot inv. Massard sculp.*, représente l'arrivée de Bélisaire dans la chambre d'Antonine. Sur le côté gauche, un lit à baldaquin ; Antonine, debout, le sein décou-

---

103. Le roman de Madame de Genlis donne naissance à son tour à un mélodrame en trois actes et à grand spectacle de Cuvelier et Hubert (B.N., n.a.fr.2873, f° 34-74).

vert, le bras tendu, soutenue par Eudoxe et par Tibère, s'élance vers Bélisaire qui tend les bras vers elle. Près de l'aveugle, se tiennent notamment le jeune guide et Anselme. Le titre est tiré des paroles d'Antonine : « Les Monstres ! Voilà sa récompense ». Signée *H. Gravelot inv. Le Veau sculp.*, la seconde figure (face à la page 69) est une scène d'extérieur. « Un vieux portique en ruines » s'élève sur la droite d'un paysage. Bélisaire, qui vient de se lever d'une pierre contre laquelle il a posé son bâton, tend les bras vers Justinien qui détourne la tête d'horreur et auprès de qui se tient Tibère. Le jeune guide est en retrait sous le portique. Le titre reprend les mots d'accueil de Bélisaire : « Qu'il approche et que je l'embrasse ». Face à la page 255, la dernière figure, signée *H. Gravelot inv. Le Masquelier sculp.*, correspond au retour de Justinien dans son palais dont les colonnades, les frontons, les escaliers et les terrasses se dessinent sur la gauche. D'une foule de courtisans, se détache Justinien, le bras et l'index pointés vers Bélisaire appuyé sur son bâton. Le titre reproduit la menace de l'Empereur : « Tremblez, lâches, son innocence et sa vertu me sont assez connues ».

Dans ses lettres à Voltaire et à Scheffer des 8 et 27 mars 1767 (n° 113 et 117), Marmontel annonce à ses correspondants qu'en raison de la querelle soulevée, la « seconde édition » est « suspendue ». Mais, en fait, très tôt, le livre a dû être l'objet de diverses émissions et aussi de nombreuses contrefaçons. Il en résulte que la description des *Bélisaire* datés de Paris, Merlin, 1767, in-8° ou in-12, et comprenant 340 pages n'est pas aisée. Maints exemplaires que nous possédons aujourd'hui révèlent entre eux des différences qui laissent soupçonner une floraison de tirages ou de réimpressions. Un critère de distinction réside évidemment dans l'« Addition à la Note de la Page 237 » rédigée au temps des premières conférences tenues avec les représentants de l'Église. L'insertion de l'Addition, parue d'abord en feuille volante, soit au début de l'ouvrage soit à la fin témoigne d'une émission postérieure à l'édition originale. Encore plus tardive doit être considérée l'émission/édition qui incorpore l'Addition à sa place dans le livre. Cependant ce critère reste insuffisant pour déterminer si l'on a affaire à des exemplaires réellement sortis de chez Merlin ou à des contrefaçons. D'autres éléments doivent être pris en compte et notamment la disposition typographique de l'épigraphe, la vignette de la page de titre, le colophon ou encore les figures : ici, plusieurs indices sont appelés à jouer. D'abord, les positions inversées : dans le frontispice, il arrive en effet que le socle et la colonne soient à droite de sorte que Bélisaire s'appuie sur son guide de la main droite et sur son bâton de la main gauche. La même inversion peut se produire dans les autres figures : le lit d'Antonine, la façade du palais de Justinien sont alors à droite tandis que le portique en ruines s'élève à gauche. D'autre part, il faut aussi tenir compte de la place des figures (elles ne sont pas toujours situées au regard des pages 57, 69 et 255), de la présence ou de l'absence de légendes, de la présence ou de l'absence de signatures et enfin de la qualité même de l'exécution[104].

En fonction de ces éléments, il semble possible de procéder à la description bibliographique suivante pour l'édition **Paris, Merlin, 1767, 340 pages, in-8° ou in-12 :**

I – ÉDITION CONSIDÉRÉE COMME ORIGINALE :

BELISAIRE. / PAR M. MARMONTEL, / De l'Académie Françoise. / filet gras-maigre 60 mm / *Non miror, siquandò impetum capit* / (Deus) *spectandi magnos viros, colluctan-* / *tes cum aliquâ calamitate.* / Sénec. De Provid. / filet maigre-gras 60 mm / vignette / A PARIS, / Chez MERLIN, libraire, rue de la Harpe, / à l'Image S. Joseph. / filet gras-maigre 52 mm / M. D C C. L X V I I. / *Avec Approbation, & Privilège du Roi.* /

(I)-X Préface – [1]-272 *Bélisaire* – [273] Titre demi-page :

104. Ajoutons qu'il est aussi possible, comme nos notes le montrent, de faire état de légères différences de texte (souvent des coquilles) qui révèlent des origines distinctes.

Fragmens / de / Philosophie Morale. / – [274] Avis – [275]-310 *De la Gloire* – 311-324 *Des Grands* – 325-340 *De la Grandeur –* 3 pages non numérotées (Approbation et Privilège du Roi accordé à Joseph Merlin).

8° sig. A-Aiiii – X-Xiv, P-Zii (*sic*).

Vignette : un rectangle entouré de petits ornements décoratifs qui dessinent un cercle et formé de 5 carrés en haut et en bas, de 4 sur chacun des deux côtés, ces carrés contenant eux-mêmes des carrés noirs avec un point blanc au centre. A l'intérieur du rectangle, 3 croix en haut et en bas, 2 sur chaque côté, aux quatre coins des x ; à l'intérieur de l'espace ainsi délimité par les croix, 4 x en pointillé en haut et en bas.

Figures : conformes à la description donnée ci-dessus.

Colophon : De l'Imprimerie de P. ALEX. LE PRIEUR, / Imprimeur du Roi, rue S. Jacques. /

B.N., Rés. Y 3666 (l'exemplaire doré sur tranches contient, à la suite du *Bélisaire*, l'*Examen de Bélisaire*).

La B.M. de Pau possède, sous la cote Rés. 68402, un exemplaire identique, à l'exception des deux dernières signatures qui sont Z et Pii (il manque le frontispice).

La B. de l'Arsenal possède, sous la cote 8° BL 18781, un exemplaire identique à celui de la B.M. de Pau (sig. Z-Pii), mais doré sur tranches et qui contient l'« Addition à la Note de la Page 237 » placée en fin de volume après l'Approbation et le Privilège.

La B.H.V.P. possède, sous la cote 948270, un exemplaire dont la page de titre et le colophon correspondent à ceux qui sont décrits ci-dessus. Mais les dernières signatures sont Z-Zii ; les culs de lampe sont différents ; la disposition des pages des deux premiers chapitres n'est pas exactement la même ; les deux dernières figures manquent ; enfin, on relève d'infimes variantes dans le texte.

Dans la suite de la description, nous nous contentons de relever les éléments distinctifs.

II

12° sig. A-Avi – P-Pii

Épigraphe : même disposition que ci-dessus mais : *si quandò*.

Addition à la Note de la Page 237 : insérée à la fin du volume, avant l'Approbation et le Privilège.

On peut à l'occasion noter d'infimes différences dans le texte par rapport à l'édition dite originale : par exemple, p. 113, « la Cour » au lieu de « sa Cour ».

B. Arsenal, 8° BL 17515.

Édition recensée par R. L. Dawson, *Additions to the Bibliographies of French Prose Fiction 1618-1806*, Oxford, The Voltaire Foundation, 1985, p. 256, n° 177.

III

12°

Épigraphe : *si quandò*

Vignette : un rectangle entouré de petits ornements décoratifs qui dessinent un cercle et formé par 5 carrés en haut et en bas, 4 sur les côtés, chaque carré ayant à l'intérieur un carré noir ; à l'intérieur de l'espace ainsi délimité, 5 x en haut et en bas, 4 x sur les côtés ; au centre deux rangées de 4 x en pointillé.

Édition signalée par Dawson (n° 178).

IV

8° sig. a-aii A-Aiv-Y-Yii.

Épigraphe : [...] *si quandò* [...] *colluctantes* /

Vignette : bordure ornementée à l'intérieur de laquelle se trouvent 4 carrés formés chacun de 4 cristaux de neige.

Figures : frontispice non signé avec colonne en ruine à droite ; les autres figures ne sont pas non plus signées ; le lit est à droite, le portique à gauche, le palais à droite.

Colophon : De l'mprimerie (*sic*) de P. ALEX, Le PRIEUR, ...

Contrefaçon dont nous possédons un exemplaire et dont Dawson signale un format in-12 (n° 176).

V

12° sig. a-aiv A-Avi – P-Pii.

Épigraphe : […] *si quandò* […] *colluc- / tantes*

Vignette : un carré entouré d'ornements décoratifs qui dessinent un cercle et formé de 5 carrés, chacun d'eux contenant lui-même un carré blanc ; à l'intérieur de l'espace ainsi délimité, 3 x sur chaque côté avec des étoiles dans les coins ; au centre, trois rangées de x en pointillé, 4 en haut, 4 en bas et 2 transversaux au milieu.

Décoration reprise en cul de lampe page 68.

Figures : selon les exemplaires, la seconde porte les deux signatures ou celle de Gravelot seulement.

Addition à la Note de la Page 237 insérée soit au début soit à la fin du volume.

Colophon : De l'Imprimerie de P. ALEX, LE PRIEUR,...

Des erreurs de pagination (319 pour 219, 321 pour 221, 148 pour 248, 149 pour 249).

Contrefaçon.

B.N., Y² 9566, Y² 51304. B. Arsenal, 8° BL.17516.

Édition signalée par Dawson (n° 179).

VI

Il existe une édition in-12 de 340 p. portant la date de 1765 :

BÉLISAIRE. / PAR M. MARMONTEL, / De l'Académie Françoise. / filets ornementés gras-maigre 53 mm. / *Non miror, si quandò impetum capit* / (Deus) *spectandi magnos viros, colluc- / tantes cum aliquâ calamitate.* / Sénec. De Provid. / filets maigre-gras 53 mm. / fleuron / *A PARIS,* / Chez MERLIN, Libraire, rue de la Harpe, à l'Image S. Joseph. / filets gras-maigre ornementés 45 mm. / M. DCC. LXV. / *Avec Approbation, & Privilège du Roi.* /

Fleuron avec une fleur de lys qui se détache en haut, en bas et sur chaque côté.

Addition à la Note de la Page 237 après la Préface.

Colophon : De l'Imprimerie de P. ALEX, LE PRIEUR,...

La date imprimée est évidemment une erreur.

Contrefaçon.
B. de Bordeaux, P.F. 25864.
Notons qu'une édition datée de 1766 est signalée par Quérard dans sa *France Littéraire* ; nous n'en avons pas trouvé trace.

En dehors de ces éditions, il existe sous la même date de **1767** et la même adresse de **Paris, Merlin** des **éditions qui n'ont pas 340 pages** :

1) *Édition en 352 p.*

XII Préface + 1-189 *Bélisaire* + 191-238 *Fragmens de Philosophie Morale* + 239-352 *Pièces relatives à Bélisaire.*
Chicago, The Newberry Library, Y 762 M 368

2) *Édition en 249 p.*

BÉLISAIRE. *PAR M. MARMONTEL, de l'Académie Françoise.* Nouvelle édition, revue et corrigée.
XII + (1)-201 (BÉLISAIRE) + (203)-249 (FRAGMENS DE PHILOSOPHIE MORALE) (Suivent, paginées séparément, les *Pièces relatives à Bélisaire, Les XXXVII Vérités opposées aux XXXVII Impiétés de Bélisaire*)
Vignette (deux petits Amours)
Frontispice (face à la p. 9) : colonne à droite ; légende et signatures (*H. Gravelot inv. / D.F.B. sculp.*).
Autres illustrations avec légendes et signatures (baldaquin à droite, portique à gauche, palais à droite).
Addition à la note du chapitre XV intégrée.
Yale University Library

3) *Édition en 238 p.*

8° sig. aii-aiii A-A4 – V-V2
Épigraphe : ...*si quandò* [...] *capit (Deus)* / [...] *cum ali- / quâ*
Vignette : fleuron
Absence de figures
Colophon : De l'Imprimerie de P. ALEX. LE PRIEUR, / Imprimeur du Roi, rue S. Jacques. /
(III)-XII Préface + (1)-189 *Bélisaire* + (191) *Fragmens* /

de Philosophie morale. / + (192) Avis + (193)-238 : *Fragmens...* + Addition à la Note de la Page 164 + Approbation et Privilège du Roi.

Le chapitre 15 s'achève sur la phrase : « Tout l'adore ».

Contrefaçon.

B.N., Y² 51305.

Dawson recense sous le numéro 180 une édition en 238 pages où le titre porte « Française » au lieu de « Françoise » et dont la vignette est constituée d'un carré formé de 8 x 8 petites croix avec, de chaque côté, une décoration triangulaire. Cette édition sans figures ni colophon, où *Bélisaire* occupe les pages 1-191 et qui incorpore à la note (pp. 165-166) l'Addition, doit être également une contrefaçon (Épigraphe : *colluctantes* /)

Éditions 1767 avec adresse étrangère :

Neuchâtel :

Titre : BÉLISAIRE.

Épigraphe : *capit (Deus)* / […] *colluctantes cum* / − Fleuron − Titre, épigraphe et fleuron sont séparés par des filets maigre-gras-maigre 73 cms − Adresse : A NEUF CHATEL,

i-vi Préface + 1-181 *Bélisaire* + 182 *Avis* + 183-228 *Fragmens de Philosophie morale.*

Contrefaçon vraisemblable (Genève, B.P.U., HF 882).

Une autre édition portant l'adresse de Neuchatel est décrite par Dawson (n° 182).

Lausanne:

Titre : De l'Academie

Épigraphe : *capit* / […] *colluc-* / *tantes* − Fleuron

(i)-xii Préface + (1)-226 *Bélisaire* + (227)-286 *Fragmens de Philosophie morale*

Contrefaçon vraisemblable (Genève, B.P.U., Se 9991).

Yverdon :

Épigraphe : *capit (Deus)* / […] *cum aliqua* / − Fleuron

(i)-x Préface + (1)-180 *Bélisaire* + (182)-226 *Fragmens de Philosophie morale.*

Édition imprimée à Yverdon par F.B. de Félice (Genève, B.P.U., HF 883).

On peut encore mentionner les adresses de <u>Francfort</u> (Dawson, n° 176/1), <u>Leipsic</u> (Dawson, n° 181), <u>Vienne</u> (B.N., 16° Y² 18977), <u>Amsterdam</u> (Dawson, n° 183).

Parmi les éditions qui sont datées de **1768** et de **1769** (Paris, Merlin ; Lausanne, François Grasset…), on est tenté de décrire l'édition de La Haye qui semble avoir été répandue :

BÉLISAIRE / *PAR* / M. MARMONTEL, / NOUVELLE ÉDITION, / Corrigée & augmentée des Pieces relatives / à cet Ouvrage. / *Enrichi de figures en taille douce.* / Fleuron / A LA HAYE, / AUX DÉPENS DE LA COMPAGNIE. / Filets gras 50 mm.-maigre 46 mm. / M. DCC. LXIX. / (titre en lettres rouges et noires).

8° a-aii A-A4 – Z-Z4 Aa-Aa2 – Gg-Gg2

Vignette à motif floral.

Non signées mais portant toutes, sauf le frontispice, leur titre, les figures sont d'une exécution très gauche (les têtes des personnages notamment sont grossièrement simplifiées). La colonne du frontispice est à droite, le portique de la troisième figure est à gauche.

viii PRÉFACE + (1) – 193 BELISAIRE. + 194 AVIS. + (195)-242 FRAGMENTS / *DE* / PHILOSOPHIE MORALE. / + 243 : PIECES / *RELATIVES* / A BÉLISAIRE. / + (245)-259 : ANECDOTE / *sur* / BÉLISAIRE. / SECONDE ANECDOTE / *sur* / BÉLISAIRE. / + 260-262 EXTRAIT / *D'une Lettre écrite de Geneve.* / A M.*** / *Sur la liste imprimée des propositions que* / *la sorbonne a extraites de Bélisaire, pour* / *les condamner.* / + (263)-303 LES XXXVII VÉRITÉS / *OPPOSÉES* / AUX XXXVII IMPIÉTÉS / DE BÉLISAIRE. / *PAR UN BACHELIER UBIQUISTE.* / + (304) BILLET / DE M. DE V., ADRESSÉ A M. D. / + (305)-321 *RÉPONSE* / DE M. MARMONTEL, / *A une lettre de M. l'Abbé RIBALLIER,* / *syndic de la faculté de théologie de Paris.* / + 322-338 LETTRE / DE M. MARMONTEL, / *A M. RIBALLIER, Syndic de la Faculté* / *de Théologie & Censeur Royal, au sujet du* /

Libelle intitulé : Examen sur Bélisaire. / + 339-341
LETTRE / *De M. de V. à M. MARMONTEL.* / + 342-350
EXPOSÉ / *Des motifs qui m'empêchent de souscrire* / *à l'in-
tolérance civile.* / + 351-352 LETTRE / *De M.* DE VOL-
TAIRE *à M. le* / *prince* GALLITZIN. / Table non paginée.

B. Arsenal, 8° BL 17517.

C'est sous l'appellation voisine « nouvelle édition augmentée de pièces relatives à cet ouvrage » qu'un *Bélisaire*
est publié, l'année suivante, à Paris par Merlin.

De **décennie en décennie**, les éditions, dont les figures
sont parfois médiocres, se poursuivent, tant à Paris qu'à
l'étranger : Lausanne F. Grasset, 1771, La Haye, Aux
dépens de la Compagnie, 1775, Londres, 1780 (en fait
imprimé à Paris, Cazin), Maestricht, J.E. Dufour et Phil.
Roux, 1782, Londres, 1793, 1796 (nouvelle édition ornée de
6 estampes d'après les dessins de Stothard)...

En même temps que *Bélisaire* continue à paraître séparément, il est publié soit avec les *Contes moraux,* soit dans les
Œuvres complètes (par exemple, Paris, Née de la Rochelle,
1787, 17 vol., t. IV : *Bélisaire*).

X – Note sur l'établissement du texte

Nous suivons ici l'édition que nous avons toute raison de
considérer comme l'édition originale de 1767. S'il nous
arrive de corriger d'évidentes coquilles, nous le signalons en
général dans les notes. Nous relevons les principales
variantes que présentent les autres émissions/éditions de
1767 en 340 pages (les références sont faites en fonction de
la numérotation en chiffres romains adoptée dans la description). Nous relevons même certaines coquilles qui peuvent
aider à identifier l'émission/édition. Nous modernisons l'or-
thographe ainsi que la ponctuation dans son ensemble.

BIBLIOGRAPHIE

ÉDITIONS

I – *ŒUVRES COMPLÈTES ET CHOISIES*

– *Œuvres complètes de M. Marmontel*, éd. revue et corrigée par l'auteur, Paris, Née de la Rochelle, 1787, 17 vol. (*Bélisaire* est reproduit au t. IV).

– *Œuvres complètes de Marmontel*, nouv. éd., Paris, Verdière, 1818-1820, 19 vol. (au tome VII correspond *Bélisaire*).

– *Œuvres choisies de Marmontel*, Paris, Verdière, 1824-1825, 10 vol. (*Bélisaire* est reproduit au t. V).

II – *ŒUVRES SÉPARÉES*

– *Contes moraux, par M. Marmontel, Suivis d'une Apologie du Théâtre*, nouvelle édition, corrigée et augmentée, t. I-IV, La Haye, 1766.

– *Correspondance*, texte établi, annoté et présenté par J. Renwick, t. I-II, Université de Clermont-Ferrand, Institut d'Études du Massif Central, Centre de Recherches révolutionnaires et romantiques, 1974.

– *Éléments de littérature*, Paris, F. Didot Frères, Fils et Cie, 1856-1857, t. I-III.

– *Mémoires de Marmontel* publiés avec Préface, notes et Tables par Maurice Tourneux, t. I-III, Paris, Librairie des Bibliophiles, 1891.

> éd. John Renwick, Clermont-Ferrand, de Bussac, 1971, t. I-II.

Études consacrées à Marmontel et à son œuvre

- BUCHANAN (Michelle), « Marmontel : un auteur à succès du XVIIIᵉ siècle », *Studies on Voltaire and the Eighteenth Century*, Oxford, The Voltaire Foundation, vol. 55, 1967, pp. 321-331.

- *De l'Encyclopédie à la Contre-Révolution. Jean-François Marmontel (1723-1799)*, Études réunies et présentées par J. Ehrard, Postface de Jean Fabre, Collection Écrivains d'Auvergne, Clermont-Ferrand, 1970.

- DUBREUIL (L.), « La palinodie de Marmontel », *Annales révolutionnaires*, juillet-août 1922, pp. 319-333.

- LENEL (S.), *Un homme de lettres au XVIIIᵉ siècle : Marmontel d'après des documents nouveaux inédits*, Paris, Hachette, 1902.

- PRATT (T.M.), « Glittering prizes : Marmontel's theory and practice of epic », *Studies on Voltaire and the Eighteenth Century*, Oxford, The Voltaire Foundation, vol. 249, 1987, pp. 341-357.

- RENWICK (John), « Essai sur la première jeunesse de J.F. Marmontel (1723-1745) ou Antimémoires », *Studies on Voltaire and the Eighteenth Century*, Oxford, The Voltaire Foundation, vol. 176, 1979, pp. 273-348.

        — « Jean-François Marmontel : the formative years (1753-1765) », *Studies on Voltaire and the Eighteenth Century*, Oxford, The Voltaire Foundation, vol. 76, pp. 139-232.

        — *La destinée posthume de Jean-François Marmontel (1723-1799). Bibliographie critique (articles et documents)*, Publications de l'Institut d'Études du Massif Central, Fascicule IX, 1972.

- WAGNER (Jacques), *Marmontel journaliste et le Mercure de France*, Presses Universitaires de Grenoble, 1975.

Études relatives au roman et à la prose du XVIIIᵉ siècle

- BARGUILLET (Françoise), *Le Roman au XVIIIᵉ siècle*, Paris, P.U.F., 1981.

- CLAYTON (V.), *The prose poem in French Literature of the Eighteenth Century*, Publications of the Institute of French studies, Columbia University, New York, 1936.

- COULET (Henri), *Le Roman jusqu'à la Révolution*, t. I, *Histoire du Roman en France*, Paris, Colin, Collection U, 1967.

- ÉTIENNE (Servais), *Le Genre romanesque en France depuis l'apparition de la Nouvelle Héloïse jusqu'aux approches de la Révolution*, Paris, Colin, 1922.

- GRAMONT (Maurice), « Le rythme et l'harmonie chez quelques prosateurs du XVIIIᵉ siècle », *Français moderne*, VI, 1938, pp. 1-16.

- GRANDEROUTE (Robert), *Le Roman pédagogique de Fénelon à Rousseau*, Genève-Paris, éd. Slatkine, 1985, 2 vol.

A propos de Bélisaire

I – *LA QUERELLE*

- AUBERT (Père François), *Réfutation de Bélisaire et de ses oracles, Messieurs J.J. Rousseau, de Voltaire, &c. &c.* Bâle [Paris], 1768.

- BEAUMONT (Mgr.), *Mandement de Mgr l'archevêque de Paris portant condamnation d'un livre qui a pour titre Bélisaire, par M. Marmontel de l'Académie Française*, Paris, 1768.

- *Censure de la Faculté de Théologie de Paris contre le livre qui a pour titre Bélisaire*, Paris, Veuve Simon, 1767.

- COGER (abbé François-Marie), *Examen de Bélisaire de M. Marmontel*, Paris, de Hansy, 1767.
  —   nouvelle édition augmentée, Paris, de Hansy, 1767.

– *Honnêteté théologique*, 1767 (J. Renwick, *Marmontel, Voltaire and the Bélisaire Affair, Studies on Voltaire and the Eighteenth Century*, Oxford, The Voltaire Foundation, vol. 121, 1974, Appendice E, pp. 359-366).

– *Indiculus propositionum exceptarum ex libro cui titulus Belisaire*, Paris, Merlin, 1767.

– LEGGE (abbé de), *Pièces relatives à l'Examen de Bélisaire, contenant 1°) Réponse à l'apologie de M. Marmontel, adressée à M. Riballier, syndic de la Faculté de Théologie de Paris 2°) Lettre de M. de Voltaire à M*** et les Réponses de M*** 3°) Critique théologique du XVᵉ chapitre de Bélisaire*, Paris, de Hansy, 1768.

– MARMONTEL (Jean-François), *Exposé des motifs qui m'empêchent de souscrire à l'intolérance civile*, 1767 (*Bélisaire*, nouvelle édition, La Haye, Aux dépens de la Compagnie, 1769, pp. 342-350).

– *Pièces relatives à Bélisaire*, [Genève-Paris], 1767.

– REYNAUD (abbé Marc-Ant.), *Lettre à M. Marmontel par un déiste converti à l'occasion de son livre intitulé Bélisaire dans laquelle on fait une critique du XVᵉ chapitre de ce fameux roman*, Paris, 1767.

– RIBALLIER (abbé Ambroise), *Lettre d'un docteur à un de ses amis au sujet de Bélisaire*, s.l. 1768.

– *Seizième chapitre de Bélisaire*, A Constantinople et Paris, Vallat la Chapelle, 1768.

– TURGOT (Anne-Robert-Jacques), *Les xxxvii Vérités opposées aux xxxvii impiétés de Bélisaire par un bachelier ubiquiste*, Paris, 1767 (*Bélisaire*, nouvelle édition, La Haye, Aux dépens de la Compagnie, 1769, pp. 263-303).

– VOLTAIRE, *Anecdote sur Bélisaire par l'abbé Mauduit qui prie qu'on ne le nomme pas*, 1767, in *Œuvres complètes*, éd. Moland, Paris, t. XXVI ; *Œuvres complètes*, éd. dirigée par W. Barber et U. Kölving, Oxford, The Voltaire Foundation, t. 63.

–   *La Défense de mon maître ou Réponse catégorique au sieur Cogé signée Valentin par-*

lant au nom de son maître, 1767, *O.C.*, éd. Moland, t. XXVI ; *O.C.*, éd. dirigée par W. Barber et U. Kölving, Oxford, The Voltaire Foundation, t. 63.

—   *La Défense de mon oncle*, 1767, *O.C.*, éd. Moland, t. XXVI.

—   *Épître écrite de Constantinople aux Frères*, 1768, *O.C.*, éd. Moland, t. XXVI.

—   *Lettre de Gérofle à Cogé*, 1767, *O.C.* éd. Moland, t. XXVI.

—   *Lettre de l'archevêque de Cantorbéri à M. l'archevêque de Paris*, 1768, *O.C.*, éd. Moland, t. XXVI.

—   *La Prophétie de la Sorbonne de l'an 1530 tirée des manuscrits de M. Baluse*, 1768, *O.C.*, éd. Moland, t. XXVI.

—   *Seconde Anecdote sur Bélisaire*, 1767, *O.C.*, éd. Moland, t. XXVI ; *O.C.*, éd. dirigée par W. Barber et U. Kölving, Oxford, The Voltaire Foundation, t. 63.

—   *Les Trois Empereurs en Sorbonne par M. l'abbé Caille*, 1768, *O.C.*, éd. Moland, t. X.

II – *LE CONTEXTE HISTORIQUE ET LITTÉRAIRE*

1. *Périodiques*

Année littéraire (1768 ; 1786-1787)
Annonces, Affiches et Avis divers (1767)
L'Avant-Coureur (1767-1768)
Bibliothèque des sciences et des beaux-arts (1767)
Catalogue hebdomadaire (1767)
Courrier d'Avignon (1767-1768)
Gazette d'Amsterdam (1767-1768)
Gazette de Leyde (1767)
Gazette d'Utrecht (1767)
Journal des gens du monde (1784)
Journal des savants (1767-1768)
Journal ecclésiastique (1767)

Journal encyclopédique (1767-1768)
Journal littéraire de Nancy (1787)
Mémoires pour l'histoire des sciences et des beaux-arts (1767)
Mercure de France (1787-1788)
Nouvelles ecclésiastiques (1768)

2. *Correspondances, Mémoires, Tableaux, Éloges*

— CHÉNIER (Marie-Joseph), *Tableau historique de l'état et des progrès de la littérature française depuis 1789*, Paris, 1818, 3ᵉ éd.

— COLLÉ (Charles), *Journal et Mémoires de Charles Collé sur les hommes de lettres, les ouvrages dramatiques et les événements les plus mémorables du règne de Louis XV (1748-1772)*, nouvelle éd. augmentée de fragments inédits, avec une introduction et des notes par H. Bonhomme, Paris, 1868, t. I-III.

— *Correspondance inédite de Condorcet et Madame Suard 1771-1791*, éd. E. Badinter, Paris, Fayard, 1988.

— *Correspondance inédite de Stanislas-Auguste Poniatowski et de Madame Geoffrin*, éd. de Mouÿ, Paris, 1875.

— *Correspondance littéraire, philosophique et critique* par Grimm, Diderot, Raynal, Meister etc., éd. M. Tourneux, Paris, 1877-1882.

— DESESSARTS, *Supplément à la Bibliothèque d'un homme de goût*, t. IV, Paris, An VII (t. I-III : *Nouvelle Bibliothèque d'un homme de goût, ou Tableau de la littérature ancienne et moderne*, 3ᵉ éd. corrigée et augmentée par une société de gens de lettres, Paris, Des Essarts, An VI-1798).

— DIDEROT (Denis), *Correspondance*, éd. G. Roth, Paris, 1954-1970.

— LA HARPE (Jean-François), *Correspondance littéraire, adressée à son Altesse Impériale Mgr Le Grand-Duc, aujourd'hui Empereur de Russie, et à M. Le Comte André Schowalov, chambellan de l'Impératrice Catherine II, depuis 1774 jusqu'à 1791*, t. I-VI, Paris, An IX (1801)-1807.

- *Mémoires secrets pour servir à l'histoire de la république des lettres en France depuis MDCCLXII jusqu'à nos jours*, Londres, Adamson, 1777-1789, 36 vol.

- MORELLET (André), *Éloge de Marmontel, L'Un des quarante*, Paris, Xhrouet, An XIII (1805).
  — *Mélanges de littérature et de philosophie du XVIIIe siècle*, Paris, 1818, 4 vol.
  — *Mémoires de l'abbé Morellet sur le dix-huitième siècle et sur la Révolution*, Paris, Mercure de France, 1988.

- SABATIER DE CASTRES (Antoine), *Les Trois siècles de littérature française ou Tableau de l'esprit de nos écrivains depuis François Ier jusqu'en 1779*, 4e éd., t. I-IV, La Haye et Paris, 1779.

- SALVERTE (Eusèbe), *Tableau littéraire de la France au dix-huitième siècle*, Paris, Nicolle, 1809.

- VOLTAIRE, *Correspondence and related documents*, éd. Besterman, Genève, Banbury, Oxford, 1968-1977.

III – *LE CONTEXTE PHILOSOPHIQUE*

- *Encyclopédie ou Dictionnaire raisonné des sciences, des arts et des métiers par une société de gens de lettres. Mis en ordre et publié par M. Diderot et quant à la partie mathématique par M. d'Alembert*, 1751-1780, 35 vol.

- HELVÉTIUS (Claude-Adrien), *De l'Esprit*, Paris, 1758 (Milan, s.d.).

- MABLY (Gabriel Bonnot de), *Entretiens de Phocion sur le rapport de la morale avec la politique, traduits du grec de Nicoclès, avec des remarques*, Amsterdam [Paris], 1763.

- MONTESQUIEU, *Considérations sur les causes de la grandeur des Romains et de leur décadence*, 1734
  — *De l'esprit des lois*, 1748 (*Œuvres complètes*, La Pléiade, 1951).

- ROUSSEAU (Jean-Jacques), *Émile ou de l'éducation*, 1762 (*Œuvres complètes*, La Pléiade, t. IV, 1969).

– TOUSSAINT (François-Vincent), *Les Mœurs*, [Paris], 1748.

– VOLTAIRE, *Dictionnaire philosophique*, 1764 (éd. R. Naves, Paris, Garnier, 1961).

    —   *Poème sur la Loi naturelle*, 1752, in *Œuvres complètes*, éd. Moland, t. IX.

    —   *Traité sur la tolérance à l'occasion de la mort de Jean Calas*, 1762 (éd. R. Pomeau, Paris, G.-F., 1989).

IV – *ÉTUDES*

– BOIME (Albert), « Marmontel's *Belisaire* and the Pre-Revolutionary Progressivism of David », *Art History*, vol. 3, n° 1, mars 1980, pp. 81-101.

– MONTY (Jeanne R.), « The myth of Belisarius in XVIIIth century France », *Romance Notes*, IV, n° 2, spring 1963, pp. 127-131.

– PROSCHWITZ (Gunnar von), « Gustave III et les Lumières : l'affaire de Bélisaire », *Studies on Voltaire and the Eighteenth Century*, Oxford, The Voltaire Foundation, vol. 26, 1963, pp. 1347-1363.

– Renwick (John), « Reconstruction and interpretation of the genesis of the Bélisaire affair, with an unpublished letter from Marmontel to Voltaire », *Studies on Voltaire and the Eighteenth Century*, Oxford, The Voltaire Foundation, vol. 53, 1967, pp. 171-222.

    —   « L'affaire Bélisaire : une phrase de manuel », *De l'Encyclopédie à la Contre-Révolution. Jean-François Marmontel (1723-1799)*, Études réunies et présentées par J. Ehrard, Postface de Jean Fabre, Collection Écrivains d'Auvergne, Clermont-Ferrand, 1970.

    —   « Marmontel et Bélisaire : réflexions critiques sur les Mémoires », *ibid.*, pp. 49-69.

    —   « Bélisaire in south Carolina, 1768 », *Journal of American Studies*, vol. 4, n° 1, 1970, pp. 19-38.

    —   *Marmontel, Voltaire and the Bélisaire Affair, Studies on Voltaire and the Eighteenth Century*, Oxford, The Voltaire Foundation, vol. 121, 1974.

– RIBALLIER (Louis), « Un adversaire des encyclopédistes. La querelle de Bélisaire », *Revue des Études historiques*, oct.-déc. 1920, pp. 505-527.

Iconographie (par François Moureau)

Bélisaire intéressa, malgré la difficulté du sujet – un vieillard vêtu de guenilles guidé par un enfant –, le pinceau de David lui-même (1781. Paris, Musée du Louvre), après celui de Jollain (1767), de Durameau (1775), de Vincent (1777 : *Bélisaire réduit à la mendicité secouru par un officier des troupes de Justinien*, Montpellier, Musée Fabre), de Peyron (1779, commandé par le cardinal de Bernis) et avant celui de Pierre-Antoine Marchais (1793. Toulouse, Musée des Augustins) et de Gérard (1795). Houdon sculpta une tête de vieillard aveugle représentant Bélisaire (Salon de 1773. Toulouse, Musée des Augustins). Divers sculpteurs s'exercèrent ensuite sur ce sujet : Moitte, Stouf (1785), Chaudet et Beauvallet (1791). Dès la fin des années 1760, la manufacture de porcelaine d'Ottweiler en fit un groupe – Bélisaire mendiant – sur un modèle de Paul-Louis Cyfflé pour Guillaume-Louis de Nassau-Sarrebruck, un prince très apprécié des Encyclopédistes parisiens.

JEAN-FRANÇOIS MARMONTEL

BÉLISAIRE

Texte établi, présenté et annoté
par
Robert GRANDEROUTE

BELISAIRE.

PAR M. MARMONTEL,

De l'Académie Françoise.

*Non miror, siquandò impetum capit
(Deus) spectandi magnos viros, colluctantes cum aliquâ calamitate.*

Sénec. De Provid.

A PARIS,

Chez MERLIN, Libraire, rue de la Harpe,
à l'Image S. Joseph.

M. DCC. LXVII.

Avec Approbation, & Privilége du Roi.

Page de titre de l'édition originale.

BÉLISAIRE

Non miror, siquando impetum capit
(Deus) spectandi magnos viros, colluctantes
cum aliqua calamitate.
Senec. De Provid.*

---

* Traduction de l'épigraphe : « Je ne m'étonne pas que parfois il prenne fantaisie aux dieux de voir de grands hommes aux prises avec quelque malheur » (Sénèque, *De la Providence ou Pourquoi, s'il y a une providence, les hommes de bien sont-ils sujets au mal*).

PRÉFACE

Je sais et je ne dois pas dissimuler qu'on peut regarder le fait sur lequel est établi le plan de ce petit ouvrage plutôt comme une opinion populaire que comme une vérité historique. Mais cette opinion a si bien prévalu et l'idée de Bélisaire aveugle et mendiant est devenue si familière qu'on ne peut guère penser à lui sans le voir comme je l'ai peint.

*Sur tout le reste, à peu de chose près, j'ai suivi fidèlement l'histoire, et Procope a été mon guide. Mais je n'ai eu aucun égard à ce libelle calomnieux qui lui est attribué sous le titre d'*Anecdotes *ou d'*Histoire secrète*. Il est pour moi de toute évidence que cet amas informe d'injures grossières et de faussetés palpables n'est point de lui, mais de quelque déclamateur aussi maladroit que méchant[1].*

---

1. *On a soupçonné qu'il était d'un avocat de Césarée. Mém. de l'Acad. des Inscrip. & Belles Lett. T. 21* (Note de Marmontel). (*Note de l'E.* : Allusion aux « Réflexions contre l'idée générale que Procope est l'auteur de l'Histoire secrète de Justinien » (*Histoire de l'Académie Royale des Inscriptions et Belles-Lettres...* t. 21, 1754, pp. 73-75) où Lévesque de la Ravalière avance l'hypothèse d'une attribution à Evangèle, avocat de Césarée).

Aucun des écrivains du temps de Procope, aucun de ceux qui l'ont suivi, dans l'intervalle de cinq cents ans, n'a parlé de ces Anecdotes. *Agathias, contemporain de Procope, en faisant l'énumération de ses ouvrages, ne dit pas un mot de celui-ci. On le tenait caché, me dira-t-on ; mais du moins, trois cents ans après, il aurait dû être public : le savant Photius aurait dû le connaître ; et il ne le connaissait pas. Suidas, écrivain du onzième siècle, est le premier qui ait attribué à Procope cette satire méprisable ; et le plus grand nombre des savants ont répété sans discussion ce qu'en avait dit Suidas[2]. Quelques-uns cependant ont douté que ce livre fût de Procope[3] ; il y en a même qui l'ont nié ; et de ce nombre est Eichelius dans la Préface et les remarques de l'édition qu'il en a donnée. Il commence par faire voir qu'il n'est ni vrai ni vraisem-*

---

2. *Vossius, Grotius, etc.* (Note de Marmontel). (*Note de l'E. :* voir, du premier, le tome IV de l'édition de 1701 de ses *Œuvres* et, du second, l'*Historia Gothorum, Vandalorum et Longobardorum*. Depuis le deuxième paragraphe, Marmontel s'inspire de Lévesque de la Ravalière pour qui l'*Histoire secrète* « est moins une histoire qu'une satire », n'est qu'une « compilation maligne, quoique grossière, de tous les faits injurieux » à la mémoire de Justinien, « une déclamation pleine d'aigreur » : « Cette Histoire n'est pas comprise dans l'énumération des véritables écrits de Procope, donnée par Agathias son contemporain [...] Suidas est le premier qui l'attribue à Procope [...] Tous les modernes ont embrassé cette opinion sans l'approfondir », *loc. cit.*).

3. *Le Père Combefils, la Mothe-le-Vayer, etc.* (Note de Marmontel) (*Note de l'E. :* Le premier (F. Combefis) est notamment l'auteur des *Originum rerumque Constantinopolitanarum ex variis autoribus Manipulus* (1664) et de l'*Historiae Byzantinae Scriptores post Theophanem usque ad Nicephorum Phocam, graece et latine* (1685), formant le 19e volume de l'*Histoire Byzantine* ; le second, l'auteur du *Jugement sur les anciens et principaux historiens grecs et latins dont il nous reste quelques ouvrages*, Paris, 1646 : voir p. 170 et s.).

blable que Procope en soit l'auteur ; et en supposant qu'il le fût, il ajoute que, dans une déclamation si outrée, si impudente et si absurde, il serait indigne de foi. Ce qui me confond, c'est que l'illustre auteur de l'Esprit des Lois *ait donné quelque croyance à un libelle si manifestement supposé. Je sais de quel poids est son autorité ; mais elle cède à l'évidence*[4].

Le moyen de croire en effet qu'un homme d'État[5], *estimé de son siècle, pour le plaisir de diffamer ceux qui l'avaient comblé de biens, ait voulu se diffamer lui-même, en réduisant la postérité au choix de le regarder comme un calomniateur atroce ou comme un lâche adulateur ? Le moyen de croire qu'un écrivain, jusque-là si judicieux, eût perdu le sens et la pudeur, au point de vouloir qu'on prît, sur sa parole, pour* un homme hébété, pour un rustre imbécile[6], *Justin, ce sage et vertueux vieillard, qui, de l'état le plus obscur et des plus bas emplois de la milice, étant monté aux plus hauts grades par sa valeur et ses talents, avait fini par réunir les vœux du sénat, du peuple et des armées, et par être élu Empereur ? Le moyen de croire qu'un homme qui avait écrit l'histoire de son temps avec tant d'honnêteté, de décence et de sagesse*

---

4. Voir *Considérations sur les causes de la grandeur des Romains et de leur décadence*, chap. XX (*Œuvres complètes*, La Pléiade, 1951, t. II, p. 188).

5. Marmontel fait-il ici allusion aux fonctions d'assesseur attaché à la personne de Bélisaire que remplit Procope de 527 à 540 ou à l'hypothèse selon laquelle l'historien serait le même personnage que le Procope préfet de la ville en 562-563 ?

6. *Insignis homo stoliditatis, summa cum infantia summaque cum rusticitate conjunctae* (Note de Marmontel). (*Note de l'E. : ANEKDOTA seu Historia arcana Procopii...*, éd. J. Eichelius, Helmestadii, 1654, p. 17).

ait pu dire de Justinien qu'il était stupide et paresseux comme un âne, qui se laisse mener par le licou, en secouant les oreilles[7] ; que ce n'était pas un homme, mais une furie[8] ; que sa mère elle-même se vantait d'avoir eu commerce avec un démon, avant d'être grosse de lui[9] ; et qu'il avait fait tant de maux à l'Empire que la mémoire de tous les âges n'en avait jamais rassemblé de pareils ni en si grand nombre[10] ? *Le moyen de croire qu'après avoir fait de Bélisaire un héros accompli, triomphant et comblé de gloire, il ait osé le donner ensuite pour* un méchant imbécile, méprisé de tout le monde, et bafoué comme un fou[11] ; *et cela dans le temps de sa plus grande gloire, lorsqu'il fut chargé de sauver l'Empire, en chassant les Huns de la Thrace ?*

Ceux qui, dans le grec des Anecdotes, *ont cru reconnaître le style de Procope, y ont-ils reconnu son*

---

7. *Nam mire stolidus fuit, et lento quam simillimus asino, capistro facile trahendus, cui et aures subinde agitarentur* (Note de Marmontel). (*Note de l'E. : Ibid.*, p. 27).

8. *Quod vero non homo, sed, sub humana specie, furia visus sit Justinianus, documento esse possunt ingentia quibus affecit homines mala : quippe enim ex atrocitate facinorum Autoris virium immanitas palam fiat* (Note de Marmontel). (*Note de l'E. : Ibid.*, p. 93. On lit : « quippe cum » et « autoris vitium »).

9. *Eo gravida antequam esset, quandam genii speciem ad se ventitasse, quae non ad visum, sed ad contactum se praeberet, accubaretque sibi, et quasi maritus se conjugem iniret* (Note de Marmontel). (*Note de l'E. : Ibid.*, pp. 57-59).

10. *Is demum fuit Romanis tot tantorumque malorum Autor, quot et quanta audita non sunt ex omni superiorum aetatum memoria* (Note de Marmontel). (*Note de l'E. : Ibid.*, p. 17).

11. *Tunc enimvero contemni ab omnibus et veluti demens subsannari* (Note de Marmontel). (*Note de l'E. : Ibid.*, p. 11).

bon sens ? Je le suppose ingrat, méchant, furieux
contre ses bienfaiteurs ; est-ce par des déclamations
puériles qu'il aurait voulu rétracter et ses éloges et les
faits sur lesquels ils étaient fondés ? L'historien Pro-
cope se serait amusé à prouver en forme que Justinien
et ses ministres n'étaient pas des hommes, mais des
démons, qui, sous des figures humaines, avaient bou-
leversé la terre[12] ! *Je le croirais à peine capable de*
cette ineptie, quand tous les écrivains de son temps
me l'attesteraient ; à plus forte raison ne le croirai-je
pas sur le témoignage équivoque d'un seul homme qui
a vécu cinq cents ans après lui.

Je n'ai donc vu Procope que dans son histoire
authentique. C'est là que je l'ai consulté ; c'est là que
j'ai pris le caractère de mon héros, sa modestie, sa
bonté, son affabilité, sa bienfaisance, son extrême
simplicité, surtout ce fonds d'humanité qui était la
base de ses vertus, et qui le faisait adorer des peuples.
Erat igitur Bisantinis civibus voluptati Belisarium
intueri in forum quotidie prodeuntem... Pulchritudo
hunc magnitudoque corporis honestabat. Humilem
praeterea se, benignumque adeo, atque aditu obviis
quibusque perfacilem exhibebat, ut infimae sortis viro
persimilis videretur... In suos praecipue milites munificentia caeteros anteibat... Erga agricultores, agres-
tesque homines, tanta hic indulgentia ac providentia
utebatur, ut Belisario ductante exercitu, nullam hi vim
paterentur. Segetes insuper, dum in agris maturesce-
rent, diligentius tuebatur ne forte equorum greges has

---

12. *Hi nunquam homines (mihi) visi sunt sed perniciosi dae-*
mones... Humanas induti formas, quasi semihomines furiae, sic
universum terrarum orbem convulserint (Note de Marmontel).
(*Note de l'E. : Ibid.*, p. 57).

devastarent ; frugesque caeteras, invitis dominis, suos
attingere prohibebat. *Proc. De Bell. Goth. L. 3.*[13].

---

13. « C'était donc un grand plaisir aux citoyens de Constantinople de voir Bélisaire quand il entrait tous les jours en la
Cour [...] La beauté et la grandeur de son corps démontraient assez
l'honnêteté qui était en lui et le rendaient aimable. Il était si humble
et gracieux et de si facile accès à tous ceux qui se présentaient
devant lui qu'il semblait être pareil à une simple personne [...] A
l'endroit principalement de ses soldats, il surmontait tous les autres
en libéralité [...] Il était si doux et bénin envers les paysans et usait
à leur profit d'une telle providence que, faisant marcher son armée
par les champs, iceux n'en recevaient aucune violence [Il y a ici
une omission] Il commandait en outre rigoureusement qu'on n'eût à
faire manger aux chevaux les blés pendant qu'ils étaient verts et
avant qu'ils fussent mûrs et défendait qu'on n'eût à prendre aucun
fruit sans la volonté de ceux à qui ils appartenaient » (*Histoire des
guerres faictes par l'Empereur Justinian contre les Vandales et les
Goths, escrite en grec par Procope et Agathias et mise en François
par Mart. Fumée, S. de Genillé [...] avec Annotations [...]*, Paris,
M. Sonnius, 1587, *De la Guerre des Goths*, L. III, pp. 217-218).

CHAPITRE PREMIER

Dans la vieillesse de Justinien, l'Empire, épuisé par de longs efforts, approchait de sa décadence[1]. Toutes les parties de l'administration étaient négligées : les lois étaient en oubli, les finances au pillage, la discipline militaire à l'abandon. L'Empereur, lassé de la guerre, achetait de tous côtés la paix au prix de l'or[2], et laissait dans l'inaction le peu de troupes qui lui restaient, comme inutiles et à charge à l'État[3]. Les chefs de ces troupes délaissées se dissipaient dans les plaisirs ; et la chasse, qui leur retraçait la guerre, charmait l'ennui de leur oisiveté.

---

1. Bien que le règne de Justinien (527-565) ne présente aucune unité, la politique variant selon les époques et les influences dominantes, l'histoire tend à distinguer une période ascendante suivie d'une période de déclin qu'ouvre notamment la chute du Préfet du prétoire, Jean de Cappadoce (mai 541).

2. Pour mieux les tenir, Justinien comble de présents les chefs des tribus arabe et maure, germanique, hunnique et slave qui tendent à ne se montrer que plus exigeants.

3. Les forces régulières dont le nombre s'était élevé jusqu'à 645 000 hommes ne comptaient plus, sous Justinien, que 150 000 hommes qui se trouvaient très dispersés. Justinien, qui sous-estimait les difficultés militaires, a cru toujours pouvoir observer à l'égard de l'armée une économie excessive.

Un soir, après cet exercice, quelques-uns d'entre eux soupaient ensemble dans un château de la Thrace, lorsqu'on vint leur dire qu'un vieillard aveugle, conduit par un enfant, demandait l'hospitalité. La jeunesse est compatissante : ils firent entrer le vieillard. On était en automne ; et le froid, qui déjà se faisait sentir, l'avait saisi : on le fit asseoir près du feu.

Le souper continue ; les esprits s'animent ; on commence à parler des malheurs de l'État. Ce fut un champ vaste pour la censure ; et la vanité mécontente se donna toute liberté. Chacun exagérait ce qu'il avait fait, et ce qu'il aurait fait encore, si l'on n'eut pas mis en oubli ses services et ses talents. Tous les malheurs de l'Empire venaient, à les en croire, de ce qu'on n'avait pas su employer des hommes comme eux[4]. Ils gouvernaient le monde en buvant, et chaque nouvelle coupe de vin rendait leurs vues plus infaillibles.

Le vieillard, assis au coin du feu, les écoutait, et souriait avec pitié. L'un d'eux s'en aperçut, et lui dit : Bon homme, vous avez l'air de trouver plaisant ce que nous disons là ? *Plaisant*, non, dit le vieillard, mais un peu léger, comme il est naturel à votre âge. Cette réponse les interdit. Vous croyez avoir à vous plaindre, poursuivit-il, et je crois comme vous qu'on a tort de vous négliger ; mais c'est le plus petit mal du monde. Plaignez-vous de ce que l'Empire n'a plus sa

---

4. Cette attitude des jeunes gens n'est pas sans rappeler celle du jeune Aristias des *Entretiens de Phocion*, écarté, lui, des affaires politiques par la loi qui défend de haranguer dans la place publique avant l'âge de cinquante ans : même présomption, même sentiment que l'État va mal parce qu'il ne recourt pas à ses services (*Entretiens de Phocion, sur le rapport de la morale avec la politique, traduits du grec de Nicoclès* : Amsterdam [Paris], 1763, Premier Entretien, p. 12)

force et sa splendeur, de ce qu'un Prince, consumé de soins, de veilles et d'années, est obligé, pour voir et pour agir, d'employer des yeux et des mains infidèles. Mais dans cette calamité générale, c'est bien la peine de penser à vous ! Dans votre temps, reprit l'un des convives, ce n'était donc pas l'usage de penser à soi ? Hé bien, la mode en est venue, et l'on ne fait plus que cela. Tant pis, dit le vieillard ; et s'il en est ainsi, en vous négligeant, on vous rend justice. Est-ce pour insulter les gens, lui dit le même, qu'on leur demande l'hospitalité ? Je ne vous insulte point, dit le vieillard ; je vous parle en ami, et je paie mon asile en vous disant la vérité.

Le jeune Tibère, qui depuis fut un Empereur vertueux[5], était du nombre des chasseurs. Il fut frappé de l'air vénérable de cet aveugle à cheveux blancs. Vous nous parlez, lui dit-il, avec sagesse, mais avec un peu de rigueur ; et ce dévouement que vous exigez est une vertu, mais non pas un devoir. C'est un devoir de votre état, reprit l'aveugle avec fermeté ; ou plutôt c'est la base de vos devoirs et de toute vertu militaire. Celui qui se dévoue pour sa patrie doit la supposer insolvable ; car ce qu'il expose pour elle est sans prix. Il doit même s'attendre à la trouver ingrate ; car si le sacrifice qu'il lui fait n'était pas généreux, il serait insensé. Il n'y a que l'amour de la gloire, l'enthousiasme de la vertu qui soient dignes de vous conduire.

---

5. Né en Thrace, d'abord maître d'école, puis soldat, il s'élève par sa valeur jusqu'aux plus hautes charges. Capitaine des gardes de Justin II, recommandé par Sophie, la femme de l'Empereur, il est créé César en décembre 574. Seul maître de l'Empire après la mort de Justin (5 octobre 578), il prend le surnom de Constantin et se distingue par des vertus dignes de celles des Antonins. Il meurt le 14 août 582.

Et alors, que vous importe comment vos services seront reçus ? La récompense en est indépendante des caprices d'un ministre et du discernement d'un souverain. Que le soldat soit attiré par le vil appât du butin ; qu'il s'expose à mourir pour avoir de quoi vivre ; je le conçois. Mais vous, qui, nés dans l'abondance, n'avez qu'à vivre pour jouir, en renonçant aux délices d'une molle oisiveté, pour aller essuyer tant de fatigues et affronter tant de périls, estimez-vous assez peu ce noble dévouement pour exiger qu'on vous le paie ? Ne voyez-vous pas que c'est l'avilir ? Quiconque s'attend à un salaire est esclave : la grandeur du prix n'y fait rien ; et l'âme qui s'apprécie un talent est aussi vénale que celle qui se donne pour une obole. Ce que je dis de l'intérêt, je le dis de l'ambition ; car les honneurs, les titres, le crédit, la faveur du Prince, tout cela est une solde, et qui l'exige se fait payer. Il faut se donner ou se vendre ; il n'y a point de milieu. L'un est un acte de liberté, l'autre un acte de servitude : c'est à vous de choisir celui qui vous convient. Ainsi, bon homme, vous mettez, lui dit-on, les souverains bien à leur aise ! Si je parlais aux souverains, reprit l'aveugle, je leur dirais que, si votre devoir est d'être généreux, le leur est d'être juste. – Vous avouez donc qu'il est juste de récompenser les services ? – Oui ; mais c'est à celui qui les a reçus d'y penser : tant pis pour lui s'il les oublie. Et puis, qui de nous est sûr, en pesant les siens, de tenir la balance égale ? Par exemple, dans votre état, pour que tout le monde se crût placé et fût content, il faudrait que chacun commandât, et que personne n'obéît ; or cela n'est guère possible. Croyez-moi, le gouvernement peut quelquefois manquer de lumières et d'équité ; mais il est encore plus juste et plus éclairé dans ses choix que si chacun de vous en était cru sur l'opinion qu'il a de lui-même. Et qui êtes-vous, pour nous parler ainsi ? lui dit, en haussant le ton, le jeune maître du château. Je suis Bélisaire, répondit le vieillard.

Qu'on s'imagine, au nom de Bélisaire, au nom de ce héros tant de fois vainqueur dans les trois parties du monde[6], quels furent l'étonnement et la confusion de ces jeunes gens. L'immobilité, le silence exprimèrent d'abord le respect dont ils étaient frappés ; et oubliant que Bélisaire était aveugle, aucun d'eux n'osait lever les yeux sur lui. O grand homme ! lui dit enfin Tibère, que la fortune est injuste et cruelle ! quoi ! vous, à qui l'Empire a dû pendant trente ans[7] sa gloire et ses prospérités, c'est vous que l'on ose accuser de révolte et de trahison, vous qu'on a traîné dans les fers, qu'on a privé de la lumière ! et c'est vous qui venez nous donner des leçons de dévouement et de zèle ! Et qui voulez-vous donc qui vous en donne ? dit Bélisaire. Les esclaves de la faveur ? Ah ! quelle honte ! Ah ! quel excès d'ingratitude ! poursuivit Tibère. L'avenir ne le croira jamais. Il est vrai, dit Bélisaire, qu'on m'a un peu surpris : je ne croyais pas être si mal traité. Mais je comptais mourir en servant l'État ; et mort ou aveugle, cela revient au même. Quand je me suis dévoué à ma patrie, je n'ai pas excepté mes yeux. Ce qui m'est plus cher que la lumière et que la vie, ma renommée, et surtout ma vertu, n'est pas au pouvoir de mes persécuteurs. Ce que j'ai fait peut être effacé de la mémoire de la Cour ; il ne le sera point de la mémoire des hommes ; et quand il le serait, je m'en souviens, et c'est assez.

---

6. Perse, Afrique, Italie.

7. De 529 (il est *magister militum Orientis*) à 558 (il repousse les Huns).

Les convives, pénétrés d'admiration, pressèrent le héros de se mettre à table. Non, leur dit-il, à mon âge, la bonne place est le coin du feu. On voulut lui faire accepter le meilleur lit du château ; il ne voulut que de la paille. J'ai couché plus mal quelquefois, dit-il : ayez seulement soin de cet enfant qui me conduit et qui est plus délicat que moi.

Le lendemain Bélisaire partit dès que le jour put éclairer son guide, et avant le réveil de ses hôtes que la chasse avait fatigués. Instruits de son départ, ils voulaient le suivre, et lui offrir un char commode, avec tous les secours dont il aurait besoin. Cela est inutile, dit le jeune Tibère ; il ne nous estime pas assez pour daigner accepter nos dons.

C'était sur l'âme de ce jeune homme que l'extrême vertu, dans l'extrême malheur, avait fait le plus d'impression. Non, dit-il à l'un de ses amis, qui approchait de l'Empereur, non, jamais ce tableau, jamais les paroles de ce vieillard ne s'effaceront de mon âme. En m'humiliant, il m'a fait sentir combien il me restait à faire, si je voulais jamais être un homme. Ce récit vint à l'oreille de Justinien qui voulut parler à Tibère.

Tibère, après avoir rendu fidèlement ce qui s'était passé : Il est impossible, ajouta-t-il, Seigneur, qu'une si grande âme ait trempé dans le complot dont on l'accuse[8] ; et j'en répondrais sur ma vie, si ma vie était

---

8. En novembre 562, plusieurs personnages de la Cour sont accusés d'avoir formé le dessein d'attenter à la vie de l'Empereur. Un des conjurés, Sergius, dénonce, sous l'effet de la torture, des officiers de Bélisaire (Isaac, Vitus, Paul) qui, interrogés par Procope, Préfet de la ville, accusent, à leur tour, leur général. Le 5 décembre, celui-ci se voit intimer l'ordre de renvoyer tous ceux qui étaient à son service et est gardé à vue dans sa propre demeure. Mais, devant l'absence de preuve de participation au complot, il

digne d'être garant de sa vertu. Je veux le voir et l'entendre, dit Justinien, sans en être connu ; et dans l'état où il est réduit, cela n'est que trop facile. Depuis qu'il est sorti de sa prison, il ne peut pas être bien loin ; suivez ses traces, tâchez de l'attirer dans votre maison de campagne : je m'y rendrai secrètement. Tibère reçut cet ordre avec transport, et dès le lendemain il prit la route que Bélisaire avait suivie.

---

rentre bientôt en grâce : le 19 juillet 563, il recouvre sa liberté et ses honneurs et meurt, réhabilité, en mars 565. Cette disgrâce momentanée doit être à l'origine de la légende de Bélisaire rendu aveugle et réduit à la misère et à la mendicité.

CHAPITRE II

Cependant Bélisaire s'acheminait en mendiant vers un vieux château en ruine, où sa famille l'attendait. Il avait défendu à son conducteur de le nommer sur la route ; mais l'air de noblesse répandu sur son visage et dans toute sa personne suffisait pour intéresser. Arrivé le soir dans un village, son guide s'arrêta à la porte d'une maison qui, quoique simple, avait quelque apparence.

Le maître du logis rentrait avec sa bêche à la main. Le port, les traits de ce vieillard fixèrent son attention. Il lui demanda ce qu'il était. Je suis un vieux soldat, répondit Bélisaire. Un soldat ! dit le villageois, et voilà votre récompense ! C'est le plus grand malheur d'un souverain, dit Bélisaire, de ne pouvoir payer tout le sang qu'on verse pour lui. Cette réponse émut le cœur du villageois ; il offrit l'asile au vieillard.

Je vous présente, dit-il à sa femme, un brave homme, qui soutient courageusement la plus dure épreuve de la vertu. Mon camarade, ajouta-t-il, n'ayez pas honte de l'état où vous êtes, devant une famille qui connaît le malheur. Reposez-vous : nous allons souper. En attendant, dites-moi, je vous prie, dans quelles guerres vous avez servi. J'ai fait la guerre d'Italie contre les Goths, dit Bélisaire, celle d'Asie contre les

Perses, celle d'Afrique contre les Vandales et les Maures[1].

A ces derniers mots, le villageois ne put retenir un profond soupir. Ainsi, dit-il, vous avez fait toutes les campagnes de Bélisaire ? – Nous ne nous sommes point quittés. – L'excellent homme ! Quelle égalité d'âme ! Quelle droiture ! Quelle élévation ! Est-il vivant ? car, dans ma solitude, il y a plus de vingt-cinq ans que je n'entends parler de rien. – Il est vivant. – Ah ! que le ciel bénisse et prolonge ses jours. – S'il vous entendait, il serait bien touché des vœux que vous faites pour lui ! – Et comment dit-on qu'il est à la Cour ? tout puissant ? adoré sans doute ? – Hélas ! vous savez que l'envie s'attache à la prospérité. – Ah ! que l'Empereur se garde bien d'écouter les ennemis de ce grand homme. C'est le génie tutélaire et vengeur de son Empire. – Il est bien vieux ! – N'importe ; il sera dans les Conseils ce qu'il était dans les armées ; et sa sagesse, si on l'écoute, sera peut-être encore plus utile que ne l'a été sa valeur. D'où vous est-il connu ? demanda Bélisaire attendri. Mettons-nous à table, dit le villageois : ce que vous demandez nous mènerait trop loin.

Bélisaire ne douta point que son hôte ne fût quelque officier de ses armées, qui avait eu à se louer de lui. Celui-ci, pendant le souper, lui demanda des détails sur les guerres d'Italie et d'Orient, sans lui parler de celle d'Afrique. Bélisaire, par des réponses simples, le satisfit pleinement. Buvons, lui dit son hôte vers la fin du repas, buvons à la santé de votre général ; et puisse

---

1. Campagnes qui datent respectivement des années 535-540 et 544-548 (Italie), 529-531 (Orient) et 533-534 (Afrique) et qui font l'objet des différents livres de l'*Histoire des Guerres* de Procope.

le ciel lui faire autant de bien qu'il m'a fait de mal en sa vie. Lui ! reprit Bélisaire, il vous a fait du mal ! – Il a fait son devoir, et je n'ai pas à m'en plaindre. Mais, mon ami, vous allez voir que j'ai dû apprendre à compatir au sort des malheureux. Puisque vous avez fait les campagnes d'Afrique, vous avez vu le roi des Vandales, l'infortuné Gelimer, mené par Bélisaire en triomphe à Constantinople, avec sa femme et ses enfants[2] ; c'est ce Gelimer qui vous donne l'asile, et avec qui vous avez soupé. Vous Gelimer ! s'écria Bélisaire ; et l'Empereur ne vous a pas fait un état plus digne de vous ! Il l'avait promis. – Il a tenu parole ; il m'a offert des dignités[3] ; mais je n'en ai pas voulu. Quand on a été roi, et qu'on cesse de l'être, il n'y a de dédommagement que le repos et l'obscurité. – Vous, Gelimer ! – Oui, c'est moi-même qu'on assiégea, s'il vous en souvient, sur la montagne de *Papua*. J'y souffris des maux inouïs[4]. L'hiver, la famine, le spectacle effroyable de tout un peuple réduit au désespoir, et prêt à dévorer ses enfants et ses femmes, l'infatigable

---

2. Battu en mars 534, Gelimer orne, à l'automne, le cortège triomphal de Bélisaire qui se rend du palais du général à l'Hippodrome où l'Empereur et Théodora attendent, sur un trône, l'hommage du roi captif.

3. *Celle de patrice* (Note de Marmontel). (*Note de l'E.* : dignité instituée par Constantin et conférée aux hauts représentants de l'administration militaire et civile. Gelimer n'obtint pas cette dignité parce qu'il refusa de quitter l'hérésie arienne et de se faire catholique (Procope, *De la Guerre des Vandales*, L. II, *éd. cit.*, p. 57). Il s'installa avec sa famille et ses amis en Galatie sur un domaine donné par l'Empereur).

4. *Vid. Procop. de Bello Vandalico. L. II* (Note de Marmontel). (*Note de l'E.* : Gelimer y est bloqué de décembre 533 à fin mars 534 avec un petit nombre de fidèles compagnons).

vigilance du bon Pharas, qui, en m'assiégeant, ne cessait de me conjurer d'avoir pitié de moi-même et des miens, enfin ma juste confiance en la vertu de votre général me firent lui rendre les armes[5]. Avec quel air simple et modeste il me reçut ! Quels devoirs il me fit rendre ! Quels ménagements, quels respects il eut lui-même pour mon malheur ! Il y a bientôt six lustres que je vis dans cette solitude ; il ne s'est pas écoulé un jour que je n'aie fait des vœux pour lui.

Je reconnais bien là, dit Bélisaire, cette philosophie qui, sur la montagne où vous aviez tant à souffrir, vous faisait chanter vos malheurs[6], qui vous fit sourire avec dédain, en paraissant devant Bélisaire[7], et qui, le jour de son triomphe, vous fit garder ce front inalté-

---

5. Après avoir vainement tenté d'escalader, au prix de la perte de cent dix de ses soldats, la montagne « fort scabreuse et droite », l'Hérule Pharas se résout à poursuivre le siège, attendant l'effet de la misère et de la faim sur Gelimer. A celui-ci, il adresse une lettre inspirée par l'amour de l'humanité, où il l'interpelle sur son opiniâtreté désespérée et où il l'assure de la parole de Bélisaire et des intentions favorables et généreuses de Justinien. Ce n'est d'ailleurs qu'après avoir reçu de Bélisaire la promesse sous serment de sûreté personnelle et de traitement honorable que Gelimer se rend (*Histoire des Guerres…, éd. cit., De la Guerre des Vandales*, L. II, p. 49 et s.).

6. Dans une lettre adressée à Pharas, Gelimer demande notamment une lyre, « ayant envie, comme étant assez bon chantre et musicien, adoucir l'aigreur de son malheur par chansons lamentables » (*ibid.*, p. 53).

7. « Comme Gelimer se présentait devant lui (Bélisaire) […] il se prit à rire à bon escient devant toute l'assistance » : tandis que certains le croient fou, d'autres l'estiment « sage et prudent », capable, pour avoir « expérimenté tout ce que fortune a de bon et de mauvais en soi », de « juger aisément qu'il ne fallait faire cas des choses de ce monde étant icelles plutôt dignes de risée » (*Ibid.*, p. 54).

rable dont l'Empereur fut étonné[8]. Mon camarade, reprit Gelimer, la force et la faiblesse d'esprit tiennent beaucoup à la manière de voir les choses. Je ne me suis senti du courage et de la constance que du moment que j'ai regardé tout ceci comme un jeu du sort. J'ai été le plus voluptueux des rois de la terre ; et du fond de mon palais, où je nageais dans les délices, des bras du luxe et de la mollesse, j'ai passé tout à coup dans les cavernes du Maure[9], où, couché sur la paille, je vivais d'orge grossièrement pilé et à demi-cuit sous la cendre, réduit à un tel excès de misère qu'un pain, que l'ennemi m'envoya par pitié, fut un présent inestimable[10]. De là je tombai dans les fers, et fus promené en triomphe. Après cela, vous m'avouerez qu'il faut mourir de douleur, ou s'élever au-dessus des caprices de la fortune.

Vous avez dans votre sagesse, lui dit Bélisaire, bien des motifs de consolation ; mais je vous en promets un nouveau avant de nous séparer.

---

8. « Gelimer étant arrivé à l'Hippodrome et voyant l'Empereur assis en un haut trône et le peuple tout à l'entour, et considérant enfin en quel destin il était tombé, la larme ne lui vint aucunement à l'œil ni n'en jeta aucun soupir, seulement récita ces mots qui sont écrits aux livres des Hébreux : Vanité des vanités et toute chose vanité » (*ibid.* , p. 57).

9. *Vandali namque omnium sunt, quos sciam, mollissimi atque delicatissimi ; omnium vero miserrimi Maurusii, ibid.* (Note de Marmontel). (*Note de l'E. :* « Les Vandales de tous ceux que je connaisse sont de leur naturel très délicats et sujets à leurs plaisirs et les Maurusiens par-dessus tout sont très misérables », *éd. cit.*, pp. 51-52. Dans ses *Considérations...*, *éd. cit.*, p. 184, Montesquieu évoque les Vandales qui « languissaient dans la volupté »).

10. Dans la lettre évoquée ci-dessus (note 6), Gelimer demande également à Pharas un pain, « désirant en voir un, en manger parce qu'il n'en avait pas vu un depuis qu'il s'était retiré en la montagne de Pappue ».

Chacun d'eux, après cet entretien, alla se livrer au sommeil.

Gelimer, dès le point du jour, avant d'aller cultiver son jardin, vint voir si le vieillard avait bien reposé. Il le trouva debout, son bâton à la main, prêt à se remettre en voyage. Quoi ! lui dit-il, vous ne voulez pas donner quelques jours à vos hôtes ! Cela m'est impossible, répondit Bélisaire : j'ai une femme et une fille qui gémissent de mon absence. Adieu, ne faites point d'éclat sur ce qui me reste à vous dire : ce pauvre aveugle, ce vieux soldat, Bélisaire enfin n'oubliera jamais l'accueil qu'il a reçu de vous. – Que dites-vous ? Qui ? Bélisaire ? – C'est Bélisaire qui vous embrasse ! – O juste ciel ! s'écriait Gelimer, éperdu et hors de lui-même. Bélisaire dans sa vieillesse, Bélisaire aveugle est abandonné ! On a fait pis, dit le vieillard : en le livrant à la pitié des hommes, on a commencé par lui crever les yeux. Ah ! dit Gelimer, avec un cri de douleur et d'effroi, est-il possible ? Et quels sont les monstres… ? Les envieux, dit Bélisaire. Ils m'ont accusé d'aspirer au trône, quand je ne pensais qu'au tombeau. On les a crus, on m'a mis dans les fers. Le peuple enfin s'est révolté et a demandé ma délivrance. Il a fallu céder au peuple ; mais en me rendant la liberté, on m'a privé de la lumière. – Et Justinien l'avait ordonné ! – C'est là ce qui m'a été sensible. Vous savez avec quel zèle et quel amour je l'ai servi. Je l'aime encore, et je le plains d'être assiégé par des méchants qui déshonorent sa vieillesse. Mais toute ma constance m'a abandonné, quand j'ai appris qu'il avait lui-même prononcé l'arrêt. Ceux qui devaient l'exécuter n'en avaient pas le courage ; mes bourreaux tombaient à mes pieds. C'en est fait, je n'ai plus, grâce au ciel, que quelques moments à être aveugle et pauvre. Daignez, dit Gelimer, les passer avec moi, ces derniers moments d'une si belle vie. Ce serait pour moi, dit Bélisaire, une douce consolation ; mais je me dois à ma famille, et je vais mourir dans ses bras. Adieu.

Gelimer l'embrassait, l'arrosait de ses larmes, et ne pouvait se détacher de lui. Il fallut enfin le laisser partir ; et Gelimer le suivant des yeux : Ô prospérité ! disait-il, ô prospérité ! qui peut donc se fier à toi ? Le héros, le juste, le sage, Bélisaire !... Ah ! c'est pour le coup qu'il faut se croire heureux en bêchant son jardin. Et tout en disant ces mots, le roi des Vandales reprit sa bêche.

CHAPITRE III

Bélisaire approchait de l'asile où sa famille l'attendait, lorsqu'un incident nouveau lui fit craindre d'en être éloigné pour jamais. Les peuples voisins de la Thrace ne cessaient d'y faire des courses ; un parti de Bulgares venait d'y pénétrer[1], lorsque le bruit se répandit que Bélisaire, privé de la vue, était sorti de sa prison, et qu'il s'en allait, en mendiant, joindre sa famille exilée. Le Prince des Bulgares sentit tout l'avantage d'avoir ce grand homme avec lui, ne doutant pas que, dans sa douleur, il ne saisît avidement tous les moyens de se venger. Il sut la route qu'il avait prise ; il le fit suivre par quelques-uns des siens ; et vers le déclin du jour Bélisaire fut enlevé. Il fallut céder à la violence, et monter un coursier superbe qu'on avait amené pour lui. Deux des Bulgares le conduisaient ; et l'un d'eux avait pris son jeune guide en croupe. Tu peux te fier à nous, lui dirent-ils. Le vaillant Prince qui nous envoie honore tes vertus, et

---

1. Selon un type d'incursion fréquent dès l'avènement de Justinien et funeste par ses ravages. En 540, des hordes de Bulgares parviennent jusqu'aux faubourgs de Constantinople, jetant l'effroi dans la ville et la Cour.

plaint ton infortune. Et que veut-il de moi ? demanda
Bélisaire. Il veut, lui dirent les Barbares, t'abreuver du
sang de tes ennemis. Ah ! qu'il me laisse sans vengeance, dit le vieillard : sa pitié m'est cruelle. Je ne
veux que mourir en paix au sein de ma famille ; et
vous m'en éloignez. Où me conduisez-vous ? Je suis
épuisé de fatigue, et j'ai besoin de repos. Aussi vas-tu,
lui dit-on, te reposer tout à ton aise, à moins que le
maître du château voisin ne soit sur ses gardes, et ne
soit le plus fort.

Ce château était la maison de plaisance d'un vieux
courtisan appelé Bessas, qui, après avoir commandé
dans Rome assiégée[2], et y avoir exercé les plus horribles concussions, s'était retiré avec dix mille talents[3].
Bélisaire avait demandé qu'il fût puni selon les lois ;
mais ayant pour lui à la Cour tous ceux qui n'aiment
pas qu'on examine de si près les choses, Bessas ne fut
point poursuivi ; et il en était quitte pour vivre dans
ses terres, au sein de l'opulence et de l'oisiveté.

Deux Bulgares, qu'on avait envoyés reconnaître les
lieux, vinrent dire à leur chef que dans ce château ce
n'étaient que festins et que réjouissances ; qu'on n'y parlait que de l'infortune de Bélisaire ; et que Bessas avait
voulu qu'on la célébrât par une fête comme une vengeance du ciel. Ah ! le lâche ! s'écrièrent les Bulgares. Il
n'aura pas longtemps à se réjouir de ton malheur.

Bessas, au moment de leur arrivée, était à table,
environné de ses complaisants ; et l'un d'eux, chantant
ses louanges, disait dans ses vers que le ciel avait pris
soin de le justifier, en condamnant son accusateur à ne

---

2. Du printemps 545 au mois de décembre 546 (guerre contre
Totila).

3. *Six millions* (Note de Marmontel).

voir jamais la lumière. Quel prodige plus éclatant,
ajoutait le flatteur, et quel triomphe pour l'innocence !
Le ciel est juste, disait Bessas, et tôt ou tard les
méchants sont punis. Il disait vrai. A l'instant même
les Bulgares, l'épée à la main, entrèrent dans la cour
du château, laissant quelques soldats autour de Bélisaire, et pénètrent avec des cris terribles jusqu'à la
salle du festin. Bessas pâlit, se trouble, s'épouvante ;
et comme lui tous ses convives sont frappés d'un mortel effroi. Au lieu de se mettre en défense, ils tombent
à genoux, et demandent la vie. On les saisit, on les fait
traîner dans le lieu où était Bélisaire. Bessas, à la
clarté des flambeaux, voit à cheval un vieillard
aveugle ; il le reconnaît, il lui tend les bras, il lui crie
grâce et pitié. Le vieillard attendri conjure les Bulgares de l'épargner lui et les siens. Point de grâce pour
les méchants, lui répondit le chef ; ce fut le signal du
carnage : Bessas et ses convives furent tous égorgés.
Aussitôt se faisant amener leurs valets, qui croyaient
aller au supplice : Vivez, leur dit le même, et venez
nous servir, car c'est nous qui sommes vos maîtres.
Alors la troupe se mit à table, et fit asseoir Bélisaire à
la place de Bessas.

Bélisaire ne cessait d'admirer les révolutions de la
fortune. Mais ce qui venait d'arriver l'affligeait. Compagnons, dit-il aux Bulgares, vous me donnez un chagrin mortel, en faisant couler autour de moi le sang de
mes compatriotes. Bessas était un avare inhumain : je
l'ai vu dans Rome affamer le peuple, et vendre le pain
au poids de l'or, sans pitié pour les malheureux qui
n'avaient pas de quoi payer leur vie[4]. Le ciel l'a puni ;

---

4. La garnison ayant été à temps largement approvisionnée,
Bessas fit d'excellentes affaires aux dépens de la population qui

je ne le plains que d'avoir mérité son sort[5]. Mais ce carnage, fait en mon nom, est une tache pour ma gloire. Ou faites-moi mourir, ou daignez me promettre que rien de pareil n'arrivera tant que je serai parmi vous. Ils lui promirent de se borner au soin de leur propre défense ; mais le château de Bessas fut pillé ; et après y avoir passé la nuit, les Bulgares, chargés de butin, se mirent en marche avec Bélisaire.

Leur général, comblé de joie de le voir arriver dans son camp, vint au devant de lui, et le recevant dans ses bras : Viens, mon père, lui dit-il, viens voir si c'est nous qui sommes les barbares. Tout t'abandonne dans ta patrie ; mais tu trouveras parmi nous des amis et des vengeurs. En disant ces mots, il le conduisit par la main dans sa tente, l'invita à s'y reposer, et ordonna qu'autour de lui tout respectât son sommeil. Le soir, après un souper splendide, où le nom de Bélisaire fut célébré par tous les chefs du camp barbare, le Roi s'étant enfermé avec lui : Je n'ai pas besoin, lui dit-il, de te faire sentir l'atrocité de l'injure que tu as reçue. Le crime est horrible ; le châtiment doit l'être. C'est sous les ruines du trône et du palais de votre vieux

---

souffrait de disette, revendant à des prix exorbitants du blé aux riches (7 écus le médimne) et du son à ceux qui l'étaient moins (4 écus le médimne), cependant que la populace se contentait, elle, d'orties (Procope, *De la Guerre des Goths*, L. III, p. 248). Quand les denrées se firent plus rares, il vendit jusqu'à la permission de quitter Rome. Pour continuer ce commerce florissant, il s'abstint d'aider Bélisaire qui tentait de ravitailler la ville par le Tibre (p. 252). Quand il s'enfuit, il laissa son trésor à Totila (p. 255).

5. Comme l'observe Gibbon, « le châtiment » que Marmontel « inflige à l'oppresseur de Rome est plus conforme à la justice qu'à l'histoire » (*Histoire de la décadence et de la chute de l'Empire Romain, traduite de l'anglais*, éd. Guizot, Paris, 1819, t. VIII, p. 108, note 1).

tyran, sous les débris de sa ville embrasée, qu'il faut
l'ensevelir avec tous ses complices. Sois mon guide,
apprends-moi, magnanime vieillard, à les vaincre et à
te venger. Ils ne t'ont pas ôté la lumière de l'âme, les
yeux de la sagesse ; tu sais les moyens de les surprendre et de les forcer dans leurs murs. Reculons au-
delà des mers[6] les bornes de leur Empire ; et si, dans
celui que nous allons fonder, c'est peu pour toi du
second rang, partage avec moi, j'y consens, tous les
honneurs du rang suprême ; et que le tyran de
Byzance, avant d'expirer sous nos coups, t'y voie
encore une fois entrer sur un char de triomphe. Vous
voulez donc, lui répondit Bélisaire, après un silence,
qu'il ait eu raison de me faire crever les yeux ? Il y a
longtemps, Seigneur, que Bélisaire a refusé des cou-
ronnes. Carthage et l'Italie m'en ont offert[7]. J'étais
dans l'âge de l'ambition ; je me voyais déjà persécuté ;
je n'en restai pas moins fidèle à mon Prince et à ma
patrie. Le même devoir qui me liait subsiste, et rien
n'a pu m'en dégager. En donnant ma foi à Justinien[8],
j'espérais bien qu'il serait juste ; mais je ne me réser-
vai, s'il ne l'était pas, ni le droit de me défendre, ni
celui de me venger. N'attendez de moi contre lui ni
révolte ni trahison. Et que vous servirait de me rendre
parjure ? De quel secours vous serait un vieillard privé
de la lumière, et dont l'âme même a perdu sa force et son
activité ? Votre entreprise est au-dessus de moi, peut-
être au-dessus de vous-même. Dans le relâchement
des ressorts de l'Empire, il vous paraît faible ; il n'est
que languissant ; et pour le relever, pour ranimer ses

---

6. Coquille : « de mers » : Ed. I BHVP, V.

7. Voir *infra*, ch. 16.

8. Variante : « l'Empereur » : Ed. I BHVP, IV, V.

forces, il serait peut-être à souhaiter pour lui qu'on entreprît ce que vous méditez. Cette ville, que vous croyez facile à surprendre, est pleine d'un peuple aguerri ; et quels hommes encore il aurait à sa tête ! Si le vieux Bélisaire est au rang des morts, Narsès est vivant, Narsès a pour rivaux de gloire Mundus, Hermès, Salomon et tant d'autres qui ne respirent que les combats. Non, croyez-moi, n'attendez que du temps la ruine de cet Empire. Vous y ferez quelques ravages ; mais c'est la guerre des brigands ; et votre âme est digne de concevoir une ambition plus noble et plus juste. Justinien ne demande plus que des alliés et des amis ; il n'est point de rois que ces titres ne doivent honorer, et il dépend de vous… Non, reprit le Bulgare, je ne serai jamais l'ami ni l'allié d'un homme qui te doit tout, et qui t'a fait crever les yeux. Veux-tu régner avec moi, être l'âme de mes Conseils et le génie de mes armées ? Voilà de quoi il s'agit entre nous. Ma vie est en vos mains, dit Bélisaire ; mais rien ne peut me détacher de mon souverain légitime ; et si, dans l'état où je suis, je pouvais lui être utile, fût-ce contre vous-même, il serait aussi sûr de moi que dans le temps de mes prospérités. Voilà une étrange vertu ! dit le Bulgare. Malheur au peuple à qui elle paraît étrange, dit Bélisaire. Et ne voyez-vous pas qu'elle est le fondement de toute discipline ; que nul homme, dans un État, n'est juge et vengeur de lui-même ; et que si chacun se rendait arbitre dans sa propre cause, il y aurait autant de rebelles qu'il y aurait de mécontents ? Vous qui m'invitez à punir mon souverain d'avoir été injuste, donneriez-vous à vos soldats le droit que vous m'attribuez ? Le leur donner ! dit le Bulgare, ils l'ont, sans que je le leur donne ; mais c'est la crainte qui les retient. Et nous, Seigneur, c'est la vertu, dit Bélisaire ; et tel est l'avantage des mœurs d'un peuple civilisé sur les mœurs d'un peuple qui ne l'est pas. Je vais vous parler avec la franchise d'un homme qui n'espère et qui ne craint plus rien. A quels sujets commandez-vous ? Leur seule ressource est la guerre ; et cette guerre, où ils sont nourris, leur fait négliger tous les biens de la paix, abandonner toutes les richesses du travail et de l'industrie, fouler aux pieds toutes les lois de la nature et de l'équité, et chercher dans la destruction une subsistance incertaine. Pensez avec effroi, Seigneur, que pour ravager nos campagnes, il faut laisser les vôtres sans laboureurs et sans moissons ; que pour nourrir une portion de l'humanité, il faut en égorger une autre ; et que votre peuple lui-même arrose de son sang les pays qu'il vient désoler. Hé quoi ! la guerre, dit le Bulgare, n'est-elle pas chez vous la même ? Non, dit Bélisaire, et le but de nos armes, c'est la paix après la victoire, et la félicité pour gage de la paix. Il est aisé, dit le Bulgare, d'être géné-reux quand on est le plus fort. N'en parlons plus. J'ho-nore en toi, illustre et malheureux vieillard, cette fidé-lité digne d'un autre prix. Repose près de moi cette nuit dans ma tente. Tu diras demain où tu veux que je te fasse remmener. Où l'on m'a pris, dit Bélisaire ; et il dormit tranquillement.

Le lendemain le Roi des Bulgares, en prenant congé du héros, voulut le combler de présents. C'est la dépouille de ma patrie que vous m'offrez, lui dit Béli-saire : vous rougiriez pour moi de m'en voir revêtu. Il n'accepta que de quoi se nourrir lui et son guide sur la route ; et la même escorte le remit où elle l'avait ren-contré.

CHAPITRE IV

Il n'était plus qu'à douze milles du château où sa famille s'était retirée ; mais fatigué d'une longue course, il demanda à son jeune guide s'il ne voyait pas devant lui quelque village où se reposer. J'en vois un, lui dit celui-ci ; mais il est éloigné : faites-vous y conduire. Non, dit le héros, je l'exposerais à être pillé par ces gens-là ; et il renvoya son escorte.

Arrivé au village, il fut surpris d'entendre : *Le voilà, c'est lui, c'est lui-même*. Qu'est-ce ? demanda-t-il. C'est toute une famille qui vient au-devant de vous, lui répondit son conducteur. Dans ce moment un vieillard s'avance. Seigneur, dit-il à Bélisaire en l'abordant, pouvons-nous savoir qui vous êtes ? Vous voyez bien, répondit Bélisaire, que je suis un pauvre, et non pas un seigneur. Un pauvre, hélas ! C'est ce qui nous confond, reprit le paysan, s'il est vrai, comme on nous l'a dit, que vous soyez Bélisaire. Mon ami, lui dit le héros, parlez plus bas ; et si ma misère vous touche, donnez-moi l'hospitalité. A peine il achevait ces mots qu'il se sentit embrasser les genoux ; mais il releva bien vite le bon homme, et se fit conduire sous son humble toit.

Mes enfants, dit le paysan à ses deux filles et à son

fils, tombez aux pieds de ce héros. C'est lui qui nous a
sauvés du ravage des Huns[1]. Sans lui le toit que nous
habitons aurait été réduit en cendres ; sans lui vous
auriez vu votre père égorgé et vos enfants menés en
esclavage ; sans lui, mes filles, vous n'auriez peut-être
jamais osé lever les yeux : vous lui devez plus que la
vie. Respectez-le encore davantage dans l'état où vous
le voyez ; et pleurez sur votre patrie.

Bélisaire, ému jusqu'au fond de l'âme d'entendre
autour de lui cette famille reconnaissante le combler
de bénédictions, ne répondait à ces transports qu'en
pressant tour à tour dans ses bras le père et les enfants.
Seigneur, lui dirent les deux femmes, recevez aussi
dans votre sein ces deux innocents dont vous êtes le
second père. Nous leur rappellerons sans cesse le bonheur qu'ils auront eu de baiser leur libérateur, et de
recevoir ses caresses. A ces mots, l'une et l'autre mère
lui présenta son fils, le mit sur ses genoux ; et ces
deux enfants, souriant au héros, et lui tendant leurs
faibles mains, semblaient aussi lui rendre grâces. Ah !
dit Bélisaire à ces bonnes gens, me trouvez-vous
encore à plaindre ? Et croyez-vous qu'il y ait au
monde en ce moment un mortel plus heureux que
moi ? Mais dites-moi qui m'a fait connaître. Hier, lui
dit le père de famille, un jeune Seigneur nous
demanda si nous n'avions pas vu passer un vieillard
qu'il nous dépeignit. Nous lui répondîmes que non. Hé
bien, nous dit-il, veillez à son passage, et dites-lui
qu'un ami l'attend dans le lieu où il doit se rendre. Il
manque de tout ; ayez soin, je vous prie, de pourvoir à

---

1. Allusion probable à l'invasion des Huns Cudrigures de l'an
559 à l'occasion de laquelle Bélisaire reprit le commandement. Les
Huns se retirèrent en avril 560.

tous ses besoins. A mon retour je reconnaîtrai ce que vous aurez fait pour lui. Nous répondîmes que chacun de nous était occupé, ou du travail des champs, ou des soins du ménage, et que nous n'avions pas le loisir de prendre garde aux passants. Quittez tout plutôt, nous dit-il, que de manquer de rendre à ce vieillard ce que vous lui devez. C'est votre défenseur, votre libérateur, c'est Bélisaire enfin que je vous recommande ; et il nous conta vos malheurs. A ce nom, qui nous est si cher, jugez de notre impatience. Mon fils a veillé toute la nuit à attendre son général, car il a eu l'honneur de servir sous vos drapeaux quand vous avez délivré la Thrace ; mes filles, dès le point du jour, ont été sur le seuil de la porte. A la fin nous vous possédons. Disposez de nous, de nos biens : ils sont à vous. Le jeune Seigneur qui vous attend vous en offrira davantage, mais non pas de meilleur cœur que nous le peu que nous avons.

Tandis que le père lui tenait ce langage, le fils, debout devant le héros, le regardait d'un air pensif, les mains jointes, la tête baissée, la consternation, la pitié, et le respect sur le visage.

Mon ami, dit Bélisaire au vieillard, je vous rends grâce de votre bonne volonté. J'ai de quoi me conduire jusqu'à mon asile. Mais dites-moi si vous êtes aussi heureux que bienfaisant. Votre fils a servi sous moi ; je m'intéresse à lui. Est-il sage ? Est-il laborieux ? Est-il bon mari et bon père ? Il fait, répondit le vieillard attendri, ma consolation et ma joie. Il s'est retiré du service, à la mort de son frère aîné, couvert de blessures honorables ; il me soulage dans mes travaux ; il est l'appui de ma vieillesse ; il a épousé la fille de mon ami ; le Ciel a béni cette union. Il est vif ; mais sa femme est douce. Ma fille que voilà n'est pas moins heureuse. Je lui ai donné un mari jeune, sage et

homme de bien, qu'elle aime et dont elle est aimée.
Tout cela travaille à l'envi, et me fait de petits neveux
dans lesquels je me vois revivre. J'approche de ma
tombe avec moins de regret, en songeant qu'ils m'ai-
meront encore, et qu'ils me béniront quand je ne serai
plus. Ah ! mon ami, lui dit Bélisaire, que je vous porte
envie ! J'avais deux fils, ma plus belle espérance[2] ; je
les ai vu mourir à mes côtés. Dans ma vieillesse il ne
me reste qu'une fille, hélas ! trop sensible pour son
malheur et pour le mien. Mais le ciel soit loué ! mes
deux enfants sont morts en combattant pour la patrie.
Ces dernières paroles du héros achevèrent de déchirer
l'âme du jeune homme qui l'écoutait.

On servit un repas champêtre : Bélisaire y répandit
la joie, en faisant sentir à ces bonnes gens le prix de
leur obscurité tranquille. C'est, disait-il, l'état le plus
heureux, et pourtant le moins envié, tant les vrais
biens sont peu connus des hommes.

Pendant ce repas, le fils de la maison, muet, rêveur,
préoccupé, avait les yeux fixés sur Bélisaire ; et plus il
l'observait, plus son air devenait sombre, et son regard
farouche. Voilà mon fils, disait le vieux bon homme,
qui se rappelle vos campagnes. Il vous regarde avec
des yeux ardents. Il a de la peine, dit le héros, à reconnaître son général. On a bien fait ce qu'on a pu, dit le
jeune homme, pour le rendre méconnaissable ; mais
ses soldats l'ont trop présent pour le méconnaître
jamais.

Quand Bélisaire prit congé de ses hôtes : Mon
Général, lui dit le même, permettez-moi de vous

---

2. On connaît l'existence de son beau-fils, Photius, né d'un
premier mariage d'Antonina, qui servit sous son commandement
en Italie et qui n'échappa pas aux cruautés maternelles.

accompagner à quelques pas d'ici. Et dès qu'ils furent en chemin : Souffrez, lui dit-il, que votre guide nous devance ; j'ai à vous parler sans témoin. Je suis indigné, mon Général, du misérable état où l'on vous a réduit. C'est un exemple effroyable d'ingratitude et de lâcheté. Il me fait prendre ma patrie en horreur ; et autant j'étais fier, autant je suis honteux d'avoir versé mon sang pour elle. Je hais les lieux où je suis né, et je regarde avec pitié les enfants que j'ai mis au monde. Hé ! mon ami, lui dit le héros, dans quel pays ne voit-on jamais les gens de bien victimes des méchants ? Non, dit le villageois, ceci n'a point d'exemple. Il y a dans votre malheur quelque chose d'inconcevable. Dites-moi quel en est l'auteur. J'ai une femme et des enfants ; mais je les recommande à Dieu et à mon père ; et je vais arracher le cœur au traître qui... Ah ! mon enfant, s'écria Bélisaire, en le serrant dans ses bras, la pitié t'aveugle et t'égare. Moi, je ferais d'un brave homme un perfide ! d'un bon soldat un assassin ! d'un père, d'un époux, d'un fils vertueux et sensible un scélérat, un forcené ! C'est alors que je serais digne de tous les maux que l'on m'a faits. Pour soulager ton père et nourrir tes enfants, tu as abandonné la défense de ta patrie ; et pour un vieillard expirant, à qui ton zèle est inutile, tu veux abandonner ton père et tes enfants ! Dis-moi, crois-tu qu'en me baignant dans le sang de mes ennemis, cela me rendit la jeunesse et la vue ? En serais-je moins malheureux quand tu serais criminel ? Non ; mais du moins, dit le jeune homme, la mort terrible d'un méchant effraiera ceux qui lui ressemblent ; car je le prendrai, s'il le faut, au pied du trône ou des autels, et, en lui enfonçant le poignard dans le sein, je crierai : *C'est Bélisaire que je venge.* Et de quel droit me vengerais-tu ? dit le vieillard d'un ton plus imposant. Est-ce moi qui te l'ai donné, ce droit que je n'ai pas moi-même ? Veux-tu l'usurper sur les lois ? Qu'elles l'exercent, dit le jeune homme ; on s'en reposera sur elles. Mais puisqu'elles abandonnent l'homme innocent et vertueux, qu'elles ménagent le coupable et laissent le crime impuni, il faut les abjurer, il faut rompre avec elles, et rentrer dans nos premiers droits. Mon ami, reprit Bélisaire, voilà l'excuse des brigands. Un homme juste, un honnête homme gémit de voir les lois fléchir ; mais il gémirait encore plus de les voir violer avec pleine licence. Leur faiblesse est un mal, mais un mal passager ; et leur destruction serait une calamité durable. Tu veux effrayer les méchants ; et tu vas leur donner l'exemple ! Ah ! bon jeune homme, veux-tu rendre odieux le noble sentiment que j'ai pu t'inspirer ? Feras-tu détester cette pitié si tendre ? Au nom de la vertu, que tu chéris, je te conjure de ne pas la déshonorer. Qu'il ne soit pas dit que son zèle ait armé et conduit la main d'un furieux.

Si c'était moi, dit le soldat, qu'on eût traité si cruellement, je me sentirais peut-être le courage de le souffrir ; mais un grand homme ! Mais Bélisaire !... Non, je ne puis le pardonner. Je le pardonne bien, moi, dit le héros. Quel autre intérêt que le mien peut t'animer à ma vengeance ? Et si j'y renonce, est-ce à toi d'aller plus loin que je ne veux ? Apprends que si j'avais voulu laver dans le sang mon injure, des peuples se seraient armés pour servir mon ressentiment. J'obéis à ma destinée ; imite-moi : ne crois pas savoir mieux que Bélisaire ce qui est honnête et légitime ; et si tu te sens le courage de braver la mort, garde cette vertu pour servir au besoin ton Prince et ton pays.

A ces mots, l'ardeur du jeune homme tomba comme étouffée par l'étonnement et l'admiration. Pardonnez-moi, lui dit-il, mon Général, un emportement dont je rougis. L'excès de vos malheurs a révolté mon âme. En condamnant mon zèle, vous devez l'excuser. Je fais plus, reprit Bélisaire, je l'estime, comme l'effet d'une âme forte et généreuse. Permets-moi de le diriger. Ta famille a besoin de toi ; je veux que tu vives pour elle. Mais c'est à tes enfants qu'il faut recommander les ennemis de Bélisaire. Nommez-les moi, dit le jeune homme avec ardeur ; je vous réponds que mes enfants les haïront dès le berceau. Mes ennemis, dit le héros, sont les Scythes, les Huns, les Bulgares, les Esclavons[3], les Perses, tous les ennemis de l'État. Homme étonnant ! s'écria le villageois, en se prosternant à ses pieds. Adieu, mon ami, lui dit Bélisaire en l'embrassant. Il y a des maux inévitables, et tout ce que peut l'homme juste, c'est de ne pas mériter les siens. Si jamais l'abus du pouvoir, l'oubli des lois, la prospérité des méchants t'irrite, pense à Bélisaire. Adieu.

---

3. Avec les Bulgares, les Esclavons étaient les « sauvages établis ou errants au temps de Justinien dans les plaines de la Russie, de la Lithuanie et de la Pologne » d'où ils se livraient à des incursions renouvelées (Gibbon, *ouvr. cité*, t. VIII, p. 10 et s.).

CHAPITRE V

Sa constance allait être mise à une épreuve bien plus pénible ; et il est temps de dire ce qui s'était passé depuis son emprisonnement.

La nuit qu'il fut enlevé, et traîné dans les fers, comme un criminel d'État, l'épouvante et la désolation se répandirent dans son palais. Le réveil d'Antonine sa femme[1] et d'Eudoxe sa fille unique[2] fut le tableau le plus touchant de la douleur et de l'effroi. Antonine enfin revenue de son égarement, et se rappelant les bontés dont l'honorait l'Impératrice, se reprocha comme une faiblesse la frayeur qu'elle avait montrée. Admise à la familiarité la plus intime de Théodore, compagne de tous ses plaisirs[3], elle était sûre de son appui, ou plutôt elle croyait l'être. Elle se rendit donc

---

1. C'est vers 527 qu'Antonina épouse Bélisaire.

2. Elle s'appelait en réalité Joannina, comme le signale notamment Procope dans ses *Anecdotes*. Marmontel choisit un prénom dont la signification a valeur symbolique.

3. Ayant acquis la confiance et la faveur de Théodora, Antonina devient la complice de l'Impératrice dont elle sert les « plaisirs », mais aussi les passions, les fureurs et les déportements. L'intrigue, le vice, le crime unirent ces deux femmes.

à son lever ; et en présence de toute la Cour : Madame,
lui dit-elle, en se jetant à ses genoux, si Bélisaire a eu
plus d'une fois le bonheur de sauver l'Empire, il
demande pour récompense que le crime qu'on lui
impute lui soit déclaré hautement, et qu'on oblige ses
ennemis à l'accuser en face, au tribunal de l'Empereur.
La liberté de les confondre est la seule grâce qui soit
digne de lui. Théodore lui fit signe de se lever, et lui
répondit avec un front de glace : Si Bélisaire est innocent, il n'a rien à craindre ; s'il est coupable, il connaît
assez la clémence de son maître, pour savoir comment
le fléchir. Allez, Madame ; je n'oublierai point que
vous avez eu part à mes bontés. Ce froid accueil, ce
congé brusque avait accablé Antonine ; pâle et tremblante elle s'éloigna, sans que personne osât lever les
yeux sur elle ; et Barsamès, qu'elle rencontra, passait
lui-même sans la voir, si elle ne l'eut abordé. C'était
l'intendant des finances, le favori de Théodore. Antonine le supplia de vouloir bien lui dire quel était le
crime dont on accusait Bélisaire. Moi, Madame ? lui
dit-il. Je ne sais rien, je ne puis rien, je ne me mêle de
rien, que de mon devoir. Si chacun en faisait autant,
tout le monde serait tranquille.

Ah ! le complot est formé, dit-elle, et Bélisaire est
perdu. Plus loin elle rencontra un homme qui lui
devait sa fortune, et qui la veille lui était tout dévoué.
Elle veut lui parler ; mais sans daigner l'entendre : Je
sais vos malheurs, lui dit-il, et j'en suis désolé ; mais
pardon : j'ai une grâce à solliciter ; je n'ai pas un
moment à perdre. Adieu, Madame, personne au
monde ne vous est plus attaché que moi. Elle alla
retrouver sa fille ; et une heure après on lui annonça
qu'il fallait sortir de la ville, et se rendre à ce vieux
château qui fut marqué pour leur exil.

La vue de ce château solitaire et ruiné, où Antonine

se voyait comme ensevelie, acheva de la désoler. Elle y tomba malade en arrivant ; et l'âme sensible d'Eudoxe fut déchirée entre un père accusé, détenu dans les fers, livré en proie à ses ennemis, et une mère dont la vie, empoisonnée par le chagrin, n'annonçait plus qu'une mort lente. Les jours, les plus beaux jours de cette aimable fille étaient remplis par les tendres soins qu'elle rendait à sa mère ; ses nuits se passaient dans les larmes ; et les moments que la nature en dérobait à la douleur, pour les donner au sommeil, étaient troublés par d'effroyables songes. L'image de son père au fond d'un cachot, courbé sous le poids de ses fers, la poursuivait sans cesse ; et les funestes pressentiments de sa mère redoublaient encore sa frayeur.

La connaissance profonde et terrible qu'Antonine avait de la Cour lui faisait voir la haine et la rage déchaînées contre son époux. Quel triomphe, disait-elle, pour tous ces lâches envieux, que, depuis tant d'années, le bonheur d'un homme vertueux humilie et tourmente, quel triomphe pour eux de le voir accablé ! Je me peins le sourire de la malignité, l'air mystérieux de la calomnie, qui feint de ne pas dire tout ce qu'elle sait, et semble vouloir ménager l'infortuné qu'elle assassine. Ces vils flatteurs, ces complaisants si bas, je les vois tous, je les entends insulter à notre ruine. O ma fille ! dans ton malheur tu as du moins la consolation de n'avoir point de reproche à te faire ; et moi, j'ai à rougir de mon bonheur passé, plus que de mes calamités présentes. Les sages leçons de ton père m'importunaient : il avait beau me recommander de fuir les pièges de la Cour, de mettre ma gloire et ma dignité dans des mœurs simples et modestes, de chercher la paix et le bonheur dans l'intérieur de ma maison, et de renoncer à un esclavage dont la honte serait le prix ; j'appelais humeur sa triste prévoyance, je m'en plai-

gnais à ses ennemis. Quel égarement ! quel affreux
retour ! C'est un coup de foudre qui m'éclaire ; je ne
vois l'abîme qu'en y tombant. Si tu savais, ma fille,
avec quelle froideur l'Impératrice m'a renvoyée, elle à
qui mon âme était asservie, elle dont les fantaisies
étaient mes seules volontés ! Et cette Cour, qui la
veille me souriait d'un air si complaisant !... Ames
cruelles et perfides !... Aucun, dès qu'on m'a vu sortir,
les yeux baissés et pleins de larmes, aucun n'a daigné
m'aborder. Le malheur est pour eux comme une peste,
qui les fait reculer d'effroi.

Telles étaient les réflexions de cette femme, que sa
chute, en la détrompant de la Cour, n'en avait pas
détachée, et qui aimait encore ce qu'elle méprisait[4].

Un an écoulé, rien ne transpirait du procès de Bélisaire. On avait découvert une conspiration ; on l'accusait de l'avoir tramée ; et la voix de ses ennemis, qu'on
appelait la voix publique, le chargeait de cet attentat.
Les chefs, obstinés au silence, avaient péri dans les
supplices, sans nommer l'auteur du complot ; et c'était
la seule présomption que l'on eût contre Bélisaire :
aussi, manque de preuve, le laissait-on languir ; et l'on
espérait que sa mort dispenserait de le convaincre.
Cependant ceux de ses vieux soldats qui étaient répandus parmi le peuple redemandaient leur général, et
répondaient de son innocence. Ils soulevèrent la multitude, et menacèrent de forcer les prisons, s'il n'était
mis en liberté. Ce soulèvement irrita l'Empereur ; et
Théodore ayant saisi l'instant où la colère le rendait
injuste : Hé bien, dit-elle, qu'on le leur rende, mais
hors d'état de les commander. Ce conseil affreux pré-
valut : ce fut l'arrêt de Bélisaire.

---

4. Tout en suggérant la vie publique de l'Antonina historique,
Marmontel tend à masquer les turpitudes réelles du personnage.

Dès que le peuple le vit sortir de sa prison, les yeux crevés, ce ne fut qu'un cri de douleur et de rage. Mais Bélisaire l'apaisa. Mes enfants, leur dit-il, l'Empereur a été trompé : tout homme est sujet à l'être ; il faut le plaindre et le servir. Mon innocence est le seul bien qui me reste ; laissez-la moi. Votre révolte ne me rendrait pas ce que j'ai perdu ; elle m'ôterait ce qui me console de cette perte. Ces mots calmèrent les esprits. Le peuple offrit à Bélisaire tout ce qu'il possédait ; Bélisaire lui rendit grâce. Donnez-moi seulement, dit-il, un de vos enfants, pour me conduire où ma famille m'attend.

Son aventure avec les Bulgares l'ayant détourné de sa route, Tibère l'avait devancé. Le bruit d'un char, dans la cour du château, avait fait tressaillir Antonine et Eudoxe : celle-ci avait accouru, le cœur saisi et palpitant ; mais hélas ! au lieu de son père, ne voyant qu'un jeune inconnu, elle retourne vers sa mère. Ce n'est pas lui, dit-elle en soupirant.

Un vieux domestique de la maison, appelé Anselme, ayant abordé Tibère, Tibère lui demande si ce n'est point là que Bélisaire est retiré. C'est ici que sa femme et sa fille l'attendent, répondit le fidèle Anselme ; mais leur espérance est tous les jours trompée. Hé ! plût au ciel moi-même être à sa place, et le savoir en liberté ! Il est en liberté, lui dit Tibère ; il vient ; vous l'allez bientôt voir ; il devrait même être arrivé. – Ah ! venez donc, venez donner cette bonne nouvelle à sa famille. Je vais vous annoncer. Madame, s'écria-t-il en courant vers Antonine, réjouissez-vous. Mon bon maître est vivant ; il est libre ; il vous est rendu. Un jeune homme est là qui l'assure, et qui croyait le retrouver ici. A ces mots, toutes les forces d'Antonine se ranimèrent. Où est-il, cet étranger, ce mortel généreux, qui s'intéresse à nos malheurs ? Qu'il vienne, ah ! qu'il

vienne, dit-elle. Non, plus de malheurs, s'écria
Eudoxe, en se jetant sur le lit de sa mère, et en la pressant dans ses bras. Mon père est vivant ; il est en
liberté ; nous l'allons revoir. Ah ! ma mère ! oublions
nos peines. Le ciel nous aime ; il nous réunit.

Me rendez-vous la vie ? demanda Antonine à
Tibère. Est-il bien vrai que mon époux triomphe de
ses ennemis ? Le jeune homme pénétré de douleur de
n'avoir à leur donner qu'une fausse joie répondit qu'en
effet Bélisaire était libre, qu'il l'avait vu, qu'il lui avait
parlé ; et que le croyant rendu auprès de sa famille, il
venait lui offrir les services d'un bon voisin.

Eudoxe, qui avait les yeux attachés sur Tibère, fut
frappée de l'air de tristesse qu'il tâchait de dissimuler.
Vous portez, lui dit-elle, dans notre exil la plus douce
consolation ; et loin de jouir du bien que vous nous
faites, vous semblez renfermer quelque chagrin profond ! Est-ce notre misère qui vous afflige ? Ah ! que
mon père arrive, qu'il rende la santé à cette moitié de
lui-même ; et vous verrez si l'on a besoin de richesse
pour être heureux.

La nature dans ces moments est si touchante par
elle-même qu'Eudoxe n'eut besoin que de ses sentiments pour attendrir et pour charmer Tibère[5]. Il ne vit
point si elle était belle ; il ne vit qu'une fille vertueuse
et tendre, que son courage, sa piété, son amour pour
son père élevait au-dessus du malheur. Ne prenez
point, Madame, lui dit-il, ce sentiment que je ne puis
cacher pour une pitié offensante. Dans quelque état
que Bélisaire et sa famille soient réduits, leur infortune même sera digne d'envie. Que parlez-vous d'infortune ? reprit la mère. Si on a rendu à mon époux la

---

5. Discrète préparation de l'union finale des deux jeunes gens.

liberté, on a reconnu son innocence ; il faut donc qu'il soit rétabli dans ses honneurs et dans ses biens.

Madame, lui dit Tibère, ce serait vous préparer une surprise trop cruelle que de vous flatter sur sa situation. Il n'a dû sa délivrance qu'à l'amour du peuple. C'est à la crainte d'un soulèvement qu'on a cédé ; mais en y cédant, on a renvoyé Bélisaire aussi malheureux qu'il était possible.

N'importe, ma mère, il est vivant, reprit la sensible Eudoxe ; et pourvu qu'on nous laisse ici un peu de terre à cultiver, nous ne serons pas plus à plaindre que tous ces villageois que je vois dans les champs. O ciel ! la fille de Bélisaire, s'écria le jeune homme, serait réduite à cet indigne état ! Indigne ! et pourquoi ? lui dit-elle. Il n'était pas indigne des héros de Rome vertueuse et libre. Bélisaire ne rougira point d'être l'égal de Regulus. Ma mère et moi, depuis notre exil, nous avons appris les détails et les petits travaux du ménage ; mon illustre père sera vêtu d'un habit filé de ma main.

Tibère ne pouvait retenir ses larmes, en voyant la joie vertueuse et pure qui remplissait le cœur de cette aimable fille. Hélas ! disait-il en lui-même, quel coup terrible va la tirer de cette douce illusion ! Et les yeux baissés, il restait devant elle dans le silence de la douleur.

CHAPITRE VI

Bélisaire, en ce moment même, entrait dans la cour du château. Le fidèle Anselme le voit, s'avance, reconnaît son maître, et transporté de joie, court au-devant de lui. Mais tout à coup s'apercevant qu'il est aveugle : Ô ciel ! dit-il, ô mon bon maître ! Est-ce pour vous revoir dans cet état que le pauvre Anselme a vécu ? A ces paroles entrecoupées de sanglots, Bélisaire reconnaît Anselme, qui, prosterné, embrasse ses genoux. Il le relève, il l'exhorte à modérer sa douleur, et se fait conduire vers sa femme et sa fille.

Eudoxe en le voyant ne fait qu'un cri, et tombe évanouie. Antonine, qu'une fièvre lente consumait, comme je l'ai dit, fut tout à coup saisie du plus violent transport. Elle s'élance de son lit avec les forces que donne la rage, et s'arrachant des bras de Tibère et de la femme qui la gardait, elle veut se précipiter. Eudoxe, ranimée à la voix de sa mère, accourt, la saisit et l'embrasse : Ma mère, dit-elle, ah ! ma mère ! ayez pitié de moi. Laissez-moi mourir, s'écriait cette femme égarée. Je ne vivrais que pour le venger, que pour aller leur arracher le cœur. Les monstres ! Voilà sa récompense ! Sans lui vingt fois ils auraient été ensevelis sous les cendres de leur palais. Son crime est d'avoir prolongé leur odieuse tyrannie... Il en est puni ; les peuples

sont vengés... Quelle férocité ! quelle horrible bassesse !... Leur appui ! leur libérateur !... Cour atroce !
Conseil de tigres !... Ô ciel ! est-ce ainsi que tu es
juste ? Vois qui tu permets qu'on opprime ; vois qui tu
laisses prospérer.

Antonine, dans ses transports, tantôt s'arrachait les
cheveux et se déchirait le visage ; tantôt ouvrant ses
bras tremblants, elle courait vers son époux, le pres-
sait dans son sein, l'inondait de ses larmes ; et tantôt
repoussant sa fille avec effroi : Meurs, lui disait-elle ;
il n'y a dans la vie de succès que pour les méchants, de
bonheur que pour les infâmes.

De cet accès elle tomba dans un abattement mortel ;
et ces violents efforts de la nature ayant achevé de
l'affaiblir, elle expira quelques heures après[1].

Un vieillard aveugle, une femme morte, une fille au
désespoir, des larmes, des cris, des gémissements, et
pour comble de maux, l'abandon, la solitude et l'indigence, tel est l'état où la fortune présente aux yeux de
Tibère une maison trente ans comblée de gloire et de
prospérité. Ah ! dit-il, en se rappelant les paroles d'un
Sage, voilà donc le spectacle auquel Dieu se complaît,
l'homme juste luttant contre l'adversité, et la domptant
par son courage[2] !

---

1. Infidélité historique, puisqu'Antonina, bien qu'on ignore la
date exacte de sa disparition, survécut à Bélisaire (mort en mars 565)
et fonda un couvent. Coger remarque, à propos d'Antonina, qu'« on
s'est hâté de la faire mourir », sans doute afin qu'elle n'interrompît
pas « les longues et fastidieuses dissertations » de Bélisaire et de ses
deux voisins (*Examen de Bélisaire*, 1767, 1ʳᵉ éd., p. 92). Remarque
analogue dans l'*Année littéraire* (1768, t. I, Lettre I, p. 11).

2. Écho de l'épigraphe latine tirée du *De Providentia* de
Sénèque. Cf. Dacier, *Réflexions morales de l'Empereur Antonin
avec des Remarques*, 1691, Préface : « Un Ancien a dit que le
spectacle le plus agréable à Dieu était de voir un homme vertueux
lutter contre la mauvaise fortune ».

Bélisaire laissa un libre cours à la douleur de sa fille, et lui-même il s'abandonna à toute son affliction ; mais après avoir payé à la nature le tribut d'une âme sensible, il se releva de son accablement avec la force d'un héros.

Eudoxe étouffait ses sanglots de peur de redoubler la douleur de son père. Mais le vieillard qui l'embrassait se sentait baigné de ses pleurs. Tu te désoles, ma fille, lui dit-il, de ce qui doit nous affermir, et nous élever au-dessus des disgrâces. Après avoir expié les erreurs de sa vie, ta mère jouit d'une éternelle paix ; et c'est elle à présent qui nous plaint d'être obligés de lui survivre. Cette froide immobilité, où elle laisse sa dépouille, annonce le calme où son âme est plongée[3]. Vois comme tous les maux d'ici-bas sont vains : un souffle, un instant les dissipe. La Cour et l'Empire ont disparu aux yeux de ta mère ; et du sein de son Dieu[4], elle ne voit ce monde que comme un point dans l'immensité. Voilà ce qui fait dans le malheur la consolation et la force du sage. – Ah ! donnez-la moi, cette force que la nature me refuse, pour résister à tant de maux. J'aurais supporté la misère ; mais voir une mère adorée mourir de douleur dans mes bras ! Vous voir,

---

3. Exemple de « pensées fausses » selon les *Nouvelles ecclésiastiques* (27/2/1768). Déjà Coger, dans une note ajoutée à la page 91 de sa première édition, observait : « Les grands scélérats, après la mort, laissent leur dépouille dans une froide immobilité : est-ce une preuve du calme où leur âme est plongée ? ».

4. Les adversaires de Marmontel n'ont pas manqué de lui reprocher de sauver Antonina : « Bélisaire est assez généreux pour la placer dans le ciel » en dépit de ses « galanteries », de ses « méchancetés » et du fait qu'« elle venait d'expirer en blasphémant » (*Examen*, p. 91 ; cf. *Réfutation de Bélisaire et de ses oracles J.-J. Rousseau, Voltaire etc.*, Bâle [Paris], 1768, p. 66).

mon père, dans l'horrible état où la cruauté des hommes vous a mis !... Ma fille, lui dit le héros, en me privant des yeux, ils n'ont fait que ce que la vieillesse ou la mort allait faire ; et quant à ma fortune, tu en aurais mal joui, si tu ne sais pas t'en passer. Ah ! le ciel m'est témoin, dit-elle, que ce n'est pas sa perte qui m'afflige. Ne t'afflige donc plus de rien, lui dit son père ; et de sa main il essuya ses pleurs.

Bélisaire, instruit qu'un jeune inconnu attendait le moment de lui parler, le fit venir, et lui demanda ce qui l'amenait. Ce n'est pas le moment, lui dit Tibère, de vous offrir des consolations. Illustre et malheureux vieillard, je respecte votre douleur, je la partage, et je demande au ciel qu'il me permette de l'adoucir. Jusque-là, je n'ai qu'à mêler mes larmes à celles que je vois répandre.

Bientôt vint le moment de rendre à Antonine les devoirs de la sépulture ; et Bélisaire, appuyé sur sa fille, accompagna le corps de sa femme au tombeau. La douleur du héros était celle d'un sage : elle était profonde, mais sans éclat, et soutenue de majesté. Sur son visage était peint le deuil, mais un deuil silencieux et grave. Son front élevé, sans défier le sort, semblait s'exposer à ses coups.

Tibère lui-même assista à cette triste cérémonie. Il fut témoin des regrets touchants qu'Eudoxe donnait à sa mère, et il en revint pénétré.

Bélisaire alors s'adressant à lui : Brave jeune homme, lui dit-il, c'est vous, je le vois, qui avez pris soin de me recommander sur la route ; apprenez-moi qui vous êtes, et ce qui peut m'attirer cet empressement généreux. Je m'appelle Tibère, répondit le jeune homme. J'ai servi sous Narsès en Italie ; j'ai fait depuis la guerre de Colchide. Je suis l'un de ces chasseurs à qui vous avez demandé l'asile, et dont vous avez si bien réprimé l'imprudence. Je n'ai pas eu de paix avec moi-même, que je ne sois venu vous demander pardon, et une grâce encore plus chère. Je suis riche : c'est un malheur peut-être ; mais si vous vouliez, ce serait un bien. J'ai près d'ici une maison de campagne ; et toute mon ambition serait de la consacrer, en en faisant l'asile d'un héros. Ma tendre vénération pour vous est un titre si simple que je n'oserais m'en prévaloir : il suffit d'aimer la patrie, pour partager la disgrâce de Bélisaire, et pour chercher à l'adoucir. Mais un intérêt digne de vous toucher, c'est le mien, c'est celui d'un jeune homme qui désire passionnément d'être admis dans l'intimité d'un héros, et de puiser dans son âme, comme à la source de la sagesse, de la gloire et de la vertu.

Vous honorez trop ma vieillesse, lui répondit Bélisaire ; mais je reconnais une belle âme à la sensibilité que vous témoignez pour mon malheur. Dans ce moment je désire d'être seul avec moi-même : mon âme ébranlée a besoin de se raffermir en silence. Mais pour l'avenir, j'accepte une partie de ce que vous me proposez, le plaisir de vivre en bons voisins, et de communiquer ensemble. J'aime la jeunesse : l'âme encore neuve dans cet âge heureux est susceptible des impressions du bien ; elle s'enflamme et s'élève au grand ; et rien encore ne la retient captive. Venez me voir ; je serai bien aise de converser avec vous.

Si vous me croyez digne de ce commerce, reprit Tibère, pourquoi ne le serais-je pas de vous posséder tout à fait ? Mes aïeux seront honorés de voir leur héritage devenir votre bien, et leur demeure votre asile. Vous y serez révéré, servi avec un saint respect par tout ce qui m'environne ; et c'est à mon exemple qu'on s'empressera de remplir ce pieux devoir.

Jeune homme, lui dit Bélisaire, vous êtes bon ; mais

ne faisons point d'imprudence. Dites-moi, car il y a dix ans que je vis éloigné du monde[5], quel est l'état de votre père, et quelles vues il a sur vous. Nous sommes issus, lui dit Tibère, de l'une de ces familles que Constantin appela de Rome[6], et qu'il combla de bienfaits. Mon père a servi sous le règne de Justin avec assez de distinction. Il était estimé et chéri de son maître. Sous le nouveau règne, on obtint sur lui des préférences qu'il croyait injustes : il se retira ; il s'en est repenti ; et il a pour moi l'ambition qu'il n'eut pas assez pour lui-même. Il suffit, lui dit Bélisaire : je ne veux mettre aucun obstacle à l'avancement de son fils. En suivant le mouvement de votre cœur, vous ne sentez que le plaisir d'être généreux ; et en effet c'est une douce chose. Mais je vois pour vous le danger de vous envelopper dans la disgrâce d'un proscrit. Mon ami, que la Cour ait raison, ou qu'elle ait tort, elle ne revient pas[7]. Elle oublie un coupable qu'elle a puni ; mais elle hait toujours un innocent qu'elle a sacrifié ; car son nom seul est un reproche, et son existence pèse, comme un remords, à ses persécuteurs.

Je me charge, dit le jeune homme, de justifier ma conduite. L'Empereur a pu se laisser tromper ; mais il suffira qu'on l'éclaire.

Il ne faut pas même y penser, dit le héros ; le mal est fait : puisse-t-il l'oublier pour le repos de sa vieillesse !

---

5. Bélisaire connaît dix années de repos de 548, date à laquelle il est rappelé d'Italie à Constantinople, à 559, date à laquelle il reprend le commandement à l'occasion de l'invasion des Huns.

6. Conformément à la politique de l'Empereur désireux de peupler sa nouvelle Rome.

7. Citant cette phrase, Coger demande s'il n'y aurait pas « de l'audace et du danger » à tenir aux peuples pareils propos (*Examen*, p. 45).

Hé bien donc, insista Tibère, soyez encore plus généreux. Épargnez-lui le reproche éternel de vous avoir laissé languir dans la misère. L'indigne état où je vous vois est un spectacle déshonorant pour l'humanité, honteux pour le trône, révoltant pour les gens de bien, et décourageant pour vos pareils.

Ceux qu'il découragera, répondit Bélisaire, ne seront point mes pareils. Je crois au surplus, comme vous, que mon état peut inspirer l'indignation avec la pitié. Un pauvre aveugle ne fait point d'ombrage, et peut faire compassion. Aussi mon dessein est-il de me cacher ; et si je me suis fait connaître à vos compagnons, c'est un mouvement d'impatience contre de jeunes étourdis, qui m'a fait commettre cette imprudence. Ce sera la dernière de ma vie ; et mon asile sera mon tombeau. Adieu. L'Empereur peut ne pas savoir que les Bulgares sont dans la Thrace ; ne négligez pas de l'en faire avertir.

Le jeune homme se retira bien affligé de n'avoir pas mieux réussi ; et il rendit à l'Empereur ce que lui avait dit Bélisaire. Justinien fit marcher quelques troupes ; et peu de jours après on l'assura que les Bulgares avaient été chassés. A présent, dit-il à Tibère, nous pouvons aller sans danger voir ce malheureux vieillard. Je passerai pour votre père ; et vous aurez soin de ne rien dire qui puisse le désabuser. Une maison de plaisance, à moitié chemin de la retraite de Bélisaire, fut le lieu d'où l'Empereur se dérobant aux yeux de sa Cour alla le voir le lendemain.

CHAPITRE VII

Voilà donc où habite celui qui m'a rendu tant de fois vainqueur ! dit Justinien, en s'avançant[1] sous un vieux portique en ruine. Bélisaire, à leur arrivée, se leva pour les recevoir. L'Empereur, en voyant ce vieillard vénérable dans l'état où il l'avait mis, fut pénétré de honte et de remords. Il jeta un cri de douleur, et s'appuyant sur Tibère, il se couvrit les yeux avec ses mains, comme indigne de voir le jour que Bélisaire ne voyait plus. Quel cri viens-je d'entendre ? demanda le vieillard. C'est mon père que je vous amène, dit Tibère, et que votre malheur touche sensiblement. Où est-il ? reprit Bélisaire, en tendant les mains. Qu'il approche, et que je l'embrasse ; car il a un fils vertueux. Justinien fut obligé de recevoir les embrassements de Bélisaire ; et se sentant pressé contre son sein, il fut si violemment ému qu'il ne put retenir ses sanglots et ses larmes. Modérez, lui dit le héros, cet excès de compassion : je ne suis peut-être pas aussi malheureux qu'il vous semble. Parlons de vous et de ce jeune homme qui vous donnera de la consolation dans vos vieux ans. Oui, dit l'Empereur, en s'interrom-

---

1. Variante : « avançant » : Ed. IV, V.

pant à chaque mot, oui... si vous daignez permettre...
qu'il vienne recueillir les fruits de vos leçons. Et que
lui apprendrais-je, dit le vieillard, qu'un père sage et
homme de bien n'ait pu lui apprendre avant moi ? Ce
que peut-être je connais le moins, dit l'Empereur, c'est
la Cour, c'est le pays où il doit vivre ; et depuis longtemps j'ai si peu communiqué avec des hommes que
le monde est pour moi presque aussi nouveau que
pour lui. Mais vous qui avez vu les choses sous tant
de faces diverses, de quel secours ne lui serez-vous
pas, si vous voulez bien l'éclairer ? S'il voulait
apprendre à fixer la fortune, dit Bélisaire, il s'adresse-
rait mal, comme vous voyez ; mais s'il ne veut être
qu'un homme de bien à ses périls et risques, je puis lui
être de quelque utilité. Il est bien né, c'est l'essentiel. Il
est vrai, dit Justinien, que sa noblesse est ancienne. –
Ce n'est pas ce que j'ai voulu dire ; mais cela même
est un avantage, pourvu qu'on n'en abuse pas. Savez-
vous, jeune homme, poursuivit Bélisaire, ce que c'est
que la noblesse ? Ce sont des avances que la patrie
vous fait, sur la parole de vos ancêtres, en attendant
que vous soyez en état de faire honneur à vos garants.
Et ces avances, dit l'Empereur, sont quelquefois bien
hasardées. N'importe, reprit le vieillard, ce n'en est pas
moins une très belle institution. Je crois voir, lorsqu'un
enfant de noble origine vient au monde, faible, nu,
indigent, imbécile, comme le fils d'un laboureur, je
crois voir la patrie qui va le recevoir, et qui lui dit :
Enfant, je vous salue, vous qui me serez dévoué, vous
qui serez vaillant, généreux, magnanime comme vos
pères. Ils vous ont laissé leur exemple ; j'y joins leurs
titres et leur rang, double raison pour vous d'acquérir
leurs vertus. Avouez, continua le vieillard, que parmi
les actes les plus solennels il n'y a rien de plus magnifique. Cela l'est trop, dit Justinien. Quand on veut éle-

ver les âmes, dit Bélisaire, il faut en agir grandement. Et puis, croyez-vous qu'il n'y ait pas de l'économie dans cette magnificence ? Ah ! quand elle ne produirait que deux ou trois grands hommes par génération, l'État n'aurait pas à se plaindre : il serait bien dédommagé. Mon ami, dit-il au jeune homme, il faut que vous soyez l'un de ceux qui le dédommagent. Là, s'adressant à l'Empereur : Vous m'avez permis, lui dit-il, de lui parler en père ? Ah ! je vous en conjure, lui dit Justinien. — Hé bien, mon fils, commencez donc par vous persuader que la noblesse est comme la flamme qui se communique, mais qui s'éteint dès qu'elle manque d'aliment. Souvenez-vous de votre naissance, puisqu'elle impose des devoirs ; souvenez-vous de vos aïeux, puisqu'ils sont pour vous des exemples ; mais gardez-vous de croire que la nature vous ait transmis leur gloire comme un héritage dont vous n'ayez plus qu'à jouir ; gardez-vous de cet orgueil impatient et jaloux qui, sur la foi d'un nom, prétend que tout lui cède, et s'indigne des préférences que le mérite obtient sur lui[2]. Comme l'ambition a un faux air de noblesse, elle se glisse aisément dans le cœur d'un homme bien né ; mais cette passion, dans ses excès, a sa bassesse tout comme une autre. Elle se croit haute, parce qu'elle range au-dessous d'elle tous les devoirs de l'honnête homme ; et si vous voulez savoir ce qu'elle en fait, regardez un oiseau de proie planer le matin sur la campagne, et choisir d'un œil avide, entre mille animaux tremblants, celui dont il lui plaira de faire pâture[3] :

---

2. Dans ses deux articles de l'*Encyclopédie*, *Des Grands* et *De la Grandeur*, Marmontel a déjà réfléchi sur les rapports de la naissance (ou du rang) et du mérite.

3. Variante : « sa pâture » : Ed. IV V.

c'est ainsi que l'ambition délibère à son réveil, pour savoir de quelle vertu elle fera sa victime. Ah ! mon ami, la personnalité, ce sentiment si naturel, devient atroce dans un homme public, sitôt qu'elle est passionnée. J'ai vu des hommes qui, pour s'avancer, auraient jeté au hasard le salut d'une armée et le sort d'un empire. Envieux des succès qui ne leur sont pas dus, ils ont toujours peur qu'on ne leur enlève l'honneur d'une action d'éclat ; s'ils osaient même, ils feraient échouer celles dont ils n'ont pas la gloire : le bien public est un malheur pour eux, s'il ne leur est pas attribué[4]. Voilà l'espèce d'hommes la plus dangereuse, soit dans les conseils, soit dans les armées. L'homme de bien fait son devoir sans regarder autour de lui. Dieu et son âme sont les témoins dont il va mériter l'aveu. Une bonne volonté franche, un courage délibéré, un zèle prompt à concourir au bien, voilà les signes d'une grande âme[5]. L'envie, la vanité, l'orgueil, tout cela est petit et lâche. C'est peu même de ne pas prétendre à ce que vous ne méritez pas ; il faut savoir renoncer d'avance à ce que vous méritez[6] ; il faut supposer votre Souverain sujet à se tromper, car il est homme, regarder comme très possible que votre patrie et votre siècle vous jugent aussi mal que lui, et que l'avenir ne soit pas plus juste. Alors

---

4. Considérations voisines dans les *Entretiens de Phocion* (1763, Troisième Entretien, p. 103) : « Si Aristide et Cimon eussent eu alors les mœurs basses et corrompues de notre temps, ils se seraient soulevés contre un projet dont ils n'étaient pas les auteurs ; ils auraient préféré la perte de la République et de la Grèce entière au chagrin jaloux de les voir sauver par un autre ».

5. « La grandeur d'âme, c'est-à-dire la fermeté, la droiture, l'élévation des sentiments… » (*De la Grandeur, Bélisaire*, Paris, Merlin, 1767, p. 325).

6. Variante : « mériterez » : Ed. IBHVP, IV.

il faut vous consulter, et vous demander à vous-même : Si j'étais réduit au sort de Bélisaire, m'en consolerais-je avec mon innocence et le souvenir d'avoir fait mon devoir[7] ? Si vous n'avez pas cette résolution bien décidée et bien affermie, vivez obscur : vous n'avez pas de quoi soutenir votre nom.

Ah ! c'est trop exiger des hommes, reprit Justinien avec un profond soupir ; et votre exemple est effrayant. Il est effrayant au premier coup d'œil, dit le vieillard, mais beaucoup moins quand on y pense. Car enfin supposons que la guerre, la maladie, ou la vieillesse m'eût privé de la vue ; ce serait un accident tout naturel, dont vous ne seriez point frappé. Eh quoi ! les vices de l'humanité ne sont-ils pas dans l'ordre des choses comme la peste qui a désolé l'Empire[8] ? Qu'importe l'instrument que la nature emploie à nous détruire ? La colère d'un Empereur, la flèche d'un ennemi, un grain de sable, tout est égal[9]. En s'exposant

---

7. Ouverte sur une formule écho du vers 4 de la fable X,16 de La Fontaine, la phrase résume une attitude de noblesse morale de résonance stoïcienne, fondée sur la seule satisfaction de la conscience.

8. Allusion historique à la grande peste bubonique qui, importée d'Abyssinie, se déclara en Égypte dès l'automne 541 et gagna successivement l'Asie Mineure, la péninsule des Balkans, l'Afrique latine, l'Espagne, la Gaule, l'Italie et la Perse. Elle se répandit à Constantinople en mai 542 et aurait fait plus de 300 000 victimes. Éteinte en 544 dans tout l'Empire, elle reparut de façon intermittente au cours des décennies suivantes.

9. *Democritum pediculi, Socratem aliud pediculorum genus bipedes interemerunt. Quorsum haec ? ingressus es vitam ; navigasti ; vectus es ; discede. M. Antonin. Imper. De se ipso, L. 3* (Note de Marmontel). (*Note de l'E. :* « Démocrite, ce fut la vermine ; Socrate, c'est une autre vermine qui le fit périr. Qu'est-ce à dire ? Tu t'es embarqué, tu es rendu au port, tu abordes : débarque », *Pensées*, éd. Trannoy, Paris, Les Belles-Lettres, 1925, III-3, pp. 19-20).

sur la scène du monde, il faut s'attendre à ses révolutions. Vous-même, en destinant votre fils au métier des armes, n'avez-vous pas prévu pour lui mille événements périlleux ? Eh bien, comptez-y les assauts de l'envie, les embûches de la trahison, les traits de l'imposture et de la calomnie ; et si votre fils arrive à mon âge sans y avoir succombé, vous trouverez qu'il a eu du bonheur. Tout est compensé dans la vie. Vous ne me voyez qu'aveugle et pauvre, et retiré dans une masure ; mais rappelez-vous trente ans de victoires et de prospérités, et vous souhaiterez à votre fils le destin de Bélisaire. Allons, mon voisin, un peu de fermeté : vous avez les alarmes d'un père ; mais je me flatte que votre fils me fait encore l'honneur de me porter envie. Assurément ! s'écria Tibère. Mais c'est bien moins à vos prospérités, dit l'Empereur, qu'il doit porter envie, qu'à ce courage avec lequel vous soutenez l'adversité. Du courage, il en faut sans doute, dit Bélisaire ; et il ne suffit pas d'avoir celui d'affronter la mort : c'est la bravoure d'un soldat. Le courage d'un chef consiste à s'élever au-dessus de tous les événements. Savez-vous quel est pour moi le plus courageux des hommes ? Celui qui persiste à faire son devoir, même au péril, aux dépens de sa gloire ; ce sage et ferme Fabius, qui laisse parler avec mépris de sa lenteur, et ne change point de conduite ; et non ce faible et vain Pompée, qui aime mieux hasarder le sort de Rome et de l'univers que d'essuyer une raillerie[10].

---

10. Dans ses *Considérations...* (*éd. cit.*, p. 128), Montesquieu rapporte que Pompée « était sur le point de voir l'armée de César détruite par la misère et la faim », mais qu'il alla au-devant de la défaite parce que, « comme il avait souverainement le faible de vouloir être approuvé, il ne pouvait s'empêcher de prêter l'oreille aux vains discours de ses gens qui le raillaient ou l'accusaient sans

Dans mes premières campagnes contre les Perses, les
mauvais propos des étourdis de mon armée me firent
donner une bataille, que je ne devais ni ne voulais risquer. Je la perdis. Je ne me le pardonnerai jamais[11].
Celui qui fait dépendre sa conduite de l'opinion n'est
jamais sûr de lui-même. Et où en serions-nous si, pour
être honnêtes gens, il fallait attendre un siècle impar-
tial et un Prince infaillible ? Allez donc ferme devant
vous. La calomnie et l'ingratitude vous attendent peut-
être au bout de la carrière ; mais la gloire y est avec
elles ; et si elle n'y est pas, la vertu la vaut bien ;
n'ayez pas peur que celle-ci vous manque : dans le
sein même de la misère et de l'humiliation, elle vous
suivra ; eh ! mon ami ! si vous saviez combien un sourire de la vertu est plus touchant que toutes les
caresses de la fortune ![12]

Vous me pénétrez, dit Justinien attendri et confondu.
Que mon fils est heureux de pouvoir de bonne heure
recueillir ces hautes leçons ! Ah ! pourquoi cette école
n'est-elle pas celle des souverains ! Laissons les souverains, dit Bélisaire ; ils sont plus à plaindre que
nous. Ils ne sont à plaindre, dit Justinien, que parce

---

cesse ». Et il renvoie à Plutarque (cf. *Les Vies des hommes
illustres*, éd. La Pléiade, 1951, t. II, *Vie de Pompée*, XCVI,
p. 300).

11. Nommé, en avril 529, maître des milices d'Orient, Bélisaire,
après avoir défait les forces perses deux fois plus nombreuses que
les siennes près de Dara (juin 530), fut lui-même complètement
défait le 19 avril 531 dans une bataille livrée sur la rive droite de
l'Euphrate entre Soura et Callinice. A la suite de cette défaite, il fut
rappelé par Justinien.

12. Coger cite cette phrase au nombre « des phrases trop recher-
chées, trop subtiles, trop précieuses dans la bouche de Bélisaire »
(*Examen*, 1ʳᵉ éd., p. 37).

qu'ils n'ont point d'amis, ou qu'ils n'en ont pas d'assez
éclairés, d'assez courageux pour leur servir de
guides[13]. Mon fils est né pour vivre à la Cour : peut-
être un jour admis dans les Conseils, ou dans l'intimité
du Prince, aura-t-il lieu de faire usage de vos leçons
pour le bonheur du monde. Ne dédaignez pas d'agran-
dir son âme, en l'élevant à la connaissance de l'art
sublime de régner. Instruisez-le, comme vous vou-
driez que fût instruit l'ami d'un monarque. Justinien va
descendre au tombeau ; mais son successeur, plus
heureux que lui, aura peut-être pour ami le disciple de
Bélisaire[14]. Hélas ! dit le vieillard, que ne puis-je
encore une fois être, avant de mourir, utile à ma
patrie ! Mais ce que l'expérience et la réflexion m'ont
fait voir serait pris pour les songes de la vieillesse. Et
en effet dans la spéculation tout s'arrange le mieux du
monde : les difficultés s'aplanissent ; les circonstances
naissent à propos et se combinent à souhait ; on fait
tout ce qu'on veut des hommes et des choses ; soi-
même on se suppose exempt de passions et de faiblesses, toujours éclairé, toujours sage, aussi ferme
que modéré. Douce et trompeuse illusion, qu'une
légère épreuve aurait bientôt détruite, si l'on tenait en
main les rênes d'un État. Cette illusion même a son
utilité, dit le jeune homme ; car la chimère du mieux
possible devient le modèle du bien[15]. Je le souhaite, dit
Bélisaire, mais je n'ose l'espérer. Le plus mauvais état

---

13. Lieu commun de la réflexion politique reprise notamment
avec insistance par Fénelon dans le *Télémaque*.

14. Tibère fut créé César par Justin II, neveu et successeur de
Justinien, sur le conseil de l'Impératrice Sophie.

15. « On dit au contraire que le mieux est souvent l'ennemi du
bien » (*Examen*, 1ʳᵉ éd., p. 38).

des choses trouve partout des partisans intéressés à le
maintenir. Et moi, je vous réponds, dit l'Empereur, que
les fruits de votre sagesse ne seront point perdus, si
vous les confiez au zèle de mon fils. Vous méritez, dit
le héros, que je vous parle à cœur ouvert. Mais j'exige
votre parole de ne rien divulguer, sous ce règne, de
mes entretiens avec vous. Pourquoi ? demanda Justinien. Pour ne pas affliger de mes tristes réflexions, dit
Bélisaire, un vieillard qui ne sent que trop les maux
qu'il ne peut réparer. Tel fut leur premier entretien.

Quelle honte pour moi, disait l'Empereur en s'en
allant, d'avoir méconnu un tel homme ! Mon cher
Tibère, voilà comme on nous trompe, comme on nous
rend injustes malgré nous.

La nuit, le jour suivant, il ne vit dans sa Cour que
l'image de Bélisaire ; et vers le soir, à la même heure,
il revint nourrir sa douleur.

CHAPITRE VIII

Bélisaire se promenait avec son guide sur la route. Dès que l'Empereur l'aperçut, il descendit de son char ; et en l'abordant : Vous nous trouvez plongés, lui dit-il, dans de sérieuses réflexions. Frappé de l'injustice que l'on a fait commettre au malheureux vieillard qui vous a condamné, je méditais avec mon fils sur les dangers du rang suprême ; et je lui disais qu'il était bien étrange qu'une multitude d'hommes libres eût jamais pu s'accorder à remettre son sort dans les mains d'un seul homme, d'un homme faible et fragile comme eux, facile à surprendre, sujet à se tromper, et en qui l'erreur d'un moment pouvait devenir si funeste ! Et croyez-vous, dit Bélisaire, qu'un Sénat, qu'un peuple assemblé soit plus juste et plus infaillible ? Est-ce sous le règne d'un seul que les Camilles, les Thémistocles[1], les Aristides ont été proscrits ? Multiplier les ressorts du gouvernement, c'est en multiplier les vices, car chacun y apporte les siens[2]. Ce n'est donc pas sans

---

1. Coquille de l'édition originale qui porte : « le Thémistocles » (corrigée dans les autres éditions).

2. Parlant, lui, de « passions », Mably, en quête du meilleur gouvernement, déclare précisément : « Vous compterez toujours

raison qu'on a préféré le plus simple ; et soit que les
États aient été conquis ou fondés ; qu'ils aient mis
leur espoir dans la bonté des lois, ou dans la force des
armes[3], il est naturel que l'homme le plus sage, le plus
vaillant, le plus habile ait obtenu la confiance, et
réuni les vœux du plus grand nombre. Ce qui
m'étonne, ce n'est donc pas qu'une multitude assemblée ait voulu confier à un seul le soin de commander
à tous ; mais qu'un seul ait jamais voulu se charger de
ce soin pénible. Voilà, lui dit Tibère, ce que je n'entends pas. Pour l'entendre, dit le vieillard, mettez-
vous à la place et du peuple et du Prince dans cette
première élection.

Que risquons-nous, a dû se dire un peuple, que risquons-nous en nous donnant un roi ? Du bien de tous
nous faisons le sien ; des forces de l'État nous faisons
ses forces ; nous attachons sa gloire à nos prospérités ;
comme souverain, il n'existera qu'avec nous et par
nous ; il n'a donc qu'à s'aimer pour aimer ses peuples,
et qu'à sentir ses intérêts pour être juste et bienfaisant.
Telle a été leur bonne foi. Ils n'ont pas calculé, dit Justinien, les passions et les erreurs qui assiégeraient
l'âme d'un Prince. Ils n'ont vu, reprit Bélisaire, que
l'indivisible unité d'intérêt entre le monarque et la

---

nos calamités par le nombre de nos vices » (*Entretiens de Phocion*,
1763, Premier Entretien, p. 30). Voir Voltaire, *Dictionnaire philosophique*, « Tyrannie » (éd. Naves, Paris, Garnier, 1961, p. 412) :
« Je détesterais moins la tyrannie d'un seul que celle de plusieurs ».

3. Problème posé dans son alternative notamment par l'*Encyclopédie* au début de l'article « Autorité politique » et dont Voltaire
donne, dans l'article « Maître » du *Dictionnaire philosophique*, une
illustration symbolique à travers la fable indienne (violence consti-
tutive de l'État) et les propos avancés par les Siamois (lois constitutives).

Nation[4] : ils ont regardé comme impossible que l'un fût jamais de plein gré et de sang-froid l'ennemi de l'autre. La tyrannie leur a paru une espèce de suicide, qui ne pouvait être que l'effet du délire et de l'égarement ; et au cas qu'un Prince fût frappé de ce dangereux vertige, ils se sont munis de la volonté réfléchie et sage du législateur, pour l'opposer à la volonté aveugle et passionnée de l'homme ennemi de lui-même[5]. Ils ont bien prévu qu'ils auraient à craindre une foule de gens intéressés au mal ; mais ils n'ont pas douté que cette ligue, qui ne fait jamais que le petit nombre, ne fût aisément réprimée par l'imposante multitude des gens intéressés au bien, à la tête desquels serait toujours le Prince. Et en effet, avant l'épreuve, qui jamais aurait pu prévoir qu'il y aurait des souverains assez insensés pour faire divorce avec leur peuple, et cause commune avec ses ennemis ? C'est un renversement si inconcevable de la nature et de la raison, qu'il faut l'avoir vu pour le croire. Pour moi, je trouve tout simple qu'on ne s'y soit pas attendu.

Mais à qui l'élection d'un seul, pour dominer sur tous, a dû inspirer de la crainte, c'est à celui qu'on avait élu. Un père de famille qui a cinq ou six enfants à élever, à établir, à rendre heureux dans leur état, a tant de peine à dormir tranquille ! que sera-ce du chef d'une famille qui se compte par millions ?

---

4. « Dans une monarchie bien constituée où [...] la puissance du Souverain est dans la richesse, le bonheur et la fidélité de ses sujets, le Prince n'a aucune raison de surprendre le peuple ; le peuple n'a aucune raison de se défier du Prince » (*Des Grands*, *éd. cit.*, p. 317).

5. « Comme si le pouvoir législatif était séparé de la personne du souverain, comme si la plénitude de l'autorité résidait dans le peuple et non dans le souverain » (*Examen*, 1ᵉ éd., p. 46).

Je m'engage, a-t-il dû se dire, à ne vivre que pour mon peuple ; j'immole mon repos à sa tranquillité ; je fais vœu de ne lui donner que des lois utiles et justes, de n'avoir plus de volonté qui ne soit conforme à ces lois. Plus il me rend puissant, moins il me laisse libre. Plus il se livre à moi, plus il m'attache à lui. Je lui dois compte de mes faiblesses, de mes passions, de mes erreurs ; je lui donne des droits sur tout ce que je suis ; enfin, je renonce à moi-même, dès que je consens à régner[6] ; et l'homme privé s'anéantit, pour céder au Roi son âme tout entière. Connaissez-vous de dévouement plus généreux, plus absolu ? Voilà pourtant comme pensaient un Antonin, un Marc-Aurèle. *Je n'ai plus rien en propre*, disait l'un ; *Mon palais même n'est pas à moi*, disait l'autre ; et leurs pareils ont pensé comme eux.

La vanité du vulgaire ne voit dans le suprême rang que les petites jouissances qui la flatteraient, et qui lui font envie, des palais, une cour, des hommages, et cette pompe qu'on a cru devoir attacher à l'autorité pour la rendre plus imposante[7]. Mais, au milieu de tout cela, il ne reste le plus souvent que l'homme accablé de soins, et consumé d'inquiétude, victime de ses devoirs s'il les remplit fidèlement, exposé au mépris s'il les néglige, et à la haine s'il les trahit, gêné, contrarié sans cesse dans le bien comme dans le mal, ayant

_____

6. Langage à connotation fénelonienne : « [Un Roi] se doit à tous les hommes qu'il gouverne, il ne lui est jamais permis d'être à lui-même » ; « Il n'est digne de la royauté qu'autant qu'il s'oublie lui-même pour se sacrifier au bien public » (*Aventures de Télémaque*, Garnier-Flammarion, 1968, L. XIV, p. 402, L. V p. 142).

7. C'est, pour reprendre le *Télémaque*, la royauté regardée « de loin » : « On ne voit que grandeurs, éclat et délices » (L. XIV, p. 401).

d'un côté les soins[8] dévorants et les veilles cruelles, de l'autre l'ennui de lui-même et le dégoût de tous les biens : voilà quelle est sa condition. L'on a bien fait ce qu'on a pu pour égaler ses plaisirs à ses peines ; mais ses peines sont infinies, et ses plaisirs sont bornés au cercle étroit de ses besoins. Toute l'industrie du luxe ne peut lui donner de nouveaux sens ; et tandis que les jouissances le sollicitent de tous côtés, la nature les lui interdit, et sa faiblesse s'y refuse. Ainsi, tout le superflu qui l'environne est perdu pour lui : un palais vaste n'est qu'un vide immense où il n'occupe jamais qu'un point ; sous des rideaux de pourpre et des lambris dorés, il cherche en vain le doux sommeil du laboureur sous le chaume ; et à sa table, le monarque s'ennuie dès que l'homme est rassasié.

Je sens, dit Tibère, que l'homme est trop faible pour jouir de tout, quand il a tout en abondance ; mais n'est-ce rien que d'avoir à choisir ?

Ah ! jeune homme, jeune homme, s'écria Bélisaire, vous ne connaissez pas la maladie de la satiété. C'est la plus funeste langueur où jamais puisse tomber une âme. Et savez-vous quelle en est la cause ? La facilité à jouir de tout, qui fait qu'on n'est ému de rien. Ou le désir n'a pas le temps de naître, ou en naissant il est étouffé par l'affluence des biens qui l'excèdent. L'art s'épuise en raffinements pour ranimer des goûts éteints ; mais la sensibilité de l'âme est émoussée ; et n'ayant plus l'aiguillon du besoin, elle ne connaît ni l'attrait ni le prix de la jouissance. Malheur à l'homme qui a tout à souhait : l'habitude, qui rend si cruel le sentiment de la privation, réduit à l'insipidité la douceur des biens qu'on possède.

---

8. Variante : « soucis » : Ed. I BHVP, IV, V.

Vous m'avouerez cependant, reprit Tibère, qu'il est pour un Prince des jouissances délicates et sensibles, que le dégoût ne suit jamais. Par exemple ? demanda le vieillard. Mais, par exemple, la gloire, dit le jeune homme. – Et laquelle ? – Mais toute espèce de gloire, celle des armes en premier lieu. – Fort bien. Vous croyez donc que la victoire est un plaisir bien doux ? Ah ! quand on a laissé sur la poussière des milliers d'hommes égorgés, peut-on se livrer à la joie ? Je pardonne à ceux qui ont couru les dangers d'une bataille de se réjouir d'en être échappés ; mais pour un Prince né sensible, un jour qui a fait couler des flots de sang, et qui fera verser des ruisseaux de larmes, ne sera jamais un beau jour. Je me suis promené quelquefois à travers un champ de bataille : j'aurais voulu voir à ma place un Néron ; il aurait pleuré[9]. Je sais qu'il est des Princes qui se donnent le plaisir de la guerre, comme ils se donneraient le plaisir de la chasse, et qui exposent leurs peuples comme ils lanceraient leurs chiens ; mais la manie de conquérir est une espèce d'avarice qui les tourmente, et qui ne s'assouvit jamais. La province qu'on vient d'envahir est voisine d'une province qu'on n'a pas encore envahie[10] ; de proche en proche, l'ambition s'irrite[11] ; tôt ou tard survient un revers qui

---

9. Ainsi Télémaque rentrant dans le camp des Alliés (*Aventures de Télémaque*, L. XIII, p. 364).

10. *O si angulus ille / Parvulus accedat, qui nunc denormat agellum ! Hor. Ser. [sic] L. 5* (Note de Marmontel). *(Note de l'E. :* « Oh ! si ce coin de terre, tout à côté d'ici, s'ajoutait à mon domaine que maintenant il écorne ! », *Satires*, éd. Villeneuve, Paris, Les Belles Lettres, 1932, p. 19 ; on lit « proximus » et non « parvulus »).

11. « C'est l'ambition, c'est l'avarice déguisées sous le nom d'une fausse gloire qui peuvent seules porter les hommes à être conquérants » (*Entretiens de Phocion*, 1763, Second Entretien, p. 65). Cf.

afflige plus que tous les succès n'ont flatté ; et en supposant même que tout réussisse, on va, comme Alexandre, jusques au bout du monde, et comme lui on revient ennuyé de l'univers et de soi-même, ne sachant que faire de ces pays immenses, dont un arpent suffit pour nourrir le vainqueur, et une toise pour l'enterrer. J'ai vu dans ma jeunesse le tombeau de Cyrus ; il était écrit sur la pierre : *Je suis Cyrus, celui qui conquit l'Empire des Perses. Homme, qui que tu sois, d'où que tu viennes, je te supplie de ne pas m'envier ce peu de terre qui couvre ma pauvre cendre*[12]. Hélas ! dis-je, en détournant les yeux, c'est bien la peine d'être conquérant.

Est-ce Bélisaire que j'entends ? dit le jeune homme avec surprise. Bélisaire sait mieux qu'un autre, dit le héros, que l'amour de la guerre est le monstre le plus féroce que notre orgueil ait engendré. Il est, reprit Tibère, une gloire plus douce, dont un monarque peut jouir, celle qui naît de ses bienfaits, et qui lui revient en échange de la félicité publique. Ah ! dit Bélisaire, si en montant sur le trône on était sûr de faire des heureux, ce serait sans doute un beau privilège que de tenir dans ses mains la destinée d'un Empire, et je ne m'étonnerais pas qu'une âme généreuse immolât son repos à cette noble ambition ! Mais demandez à l'au-

---

Aventures de Télémaque (L. XIV, p. 409) : « Cette conquête lui [Sesostris] donna le désir d'en faire d'autres ».

12. *Voyez Plut. Vie d'Alex.* (Note de Marmontel). (*Note de l'E.* : Marmontel attribue à son héros ce que Plutarque rapporte d'Alexandre : « Ces paroles émurent grandement à compassion le cœur d'Alexandre quand il considéra l'incertitude et l'instabilité des choses humaines », Plutarque, *Les Vies des hommes illustres, éd. cit.*, t. II, p. 404, CXII).

guste vieillard qui vous gouverne s'il est aisé de la remplir. Il est possible, dit l'Empereur, de persuader aux peuples qu'on a fait de son mieux pour adoucir leur sort, pour soulager leurs peines, et pour mériter leur amour.

Quelques bons Princes, dit Bélisaire, ont obtenu ce témoignage pendant leur vie ; et il a fait leur récompense et leur plus douce consolation. Mais à moins de quelque événement singulier qui fasse éclater l'amour des peuples, et rende solennel cet hommage des cœurs[13], quel Prince osera se flatter qu'il est sincère et unanime ? Ses courtisans lui en répondent ; mais qui lui répond de ses courtisans ? Tandis que son palais retentit de chants d'allégresse, qui l'assure qu'au fond de ses provinces, le vestibule d'un proconsul et la cabane d'un laboureur ne retentissent pas de gémissements ? Ses fêtes publiques sont des scènes jouées, ses éloges sont commandés ; il voit avant lui les plus vils des humains honorés de l'apothéose ; et tandis qu'un tyran, plongé dans la mollesse, s'enivre de l'encens de ses adulateurs, l'homme vertueux, qui sur le trône a passé sa vie à faire au monde le peu de bien qui dépendait de lui, meurt à la peine, sans avoir jamais su s'il avait un ami sincère. J'ai le cœur navré quand je pense que Justinien va descendre au tombeau, persuadé que je l'ai trahi, et que je ne l'ai point aimé.

Non, s'écria l'Empereur avec transport (et s'interrompant tout à coup), non, dit-il avec moins de chaleur, un souverain n'est pas assez malheureux pour ne jamais savoir si on l'aime.

---

13. Par exemple, la maladie du Roi à Metz et sa subite guérison qui lui valut le surnom de Louis « le Bien-Aimé ».

Hé bien, dit Bélisaire, il le sait ; et ce bonheur qui serait doux[14] est encore mêlé d'amertume. Car plus un Prince est aimé de ses peuples, plus leur bonheur lui devient cher ; et alors le bien qu'il leur fait et les maux dont il les soulage lui semblent si peu de chose dans la masse commune des biens et des maux qu'arrivé au terme d'une longue vie, il se demande encore : *Qu'ai-je fait ?* Obligé de lutter sans cesse contre le torrent des adversités, voyez quelle douleur ce doit être pour lui de ne pouvoir jamais le vaincre, et de se sentir entraîné par le cours des événements. Qui méritait mieux que Marc-Aurèle de voir le monde heureux sous ses lois ?[15] Toutes les calamités, tous les fléaux se réunirent sous son règne[16]. On eût dit que la nature entière s'était soulevée, pour rendre inutiles tous les efforts de sa sagesse et de sa bonté ; et celui des monarques qui le premier fit élever un temple à la Bienfaisance est peut-être celui de tous qui a vu le plus de malheureux. Mais sans aller chercher d'exemple loin de nous, quel règne plus laborieux et

---

14. Variante : « si doux » : Ed. IV, V.

15. *Iste virtutum omnium, caelestisque ingenii extitit, aerumnisque publicis quasi defensor objectus est. Aurel. Vict.* (Note de Marmontel). (*Note de l'E.* : « Ce fut un prince doué de toutes les vertus, d'un génie divin et qui sembla donné à l'empire comme un défenseur dans les désastres publics », *Epitome. De vita et moribus imperatorum romanorum. Excerpta ex libris Sexti Aurelii Victoris...*, éd. Dubois, Paris, Panckoucke, 1846, XVI, p. 358).

16. *Ut prope nihil, quo summis angoribus atteri mortales solent, dici, seu cogitari queat, quod non, illo imperante, sevierit. Idem.* (Note de Marmontel). (*Note de l'E.* : « Tout ce qu'on peut dire ou imaginer de fléaux venant d'ordinaire frapper les mortels des plus terribles angoisses se déchaîna furieux sous le règne de Marc-Aurèle », *ibid.*).

plus prospère en apparence que celui de Justinien ?
Trente ans de guerres et de victoires dans les trois parties du monde ; toutes les pertes que l'Empire avait
faites depuis un siècle, réparées par des succès[17] ; les
peuples du nord et du couchant repoussés au-delà du
Danube et des Alpes ; le calme rendu aux provinces
d'Asie ; des rois vaincus et menés en triomphe[18] ; les
ravages de la peste, des incursions, des tremblements
de terre[19] comme effacés de l'univers par une main
bienfaisante ; des forteresses et des temples sans
nombre, les uns élevés de nouveau, les autres rétablis
avec plus de splendeur[20] : quoi de plus imposant et de
plus magnifique ! et voir après cela dans sa vieillesse
son Empire accablé pencher vers sa ruine, sans que
ses mains victorieuses aient jamais pu le raffermir :
voilà le terme de ses travaux et tout le fruit de ses
longues veilles. Apprenez donc, mon cher Tibère, à
plaindre le sort des souverains, à les juger avec indul-

---

17. Allusion notamment à la reconquête de Carthage et de
Rome, Justinien se flattant d'avoir ramené l'Afrique et l'Italie sous
la domination de l'Empire.

18. Tel Gelimer, roi des Vandales (voir *supra* Chapitre 2).

19. S'il y en eut déjà sous Anastase et Justin Ier, ils furent, sous
Justinien, très fréquents et d'une violence peu commune. Procope
et Agathias les recensent et les décrivent.

20. Voir les six livres des *Édifices* de Procope et la liste intermi-
nable des multiples travaux de restauration et de construction
d'ordre militaire et religieux mais aussi civil (palais, ports, routes,
aqueducs, hôpitaux...), destinés à illustrer le règne et à l'occasion
desquels Justinien et Théodora satisfont à leur commune « fureur
de bâtir » selon l'expression de Montesquieu (*Considérations*...,
p. 186). Ainsi, à Constantinople et dans les faubourgs, vingt-cinq
églises furent dédiées et Sainte-Sophie, deux fois détruite par le
feu, fut reconstruite avec plus d'éclat...

gence, et surtout à ne point haïr l'auguste vieillard qui vous gouverne, pour le mal qui lui est échappé, ou pour le bien qu'il n'a pas fait.

Vous me consternez, dit Tibère ; et le premier conseil que je donnerais à mon ami, chargé d'une couronne, ce serait de la déposer. De la déposer ? reprit le héros. Non, mon ami, vous avez trop de courage pour conseiller une lâcheté. Les fatigues et les dangers vous ont-ils fait quitter les armes ? L'épée ou le sceptre, cela est égal. Il faut remplir avec constance sa destinée et ses devoirs. Ne cachez point à votre ami qu'il sera victime des siens ; mais dites-lui en même temps que ce sacrifice a des charmes ; et s'il veut en être payé, qu'il se pénètre, qu'il s'enivre de l'enthousiasme du bien public, qu'il s'abandonne sans réserve à ce sentiment courageux, et qu'il attende de sa vertu le dédommagement et le prix de ses peines[21]. Et où est-il donc ce prix ? demanda le jeune homme. Il est, dit le vieillard, il est dans le sentiment pur et intime de la bonté, dans le plaisir de s'éprouver humain, sensible, généreux, digne enfin de l'amour des hommes et des regards de l'Éternel. Croyez-vous qu'un bon Roi calcule le matin le salaire de sa journée ? Éveille-toi, se dit-il à lui-même, et que ton réveil soit celui de la justice et de la bienfaisance. Laisse les petits intérêts de ton repos et de ta vie : ce n'est pas pour toi que tu vis. Ton âme est celle d'un grand peuple ; ta volonté n'est

---

21. *Homo qui benefecit, ne plausum quaerat ; sed ad aliud negotium transeat, quemadmodum vitis ut rursum suo tempore uvam producat. Marc. Antonin. L. 3* (Note de Marmontel). (*Note de l'E. :* « Cet homme qui a obligé quelqu'un n'en veut retirer aucun profit, mais il passe à un autre, comme la vigne va donner encore son raisin à la saison », *Pensées, éd. cit.,* V, 6).

que le vœu public ; ta loi l'exprime et le consacre.
Règne avec elle, et souviens-toi que ton affaire est le
bonheur du monde[22]... Vous êtes ému, mon cher
Tibère ; et je sens votre main qui tremble dans la
mienne. Ah ! soyez sûr que la vertu, même dans les
afflictions, a des jouissances célestes. Elle n'assure
point de bonheur sans mélange ; mais en est-il de tel
au monde ? Est-ce à l'homme inutile, au méchant, au
lâche qu'il est réservé ? Un bon Prince donne des
larmes aux maux qu'il ne peut soulager ; mais ces
larmes, les croyez-vous amères, comme celles de l'envie, de la honte, ou du remords ? Ce sont les larmes de
Titus, qui pleure un jour qu'il a perdu : elles sont pures
comme leur source. Annoncez donc à votre ami, avec
la même autorité que si un Dieu parlait par votre
bouche, annoncez-lui que s'il est vertueux, dans
quelque état pénible où le sort le réduise, il ne lui arrivera jamais de regarder d'un œil d'envie le plus fortuné des méchants. Mais cette confiance, l'appui de la
vertu, ne s'établit pas d'elle-même : il faut y disposer
l'âme d'un jeune Prince ; et demain nous verrons
ensemble les moyens de l'y préparer.

Il fait ce qu'il veut de mon âme, dit Tibère à Justi-

---

22. *Mane, cum gravatim a somno surgis, in promptu tibi sit
cogitare ad humanum opus faciendum surgere... Non sentis quam
multa possis praestare, de quibus nulla est excusatio naturae ad ea
non aptae ; et tamen adhuc, prudens sciensque, humi fixus haeres !
Ibid. L. 5* (Note de Marmontel). (*Note de l'E. :* « Le matin, quand il
te coûte de te réveiller, que cette pensée te soit présente : c'est pour
faire œuvre d'homme que je m'éveille... » (V,1) ; « Ne sens-tu pas
combien tu pourrais dès maintenant acquérir de ces qualités pour
lesquelles tu n'as pas du tout l'excuse d'une incapacité naturelle et
d'insuffisantes dispositions ? Et cependant tu restes encore au-dessous du possible par ta faute », V,5).

nien : il l'élève, l'abat, la relève à son gré. Il déchire la mienne, dit l'Empereur ; et ces mots échappés avec un soupir furent suivis d'un long silence. Sa Cour essaya, mais en vain, de le tirer de sa tristesse ; il fut importuné des soins qu'on prenait pour la dissiper ; et le lendemain ayant annoncé qu'il voulait se promener seul, il s'enfonça dans la forêt voisine. Tibère l'y attendait ; ils partirent ensemble, et vinrent trouver le héros. Le jeune homme ne manqua point de lui rappeler sa promesse ; et Bélisaire reprit ainsi.

CHAPITRE IX[1]

On demande s'il est possible d'aimer la vertu pour elle-même. C'est peut-être le sublime instinct de quelques âmes privilégiées ; mais toutes les fois que l'amour de la vertu est réfléchi, il est intéressé[2]. Ne croyez pas que cet aveu soit humiliant pour la nature ; vous allez voir que l'intérêt de la vertu s'épure et s'ennoblit comme celui de l'amitié : l'un servira d'exemple à l'autre.

D'abord l'amitié n'est produite que par des vues de convenance, d'agrément et d'utilité[3]. Insensiblement

---

1. L'édition originale porte par erreur le chiffre X (correction faite par IV, V).

2. Formule à replacer dans le cadre de la réflexion philosophique contemporaine où l'intérêt et l'amour-propre ne sont plus pris en mauvaise part comme ils l'étaient chez Pascal ou La Rochefoucauld. Cf. Helvétius, *De L'Esprit*, Milan, s.d. t. I, Discours I, p. 97 : l'intérêt est défini comme le « ressort de l'univers moral », et *Encyclopédie*, « Vertu » : « L'intérêt, pris dans un bon sens, doit être le principe de nos déterminations ». Le « mérite » de « n'aimer la vertu que pour le bien qu'on en espère », c'est le mérite « de reconnaître ses vrais intérêts » (T. XVII, 1765, p. 180 b, 181 a-b).

3. L'analyse s'oppose à celle du *De Amicitia* où Cicéron, s'il

l'effet se dégage de la cause ; les motifs s'évanouissent, le sentiment reste ; on y trouve un charme
inconnu ; on y attache par habitude la douceur de son
existence : dès lors les peines ont beau prendre la
place des plaisirs que l'on attendait ; on sacrifie à
l'amitié tous les biens qu'on espérait d'elle ; et ce sentiment, conçu dans la joie, se nourrit et s'accroît au
milieu des douleurs. Il en est de même de la vertu[4].
Pour attirer les cœurs il faut qu'elle présente l'attrait de
l'agrément ou de l'utilité : car avant de l'aimer, on
s'aime[5] ; et avant d'en avoir joui, on cherche en elle un
autre bien[6]. Quand Regulus, dans sa jeunesse, la vit
pour la première fois, elle était triomphante et couronnée de gloire : il se passionna pour elle ; et vous savez
s'il l'abandonna, lorsqu'elle lui montra des fers, des
tortures et des bûchers.

Commencez donc par étudier ce qui flatte le plus les
vœux d'un jeune Prince. Ce sera vraisemblablement

---

souligne la nécessité d'une identité des âges et surtout d'un parfait
accord des volontés, des goûts, des pensées et du caractère, avance
que « c'est la vertu précisément qui crée l'amitié » (V, 20), que « ce
n'est pas l'utilité qui est cause de l'amitié, mais plutôt l'amitié qui
l'est de l'utilité » (XIV, 51). « L'amitié sera toujours une vertu
quoiqu'elle ne soit fondée que sur le besoin qu'une âme a d'une
autre âme » (*Encyclopédie*, « Intérêt », t. VIII, 1765, p. 818 b.).

4. *Si quid in vita humana invenis potius justitia, veritate, tem-
perantia, fortitudine... ad ejus amplexum totis animi viribus
contendas suadeo. M. Antonin. Lib. 3* (Note de Marmontel). (*Note
de l'E. : « Si tu trouves dans la vie humaine un bien supérieur à la
justice, à la sincérité, à la tempérance, au courage [...] tourne-toi
de ce côté de toute ton âme », *Pensées*, III, 6).

5. « L'amour-propre est un effet nécessaire de notre constitution » (*Encyclopédie*, « Intérêt », *loc. cit.*).

6. Coger se récrie contre ce « persiflage » et y voit un renouvellement de l'erreur du livre *De l'Esprit*.

d'être libre, puissant et riche, obéi de son peuple, estimé de son siècle et honoré dans l'avenir ; eh bien, répondez-lui que c'est de la vertu que dépendent ces avantages, et vous ne le tromperez pas.

Un secret que l'on cache aux monarques superbes, et qu'un bon Prince est digne de savoir, c'est qu'il n'y a d'absolu que le pouvoir des lois, et que celui qui veut régner arbitrairement est esclave. La loi est l'accord de toutes les volontés réunies en une seule[7] : sa puissance est donc le concours de toutes les forces de l'État. Au lieu que la volonté d'un seul, dès qu'elle est injuste, a contre elle ces mêmes forces, qu'il faut diviser, enchaîner, détruire, ou combattre. Alors les tyrans ont recours, tantôt à des fourbes qui en imposent aux peuples, les étonnent, les épouvantent, et leur ordonnent de fléchir ; tantôt à de vils satellites, qui vendent le sang de la patrie, et qui vont le glaive à la main, tranchant les têtes qui s'élèvent au-dessus du joug et osent réclamer les droits de la nature. De là ces guerres domestiques, où le frère dit à son frère : Meurs, ou obéis au tyran qui me paie pour t'égorger. Fier de régner par la force des armes, ou par les effrayants prestiges de la superstition, le tyran s'applaudit ; mais qu'il tremble, s'il cesse un moment de flatter l'orgueil, ou d'autoriser la licence de ses partisans dangereux. En le servant, ils le menacent ; et pour prix de l'obéissance, ils exigent l'impunité. Ainsi, pour être l'oppresseur d'une partie de sa nation, il se

---

7. *Communis sponsio civitatis. Pand. L. I, tit. 3* (Note de Marmontel). (*Note de l'E. :* Voir *Pandectae Justinianeae...*, t. I, Parisiis, 1748, p. 7. « La loi est une obligation contractée par toute la nation », *Les 50 Livres du Digeste ou Des Pandectes de l'Empereur Justinien*, traduits en français par M. Hulot, t. I, Metz-Paris, 1803, p. 51).

rend l'esclave de l'autre, bas et lâche avec ses complices, autant qu'il est superbe et dur pour le reste de ses sujets. Qu'il se garde bien de gêner ou de tromper dans leur attente les passions qui le secondent : il sait combien elles sont atroces, puisqu'elles ont pour lui rompu tous les liens de la nature et de l'humanité. Les tigres que l'homme élève pour la chasse dévorent leur maître, s'il oublie de leur donner part à la proie. Tel est le pacte des tyrans.

A mesure donc que l'autorité penche vers la tyrannie, elle s'affaiblit et se rend dépendante de ses suppôts. Elle doit s'en apercevoir aux déférences, aux égards, à la tolérance servile dont il faut qu'elle use envers eux, à la partialité de ses lois, à la mollesse de sa police, aux privilèges insensés qu'elle accorde à ses partisans, à tout ce qu'elle est obligée de céder, de dissimuler, de souffrir, de peur qu'ils ne l'abandonnent.

Mais que l'autorité soit conforme aux lois, c'est aux lois seules qu'elle est soumise. Elle est fondée sur la volonté et sur la force de tout un peuple. Elle n'a plus pour ennemis que les méchants, les ennemis communs. Quiconque est intéressé au maintien de l'ordre et du repos public est le défenseur né de la puissance qui les protège ; et chaque citoyen, dans l'ennemi du Prince, voit son ennemi personnel. Dès lors il n'y a plus au-dedans deux intérêts qui se combattent ; et le souverain, ligué avec son peuple, est riche et fort de toutes les richesses et de toutes les forces de l'État. C'est alors qu'il est libre, et qu'il peut être juste, sans avoir de rivaux à craindre, ni de partis à ménager. Sa puissance affermie au-dedans en est d'autant plus imposante et plus respectable au-dehors ; et comme l'ambition, l'orgueil, ni le caprice ne lui mettent jamais les armes à la main, ses forces qu'il ménage ont toute leur vigueur, quand il s'agit de protéger son peuple contre l'oppresseur domestique ou l'usurpateur étranger. Ô mon ami ! si la justice est la base du pouvoir suprême, la reconnaissance en est l'âme et le ressort le plus actif. L'esclave combat à regret[8] pour sa prison et pour sa chaîne ; le citoyen libre et content, qui aime son Prince et qui en est aimé, défend le sceptre comme son appui, le trône comme son asile ; et en marchant pour la patrie, il y voit partout ses foyers.

Ah ! vos leçons, lui dit Tibère, se gravent dans mon cœur avec des traits de flamme. Que ne suis-je digne moi-même d'en pénétrer l'âme des rois !

Vous voyez donc bien, reprit Bélisaire, que leur grandeur, que leur puissance est fondée sur la justice, que la bonté y ajoute encore, et que le plus absolu des monarques est celui qui est le plus aimé. Je vois, dit le jeune homme, que la saine politique n'est que la saine raison, et que l'art de régner consiste à suivre les mouvements d'un esprit juste et d'un bon cœur. C'est ce qu'il y a de plus simple, dit Bélisaire, de plus facile et de plus sûr. Un bon paysan d'Illyrie, Justin, a fait chérir son règne. Était-ce un[9] politique habile ? Non ; mais le ciel l'avait doué d'un sens droit et d'une belle âme. Si j'étais roi, ce serait lui que je tâcherais d'imiter. Une prudence oblique et tortueuse a pour elle quelques succès ; mais elle ne va qu'à travers les écueils et les précipices ; et un souverain qui s'oublierait lui-même, pour ne s'occuper que du bonheur du monde, s'exposerait mille fois moins que le plus inquiet, le plus soupçonneux, et le plus adroit des tyrans. Mais on l'intimide, on l'effraie, on lui fait

---

8. Coquille : « à régner » : Ed. IV, V.

9. Coquille de l'édition originale: « une politique » (corrigée dans I BHVP, IV, V).

regarder son peuple comme un ennemi qu'il doit craindre ; et cette crainte réalise le danger qu'on lui fait prévoir : car elle produit la défiance, que suit de près l'inimitié.

Vous avez vu[10] que dans un souverain les besoins de l'homme isolé se réduisent à peu de chose ; qu'il peut jouir à peu de frais de tous les vrais biens de la vie ; que le cercle lui en est prescrit, et qu'au-delà ce n'est que vanité, fantaisie et illusion. Mais tandis que la nature lui fait une loi d'être modéré, tout ce qui l'environne le presse d'être avide. D'intelligence avec son peuple, il n'aurait pas d'autre intérêt, d'autre parti que celui de l'État ; on sème entre eux la défiance ; on persuade au Prince de se tenir en garde contre une multitude indocile, remuante et séditieuse ; on lui fait croire qu'il doit avoir des forces à lui opposer. Il s'arme donc contre son peuple ; à la tête de son parti marchent l'ambition et la cupidité ; et c'est pour assouvir cette hydre insatiable[11] qu'il croit devoir se réserver des moyens qui ne soient qu'à lui. Telle est la cause de ce partage que nous avons vu dans l'Empire, entre les provinces du peuple et les provinces de César, entre le bien public et le bien du monarque. Or dès qu'un souverain se frappe de l'idée de propriété, et qu'il y attache la sûreté de sa couronne et de sa vie, il est naturel qu'il devienne avare de ce qu'il appelle son bien, qu'il croie s'enrichir aux dépens de ses peuples, et gagner ce qu'il leur ravit, qu'il trouve même à les affaiblir l'avantage de les réduire ; et de là les ruses et

---

10. *Supra*, ch. 8.

11. Pour Fénelon, ambition et avarice sont « les seules sources » des « malheurs » des hommes (*Aventures de Télémaque*, Livre V, p. 141).

les surprises qu'il emploie à les dépouiller ; de là leurs plaintes et leurs murmures ; de là cette guerre intestine et sourde qui, comme un feu caché, couve au sein de l'État, et se déclare çà et là par des éruptions soudaines. Le Prince alors sent le besoin des secours qu'il s'est ménagés : il croit avoir été prudent ; il ne voit pas qu'en étant juste, il se serait mis au-dessus de ces précautions timides, et que les passions serviles et cruelles qu'il soudoie et tient à ses gages lui seraient inutiles s'il avait des vertus. C'est là, Tibère, ce qu'un jeune Prince doit entendre de votre bouche. Une fois bien persuadé que l'État et lui ne font qu'un, que cette unité fait sa force, qu'elle est la base de sa grandeur, de son repos et de sa gloire[12], il regardera la propriété comme un titre indigne de la couronne ; et ne comptant pour ses vrais biens que ceux qu'il assure à son peuple[13], il sera juste par intérêt, modéré par ambition, et bienfaisant par amour de soi-même[14]. Voilà dans quel sens, mes amis, la vérité est la mère de la vertu. Il faut du courage sans doute pour débuter par elle avec les souverains ; et quand de lâches complaisants leur ont persuadé qu'ils règnent pour eux-mêmes, que leur indépendance consiste à vouloir tout ce qui leur plaît, que leurs caprices sont des lois sous lesquelles tout

12. Voir la lettre de Marmontel à Catherine II (n° 146) où est rapporté ce passage à propos duquel la traductrice russe aurait déclaré que ses sujets sauraient ainsi les liens qui les unissent à elle.

13. *Trajan comparait le trésor du Prince à la rate dont l'enflure cause l'affaiblissement de tout le reste du corps* (Note de Marmontel).

14. Coger retrouve là la marque de l'« erreur du livre *de l'Esprit* de faire enfanter les vertus par les passions » (*Examen*, 1ʳ éd., p. 42).

doit fléchir, un ami sincère et courageux est mal reçu
d'abord à détruire ce faux système. Mais si une fois on
l'écoute, on n'écoutera plus que lui : la première vérité
reçue, toutes les autres n'ont qu'à venir en foule, elles
auront un libre accès ; et le Prince, loin de les fuir, ira
lui-même au-devant d'elles.

La vérité lui aura fait aimer la vertu ; la vertu, à son
tour, lui rendra la vérité chère. Car le penchant au bien
que l'on ne connaît pas n'est qu'un instinct confus et
vague ; et désirer d'être utile au monde, c'est désirer
d'être éclairé. Or la vérité que doit chercher un Prince
est la connaissance des rapports qui intéressent l'humanité. Pour lui le vrai, c'est le juste et l'utile ; c'est
dans la société le cercle des besoins, la chaîne des
devoirs, l'accord des intérêts, l'échange des secours, et
le partage le plus équitable du bien public entre ceux
qui l'opèrent. Voilà ce qui doit l'occuper et l'occuper
toute sa vie. S'étudier soi-même, étudier les hommes[15],
tâcher de démêler en eux le fond du naturel, le pli de
l'habitude, la trempe du caractère, l'influence de l'opinion, le fort et le faible de l'esprit et de l'âme ; s'instruire, non pas avec une curiosité frivole et passagère,
mais avec une volonté fixe et imposante pour les flatteurs, des mœurs, des facultés, des moyens de ses
peuples, et de la conduite de ceux qu'il charge de les

---

15. *Quaenam sunt eorum mentes, quibus rebus student, quae*
habent in honore, quae amant. Cogita te nudas ipsorum mentes
intueri. Marc Antonin. L. 9 (Note de Marmontel). (*Note de l'E. :*
« En quelles dispositions se trouve leur guide intérieur ? quel est le
but de leurs efforts, quelles raisons décident de leur amour ou de
leur estime ? Pense que tu vois leurs âmes à nu », *éd. cit.,* IX, 34).
Mentor recommande à Télémaque l'étude des hommes et précise
les moyens de les connaître (*Aventures de Télémaque,* Livre
XVIII, p. 488).

gouverner[16] ; pour être mieux instruit, donner de toutes parts un libre accès à la lumière ; en détestant une délation sourde, encourager, protéger ceux qui lui dénoncent hautement les abus commis en son nom : voilà ce que j'appelle aimer la vérité ; et c'est ainsi que l'aimera, dit-il, s'adressant à Tibère, un Prince bien persuadé qu'il ne peut être grand qu'autant qu'il sera juste. Vous lui aurez appris à se rendre indépendant et libre au milieu de sa Cour[17] ; c'est à présent de sa liberté même qu'il doit savoir se défier ; c'est avec elle que je vous mets aux prises, et c'est encore ici que votre zèle a besoin d'être courageux. Il le sera, dit le jeune homme, et vous n'avez qu'à l'éclairer. A ces mots ils se séparèrent.

C'est une chose étrange, dit l'Empereur, que partout et dans tous les temps, les amis du peuple aient été haïs de ceux qui, par état, sont les pères du peuple[18]. Le seul crime de ce héros est d'avoir été populaire : c'est par là qu'il a donné prise aux calomnies de ma Cour, et peut-être à ma jalousie. Hélas ! on me le faisait craindre ! j'aurais mieux fait de l'imiter.

---

16. Coquille : « le gouverner » : Ed. IV, V.

17. Variante : « la Cour » : Ed. I BHVP, IV, V.

18. « Nommer un roi père du peuple est moins faire son éloge que l'appeler par son nom ou faire sa définition » (*Les Caractères,* « Du Souverain et de la République », éd. Garapon, Garnier, 1962, p. 290). C'est une expression refrain du *Télémaque.*

CHAPITRE X

Le lendemain, à la même heure, Bélisaire les attendait sur le chemin, au pied d'un chêne antique, où la veille ils s'étaient assis ; et il se disait à lui-même : Je suis bien heureux dans mon malheur d'avoir trouvé des hommes vertueux, qui daignent venir me distraire, et s'occuper avec moi des grands objets de l'humanité ! Que ces intérêts sont puissants sur une âme ! ils me font oublier mes maux. La seule idée de pouvoir influer sur le destin des nations me fait exister hors de moi, m'élève au-dessus de moi-même ; et je conçois comment la bienfaisance, exercée sur tout un peuple, rapproche l'homme de la divinité[1].

Justinien et Tibère, qui s'avançaient, entendirent ces derniers mots. Vous faites l'éloge de la bienfaisance, dit l'Empereur ; et en effet, de toutes les vertus, il n'en est point qui ait plus de charmes. Heureux qui peut en liberté se livrer à ce doux penchant ! Encore, hélas ! faut-il le modérer, dit le héros ; et s'il n'est éclairé, s'il n'est réglé par la justice, il dégénère insensiblement en

---

1. On songe à la formule de Sénèque : Faire le bien, c'est imiter les Dieux (*Des Bienfaits*, III, XV, 4).

un vice tout opposé[2]. Écoutez-moi, jeune homme, ajouta-t-il, en adressant la parole à Tibère.

Dans un souverain, le plus doux exercice du pouvoir suprême, c'est de dispenser à son gré les distinctions et les grâces. Le penchant qui l'y porte a d'autant plus d'attrait qu'il ressemble à la bienfaisance ; et le meilleur Prince y serait trompé, s'il ne se tenait en garde contre la séduction. Il ne voit que ce qui l'approche ; et tout ce qui l'approche lui répète sans cesse que sa grandeur réside dans sa Cour, que sa majesté tire tout son éclat du faste qui l'environne, et qu'il ne jouit de ses droits et du plus beau de ses privilèges que par les grâces qu'il répand et qu'on appelle ses bienfaits... Ses bienfaits, juste ciel ! la substance du peuple ! la dépouille de l'indigent !... Voilà ce qu'on lui dissimule. L'adulation, la complaisance, l'illusion l'environnent ; l'assiduité, l'habitude le gagnent comme à son insu ; il ne voit point les larmes, il n'entend point les cris du pauvre qui gémit de sa magnificence ; il voit la joie, il entend les vœux du courtisan qui la bénit ; il s'accoutume à croire qu'elle est une vertu ; et sans remonter à la source des richesses dont il est prodigue, il les répand comme son bien. Ah ! s'il savait ce qu'il lui en coûte, et combien de malheureux il fait pour un petit nombre d'ingrats ! Il le saura, mon cher Tibère, s'il a jamais un véritable ami : il apprendra que sa bienfaisance consiste moins à répandre qu'à ménager ; que tout ce qu'il donne à la faveur, il le dérobe au mérite ; et qu'elle est la source des plus grands maux dont un État soit affligé.

---

2. Mably montre que des vertus, telle la générosité, « deviendraient autant de vices si elles n'étaient gouvernées par une vertu supérieure, la Justice » (*Entretiens de Phocion*, 1763, Quatrième Entretien, p. 120).

Vous voyez la faveur d'un œil un peu sévère, dit le jeune homme. Je la vois telle qu'elle est, dit le vieillard, comme une prédilection personnelle, qui, dans le choix et l'emploi des hommes, renverse l'ordre de la justice, de la nature et du bon sens. Et en effet, la justice attribue les honneurs à la vertu, les récompenses aux services ; la nature destine les grandes places aux grands talents ; et le bon sens veut qu'on fasse des hommes le meilleur usage possible. La faveur accorde au vice aimable ce qui appartient à la vertu ; elle préfère la complaisance au zèle, l'adulation à la vérité, la bassesse à l'élévation d'âme ; et comme si le don de plaire était l'équivalent ou le gage de tous les dons, celui qui le possède peut aspirer à tout. Ainsi, la faveur est toujours le présage d'un mauvais règne ; et le Prince qui livre à ses favoris le soin de sa gloire et le sort de ses peuples fait croire de deux choses l'une, ou qu'il fait peu de cas de ce qu'il leur confie, ou qu'il attribue à son choix la vertu de transformer les âmes, et de faire un sage, ou un héros, d'un vieil esclave, ou d'un jeune étourdi.

Ce serait une prétention insensée, dit Tibère ; mais il y a dans l'État mille emplois que tout le monde peut remplir.

Il n'y en a pas un, dit Bélisaire, qui ne demande, sinon l'homme habile, du moins l'honnête homme ; et la faveur recherche aussi peu l'un que l'autre. C'est peu même de les négliger, elle les rebute, et par là, elle détruit jusques aux germes des talents et des vertus. L'émulation leur donne la vie, la faveur leur donne la mort. Un État où elle domine ressemble à ces campagnes désolées, où quelques plantes utiles, qui naissent d'elles-mêmes, sont étouffées par les ronces ; et je n'en dis pas assez : car ici ce sont les ronces que l'on cultive, et les plantes salutaires qu'on arrache et qu'on foule aux pieds.

Vous supposez, insista Tibère, que la faveur n'est jamais éclairée et ne fait jamais de bons choix.

Très rarement, dit Bélisaire ; et en tirant au sort les hommes qu'on élève, on se tromperait beaucoup moins. La faveur ne s'attache qu'à celui qui la brigue ; et le mérite dédaigne de la briguer. Elle est donc sûre d'oublier l'homme utile qui la néglige, et de préférer constamment l'ambitieux qui la poursuit. Et quel accès le sage ou le héros peut-il avoir auprès d'elle ? Est-il capable des souplesses qu'elle exige de ses esclaves ? Son âme ferme se pliera-t-elle aux manèges de la Cour ? Si sa naissance le place auprès du Prince et dans le cercle de ses favoris, quel rôle y jouera sa franchise, sa droiture, sa probité ? Est-ce lui qui trompe et qui flatte le mieux ? Qui étudie avec le plus de soin les faiblesses et les goûts du maître ? Qui sait feindre et dissimuler avec le plus d'adresse ? Taire et déguiser ce qui offense, et ne dire que ce qui plaît ?[3] Il y a mille à parier contre un qu'un favori n'est pas digne de l'être.

Le favori d'un Prince éclairé, juste et sage, dit l'Empereur, est toujours un homme de bien.

Un Prince éclairé, juste et sage, dit Bélisaire, n'a point de favori. Il est digne d'avoir des amis, et il en a ; mais sa faveur ne fait rien pour eux. Ils rougiraient

---

3. « A quoi les Rois sont-ils exposés ? [...] Des hommes artificieux et intéressés les environnent : les bons se retirent parce qu'ils ne sont ni empressés ni flatteurs. Les bons attendent qu'on les cherche et les princes ne savent guère les aller chercher ; au contraire les méchants sont hardis, trompeurs, empressés à s'insinuer et à plaire, adroits à dissimuler, prêts à tout faire contre l'honneur et la conscience pour contenter les passions de celui qui règne » (*Aventures de Télémaque*, L. II, p. 87). Coquille dans Ed. V : « dguiser » (plus haut : « des se esclaves »).

de rien obtenir d'elle[4]. Trajan avait dans Longin un digne ami, s'il en fut jamais. Cet ami fut pris par les Daces ; et leur Roi fit dire à l'Empereur que s'il refusait de souscrire à la paix qu'il lui proposait, il ferait mourir son captif. Savez-vous quelle fut la réponse de Trajan ? Il fit à Longin l'honneur de prononcer pour lui, comme Regulus avait prononcé pour lui-même. Voilà de mes hommes, et c'est d'un tel Prince qu'il est glorieux d'être l'ami. Aussi le brave Longin s'empoisonna-t-il bien vite, pour ne laisser aucun retour à la pitié de l'Empereur.

Vous m'accablez, lui dit Tibère. Oui, je sens que le bien public, dès qu'il est compromis, ne permet rien aux affections d'un Prince ; mais il peut avoir quelquefois des prédilections personnelles, qui n'intéressent que lui seul.

Il n'en peut témoigner aucune, dit Bélisaire, qui n'intéresse l'État. Rien de lui n'est sans conséquence ; et il doit savoir distribuer jusques aux grâces de son accueil. On se persuade que la faveur n'est qu'un petit mal dans les petites choses ; mais la liberté de répandre des grâces a tant d'attrait, et l'habitude en est si douce, qu'on ne se retient plus après s'y être livré. Le cercle de la faveur s'étend, l'espoir d'y pénétrer donne lieu à l'intrigue ; et la digue une fois rompue, le

---

4. La *Correspondance littéraire* (1/3/1767, p. 252) qui reproche à Marmontel le « bavardage vertueux » et en dénonce l'inutilité, cite comme exemple ce chapitre : le prince le plus livré aux favoris ne peut qu'être d'accord sur les principes énoncés ; mais « il s'agit de lui apprendre à distinguer les flatteurs des amis et cette science ne s'acquiert pas par des lieux communs, et on lirait vingt fois le chapitre de Bélisaire sans en être plus avancé ». Le rédacteur renvoie à l'histoire, à la lecture de la vie et des malheurs d'un prince livré aux favoris...

moyen que l'âme d'un Prince résiste au choc des passions et des intérêts de sa Cour ? Cette digue, mon cher Tibère, qu'il ne faut jamais que l'intrigue perce, c'est la volonté du bien. Un Prince qui, dans le choix des hommes, n'a pour règle que l'équité ne laisse d'espoir qu'au mérite. Les vertus, les talents, les services sont les seuls titres qu'il admette ; et quiconque aspire aux honneurs est obligé de s'en rendre digne. Alors l'intrigue découragée fait place à l'émulation ; et la perspective effrayante d'une disgrâce sans retour interdit aux ambitieux les manèges et les surprises. Mais sous un Prince qui se décide par des affections personnelles, chacun a droit de prétendre à tout. C'est à qui saura le mieux s'insinuer dans ses bonnes grâces, gagner les esclaves de ses esclaves, et de proche en proche s'élever en rampant. L'homme adroit et souple s'avance ; l'homme fier de sa vertu s'éloigne et demeure oublié. Si quelque service important le fait remarquer dans la foule, si le besoin qu'on a de lui le fait employer dignement, tous les partis, dont aucun n'est le sien, se réunissent pour le détruire ; et il est réduit au choix de s'avilir, en opposant l'intrigue à l'intrigue, ou de se livrer sans défense à la rage des envieux. Dès qu'une cour est intrigante, c'est le chaos des passions, et je défie la sagesse même d'y démêler la vérité. L'utilité publique n'est plus rien ; la personnalité décide et du blâme et de la louange ; et le Prince que le mensonge obsède, fatigué du doute et de la défiance, ne sort le plus souvent de l'irrésolution, que pour tomber dans l'erreur.

Que n'en croit-il les faits ? reprit Tibère. Ils parlent hautement.

Les faits, dit le vieillard, les faits même s'altèrent ; et ils changent de face en changeant de témoins. D'après l'événement on juge l'entreprise ; mais combien de fois l'événement a couronné l'imprudence, et confondu l'habileté ? On est quelquefois plus heureux que sage, quelquefois plus sage qu'heureux ; et dans l'une et dans l'autre fortune, il est très mal aisé d'apprécier les hommes, surtout pour un Prince livré aux opinions de sa Cour.

Justinien dans sa vieillesse en est la preuve, dit l'Empereur : il a été cruellement trompé !

Et qui sait mieux que moi, dit Bélisaire, combien ses faux amis ont abusé de sa faveur, et tout ce que l'intrigue a fait pour le surprendre ! Ce fut par elle que Narsès fut envoyé en Italie, pour traverser le cours de mes prospérités[5]. L'Empereur ne prétendait pas m'opposer un rival dans l'intendant de ses finances ; mais Narsès avait un parti à la Cour ; il s'en fit un dans mon armée ; la division s'y mit[6], et on perdit Milan, le boulevard de l'Italie[7]. Narsès fut rappelé[8] ; mais il n'était plus temps : Milan était pris, tout son peuple égorgé,

---

5. Durant l'été 538 à la tête de 5 000 hommes auxquels s'ajoutent 2 000 alliés hérules. Bélisaire apprend son arrivée alors que Narsès est déjà en Picenun (Procope, *De la Guerre des Goths*, L. II, p. 178). Il va à sa rencontre et le rejoint à Fermo.

6. Procope (*ibid.*, p. 187 et s.) rapporte la façon dont les amis de Narsès persuadent celui-ci de ne pas s'abaisser à unir ses troupes à celles de Bélisaire, à s'assujettir à ce général. D'où la résistance de Narsès à Bélisaire, le désaccord élevé dès le premier conseil de guerre et la dissociation funeste des deux corps d'armée. C'est vainement que Bélisaire présente à Narsès des lettres de l'Empereur selon lesquelles lui seul doit commander.

7. En mars 539, après un siège de neuf mois sous le commandement de Vraïas, neveu de Vitigès (la garnison milanaise est commandée, elle, par Mundilas).

8. Averti par Bélisaire de la situation et des dissensions existantes, Justinien rappelle Narsès à Constantinople et rétablit Bélisaire lieutenant général de la guerre d'Italie.

et la Ligurie enlevée à nos armes[9]. Je suis bien aise que Narsès ait trouvé grâce auprès de l'Empereur : nous devons au relâchement de la discipline d'avoir sauvé la vie à ce grand homme[10]. Mais du temps de la République, Narsès eût payé de sa tête le crime d'avoir détaché de moi une partie de mon armée, et de m'avoir désobéi. Je fus rappelé à mon tour[11] ; et pour commander à ma place, une intrigue nouvelle fit nommer onze chefs, tous envieux l'un de l'autre, qui s'entendirent mal et qui furent battus[12]. Il nous en coûta

---

9. La capitulation fut suivie d'un épouvantable carnage (300 000 personnes furent passées par le glaive en même temps que la ville fut rasée, Procope, *ibid.*, p. 195 et s.). A la suite de la prise de Milan, les Goths se rendent maîtres de toutes les places fortes où les Romains avaient mis garnison et la province de Ligurie retombe sous la domination gothique.

10. *In bello qui rem a duce prohibitam fecit, aut mandata non servavit, capite punitur, etiam si rem bene gesserit. Pand. L. 49, T. 16* (Note de Marmontel). (*Note de l'E. :* Celui qui, à la guerre, a fait ce que le général avait défendu ou n'a pas observé la mission qui lui avait été confiée est puni de mort, même en cas de succès. Voir *Pandectae...*, éd. cit., t. III, 1752, p. 550). Selon Montesquieu (*Considérations...*, p. 186), Narsès fut « donné à ce règne pour le rendre illustre ».

11. En 540 avant d'avoir achevé la conquête de l'Italie et afin de défendre l'Orient contre les desseins ambitieux de Chosroès.

12. Au départ de Bélisaire, onze généraux commandent plus de 15 000 hommes dispersés dans le pays. Si Constantianus est celui qui a le rang le plus élevé (« comes sacri stabuli »), aucun n'a le droit de donner des ordres aux autres. Tirés de leur inaction première par Justinien, ils marchent ensemble sur Vérone, font fuir la garnison gothique, mais, au lieu d'occuper la ville, ils discutent sur la répartition du butin et permettent aux Goths de reprendre la ville. Ils sont battus par Totila au printemps 542 près de Faenza, puis près de Mucellium, et s'enferment dans différentes villes (Florence, Pérouse, Spolète, Rome...) tandis que Totila va assiéger Naples. Alarmé par les nouvelles reçues, Justinien finit par rétablir l'unité du haut commandement au profit de Maximin.

l'Italie entière. On m'y renvoie, mais sans armée. Je cours la Thrace et l'Illyrie pour y lever des soldats. J'en ramasse à peine un petit nombre[13] qui n'étaient pas même vêtus. J'arrive en Italie avec ces malheureux, sans chevaux, sans armes, sans vivres. Que pouvais-je dans cet état ?[14] J'eus bien de la peine à sauver Rome[15]. Cependant, mes ennemis étaient triomphants à la Cour, et ils se disaient l'un à l'autre : Tout va bien, il est aux abois, et nous l'allons voir succomber. Ils ne voyaient que moi dans la cause publique ; et pourvu que sa ruine entraînât la mienne, ils étaient contents ! Je demandais des forces, je reçus mon rappel[16] ; et pour me succéder, on fit partir Narsès, à la tête d'une puissante armée[17]. Narsès justifia sans doute le choix qu'on avait fait de lui[18] ; et ce fut peut-être un bonheur qu'il eût été mis à ma place ; mais, pour me nuire, il avait fallu nuire au succès de mes armes : on achetait

---

13. *4 000* (Note de Marmontel).

14. Devant l'incapacité de Maximim et les progrès de Totila, Justinien se tourne de nouveau vers Bélisaire qui, pour la deuxième fois, devient généralissime en Italie et le restera quatre ans. Bélisaire a dû débarquer à Ravenne en novembre ou décembre 544. N'ayant reçu ni argent ni soldats, il recrute des hommes à ses propres frais. Au cours des quatre années de ce second commandement, il n'a jamais disposé des forces suffisantes pour engager contre Totila une bataille rangée qui eût pu être décisive.

15. En avril 547.

16. Dans le cours du deuxième semestre 548.

17. Il part de Constantinople en avril 551 ; il arrive à Salone en automne d'où il repart au début d'avril 552. Son armée devait alors compter au moins 30 000 hommes.

18. Il écrase Totila et reprend définitivement Rome : toutes les villes d'Italie rentrent successivement sous la puissance de l'Empire. Narsès devient exarque et le reste quatorze ans.

ma perte aux dépens de l'État. Voilà ce que l'intrigue a de vraiment funeste. Pour élever ou détruire un homme, elle sacrifie une armée, un empire s'il est besoin.

Ah ! s'écria Justinien, vous m'éclairez sur tout ce qu'on a fait pour obscurcir votre gloire. Quelle faiblesse dans l'Empereur d'en avoir cru vos ennemis !

Mon voisin, lui dit Bélisaire, vous ne savez pas combien l'art de nuire est raffiné à la Cour ; combien l'intrigue est assidue, active, adroite, insinuante. Elle se garde bien de heurter l'opinion du Prince ou sa volonté ; elle l'ébranle peu à peu, comme une eau qui filtre à travers sa digue, la ruine insensiblement, et finit par la renverser. Elle a d'autant plus d'avantage que l'honnête homme qu'elle attaque est sans défiance et sans précaution ; qu'il n'a pour lui que les faits qu'on déguise, et que la renommée, dont la voix se perd aux barrières du palais. Là c'est l'envie qui prend la parole ; et malheur à l'homme absent qu'elle a résolu de noircir. Il n'est pas possible que dans le cours de ses succès il n'éprouve quelques revers ; on ne manque pas de lui en faire un crime ; et lors même qu'il fait le mieux, on lui reproche de n'avoir pas mieux fait : un autre aurait été plus loin, il a perdu ses avantages. D'un côté le mal se grossit, de l'autre le bien se déprime ; et tout compensé, l'homme le plus utile devient un homme dangereux. Mais un plus grand mal que sa chute, c'est l'élévation de celui que l'intrigue met à sa place, et qui communément ne la mérite pas ; c'est l'impression que fait sur les esprits l'exemple d'un malheur injuste et d'une indigne prospérité. De là le relâchement du zèle, l'oubli du devoir, le courage de la honte, l'audace du crime, et tous les excès de la licence qu'autorise l'impunité. Tel est le règne de la faveur. Jugez combien elle doit hâter la décadence d'un Empire.

Sans doute, hélas ! c'est dans un Prince une faiblesse malheureuse, dit l'Empereur ; mais elle est
peut-être excusable dans un vieillard, rebuté de voir
que depuis trente ans il lutte en vain contre la destinée, et que malgré tous ses efforts le vaisseau de
l'État, brisé par les tempêtes, est sur le point d'être
englouti. Car enfin ne nous flattons pas : la grandeur
même et la durée de cet Empire sont les causes de sa
ruine. Il subit la loi qu'avant lui le vaste empire de
Belus, celui de Cyrus ont subie. Comme eux il a
fleuri ; il doit passer comme eux[19].

Je n'ai pas foi, dit Bélisaire, à la fatalité de ces révolutions. C'est réduire en système le découragement où
je gémis de voir que nous sommes tombés. Tout périt,
les États eux-mêmes, je le sais[20] ; mais je ne crois
point que la nature leur ait tracé le cercle de leur existence. Il est un âge où l'homme est obligé de renoncer
à la vie, et de se résoudre à finir ; il n'est aucun temps
où il soit permis de renoncer au salut d'un empire[21].
Un corps politique est sujet sans doute à des convul-
sions qui l'ébranlent, à des langueurs qui le consument, à des accès qui, du transport, le font tomber
dans l'accablement : le travail use ses ressorts, le repos

---

19. « Il n'y a [...] que les Dieux qui soient immortels ; les
Empires, les Républiques se forment, s'élèvent, et leur prospérité
même dont ils abusent toujours est toujours le signe de leur décadence » (*Entretiens de Phocion*, 1763, Premier Entretien, p. 2). »

20. Au terme de son chapitre sur la Constitution d'Angleterre,
Montesquieu remarque : « Comme toutes les choses humaines ont
une fin, l'État dont nous parlons perdra sa liberté, il périra. Rome,
Lacédémone et Carthage ont bien péri » (*De l'Esprit des lois*,
L. XI, Ch. 6).

21. « Il n'est jamais permis de désespérer du salut de la République » (*Entretiens de Phocion*, 1763, Premier Entretien, p. 3).

les relâche, la contention les brise ; mais aucun de ces accidents n'est mortel. On a vu les nations se relever des plus terribles chutes, revenir de l'état le plus désespéré, et, après les crises les plus violentes, se rétablir avec plus de force et plus de vigueur que jamais. Leur décadence n'est donc pas marquée, comme l'est pour nous le déclin des ans ; leur vieillesse est une chimère ; et l'espérance qui soutient le courage peut s'étendre aussi loin qu'on veut[22]. Cet Empire est faible, ou plutôt languissant ; mais le remède, ainsi que le mal, est dans la nature des choses, et nous n'avons qu'à l'y chercher. Hé bien, dit l'Empereur, daignez faire avec nous cette recherche consolante ; et avant d'aller au remède, remontons aux sources du mal. Je le veux bien, dit Bélisaire ; et ce sera plus d'une fois le sujet de nos entretiens.

---

22. « Aux plus grands périls, opposez un plus grand courage », il s'agit d'« espérer contre toute espérance » (*ibid.*).

CHAPITRE XI

Justinien, plus impatient que jamais de revoir
Bélisaire, vint le presser, le jour suivant, de déchirer
le voile qui depuis si longtemps lui cachait les maux
de l'Empire. Bélisaire ne remonta qu'à l'époque de
Constantin. Quel dommage, dit-il, qu'avec tant de
résolution, de courage et d'activité, ce génie vaste et
puissant se soit trompé dans ses vues, et qu'il ait
employé à ruiner l'Empire plus d'efforts qu'il n'en
eût fallu pour en rétablir la splendeur ! Sa nouvelle
constitution est un chef-d'œuvre d'intelligence : la
milice prétorienne abolie[1], les enfants des pauvres
adoptés par l'État[2], l'autorité du préfet divisée et

---

1. « Constantin [...] supprima les soldats prétoriens, démolit
les postes où ils se tenaient » (Zosime, *Histoire nouvelle*, t. I, L. II,
XVII, 2, éd. F. Paschoud, Paris, Les Belles-Lettres, 1971, p. 89).

2. *Dès qu'un père déclarait ne pouvoir nourrir son enfant,
l'État en était chargé ; l'enfant devait être nourri, élevé aux
dépens de la République. Constantin voulut que cette loi fût gravée sur le marbre, afin qu'elle fût éternelle* (Note de Marmontel).
(*Note de l'E. :* C'est pour limiter les ventes d'enfants que Constantin ordonna d'attribuer des subventions de l'État aux parents qui
n'avaient pas moyen d'élever leurs enfants).

réduite[3], les vétérans établis possesseurs et gardiens des frontières, tout cela était sage et grand. Que ne s'en tenait-il à des moyens si simples ? Il ne vit pas, ou ne voulut pas voir que transporter le siège de l'Empire, c'était en ébranler, et au physique et au moral, les plus solides fondements. Il eut beau vouloir que sa ville fût une seconde Rome ; il eut beau dépouiller l'ancienne de ses plus riches ornements, pour en décorer la nouvelle ; ce n'était là qu'un jeu de théâtre, qu'un spectacle fragile et vain[4].

Vous m'étonnez, interrompit Tibère, et la capitale du monde me semblait bien plus dignement, bien plus avantageusement placée sur le Bosphore, au milieu de deux mers, et entre l'Europe et l'Asie, qu'au fond de l'Italie, au bord de ce ruisseau qui soutient à peine une barque.

Constantin a pensé comme vous, dit Bélisaire, et il s'est trompé. Un État obligé de répandre ses forces au dehors doit être au dedans facile à gouverner, à contenir et à défendre. Tel est l'avantage de l'Italie. La nature elle-même semblait en avoir fait le siège des

---

3. *Voy. Zosisme, L. 2, ch. 33* (Note de Marmontel). (*Note de l'E.* : « Constantin [...] divisa en quatre une charge qui était unique » [...] Ayant ainsi divisé la préfecture du prétoire, il s'appliqua à l'affaiblir » et Zosime énonce les mesures prises en ce sens, *Histoire nouvelle*, t. I, II, XXXIII, pp. 105-106. Si la préfecture du prétoire perd ainsi le pouvoir militaire et devient moins dangereuse pour le trône, elle voit en fait son importance accrue dans le domaine de l'administration civile).

4. Commencée en 324, la nouvelle capitale fut inaugurée le 11 mai 330. Selon Zosime, Constantin fut poussé à ce transfert par la « haine du Sénat et du peuple » (*ibid*, Livre II, XXX-XXXI). En fait, il dépouilla plusieurs villes d'un grand nombre de très beaux objets d'art pour les faire installer sur les places et dans les édifices publics de la nouvelle Rome.

maîtres du monde. Les monts et les mers qui l'entourent la garantissent à peu de frais des insultes de ses voisins ; et Rome, pour sa sûreté, n'avait à garder que les Alpes. Si un ennemi puissant et hardi franchissait ces barrières, l'Apennin servait de refuge aux Romains, et de rempart à la moitié de l'Italie : ce fut là que Camille défit les Gaulois ; et c'est dans ce même lieu que Narsès a remporté sur Totila une si belle victoire[5].

Ici nous n'avons plus de centre fixe et immuable. Le ressort du gouvernement est exposé au choc de tous les revers. Demandez aux Scythes, aux Sarmates, aux Esclavons, si l'Hèbre, le Danube, le Tanaïs sont des barrières qui leur imposent. Byzance est contre eux notre unique refuge ; et la faiblesse de ses murs n'est pas ce qui m'afflige le plus.

A Rome, les lois qui régnaient au dedans pouvaient étendre de proche en proche leur vigilance et leur action, du centre de l'État jusqu'aux extrémités ; l'Italie était sous leurs yeux et sous leurs mains modératrices : elles y formaient les mœurs publiques, et les mœurs, à leur tour, leur donnaient de fidèles dispensateurs. Ici nous avons les mêmes lois ; mais comme tout est transplanté, rien n'est d'accord, rien n'est

---

5. Venant de Ravenne, Narsès en juin 552 s'engage dans l'Apennin, à l'ouest de Petra Pertusa, débouche sur la voie flaminienne où Totila avance à sa rencontre. A la fin du mois, a lieu la bataille qui devait décider de la guerre (6 000 Ostrogoths sont tués et Totila est blessé à mort) près de Tadinae ou plus exactement d'un endroit appelé Busta Gallorum (« les Tombeaux des Gaulois ») en souvenir de la victoire sur les Gaulois qu'en 295 avant J.-C. les Romains y avaient remportée (Marmontel s'appuie sur Procope qui suit la tradition selon laquelle l'antique victoire de Busta Gallorum aurait été remportée par Furius Camillus ; voir Gibbon, *ouvr. cité*, t. VIII, pp. 130-132).

ensemble. L'esprit national n'a point de caractère ; la
patrie n'a pas même un nom. L'Italie produisait des
hommes qui respiraient en naissant l'amour de la
patrie, et qui croissaient dans le champ de Mars. Ici
quel est le berceau, quelle est l'école des guerriers ?
Les Dalmates, les Illyriens, les Thraces sont aussi
étrangers pour nous les Numides et les Maures.
Nul intérêt commun qui les lie, nul esprit d'État et de
corps qui les anime et les fasse agir. *Souvenez-vous
que vous êtes Romains*, disait, à ses soldats, un capitaine de l'ancienne Rome ; et cette harangue les rendait infatigables dans les travaux, et intrépides dans
les combats. A présent que dirons-nous à nos troupes
pour les encourager ? *Souvenez-vous que vous êtes
Arméniens, Numides, ou Dalmates ?* L'État n'est plus
un corps, c'est le principe de sa faiblesse ; et l'on n'a
pas vu qu'il fallait des siècles pour y rétablir cette
unité qu'on appelle patrie, et qui est l'ouvrage insen-
sible et lent de l'habitude et de l'opinion. Constantin a
décoré sa ville des statues des héros de Rome : vain
stratagème, hélas ! ces images sacrées étaient vivantes
au Capitole ; mais le génie qui les animait n'est pas
monté sur nos vaisseaux : ils n'ont transporté que des
marbres. Les Paul-Émiles, les Scipions, les Catons
sont muets pour nous : Byzance leur est étrangère.
Mais dans Rome ils parlaient au peuple, et ils en
étaient entendus.

Je ne vois pas, dit Justinien, qu'à Rome l'Empire
ait été plus tranquille, ni plus heureux depuis longtemps. Le peuple y était avili, et le sénat plus avili
encore.

Un Empire est faible et malheureux partout, dit
Bélisaire, quand il est en de mauvaises mains. Mais à
Rome il ne fallait qu'un bon règne pour changer la
face des choses. Voyez de quel abaissement l'État sor-

tit sous Adrien[6] ; et à quel point de gloire et de majesté il arriva sous Marc-Aurèle. La vertu romaine s'éclipsait sans s'éteindre ; le Prince, digne de la ranimer, en retrouvait le germe dans les cœurs. Ce germe a péri dans Byzance : il faut le semer de nouveau ; et ce doit être le grand ouvrage d'un règne juste et modéré. Sans ce prodige tout est perdu. Les succès même de nos armes sont ruineux pour l'État. L'Empire a sur les bras cent ennemis qui n'en ont qu'un. On croit les détruire ; ils renaissent, ils se succèdent l'un à l'autre, et par des diversions rapides ils se donnent mutuellement le temps de se relever. Cependant leur ennemi commun s'affaiblit en se divisant : ses courses le ruinent, ses travaux le consument, ses victoires même sont pour lui des plaies qui n'ont pas le temps de se fermer ; et après des efforts inouïs pour affermir sa puissance, un seul jour ébranle et renverse vingt ans des plus heureux travaux. Combien de fois, sous ce règne, nos drapeaux n'ont-ils pas volé du Tibre à l'Euphrate, de l'Euphrate au Danube ? Et tous les efforts de nos armes, sous Mundus, Germain, Salomon, Narsès, et moi, si j'ose me nommer, tout cela s'est réduit à subir la loi de la paix.

Il le faut bien, dit l'Empereur, puisque la guerre nous accable.

Le moyen d'éviter la guerre, dit le vieillard, ce n'est pas d'acheter la paix[7]. Les Barbares du Nord ne cherchent qu'une proie, et plus elle se montre faible, plus ils sont sûrs de la ravir. Les Perses n'ont rien de plus

---

6. « Adrien abandonna les conquêtes de Trajan et borna l'Empire à l'Euphrate » (*Considérations...*, chap. XV, p. 152).

7. Voir le début du chapitre XVIII des *Considérations* (p. 171) : « La paix ne peut point s'acheter... ».

intéressant que de venir, les armes à la main, piller tous les ans nos provinces d'Asie. On les renvoie avec de l'or ! Quel moyen de les éloigner que de leur présenter l'appât qui les attire ! La rançon même de la paix devient l'aliment de la guerre, et nos Empereurs, en épuisant leurs peuples, n'ont fait que rendre leurs ennemis plus avides et plus puissants.

Vous m'affligez, dit Justinien. Quelle barrière voulez-vous donc qu'on leur oppose ? De bonnes armées, dit Bélisaire, et surtout des peuples heureux. Quand les Barbares se répandent dans nos provinces, ils n'y cherchent que le butin. Peu leur importe de laisser après eux la désolation et la haine, pourvu qu'ils laissent la terreur. Il n'en est pas ainsi d'un Empire qui veut garder ce qu'il possède : s'il ne fait pas aimer sa domination, il faut qu'il y renonce ; l'autorité fondée sur la crainte s'affaiblit et se perd dans l'éloignement ; et il est impossible de régner par la force, depuis le Taurus jusqu'aux Alpes, depuis le Caucase jusqu'au pied de l'Atlas. Qu'importe en effet à des malheureux, dont on exprime la sueur, d'avoir pour oppresseurs les Romains ou les Perses ? On défend mal une puissance dont on est accablé soi-même ; et si on n'ose s'en affranchir, on s'en laisse au moins délivrer. L'humanité, la bienfaisance, la droiture, la bonne foi, une vigilance attentive au bonheur des peuples que l'on a soumis, voilà ce qui nous les attache. Alors le cœur de l'État est partout, et chaque province est un centre d'activité, de force et de vigueur.

Je vous parlerai souvent de moi, jeune homme, ajouta-t-il ; et vous m'y autorisez en consultant mon expérience. Quand je portai la guerre en Afrique, je commençai par ménager ces contrées comme ma patrie. La discipline établie dans mon armée y attira l'abondance, et j'eus bientôt le plaisir de voir les peuples d'alentour prendre mon camp pour asile, et se ranger sous mes drapeaux[8]. Le jour que j'entrai dans Carthage à la tête d'une armée victorieuse, on n'entendit pas une plainte ; ni le travail ni le repos des citoyens ne fut interrompu : à voir le commerce et l'industrie s'exercer comme de coutume, on croyait être en pleine paix[9] ; aussi ne tenait-il qu'à moi de régner sur un peuple qui m'appelait son père. J'ai vu de même en Italie les naturels du pays venir en foule se donner à nous, et les Goths à Ravenne supplier leur vainqueur de vouloir bien être leur roi[10]. Tel est l'empire de la clémence. Et ne croyez pas que je m'en glorifie : je n'ai fait que suivre les leçons que les Barbares me donnaient. Oui, les Barbares ont comme nous leurs Titus et leurs Marc-Aurèle. Théodoric et Totila ont mérité l'amour du monde. Ô villes d'Italie, s'écria le vieillard, quelle comparaison vous avez faite de ces Barbares avec nous ! J'ai vu dans Naples égorger sous mes yeux les femmes, les vieillards, les enfants au

---

8. Procope peint Bélisaire sur le chemin de Carthage « avertissant ses soldats de se montrer modestes [...] et ne faire chose qui fut aliene de leur devoir. Et de sa part se comporta si gracieusement et si doucement envers les Africains qu'il les attira à son amitié. Aussi depuis il conduisait son armée avec telle modestie comme s'il eût été en son propre pays, ne donnant par ce moyen occasion aux laboureurs de se cacher ni d'avoir peur » (*De la Guerre des Vandales*, L. I, p. 29). Les habitants fournissent les provisions nécessaires et témoignent de dispositions amicales de sorte que Bélisaire s'avance sans résistance.

9. Procope évoque ainsi l'entrée à Carthage qui eut lieu le 15 septembre 533 : « Ce capitaine avait rendu les siens si modestes que nous n'aperçûmes jamais aucune injure ou menace être faite aux citoyens ni aucune boutique fermée [...] Pas une taverne n'était close et toutes choses vénales étaient exposées en public » (*ibid.*).

10. Voir *infra*, ch. XVI.

berceau. Je courais, j'arrachais des mains de mes soldats ces innocentes victimes ; mais j'étais seul, mes
cris n'étaient point entendus ; et ceux qui auraient dû
me seconder étaient occupés au pillage[11]. Cette même
ville a été prise par le généreux Totila. Heureux
Prince ! il a eu la gloire de la sauver de la fureur des
siens. Il s'y est conduit comme un père tendre au
milieu de sa famille. L'humanité n'a rien de plus touchant que les soins qu'il a pris du salut de ce peuple,
qui venait de se rendre à lui[12]. Il a été le même dans
Rome, dans cette Rome où nos commandants venaient
d'exercer, au milieu des horreurs de la famine, le
monopole le plus affreux[13]. Voilà comme nos ennemis

---

11. Assiégée pendant vingt jours en 536, Naples est prise grâce
à un stratagème (un soldat isaurien découvre qu'on peut pénétrer
dans la ville par un acqueduc) : Procope note qu'il y eut « grande
boucherie de citoyens » de la part des soldats de Bélisaire : « Tout
ce qu'ils rencontrèrent au devant d'eux sans aucun respect de l'âge
ou de la qualité fut par eux mis à mort ; pillaient les meubles des
citoyens, mettaient le feu par les maisons, retenaient en captivité
les mères et enfants… ». Et ils auraient continué « si Bélisaire courant par la ville pour apaiser la furie de ses soldats n'eût retenu leur
glaive sanglant » et ne leur eût rappelé : « Nous devons surmonter
nos ennemis avec une douce clémence » (*De la Guerre des Goths*,
L. I, p. 113).

12. C'est au printemps 543 que Naples se rend et Totila se
conduit avec magnanimité, ravitaillant la population, libérant la
garnison à laquelle sont donnés chevaux, vivres et sauf-conduit
jusqu'à Rome. Les femmes des sénateurs saisies dans les maisons
de campagne de la Campanie sont renvoyées sans rançon à leurs
maris… Cette attitude de clémence gagne à Totila la sympathie des
citadins, cependant que l'expropriation des latifundaires lui vaut
celle des populations rurales.

13. Sur la conduite de Bessas dans Rome, voir *supra*, ch. III.
Lorsqu'il s'empare de Rome en 546, Totila traite effectivement les
habitants avec beaucoup de ménagement et de respect.

ont su gagner le cœur des peuples. Leur justice et leur modération nous ont plus nui que leur valeur.

Mais en revanche, ce qui les a bien servis[14], c'est l'avarice, la dureté, la tyrannie de nos chefs. Dès que j'eus quitté l'Italie, ces mêmes Goths, dont je venais de refuser la couronne, indignés des vexations de ceux qui m'avaient remplacé, résolurent de secouer le joug : de là le règne de Totila et nos malheurs en Italie. Après avoir défait les Vandales en Afrique, j'avais persuadé aux Maures de vivre en paix avec nous. Mais quand je fus parti, nos illustres brigands, nos gens de luxe et de rapine, loin de les traiter en amis, exercèrent en liberté sur leurs villes et leurs campagnes les plus horribles violences. Les Maures prirent le parti de la vengeance et du désespoir : le sang inonda nos provinces. Ainsi l'oppression excite la révolte, qui rompt tous les nœuds de la paix.

Il en est de même au dedans. Des préfets indolents, des proconsuls avides, tyrans absolus et impitoyables des provinces et des cités[15] : voilà ce que j'ai vu partout. Par eux, les charges publiques sont devenues si accablantes que pour retenir sous le faix les principaux citoyens[16], il a fallu leur interdire la milice, le

---

14. Pas d'ouverture de paragraphe dans I BHVP. Coquille de l'édition originale : « qui » (« ce qui » : I BHVP, IV, V).

15. Depuis Constantin, les Préfets sont au nombre de quatre. Au-dessous du Préfet, il y a des « vicaires » sous lesquels sont les proconsuls lesquels sont immédiatement au-dessus des officiers municipaux.

16. *Les décurions ou officiers municipaux* (Note de Marmontel). (*Note de l'E. :*) L'auteur se reporte à Garnier à l'ouvrage duquel il renvoie plus loin (*Traité de l'origine du gouvernement français*, Paris, 1765, pp. 211-215) : « officiers de justice et de police », les décurions étaient « chargés solidairement de la perception des

sacerdoce, la vente même de leurs biens, et, ce qu'on
ne croira jamais, la ressource de l'esclavage. Comment
voulez-vous que des peuples si cruellement tourmen-
tés aiment un joug qui les écrase ? Peuvent-ils se
croire liés ou d'intérêt ou de devoir avec de si durs
oppresseurs ? Au premier murmure que leur arrachent
la misère et le désespoir, on crie à la révolte, à l'infidélité ; on fait marcher dans les provinces des armées
qui les ravagent. Triste et cruel moyen de réduire les
hommes que celui de les ruiner ! Et que faire d'un
peuple abattu de faiblesse ? Il faut qu'il soit docile et
fort. Il sera l'un et l'autre, s'il n'est point excédé par
tous ces tyrans subalternes, qui, du règne d'un Prince
équitable et doux, ne font que trop souvent un règne
intolérable.

C'est de ces dépositaires de l'autorité qu'il dépend de
la faire aimer ou haïr. C'est donc sur eux que doit se
fixer l'œil vigilant et sévère du Prince. Il n'a pas de
plus dangereux ni de plus cruels ennemis ; car ils l'exposent à la haine publique ; et c'est pour lui le plus
grand des maux. Tout ce que leur dicte l'orgueil, la
cupidité, le caprice, ils l'appellent sa volonté. A les
entendre, ils ne font qu'obéir en exerçant leurs violences ; et par eux le Prince est à son insu le fléau des

---

impôts ». Ils recevaient du Président de la province (ou proconsul)
la somme à laquelle leur cité était taxée et devaient la répartir de
sorte qu'ils pussent la percevoir au terme de l'échéance, sans quoi,
ils étaient traînés dans les prisons, battus cruellement, et devaient
suppléer de leur propre fortune aux non-valeurs. Garnier souligne
la triste condition des malheureux décurions qui n'avaient aucun
moyen de s'en tirer : « On leur avait interdit la milice, on ne leur
permettait point non plus d'entrer dans l'état ecclésiastique ; on leur
avait ôté la liberté de vendre leur bien ; enfin, on en était venu jusqu'à leur retrancher la ressource affreuse de l'esclavage »).

peuples qu'il aime. Mon cher Tibère, ajouta le héros, si un souverain a le bonheur de vous avoir pour ami, dites-lui bien de ne jamais lâcher les rênes de l'autorité ; et que tous ceux qui l'exercent sous lui sentent le frein de sa justice. Car les excès commis en son nom calomnient son règne, et font retomber sur lui les larmes du faible opprimé. Au lieu que si les peuples savent qu'il les protège et qu'il les venge, ils se plaindront à lui sans se plaindre de lui ; et la haine publique, attachée aux artisans des malheurs publics, laissera le Prince équitable en possession du cœur de ses sujets.

Rien de plus beau dans la spéculation, dit Justinien, qu'un Prince attentif et présent à tout ce qui se passe dans son Empire. Mais le détail en est immense ; et s'il faut qu'il écoute les plaintes de ses peuples, qu'il les examine et les juge, il n'y suffira jamais.

C'est avec ces fantômes de difficultés qu'on l'effraie, dit Bélisaire, mais ils s'évanouissent, quand on les observe de près ; et vous verrez demain que l'art de gouverner est moins compliqué qu'on ne pense. Adieu, mes amis. Vous voyez que de moi-même je m'engage plus loin que je n'aurais voulu. Régner est la folie de la plupart des hommes ; et il en est peu qui, dans leurs rêveries, ne s'amusent, comme je fais, à régler le sort des États. C'est le délire du vulgaire, dit Justinien, mais la plus digne méditation du sage.

L'Empereur se retira frappé de tout ce qu'il venait d'entendre ; et le soir même, à son souper, il ouït dire à ses courtisans que jamais l'Empire n'avait été plus florissant et plus heureux. Sans doute, leur dit-il, l'Empire est florissant, car vous[17] nagez dans l'abondance ;

---

17. Variante : « et vous » : Ed. IV, V (coquille dans ces mêmes éditions : « leurs dit-il »).

il est heureux, car vous vivez dans le luxe et l'oisiveté. Ici les peuples ne sont comptés pour rien, et la Cour est pour vous l'Empire. Ces mots leur firent baisser les yeux. Ils ne doutèrent pas que la mélancolie où l'Empereur était plongé ne fût la suite des entretiens qu'il avait eus avec Tibère. Tibère, disaient-ils, est un jeune enthousiaste, qui a la folie de l'humanité. Rien de plus dangereux ici qu'un homme de ce caractère : il faut tâcher de l'éloigner.

CHAPITRE XII

Le lendemain, tandis que cette intrigue occupait la Cour, le bon aveugle et ses deux hôtes avaient repris leurs entretiens.

Un Prince qui veut régner par lui-même, leur disait-il, doit savoir tout simplifier. Son premier soin est de bien connaître ce qui est utile à ses peuples, et ce qu'ils attendent de lui[1]. Cela seul, dit Tibère, est une étude immense. Elle est très simple, dit le héros ; car les besoins d'un seul sont les besoins de tous, et chacun de nous sait par lui-même ce qui est utile au genre humain. Par exemple, demanda-t-il au jeune homme, si vous étiez laboureur, qu'attendriez-vous de la bonté du Prince ? Qu'il m'assurât le fruit de mon travail, dit celui-ci ; qu'il m'en laissât jouir, le tribut prélevé, avec mes enfants et ma femme ; qu'il protégeât mon héritage contre la fraude et la rapine, et ma famille et moi contre la violence, l'injure et l'oppres-

---

1. *Semper officio fungitur, utilitati hominum consulens et societati. Cic. Off. 3* (Note de Marmontel). (*Note de l'E. :* « Il s'acquittera (fungetur) toujours de son devoir en veillant à l'intérêt des hommes et [...] au lien social », *Les Devoirs*, Livre III, VI, 31, éd. Testard, Paris, Les Belles-Lettres, 1970, pp. 85-86).

sion[2]. Hé bien, dit Bélisaire, voilà tout ; et chaque
citoyen, dans son état, n'en demande pas davantage. Et
le Prince à son tour, poursuivit le héros, qu'exige-t-il
de ses sujets ?[3] – L'obéissance, le tribut, et des forces
pour le maintien de sa puissance et de ses lois. – Cela
est encore simple et juste, dit Bélisaire. Et les sujets,
quels sont leurs devoirs réciproques ?[4] – De vivre en
paix, de ne pas se nuire, de laisser à chacun le sien, et
d'observer dans leur commerce la concorde et la
bonne foi. Voilà, mon ami, dit le vieillard, l'abrégé du
bonheur du monde ; et pour cela, vous voyez bien
qu'il ne faut pas des volumes de lois. Il fut un temps
où celles de Rome étaient écrites sur douze tables[5] : ce
temps valait bien celui-ci. Le juste n'est que la balance
de l'utile, et la mesure de ce qui revient à chacun de la
somme du bien public. Que la seule équité préside à
ce partage, son code ne sera pas long. Ce qui l'em-
brouille et le grossit, c'est le caprice minutieux d'une
volonté arbitraire, qui érige en lois ses fantaisies, dont
elle change à tout propos ; c'est la crainte pusillanime
de ne pas donner à la liberté assez de liens qui l'en-
chaînent ; c'est le jaloux orgueil de dominer, qui ne

---

2. Pour rendre ses sujets heureux, il faut que le monarque
« assure leurs possessions, qu'il les défende contre l'oppression » et
qu'il les laisse « jouir du fruit de [leurs] travaux » (*Encyclopédie*,
« Représentants », t. XIV, 1765, p. 144b).

3. Domaine du « droit politique » tel que le définit Montesquieu dans l'*Esprit des lois* (L. I, ch. III, p. 236) : ce sont les lois
« dans le rapport qu'ont ceux qui gouvernent avec ceux qui sont
gouvernés ».

4. Domaine du « droit civil », les hommes ayant des lois
« dans le rapport que tous les citoyens ont entre eux » (*ibid.*).

5. Première législation des Romains inscrite sur douze tables
de bronze par les décemvirs de 450.

croit jamais faire assez sentir ses droits ; c'est la manie
de vouloir régler une infinité de détails, qui se règlent
assez et beaucoup mieux d'eux-mêmes. On a fait sous
ce règne une ample collection d'édits et de décrets
sans nombre[6] ; mais c'est l'école des jurisconsultes ; ce
n'est pas l'école du peuple : or c'est le peuple qu'il
s'agit d'instruire de ses devoirs et de ses droits. Chacun doit être son premier juge ; chacun doit donc
savoir ce qui lui est prescrit, défendu, permis par la
loi[7]. Il faut pour cela des lois simples, claires, sensibles, en petit nombre, et faciles à appliquer[8]. C'est là
surtout ce qui abrégera les détails de l'administration.
Car dès que le peuple est instruit de ce qu'il doit et de
ce qui lui est dû, il est fier de sa sûreté et content de sa
dépendance ; il voit ce qui lui revient des sacrifices
qu'il a faits ; et dans le bien public apercevant le sien,
il révère l'autorité qui fait concourir l'un à l'autre.
Pourquoi le voit-on si souvent impatient du joug des

---

6. Allusion au grand travail de codification juridique confié à
une commission sous la direction du savant Tribonien qui en fut
d'ailleurs sans doute l'inspirateur. Composé de 12 livres, le *Code
Justinien*, mis en vigueur le 7 avril 529, suivi des *Institutes*, manuel
élémentaire en 4 livres (qui reçoit force de loi le 21 novembre 533)
et du *Digeste* (cette codification de la jurisprudence classique
encore conforme à l'esprit du temps reçut, elle, force de loi le
16 décembre 533) est l'objet d'une seconde et définitive édition
promulguée en novembre 534. *Les Novelles* constituent le recueil
des lois de Justinien postérieures à cette date.

7. *Legis virtus haec est : imperare, vetare, permittere, punire.
Pand. L. I, t. 3* (Note de Marmontel). (*Note de l'E. :* L'autorité de
la loi consiste à commander, défendre, permettre, punir, Voir *Pandectae...*, t. I, p. 8).

8. Revendication inlassablement reprise par la philosophie du
siècle. Voir notamment *Esprit des Lois*, L. XXIX, ch. XVI, et *Dictionnaire philosophique*, « Lois civiles et ecclésiastiques ».

lois ? parce que la rigueur est toute du côté des lois
qui le gênent, et la mollesse et la négligence du côté
des lois qui le favorisent et qui doivent le protéger. Or
la simplicité d'un code populaire remédierait encore à
cet abus ; car les juges voyant le peuple assez instruit
pour les juger eux-mêmes[9], et en état de réclamer
contre eux une loi précise et constante, ils n'oseraient
plier la règle, ni changer de poids à leur gré.

Les plus abusives des lois sont celles qui donnent
prise sur les biens. Car on n'en veut guère à la vie ni à
la liberté des peuples ; et quand on leur lie les mains,
ce n'est que pour les dépouiller. Aussi de mille excès
commis par les dépositaires de l'autorité, à peine y en
a-t-il un seul qui ne soit pas le crime de l'avarice. C'est
donc là que le Prince doit porter la lumière, et commencer par éclairer la perception de l'impôt.

Tant que l'impôt sera multiplié, vague[10] et compliqué
comme il l'est, la régie, quoique l'on fasse, en sera
trouble et frauduleuse : il faut donc le simplifier. Que
la loi qui le réglera soit précise et inaltérable ; que le
tribut lui-même, ce besoin de l'État[11], soit égal, aisé,
naturel ; qu'il soit un, qu'il soit appliqué à des biens

---

9. Variante : « par eux-mêmes » : Ed. I BHVP, IV, V.

10. *Sub Imperatoribus vectigalia, non lege ac ratione, sed arbi-
tratu Imperatorum processerunt. Buling. De trib. ac. vectig. P.R.*
(Note de Marmontel). (*Note de l'E. :* Sous les Empereurs, les
impôts furent déterminés non par la loi et la raison, mais selon l'arbitraire impérial. Voir Julii Caesaris Bulengeri Juliodunensis, *De
tributis ac vectigalibus populi romani Libri*, Tolosae, 1612, Cap.
LIV, p. 179).

11. *Quoniam neque quies sine armis, neque utrumque sine tributis haberi possunt. Liv. L. I* (Note de Marmontel). (*Note de l'E. :*
« Car il n'est pas possible de maintenir la tranquillité sans armée ni
d'avoir l'une et l'autre sans impôts » *Histoires*, éd. Goelzer, Paris,
Les Belles Lettres, 1956, p. 278).

réels et solides, réglé par leur valeur, et le même partout, le tribut, par exemple, que l'heureuse Sicile[12] payait avec joie aux Romains, celui dont la douceur fit adorer César dans les provinces de l'Asie[13]. La fraude n'aura plus à se réfugier dans un dédale ténébreux d'édits absurdes[14] et bizarres : l'évidence même du droit en marquera les limites ; et en cessant d'être arbitraire, il cessera d'être odieux.

Vous savez bien, dit l'Empereur, ce qu'on oppose à vos principes ? Simplifier l'impôt, ce serait le réduire. Je l'espère, dit le héros. Et puis, ajouta l'Empereur, si le peuple est trop à son aise, il sera, dit-on, paresseux, arrogant, rebelle, intraitable[15]. O juste ciel ! s'écria

---

12. *Omnis ager Siciliae decumanus. Buling. Ubi sup.* (Note de Marmontel). (*Note de l'E. :* Tous les champs de la Sicile étaient soumis à l'impôt pour le dixième. Voir *De tributis...*, Cap. VII, « De decumis frumenti », p. 54).

13. *App. de Bell. civ. l. 5 Pro anni copia vel inopia, uberius (ex Asia) vel angustius vectigal exactum est. Item. Dio. L. 45* (Note de Marmontel). (*Note de l'E. :* selon la richesse ou la disette de l'année, on fit rentrer (d'Asie) des impôts plus lourds ou plus réduits).

14. *Les Empereurs avaient mis des impôts sur l'urine, sur la poussière, sur les ordures, sur les cadavres, sur la fumée, l'air et l'ombre. Il y avait des droits de gazon, de rivage, de roue, de timon, de bête de somme ; et quae alia (dit Tacite) exactionibus illicitis nomina publicani invenerant. Vid. Buling. Ubi supra.* (Note de Marmontel). (*Note de l'E. :* Voir *De tributis...*, Cap. XXVI « De vectigali urinae et stercoris », Cap. XXXIX « De tributo pro mortuis », Cap. XVII « De vectigali fumi, umbrae et aeris » etc. ; Tacite, *Annales* : « et d'autres noms que les publicains avaient trouvés pour des levées illégales »).

15. Objection que fait déjà Idoménée à Mentor ; « Mais quand les peuples seront [...] dans l'abondance [...], ils tourneront contre moi les forces que je leur aurai données ». Et Mentor de répliquer : « C'est un prétexte qu'on allègue pour flatter les princes prodigues qui veulent accabler leurs peuples d'impôts » (*Aventures de Télémaque*, L. X, p. 286).

Bélisaire ; quel moyen de dégoûter le peuple du travail que de lui en assurer les fruits ! quel moyen de le
rendre intraitable et rebelle que de le rendre plus heureux ! On craint qu'il ne soit arrogant ! Ah ! je sais
bien qu'on veut qu'il tremble comme l'esclave sous les
verges. Mais devant qui doit-il trembler, s'il est sans
crime et sans reproche ? Sous quel pouvoir doit-il fléchir, si ce n'est sous celui des lois et du souverain légitime ? Quel Empire sera jamais plus sûr de son obéissance que celui qui par les bienfaits, la reconnaissance
et l'amour, s'est acquis tous les droits du pouvoir
paternel ? Croyez-moi, je connais le peuple : il n'est
pas tel qu'on vous le peint. Ce qui l'énerve et le rebute,
c'est la misère et la souffrance ; ce qui l'aigrit et le
révolte, c'est le désespoir d'acquérir sans cesse, et de
ne posséder jamais[16]. Voilà le vrai, et on le sait bien ;
mais on le dissimule : on s'est fait un système que l'on
tâche d'autoriser. Ce système des grands est que le
genre humain ne vit que pour un petit nombre
d'hommes, et que le monde est fait pour eux. C'est un
orgueil inconcevable, dit l'Empereur ; mais il est vrai
qu'il existe dans bien des âmes. Non, dit Bélisaire, il
est joué : il n'a jamais été sincère. Il n'y a pas un
homme de bon sens, quelque élevé qu'il soit, qui, se
comparant en secret avec le peuple qui le nourrit, qui
le défend, qui le protège, ne soit humble au-dedans de

---

16. « Ce qui cause les révoltes [...] c'est le désespoir des peuples
maltraités [...] et non pas le pain qu'on laisse manger en paix au
laboureur après qu'il l'a gagné à la sueur de son visage » (*ibid.*,
Livre XI, p. 306). Coger voit dans un tel passage l'occasion de
« décrier le Prince et le gouvernement », de « compromettre et
calomnier les ministres et les magistrats » ; dans cette « témérité
qui révolte », il retrouve le ton des « penseurs modernes »
(*Examen*, 2ᵉ éd., pp. 50-51).

lui-même ; car il sent bien qu'il est faible, dépendant et nécessiteux. Sa hauteur n'est qu'un personnage qu'il a pris pour en imposer ; mais le mal est qu'il en impose et parvient à persuader. Fasse le ciel, mon cher Tibère, que votre ami ne donne pas dans cette absurde illusion ! Obtenez qu'il jette les yeux sur la société primitive : il la verra divisée en trois classes, et toutes les trois occupées à s'aider réciproquement, l'une à tirer du sein de la terre les choses nécessaires à la vie, l'autre à donner à ces productions la forme et les qualités relatives à leur usage, et la troisième à la régie et à la défense du bien commun. Il n'y a dans cette institution personne d'oisif, d'inutile ; le cercle des secours mutuels est rempli ; chacun, selon ses facultés, y contribue assidûment : force, industrie, intelligence, lumières, talents et vertus, tout sert, tout paie le tribut ; et c'est à cet ordre si simple, si naturel, si régulier, que se réduit l'économie d'un gouvernement équitable.

Vous voyez bien qu'il serait insensé que l'une de ces classes méprisât ses compagnes ; qu'elles sont toutes également utiles, également dépendantes ; et qu'en supposant même qu'il y eût quelque avantage, il serait pour le laboureur ; car si le premier besoin est de vivre, l'art qui nourrit les hommes est le premier des arts. Mais comme il est facile et sûr, qu'il n'expose point l'homme, et n'exige de lui que les facultés les plus communes, il est bon que des arts utiles, et qui demandent des talents, des vertus, des qualités plus rares, soient aussi plus encouragés. Ainsi les arts de premier besoin ne seront pas les plus considérés, et ils ne prétendent pas l'être. Mais autant il serait superflu de leur attribuer des préférences vaines, autant il est injuste et inhumain d'y attacher un dur mépris[17].

_____

17. La place accordée à l'agriculture et le désir de lutter contre

Que votre ami, mon cher Tibère, se garde bien de ce mépris stupide ; qu'il ménage, comme sa nourrice et comme celle de l'État, cette partie de l'humanité si utile et si dédaignée. Il est juste que le peuple travaille pour les classes qui le secondent, et qu'il contribue avec elles au maintien du pouvoir qui fait leur sûreté : c'est à la terre à nourrir les hommes. Mais les premiers qu'elle doit nourrir sont ceux qui la rendent fertile ; et l'on n'a droit d'exiger d'eux que l'excédent de leurs besoins[18]. S'ils n'obtenaient, par le travail le plus rude et le plus constant, qu'une existence malheureuse, ce ne seraient plus dans l'État des associés, mais des esclaves : leur condition leur deviendrait odieuse et intolérable ; ils y renonceraient, ils changeraient de classe, ou cesseraient de se reproduire, et de perpétuer la leur.

Il est vrai, dit Justinien, qu'on les a mis trop à l'étroit ; mais heureusement il faut si peu de chose à cette espèce d'hommes endurcis à la peine ! Leur ambition ne va point au-delà des premiers besoins de la vie : qu'ils aient du pain, ils sont contents.

En vérité, mon voisin, dit Bélisaire, on dirait que vous avez passé votre vie à la Cour, tant vous en savez le langage. Voilà ce qu'on y dit sans cesse, pour enga-

---

le « mépris » qui pèse sur celle-ci renvoient au *Télémaque* soucieux de remettre « la charrue en honneur » (L. X, p. 285), à l'*Encyclopédie* (« Labourage » notamment) et aux physiocrates qui confèrent au travail de la terre le rôle le plus important dans un état et pour qui les productions naturelles constituent la vraie richesse de cet état. Mais les physiocrates tendent, eux, à considérer comme secondaire, voire stérile la classe des artisans, hommes de métier... qui se contentent de modifier les matières premières.

18. *C'était le principe d'Henri IV ; c'est celui de tous les bons Rois* (Note de Marmontel).

ger le Prince à dépouiller ses peuples, à les accabler sans remords. Oui, je conviens avec vous qu'ils n'ont pas les besoins insensés du luxe. Mais plus leur vie est frugale et modeste, plus on les reconnaît sobres et patients, plus on est sûr, quand ils se plaignent, qu'ils se plaignent avec raison. Dans le langage de la Cour, manquer du nécessaire, c'est n'avoir pas de quoi nourrir vingt chevaux inutiles, vingt valets fainéants : dans le langage du laboureur, c'est n'avoir pas de quoi nourrir son père accablé de vieillesse, ses enfants, dont les faibles mains ne peuvent pas l'aider encore, et sa femme enceinte ou nourrice d'un nouveau sujet de l'État ; c'est n'avoir pas de quoi faire à la terre les avances qu'elle demande, de quoi soutenir une année de grêle ou de stérilité, de quoi se procurer à soi-même et aux siens, dans la vieillesse ou la maladie, les soulagements, les secours dont la nature a besoin[19]. Or, mes amis, je vous demande si cette première destination des produits de l'agriculture n'est pas sainte et inviolable, plus que ne devait l'être le trésor de Janus[20].

Hélas ! dit l'Empereur, il est des temps de calamité où l'on ne peut se dispenser d'y porter atteinte.

Il faut pour cela, dit Bélisaire, que toutes les ressources du superflu soient épuisées, et qu'il n'y ait plus d'autre moyen de sauver un peuple que de le ruiner : je

---

19. Dans ce tableau de la misère paysanne et de son état d'insécurité, Marmontel peut mêler à des souvenirs de lecture le fruit des observations d'un homme aux humbles origines et ce en dépit d'une expression plutôt convenue.

20. Ou trésor de Saturne ; le temple de Saturne était dépositaire du trésor public et, dans sa partie la plus secrète, se trouvait le trésor le plus saint, le produit de l'impôt dit le vingtième dont on ne devait user que dans les circonstances les plus graves.

n'ai jamais vu ces temps-là[21]. Mais parlons vrai :
savez-vous ce qui accable la classe laborieuse et souf-
frante d'un État ? C'est le fardeau que rejette sur elle[22]
la classe oisive et jouissante. Ceux qui par leur
richesse participent le plus aux avantages de la société
sont ceux qui contribuent le moins aux frais de sa
régie et de sa défense. Il semble que l'inutilité soit un
privilège pour eux. Obtenez que cet abus cesse ; qu'on
distribue, selon les forces et les facultés de chacun, le
poids des dépenses publiques ; ce poids sera léger
pour tous.

Que n'a-t-on pas fait, dit l'Empereur, pour établir
cette égalité désirée[23] ? N'a-t-on pas condamné au feu

---

21. *Marc-Aurèle, dans un besoin pressant, plutôt que de char-*
ger les peuples de nouveaux impôts, vendit les meubles du Palais
impérial : Vasea aurea, uxoriam ac suam sericam et auream ves-
tem, multa ornamenta gemmarum ; ac per duos continuos menses
venditio habita est. Aurel. Vict. (Note de Marmontel). (*Note de*
l'E. : « (Il fit vendre en détail aux enchères) les vases d'or [...], les
robes d'or, de pourpre et de la précieuse étoffe des Sères qui lui
appartenaient, puis celles de l'impératrice, enfin mille bijoux de
prix : l'encan dura deux mois consécutifs », *Épitome...*, *éd. cit.*,
XVI, pp. 360-361).

22. *Inveniuntur plurimi divitum, quorum tributa populos necant.*
Salv. L. 4. Proprietatibus carent (pauperes) et vectigalibus
obruuntur. Id. Lib. 5. De gub. dei (Note de Marmontel). (*Note de*
l'E. : « On trouve un grand nombre de riches dont les impôts tuent
les pauvres (pauperes) », Salvien de Marseille, *Œuvres*, t. II, *De*
Gubernatione dei /Du gouvernement de Dieu, éd. Lagarrigue,
1975, IV, 30, p. 256. « La propriété les (pauvres) a désertés, la
capitation ne les abandonne pas ! » V, 42, p. 342).

23. *Cod. Leg. De annona* (Note de Marmontel). (*Note de l'E.* :
Voir *Codicis DN. Justiniani... Repetitae Praelectionis Lib. XII*,
Antverpiae, 1575, Liber I « De annonis et capitatione adminis-
trantium », p. 90. « Nous entendons que pour la satisfaction
générale de tous les respectables et illustres juges qui adminis-

les décurions infidèles, qui, en distribuant l'impôt de leur cité, surchargeraient les uns pour exempter les autres[24] ?

Hélas ! je sais, dit Bélisaire, que ce n'est pas à ces malheureux qu'on fait grâce. Pour n'avoir pas vexé le peuple avec assez de dureté, on les met dans les fers, on les meurtrit de coups, on les réduit à envier la condition des esclaves[25]. Mais y a-t-il des verges, des

---

trent dans les provinces [...] on suive un ordre fixe et immuable et qu'ils soient payés exactement des sommes qui leur sont dues pour leurs annones et leurs capitations telles qu'elles sont portées dans leurs commissions particulières », *Les Douze livres du Code de l'Empereur Justinien de la seconde édition,* traduits en français par P.A. Tissot, t. I, Metz, 1807, p. 246).

24. *Cod. Lib. I De censib. et censit.* (Note de Marmontel). (*Note de l'E. :* Voir *Codicis..., éd. cit.* Liber XI – et non I – « De censibus et censitoribus et peraequatoribus et inspectoribus », p. 435; « Ayant appris que des tabulaires des villes surchargent, par une collusion coupable, les pauvres pour alléger les riches, nous ordonnons que celui qui pourra avoir été trop imposé ne soit tenu de payer que sur l'ancien taux d'après lequel il a toujours payé », *Les Douze Livres du Code..., éd. cit.,* t. IV, 1810, p. 297).

25. *Traité de l'orig. du Gouv. Fr.* (Note de Marmontel). (*Note de l'E. :* J.-J. Garnier, *Traité de l'origine du gouvernement français où l'on examine ce qui est resté en France sous la première race de nos Rois de la forme du gouvernement qui subsistait dans les Gaules sous la domination romaine,* Paris, 1765 : « L'impôt sur les terres était [...] réparti dans chaque cité par les décurions ou officiers municipaux qui étaient encore chargés de le percevoir [...] Mais les décurions étaient-ils intègres dans la répartition commise à leurs soins ? Ce n'est assurément pas l'idée qu'en donne Salvien : 'Quelles sont les villes, dit-il, où il n'y ait pas autant de tyrans impitoyables qu'il y a de décurions ?' [...] Cet auteur s'emporte peut-être avec trop de violence contre les décurions qui, loin d'être plus heureux que les citoyens inférieurs, sollicitèrent plus d'une fois leur propre dégradation et furent réduits à regarder avec envie le sort de leurs esclaves », pp. 135-138).

cachots, des supplices pour vos recteurs, vos proconsuls et vos préfets ? Et quand il y en aurait, quoi de
plus inutile, si on ferme la bouche aux peuples, et si
on étouffe leurs cris ? Donnez-leur des lois moins
sévères, avec la pleine liberté d'en poursuivre les
infracteurs.

De tout temps, dit Justinien, il a été permis aux
peuples de se plaindre.

Oui, reprit Bélisaire, pourvu que leurs tyrans
veuillent bien les y autoriser[26]. N'a-t-on pas exigé l'attache des présidents et des préfets pour que les villes
et les provinces pussent dénoncer à la Cour les excès
dont ils sont eux-mêmes ou les auteurs ou les complices ? Et y avait-il un plus sûr moyen d'en assurer
l'impunité ? Les lois recommandent à leurs dépositaires[27] de s'opposer aux vexations ; et ce sont eux qui
les exercent. Les lois leur font un devoir religieux[28] de
garantir le faible des injures du fort ; et c'est dans leurs
mains qu'est la force, avec le droit d'en abuser[29]. Les

---

26. *Le même* (Note de Marmontel).

27. *Illicitas exactiones, et violentias factas, et extortas metu venditiones, etc. prohibeat praeses Provinciae. Pandec. L. I. T. 18* (Note de Marmontel). (*Note de l'E. :* Voir *Pandectae Justinianeae, éd. cit.*, « De officio praesidis », Art. II, XXXIII, p. 38. Restituer : *violentia.* « Le président de la province doit réprimer les exactions illicites et violentes, les ventes et les obligations extorquées par la crainte », *Les 50 Livres…, éd. cit.*, p. 6).

28. *Ne potentiores viri humiliores injuriis afficiant, ad religionem praesidis Provinciae pertinet. Ibid.* (Note de Marmontel). (*Note de l'E. :* « Il est de l'honneur du président de la province que les plus faibles ne reçoivent aucune injure des plus puissants », *ibid.*).

29. *Qui universas Provincias regunt, jus gladii habent. Ibid.* (Note de Marmontel). (*Note de l'E. :* « Ceux qui gouvernent une province entière ont droit de glaive », *ibid.*).

lois déterminent la somme de l'impôt ; mais les préfets, les proconsuls, les présidents le distribuent[30], et ils ne manquent jamais de prétextes pour l'aggraver. Les lois permettent de citer les créatures[31] du préfet au tribunal du préfet lui-même ; mais elles défendent d'appeler de ce tribunal[32] à celui du Prince, par la raison, disent-elles, que le Prince n'élève à cette dignité que des hommes d'une droiture et d'une sagesse éprouvées. Il ne peut donc jamais se tromper dans son choix ? Quelle imprudence de risquer le sort d'un peuple sur la foi d'un homme ! Justinien en a senti l'abus ; il a rétabli les préteurs, avec le droit de s'opposer aux déprédations des préfets : nouveaux oppresseurs pour les

---

30. *Novell. 28* (Note de Marmontel). (*Note de l'E. :* Voir *Novellae Constitutiones DN. Justiniani...*, Antverpiae, 1567, p. 122, « De Moderatore Helenoponti », Constitutio XXVIII).

31. *Det operam judex ut praetorium suum ipse componat. Cod. Theod. L. I T. 10* (Note de Marmontel). (*Note de l'E. :* Voir *Codex Theodosianus cum perpetuis commentariis Jacobi Gothofredi...*, Lipsiae, 1736, p. 65, « De praetorii judicialis instructione ». Que le juge mette ses soins à faire en sorte que lui-même règle son propre tribunal).

32. *Non potest a praefectis praetorio apellari. Credidit enim princeps eos qui ob singularem industriam, explorata eorum fide et gravitate, ad ejus officii magnitudinem adhibentur, non aliter judicaturos, pro sapientia ac luce dignitatis quam ipse foret judicaturus. Pand. L. I Tit. XI* (Note de Marmontel). (*Note de l'E. :* Voir *Pandectae...*, p. 31, « De officio praefecti praetorio ». « L'autorité des préfets du prétoire fut ensuite augmentée au point qu'il ne fut plus permis d'appeler du jugement du préfet. Le Prince a pensé que ceux qu'il élevait à une charge éminente, après avoir éprouvé leur sagesse et leur intégrité, par honneur pour leur dignité, ne jugeraient pas avec moins de prudence qu'il l'aurait fait lui-même », *Les 50 Livres...*, pp. 86-87).

peuples[33]. Leur résidence dans les provinces a bientôt donné prise à la contagion ; et de surveillants devenus complices, ils n'ont fait que grossir le nombre des tyrans. Voilà d'où vient qu'on voit tant d'abus impunis, tant de bonnes lois inutiles[34].

Que feriez-vous ? lui dit l'Empereur. J'écouterais le cri du faible, dit Bélisaire, et l'homme injuste et puissant tremblerait.

Parmi les institutions de nos Empereurs, il en est une que je révère, et que je désire ardemment de voir remettre en vigueur. Lorsque, dans la foule des préposés au maintien de l'autorité souveraine, j'ai trouvé des agents[35] spécialement chargés du soin

---

33. *Ut praetor prohiberet exactores tributorum suscipere et exequi mandata quae malo more a sede praefecti exeunt, de muris reficiendis, de viis sternendis, et aliis oneribus infinitis. Novell. 24* (Note de Marmontel). (*Note de l'E. :* Voir *Novellae Constitutiones…, éd. cit.*, « De praeside Pisidiae », Constitutio XXIV. « Le préteur […] ne souffrira pas que les collecteurs des impôts […] grèvent nos sujets […] et nous lui défendons de recevoir de ces ordres que, par un usage que nous désapprouvons, on a coutume d'envoyer de votre Cour pour la réparation des murs, l'ouverture des chemins publics et plus de mille autres objets », *Les Novelles de l'Empereur Justinien*, traduits en français par M. Beranger fils, t. I, Metz, 1811, p. 223).

34. *Vid. Pandec. L. 48. Leg. Jul. repetundarum. Leg. Jul. De annona. Leg. Jul. peculatus. Cod. Theod. L. 4. T. 12. Cod. Just. L. I De Censib. et censit.* (Note de Marmontel). (*Note de l'E. :* Voir *Pandectae…,* t. III, 1752, Titulus XI, XII, XIII. *Codex Theodosianus…,* pp. 420-421. *Codicis Justiniani…,* Liber XI « De censibus et censitoribus et peraequatoribus et inspectoribus », p. 435).

35. *On les appelait* Curiosi (Note de Marmontel). (*Note de l'E. :* Marmontel se réfère à Garnier et à son *Traité*, pp. 36-37 : « Il y en avait d'autres de la classe des agents (« agentes in rebus ») : ils étaient ordinairement chargés de tous les ordres de l'Empereur et devaient particulièrement veiller sur les postes et les

d'aller dans les provinces recevoir les plaintes du peuple, pour en informer l'Empereur, j'ai senti mon âme s'épanouir, et l'humanité respirer en moi. Je fais des vœux pour qu'un bon Prince donne à cette charge importante tout l'éclat qu'elle doit avoir ; qu'il y nomme ses amis les plus vertueux, les plus affidés, les plus intimes ; que dans la pompe la plus solennelle et la plus imposante, il reçoive au pied des autels le serment qu'ils feront au ciel, à ses peuples et à lui-même, de ne jamais trahir les intérêts du faible en faveur de l'homme puissant ; qu'il les envoie tous les ans à ses peuples sous le nom sacré de tuteurs ; et qu'il les rappelle vers lui, aussitôt leur tâche remplie, pour ne pas les livrer à la corruption. Quel effet ne produira point et leur présence et leur attente ! Voyez, à l'arrivée de l'homme juste dans les provinces, la liberté lever un front serein, et la licence et la tyrannie baisser les yeux en frémissant : voyez vos préfets, vos présidents, vos proconsuls, et leurs préposés subalternes pâlir, trembler devant leur juge, et les peuples l'environner comme leur père et leur vengeur. Les monarques se plaignent que la vérité les fuit ! Ah ! mes amis ! Elle les cherche, même au travers des lances et des épées. Combien plus aisément les aborderait-elle, s'ils lui donnaient ce libre accès ! Et ce ne serait point le cri séditieux d'une populace en tumulte ; ce serait la voix modérée de l'homme sage et vertueux qui porterait au pied du trône la plainte de l'humanité. Ô que les abus, que les excès commis au nom

---

voitures publiques, s'informer de la conduite des autres officiers, écouter les plaintes des provinciaux et en informer l'Empereur. Voilà pourquoi on les appelait *Curiosi* »).

du Prince en seraient bien plus rares, s'ils devaient ainsi, tous les ans, passer sous les yeux attentifs et sévères de la justice ; et si son glaive du haut du trône était levé pour les punir !

De toutes les conditions, la milice est sans doute celle où la licence et le désordre semblent devoir régner le plus impunément. Mais qu'on rende à la discipline son austérité, sa vigueur[36] ; que la faveur ne se mêle point d'en mitiger les lois sévères ; et quelques exemples, comme celui que Justinien a donné au monde, imposeront bientôt aux plus audacieux.

Et quel est cet exemple ? demanda l'Empereur. Le voici, reprit Bélisaire : c'est, à mon gré, le plus beau moment du règne de Justinien. Ses généraux dans la Colchide avaient trempé leurs mains dans le sang du roi des Laziens, son allié. Il envoya sur les lieux mêmes un homme intègre[37], avec pleine puissance de prononcer et de punir, après qu'il aurait entendu la plainte du peuple lazien et la défense des accusés. Ce juge suprême et terrible donna à cette grande cause tout l'appareil dont elle était digne. Il choisit pour son tribunal une des collines du Caucase ; et là, en présence de l'armée des Laziens, il fit trancher la tête aux meurtriers de leur roi. Mais tout cela demande au moins quelques hommes incorruptibles ; et par malheur l'espèce en est rare, surtout depuis l'abaissement, l'avilissement du sénat.

---

36. Comme l'a fait Bélisaire général.

37. *Athanase l'un des principaux sénateurs* (Note de Marmontel). (*Note de l'E. :* Marmontel se reporte à Agathias, L. IV. Montesquieu évoque ce même procès dans *De l'Esprit des lois*, L. XIX, ch. 2, p. 556).

Quoi, dit Tibère, regrettez-vous ces tyrans de la liberté, ces esclaves de la tyrannie ?

Je regrette dans le sénat, dit le héros, non ce qu'il a été, mais ce qu'il pouvait être. Toute domination tend vers la tyrannie[38] ; car il est naturel à l'homme de prétendre que sa volonté fasse loi. La dureté du sénat envers le peuple, et son inflexible hauteur a fait préférer à son règne celui d'un maître qu'on espéra de trouver plus juste et plus doux. Ce maître, jaloux d'exercer une autorité sans partage, a fait plier l'orgueil du sénat sous le joug ; et le sénat saisi de crainte a été plus bas et plus vil que son maître n'aurait voulu : Tibère s'en plaignait lui-même[39]. Mais il est aisé de concevoir qu'en cessant d'être dangereux, le sénat devenait utile, qu'il donnait à l'autorité un caractère plus imposant, et qu'établi médiateur entre le peuple et le souverain, il eût été le point d'appui de toutes les forces de l'Empire[40]. Ce n'est pourtant pas sous ce point de vue que je regarde le sénat. Je regrette en lui une pépinière

---

38. « C'est une expérience éternelle que tout homme qui a du pouvoir est porté à en abuser » (*De l'Esprit des lois*, L. XI, ch. 4, p. 395).

39. *Tacite, Ann. L. I* (Note de Marmontel). (*Note de l'E.* : Tacite note qu'à la mort d'Auguste tous et notamment les sénateurs se ruent à la servitude et il dénonce la honte de l'adulation et de l'obséquiosité, *Annales*, I VII 1. Voir aussi III LXV 3 : « On rapporte que Tibère, chaque fois qu'il sortait de la curie, prononçait en grec des mots tels que : 'O hommes, prêts à l'esclavage'. Ainsi celui même qui refusait la liberté publique était écœuré d'un abaissement et d'une soumission aussi serviles », *Annales* I-III, éd. Wuilleumier, Paris, Les Belles Lettres, 1974, pp. 10 et 193).

40. Souvenir des «corps intermédiaires» indispensables à la monarchie selon Montesquieu ?

d'hommes exercés à tenir l'épée et la balance, nourris dans les conseils et dans les combats, instruits
dans l'art de gouverner et par les lois et par les
armes. C'est de cet ordre de citoyens, contenu dans
de justes bornes et honoré comme il devait l'être,
qu'un Empereur aurait tiré ses généraux et ses
ministres, ses préfets et ses commandants. Aujour-
d'hui, qu'on ait besoin d'un homme habile, vertueux
et sage ; où s'est-il fait connaître ? Pour essai lui
donnera-t-on le sort d'un peuple à décider ? Est-ce
dans les emplois obscurs de la milice palatine[41] qu'il
se forme des Regulus, des Fabius, des Scipions ?
Au défaut d'une lice où les âmes s'exercent, où les
talents mesurent leurs forces, où le caractère s'annonce, où le génie se développe, où les lumières et
les vertus percent la foule et se distinguent, on a
presque tout donné au hasard de la naissance, au
caprice de la faveur. Ainsi s'accumulent les maux
sous lesquels un État succombe.

Que voulez-vous ? dit l'Empereur. Quand les
hommes sont dégradés, quand l'espèce en est corrompue, et qu'avec tout le soin possible on n'y fait
que de mauvais choix, il faut bien que l'on se
rebute, et qu'on se lasse de choisir.

Non, dit Bélisaire, jamais on ne doit se décou-
rager. La corruption n'est jamais totale ; il y a partout des gens de bien ; et s'il en manque, on en
fait naître. Il suffit qu'un Prince les aime, et qu'il
sache les discerner. Adieu, mes amis. Ce sera
demain un entretien consolant pour nous. Car il est

---

41. *Cette milice fictive était composée de la police et de la
finance. La politique des Empereurs y avait réduit le Sénat* (Note
de Marmontel).

doux[42] de voir que pour remédier au plus mauvais
état des choses, un seul homme n'a qu'à vouloir.

Bélisaire fait tout dépendre de notre faible
volonté, dit Justinien à Tibère ; mais est-on libre de
se donner le discernement et le choix des hommes ?
Et ne sait-il pas à quel point ils se déguisent avec
nous ? Ce qui me confond, dit Tibère, c'est qu'il pré-
tende que les hommes naissent tels que vous les
voulez, comme si la nature vous était soumise.
Cependant Bélisaire est sage : les ans, le malheur
l'ont instruit ; il mérite bien qu'on l'entende.

---

42. Coquille : « jour » : Ed. IV, V.

CHAPITRE XIII

Le jour suivant, à leur arrivée, ils le[1] trouvèrent dans son jardin, s'occupant de l'agriculture avec Paulin son jardinier. Un moment plus tôt, leur dit-il, vous auriez pris, comme moi, une bonne leçon dans l'art de gouverner : car rien ne ressemble tant au gouvernement des hommes que celui des plantes, et mon jardinier que voilà en raisonne comme un Solon[2].

Alors l'Empereur et Tibère se promenant avec le héros, le jeune homme lui proposa les réflexions qu'ils avaient faites, et les raisons qu'ils avaient de craindre qu'il ne se fît illusion.

Oui, leur dit-il, celui qu'au fond de son palais, un cercle épais de courtisans et d'adulateurs environne, connaît peu les hommes, sans doute ; mais qui l'empêche de s'échapper de son étroite prison, de se communiquer, de se rendre accessible ? L'affabilité dans un Prince est l'aimant de la

---

1. Coquille : « les » : Ed. V.

2. Comparaison traditionnelle. Ainsi Mentor réformant Salente est comparé à un « habile jardinier » (*Aventures de Télémaque*, L. X, p. 279).

vérité[3]. Ses esclaves la lui déguisent ; mais l'homme du peuple, le laboureur, le vieux soldat brusque et sincère ne la lui déguiseront pas. Il entendra la voix publique : c'est l'oracle des souverains, c'est le juge le plus intègre du mérite et de la vertu ; et l'on ne fait que de bons choix lorsqu'on se décide par elle. Du reste, les choix d'un monarque ne roulent que sur deux objets, sur ses conseils et ses agents ; et s'il a bien choisi les uns, je lui réponds du choix des autres. Tout dépend d'avoir près de lui quelques amis dignes de l'être. Théodoric n'en avait qu'un, le vertueux Cassiodore ; et l'univers sait avec quelle sagesse et quelle gloire il a régné. Or il est des signes certains auxquels on peut, même à la Cour, choisir ses conseils et ses guides. La sévérité dans les mœurs, le désintéressement, la droiture, le courage de la vérité, le zèle à protéger le faible et l'innocent, la constance dans l'amitié mise à l'épreuve des disgrâces, une tendance vers le bien que nul obstacle ne dérange, un[4] attachement fixe aux lois de l'équité : voilà des traits auxquels un Prince peut distinguer les gens de bien, et se choisir de vrais amis. Les motifs de l'exclusion me semblent encore plus sensibles, car la vertu peut être feinte, mais le vice n'est point joué. Dès qu'il s'annonce, on peut le croire. Par exemple, si j'étais roi, celui qui m'aurait une fois parlé de mes peuples avec mépris, de

---

3. « Un roi inaccessible aux hommes l'est aussi à la vérité » (*ibid.* L. XVIII, p. 490). On sait combien Mentor recommande à Télémaque de « voir souvent » les hommes. « Les rois doivent converser avec leurs sujets, les faire parler » (p. 488). A Télémaque est proposé l'exemple de Sésostris « si doux, si accessible, si affable […], si attentif à écouter tout le monde » (L. III, p. 107).

4. Coquille : « une » : Ed. I BHVP, V.

mes devoirs avec légèreté, ou de l'abus de mon pouvoir avec une servile et basse complaisance, celui-là
serait à jamais exclu du nombre de mes amis. Or, rien
n'est plus aisé, en observant les hommes, que de surprendre, à leur insu, des traits de caractère qui trahis-
sent et qui décèlent même les plus dissimulés. J'ai
beaucoup entendu parler de cette dissimulation profonde qu'on attribue aux courtisans ; il n'en est pas un
qui ne soit connu comme s'il était la franchise même[5],
et si le Prince a pu s'y méprendre, la voix publique le
détrompera. Il ne tient donc qu'à lui de placer dignement son estime et sa confiance ; et la vertu, la vérité
une fois admises dans ses Conseils, il peut se reposer
sur elles du soin de l'éclairer sur tous ses autres choix.

Mais pensez-vous, dit l'Empereur, à cette foule
d'hommes vertueux et sages, dont il aura besoin pour
dispenser ses lois et pour exercer sa puissance ? Où
les prendre ?

Dans la nature, dit Bélisaire : elle en produit quand
on sait bien la diriger. — Et pour la diriger a-t-il
d'autres moyens que des lois justes et sévères ?
— C'est beaucoup, ce n'est pas assez, reprit Bélisaire ;
et les mœurs ne sont pas du ressort des lois.

Que fera-t-il donc pour changer ces mœurs dès
longtemps dépravées ? demanda Justinien.

Mon jardinier va vous l'apprendre, dit Bélisaire ; et
il l'appela. Écoute, Paulin, lui dit-il : lorsqu'il vient

---

5. Rappelant que Machiavel recommande à son Prince de revêtir le masque de vertus, Mably observe : « Machiavel n'a pas fait
attention que quand on occupe une grande place, et qu'on manie
des affaires publiques, on ne paraît jamais que ce qu'on est véritablement. On pénètre, on voit, on juge sans peine un hypocrite au
travers du masque dont il se couvre » (*Entretiens de Phocion*,
1763, Second Entretien, p. 207, note 5).

quelque mauvaise herbe parmi tes plantes, que fais-
tu ? Je l'arrache, dit le bon homme. – Au lieu de l'arracher, que ne la coupes-tu ? – Elle repousserait sans
cesse, et je n'aurais jamais fini. Et puis, mon bon
maître, c'est par la racine qu'elle prend les sucs de la
terre : c'est là ce qu'il faut empêcher. Vous l'entendez,
dit Bélisaire ; c'est la critique de vos lois. Elles retran-
chent tant qu'elles peuvent les crimes de la société ;
mais elles laissent subsister les vices ; et ce seraient
les vices qu'il faudrait extirper[6]. Or, cela n'est pas
impossible ; car presque tous les vices, au moins ceux
de la Cour, ont une racine commune. Et c'est ? lui
demanda Tibère. C'est la cupidité, répondit le
vieillard. Oui, sous ce nom, soit qu'on entende le désir
d'amasser, ou l'ardeur de jouir, il n'est rien d'indigne et
de bas que la cupidité n'engendre. La dureté, l'ingratitude, la mauvaise foi, l'iniquité, l'envie et jusqu'à
l'atrocité même sont comme les rameaux de cette passion avide, cruelle et rampante. De sa proie elle nourrit encore la mollesse, la volupté, la dissolution, la
débauche et cette lâche oisiveté qui les couve dans son
sein. Ainsi toute la masse des mœurs est corrompue
par l'amour des richesses. S'il anime l'ambition, il la
rendra perfide et noire ; s'il se mêle au courage, il le
déshonore par les excès les plus criants. Il imprime la
tache de la vénalité aux talents les plus estimables ; et
l'âme qui en est esclave est sans cesse exposée en
vente, pour se livrer au plus offrant.

De là tous les crimes publics que l'on commet pour
amasser. Et cette tyrannie dont l'univers gémit, c'est le

---

6. Les *Entretiens de Phocion* (1763, Troisième Entretien,
p. 82) rappellent que, pour Lycurgue, « proscrire un vice », c'est en
« couper la racine ».

luxe qui en est le père ; car il fait naître les besoins,
ceux-ci font naître l'avarice, et l'avarice pour s'assouvir a recours à l'oppression. C'est donc au luxe qu'il
faut s'en prendre ; c'est par lui que doit commencer la
révolution dans les mœurs.

Attaquer le luxe, dit l'Empereur, c'est attaquer une
hydre : on lui coupe une tête, il en repousse mille. Ou
plutôt c'est comme un Protée qui, sous mille formes
diverses, échappe à qui veut l'enchaîner. Je vous dirai
bien plus, ajouta-t-il : les causes du luxe et ses
influences, ses liaisons et ses rapports font un mélange
de biens et de maux si compliqués dans ma pensée
qu'en supposant qu'il fût possible de l'enchaîner ou de
le détruire, je douterais si l'un serait permis, et si
l'autre serait utile.

Oui, je conviens, dit Bélisaire, que le luxe est dans
un État comme ces malhonnêtes gens qui ont fait de
grandes alliances : on les ménage par égard pour
elles ; mais on finit par les enfermer. Je n'irai pourtant
pas si loin. Commençons par les faits que j'ai vus par
moi-même. On dit que le luxe est bon dans les villes.
J'ai peine à le croire ; mais je suis bien sûr qu'il est
funeste dans les armées[7]. Pompée, en voyant les soldats de César se nourrir de racines sauvages, disait :
Ce sont des bêtes brutes ; il devait dire : *Ce sont des
hommes*. Le premier courage d'un guerrier est d'exposer sa vie ; le second est de la réduire aux seuls
besoins de la nature ; et celui-ci est le plus pénible

---

7. Dans l'article « Luxe » de l'*Encyclopédie* (T. IX, 1765,
p. 764a), à ceux qui prétendent que le luxe amollit le courage des
armées, Saint-Lambert oppose les faits : « Sous Sylla, sous César,
sous Lucullus, le luxe prodigieux des Romains porté dans leurs
armées n'avait rien ôté de leur courage ».

pour qui a vécu mollement. Un peuple qui veut jouir
au sein de la guerre des délices de la paix n'est en état
de soutenir ni les succès ni les revers. C'est peu de la
victoire, il lui faut l'abondance ; et dès que celle-ci lui
manque, ou menace de le quitter, l'autre l'appellerait
en vain. Une armée sobre a des ailes ; le luxe énerve
et appesantit l'armée où il est répandu. La frugalité
ménage les ressources du dedans et du dehors ; la pro-
digalité les épuise et n'en laisse aucune au besoin : elle
entraîne la[8] dévastation, la famine, l'épouvante et la
fuite honteuse. Tout est pénible pour des hommes que
la mollesse a nourris ; le courage leur reste, mais les
forces leur manquent : l'ennemi qui sait les fatiguer
n'a pas besoin de les vaincre, et les lenteurs de la
guerre lui tiennent lieu de combats.

Mais le luxe fait plus que d'énerver les corps ; il
amollit et corrompt les âmes. L'homme riche, qui dans
les camps traîne le luxe à sa suite, en donne l'émulation au pauvre qui, pour éviter l'humiliation d'être
effacé par son égal, cherche des ressources dans le
déshonneur même. L'estime s'attache aux richesses, la
considération à la magnificence, le mépris à la pauvreté, le ridicule à la vertu modeste et désintéressée ;
c'est alors que tout est perdu. Voilà ce que j'ai vu du
luxe.

Je sais que vous l'aviez banni de vos armées, lui dit
Tibère ; comment y étiez-vous parvenu ? Le plus aisément du monde, dit le vieillard : je l'avais banni de ma
tente, et je l'avais dévoué au mépris. Le mépris est un
puissant remède contre le poison de l'orgueil ! Je sus
qu'un jeune Asiatique avait porté dans mon camp les
délices de sa patrie ; qu'il dormait sous un pavillon de

---

8. Coquille de l'édition originale : « sa » (corrigée ailleurs).

pourpre, qu'il buvait dans des coupes d'or, qu'il faisait servir à sa table les vins les plus exquis et les mets les plus rares. Je l'invitai à dîner, et en présence de ses camarades : Jeune homme, lui dis-je, vous voyez qu'on fait ici mauvaise chère ; c'est quelquefois bien pis, et il faut s'y attendre : car ceux qui courent après la gloire sont exposés à manquer de pain. Croyez-moi, votre délicatesse aurait trop à souffrir de la vie que nous allons mener : je vous conseille de ne pas nous suivre. Il fut sensible à ce reproche. Il demanda grâce, il l'obtint ; mais il renvoya ses bagages. Et cette leçon vous suffit ? lui demanda[9] le jeune homme. Oui, sans doute, dit le héros ; car mon exemple l'appuyait, et l'on me connaissait une volonté ferme. — Vous dûtes exciter bien des plaintes ! — Quand la loi est égale et nécessaire, personne ne s'en plaint. — Non, mais il est dur pour le riche d'être mis au niveau du pauvre. — En revanche il est doux pour le pauvre de voir le riche au niveau de lui ; et partout les pauvres sont le plus grand nombre. — Mais les riches sont à la Cour les plus puissants et les mieux écoutés. — Aussi n'ont-ils pas mal réussi à me nuire. Mais ce que j'ai fait, je le ferais encore ; car la force de l'âme, comme celle du corps, est le fruit de la tempérance. Sans elle, point de désintéressement, sans le désintéressement point de vertu. Je demandais à un berger pourquoi ses chiens étaient si fidèles. C'est, me dit-il, parce qu'ils ne vivent que de pain. Si je les avais nourris de chair, ils seraient des loups. Je fus frappé de sa réponse. En général, mes amis, la plus sûre façon de réprimer les vices, c'est de restreindre les besoins.

Tout cela est possible dans une armée, dit l'Empereur, mais impraticable dans un État. Il n'en est pas

---

9. Variante : « demande » : Ed. IV, V.

des lois civiles comme des lois militaires : celles-ci
resserrent la liberté dans un cercle bien plus étroit.
Aucune loi ne peut empêcher le citoyen de s'enrichir
par des moyens honnêtes ; aucune loi ne peut l'empêcher de disposer de ses richesses et d'en jouir paisiblement. Il est censé les avoir acquises par son travail,
son industrie, ses talents, son mérite ou celui de ses
pères. Il a le droit de les dissiper, comme celui de les
enfouir. J'en suis d'accord, dit Bélisaire. Je vais plus
loin, dit l'Empereur : si les richesses d'un État se trouvent accumulées dans les mains d'une classe
d'hommes, il est bon qu'elles se répandent, et que le
travail et l'industrie les tirent des[10] mains de l'oisiveté.
Je conviens encore de cela, dit le héros. J'ajoute, poursuivit Justinien, que la délicatesse, la sensualité, l'ostentation, la magnificence, les fantaisies du goût, les
caprices de la mode, les recherches de la mollesse et
de la vanité sont de ces détails qui échappent à la
police la plus sévère, et que les lois ne peuvent s'en
mêler sans une espèce de tyrannie. A Dieu ne plaise,
dit le vieillard, que je veuille que les lois s'en mêlent.
Voilà donc le luxe protégé, reprit Justinien, par tout ce
qu'il y a de plus inviolable parmi les hommes, la
liberté, la propriété, peut-être aussi l'utilité publique.
J'accorde tout, excepté ce point-là, dit Bélisaire. Mais
enfin, dit le Prince, vous avouerez que le luxe anime
et fait fleurir les arts ; qu'il rend les hommes industrieux, actifs, capables d'émulation ; qu'il oppose à
leur indolence et à leur penchant vers l'oisiveté l'aiguillon des nouveaux besoins, et le désir des jouissances.

Je conviens, dit Bélisaire, que le luxe est doux à

10. Coquille : « de » : Ed. I BHVP, V.

ceux qui en jouissent, et profitable à ceux qui les en font jouir ; et que les lois doivent laisser ce commerce libre et tranquille. N'est-ce pas ce que vous voulez ?

Je veux plus, reprit l'Empereur : je prétends que, de proche en proche, son influence se répand sur toutes les classes de l'État, même sur celle des laboureurs, à qui elle procure un débit plus facile et plus avantageux des fruits de leurs travaux.

C'est ici, dit Bélisaire, que l'apparence vous séduit : car ce qui revient à la classe des laboureurs, des prodigalités du luxe, a déjà été pris sur elle ; et tous les hommes qu'il emploie sont autant d'étrangers qu'il lui donne à nourrir. Rappelez-vous l'idée que nous nous sommes faite de la société primitive[11]. Quel en est le but ? N'est-ce pas de rendre l'homme utile à l'homme ? Et dans cette institution, le droit de l'un sur le travail de l'autre n'est-il pas le droit de l'échange ? Si donc un homme en occupe mille à ses besoins multipliés, sans contribuer lui-même aux besoins d'un seul, n'est-ce pas comme une plante stérile et vorace au milieu de la moisson ? Tel est le riche fainéant au sein du luxe et de la mollesse. Objet continuel des soins et du travail de la société, il en reçoit nonchalamment le tribut comme un pur hommage. C'est à flatter ses goûts, à combler ses désirs, que la nature est occupée : c'est pour lui que les saisons produisent les fruits les plus délicieux ; les éléments, les mets les plus exquis ; les arts, les plus rares chefs-d'œuvre. Il jouit de tout, ne contribue à rien, dérobe à la société une foule d'hommes utiles, ne remplit la tâche d'aucun, et meurt sans laisser d'autre vide que celui des biens qu'il a consumés.

---

11. Voir *supra*, ch. XII.

Je ne sais, dit Tibère, mais il me semble qu'il est moins onéreux, moins inutile que vous ne croyez. Car si dans la masse des biens communs il ne met pas le fruit de ses talents, de son activité et de son industrie, il y met son argent, et c'est la même chose.

Hé ! mon ami ! l'argent, dit le vieillard, n'est que le signe des biens que l'on cède et le gage de leur retour. Dans le commerce de ces biens, il en exprime la valeur[12] ; mais celui qui dans ce commerce ne présente que le signe, et jamais la réalité, abuse évidemment du moyen de l'échange pour se faire céder sans cesse ce qu'il ne remplace jamais. Le garant mobile qu'il donne le dispense de tout, au lieu de l'engager. Que le magistrat veille, que le soldat combatte, que l'artisan et le laboureur travaillent sans cesse pour lui ; ses droits acquis sur leurs services se renouvellent tous les ans, et le privilège qu'il a de vivre inutile est gravé sur des lames d'or.

Ainsi donc l'opulence tient le monde à ses gages, dit le jeune homme. Oui, mon ami, dit le vieillard, sans qu'il en coûte à l'homme opulent d'autre fatigue et d'autre soin que de rendre en détail à la société les titres de la servitude qu'elle a contractée avec lui. Et pourquoi cette servitude ? demanda Tibère. Pourquoi des riches dans un État ? Parce que les lois, dit le héros, conservent à chacun ce qui lui est acquis ; que rien n'est mieux acquis que les fruits du travail, de l'industrie et de l'intelligence ; qu'à la liberté d'acquérir se joint celle d'accumuler ; et que la propriété, comme la liberté, doit être un droit invio-

---

12. « La monnaie est un signe qui représente la valeur de toutes les marchandises » (*De l'Esprit des lois*, L. XXII, ch. II, p. 651).

lable[13]. C'est un mal sans doute qu'il y ait des hommes qui puissent imposer à la société tous les frais de leur existence, et de celle d'une foule d'hommes, qu'ils n'emploient que pour eux seuls ; mais ce serait un plus grand mal encore d'ôter à l'émulation, au travail et à l'industrie l'espérance de posséder et la sûreté de jouir. Ne vous fâchez donc pas d'un mal inévitable. Tant qu'il y aura des hommes plus actifs, plus industrieux, plus économes, plus heureux que d'autres, il y aura de l'inégalité dans le partage des biens ; cette inégalité sera même excessive dans les États florissants, sans qu'on ait droit de la détruire.

Avouez donc, dit l'Empereur, que le luxe est bon à quelque chose ; car c'est lui qui, par ses dépenses, diminue et détruit cette inégalité. C'est-à-dire que le luxe est bon à tarir les sources du luxe : je l'avoue, dit Bélisaire ; et je consens qu'on laisse aux richesses tous les moyens de s'écouler. Je n'entends pas qu'on oblige celui qui les possède à les enfouir, ni qu'on lui en prescrive l'usage. Les lois, je vous l'ai dit, ne doivent se mêler que d'imposer la charge des besoins publics sur la propriété commune, en laissant intacte et sacrée la portion de la subsistance, pour ne toucher qu'à l'excédent de l'aisance de chaque état. L'opinion fera le reste. L'opinion ! dit l'Empereur. Oui, c'est elle, dit Bélisaire, qui, sans gêne et sans violence, remet chaque chose à sa place ; et c'est d'elle qu'il faut attendre la révolution dans les mœurs.

---

13. *Un philosophe à Athènes ayant trouvé un trésor dans son champ écrivit à Trajan :* J'ai trouvé un trésor. *Trajan lui répondit d'en user.* Il est trop grand pour un philosophe, *lui écrivit encore celui-ci. Trajan lui répondit d'en abuser. Alexandre Sévère pensait de même* (Note de Marmontel).

Cette révolution vous paraît difficile ; elle dépend de la volonté et de l'exemple du souverain[14]. Dès qu'à mérite égal, l'homme le plus modeste et le plus simple dans ses mœurs sera le mieux reçu du Prince, qu'il annoncera son mépris pour des dépenses fastueuses et pour un luxe efféminé, qu'il jettera un œil de dédain sur les esclaves de la mollesse, et qu'il fixera un regard de complaisance et de respect sur les victimes du bien public, le goût d'une simplicité noble et d'une sage économie sera bientôt celui de sa Cour. Le faste, loin d'y être honorable, n'y sera pas même décent. Des mœurs pures et austères y prendront la place des mœurs licencieuses et frivoles ; tous les respects s'y tourneront vers le mérite personnel, et laisseront le luxe et la vanité s'admirer seuls et se complaire. Ô mes amis ! avec quelle rapidité l'on verrait tomber leur empire ! Vous savez combien la ville est attentive, docile et prompte à suivre l'exemple de la Cour. Ce qui est en honneur est bientôt à la mode. L'antique frugalité rétablie produirait le désintéressement, et celui-ci les mœurs héroïques. L'homme en état de se rendre utile, n'ayant plus dans les bienséances un motif de cupidité, et délivré de l'esclavage des besoins avilissants du luxe, sentirait se développer en lui le germe des sentiments honnêtes ; l'amour de la patrie, le désir de la gloire se saisiraient d'une âme libre et fière de sa liberté ; tous les ressorts d'une émulation noble s'y déploieraient en même temps. Ah ! si un souverain

---

14. On pense au « roi philosophe » du *Télémaque* (L. XVII, p. 462) à qui est reconnu le pouvoir de « changer   le goût et les habitudes de toute une nation » par « l'exemple de sa propre modé-ration » et par la honte qu'il répand sur « tous ceux qui aiment une dépense fastueuse ».

savait quel ascendant il a sur les esprits, et comme il peut les remuer sans contrainte et sans violence ! C'est de toutes ses forces la plus irrésistible ; et c'est la seule qu'il ne connaît pas.

Et quelle force, dit Justinien, peut balancer le goût des plaisirs, l'attrait des jouissances, le désir de posséder l'équivalent de tous les biens ? Qu'importe à l'homme que la volupté enivre par tous les sens, que la Cour le blâme ou le loue ? Un souverain peut-il empêcher que cet homme, tout à lui-même, ne dispose à sa fantaisie d'un peuple industrieux, ardent à le servir ? que les plaisirs ne l'environnent ? que les arts ne lui soient soumis ? Non, dit Bélisaire ; mais s'il le veut bien, il peut attacher la honte à la mollesse, le mépris à l'oisiveté ; il peut interdire aux richesses le droit d'élever l'indolence, le vice et l'incapacité aux premiers emplois de l'État ; il peut faire que les jouissances les plus sensibles, les agréments les plus doux de la vie soient attachés à l'estime publique, et aillent avec elle au-devant du mérite ; il peut du moins humilier le luxe et lui ôter son orgueil. C'en est assez : le luxe humilié n'humiliera plus l'indigence, n'éclipsera plus la vertu. Il y aura des biens dont les richesses ne seront plus l'équivalent ; la reconnaissance[15] et l'estime publique, les honneurs et les dignités seront réservés au mérite ; l'or n'effacera plus les taches du blâme et de l'infamie, et la bassesse d'âme ne se cachera plus sous l'éclat d'un faste arrogant. Croyez, mes amis, que le luxe a peu de jouissances indépendantes de l'orgueil. Ses goûts les plus raffinés sont factices ; et l'opinion qu'on attache à ses plaisirs vains et fantasques est ce qu'ils ont de plus flatteur. Détruisez

---

15. Coquille : « connaissance » : Ed. I BHVP, IV, V.

cette opinion, vous réduirez les richesses à leur valeur propre et réelle ; et alors celui qui les possédera, s'il veut s'honorer et les ennoblir, en fera un plus digne usage. Le luxe met l'homme opulent dans l'impossibilité d'être généreux : ses besoins le rendent avare ; et son avarice est un mélange de toutes les passions qu'on satisfait avec de l'or. Mais si les plus ardentes de ces passions, l'orgueil, l'ambition, l'amour même, car il suit la gloire, ne tiennent plus aux objets du luxe, voyez combien il perd de son attrait, et l'avarice de sa force.

Les avantages réels de la richesse, l'aisance, les commodités, les délices de l'abondance, l'indépendance et le repos, enfin l'empire que le riche exerce sur une foule d'hommes occupés de lui, tout cela, dis-je, est plus que suffisant pour émouvoir les petites âmes ; et je suis bien loin d'espérer ou de craindre la ruine entière des arts dont la richesse est l'aliment. Mais si les distinctions honorables n'y sont plus attachées, les âmes à qui la nature a donné de l'énergie et de l'élévation, les âmes susceptibles des passions nobles et des grandes vertus, dédaigneront les objets de la vanité, et chercheront ailleurs la louange et la gloire.

Ce ne sera jamais, reprit Tibère, dans un empire opulent, que le stérile éclat des honneurs effacera celui des richesses. Leur lustre est le seul qui éblouit le peuple ; et les dignités, la majesté même, en ont besoin pour lui imposer.

Lequel des deux, à votre avis, lui demanda le vieillard, ajoutait le plus à la dignité, à la majesté du Sénat romain, du riche Lucullus ou du pauvre Caton ? Cette demande interdit Tibère. Je vous parle d'un temps de luxe, reprit le héros ; et dans ce temps-là même, avec quelle vénération la plus saine partie de l'État, le peuple, ne se rappelait-il pas les beaux jours de Rome libre, vertueuse et pauvre, l'âge où son modique domaine était cultivé par des mains triomphantes, et où le soc de la charrue était couronné de lauriers[16] ? Rendez plus de justice au peuple ; et croyez qu'un sage monarque, environné de guerriers et de ministres dénués de faste, mais chargés d'ans et d'honneurs, offrira un spectacle cent fois plus imposant qu'un Prince voluptueux entouré d'une Cour brillante. Les gens en place, qui veulent être honorés sans qu'il leur en coûte, ne cessent de dire que leur rang, pour imprimer le respect, a besoin d'être revêtu de pompe et de magnificence ; et en effet, c'est comme un vêtement dont l'ampleur cache les défauts du corps ; mais c'est une raison de plus pour écarter cet appareil qui déguise et confond les hommes. Quand la vertu se présentera dans les places éminentes, comme l'athlète dans l'arène, on l'y distinguera bien mieux à sa force et à sa beauté ; et si le vice, la bassesse, l'incapacité s'y montrent, ils auront bien plus à rougir.

Un autre avantage des mœurs simples dans les grandeurs, c'est de soulager l'État des frais ruineux de la décoration, et d'alléger pour lui le poids des récompenses. Des honneurs bien distribués tiennent lieu des plus riches dons ; et le Prince qui en sera économe le sera du bien de ses peuples. C'est là l'objet essentiel. Il ne s'agit pas d'empêcher les riches de se livrer au luxe : c'est un feu qui bientôt lui-même consumera son aliment. Il s'agit de préserver du goût du luxe et de la soif des richesses ceux qui, n'ayant que des

---

16. Marmontel se réfère au mythe si souvent exploité au XVIIIe siècle de la Rome républicaine simple et austère que représente ici l'exemple de Cincinnatus (voir Introduction).

talents, des lumières et des vertus, seraient tentés de les mettre à prix. Pour cela il faut leur réserver des distinctions que rien n'efface, et qu'on ne profane jamais. J'ai servi mon Prince avec zèle et avec assez de bonheur ; et je sais par moi-même combien l'or est vil au prix du chêne et du laurier, quand ceux-ci sont le gage de la reconnaissance et de l'estime du souverain. Or cette estime, si touchante lorsque la voix publique y applaudit, le Prince a droit de la réserver à ce qui est utile et louable, en la refusant constamment à ce qui n'est que vain, frivole ou dangereux. Voilà sa grande économie[17]. Mais tout cela demande une résolution courageuse et inébranlable, une équité sans cesse en garde contre la surprise et la séduction, une volonté ferme qui jamais ne varie, et qui ôte jusqu'à l'espoir de la voir mollir ou changer. Elle sera telle, si elle est éclairée et soutenue de l'amour du bien ; et c'est alors que l'opinion du Prince fera l'opinion publique, et que son exemple décidera le caractère national.

Vous avouerai-je, lui dit Tibère, une inquiétude qui me reste ? Cette Cour d'où vous voulez bannir la faveur, l'intrigue et le luxe, sera peut-être bien

---

17. « C'est l'estime publique qui, étant la récompense naturelle de l'amour de la gloire, peut seule porter notre âme à un certain degré d'élévation. C'est ne pas connaître les hommes que de vouloir les exciter aux grandes actions autrement que par une branche de laurier ou une statue. C'est avilir la vertu, c'est la profaner que lui présenter un prix que l'avarice ou la convoitise peuvent seules désirer ». Ce passage des *Entretiens de Phocion* (1763, Troisième Entretien, p. 107) est notamment cité par Fréron (*Année Littéraire*, 1768, t. I, Lettre I, pp. 13-14) qui crie au plagiat. Un peu plus haut (p. 100), Phocion recommande à la République de ne pas prodiguer les honneurs, mais de les dispenser « avec une extrême économie ».

sérieuse ; et un jeune Prince... J'entends, vous avez peur qu'il ne s'ennuie ; mais, mon ami, je ne vous ai pas dit que régner fût un passe-temps. Peut-être cependant, au milieu de ses peines, aura-t-il des moments bien doux. Un ministre, par exemple, lui annoncera les progrès de l'agriculture dans des provinces qui languissaient ; et il se dira à lui-même : Un acte de ma volonté vient de faire cent mille heureux[18]. Ses magistrats lui apprendront qu'une de ses lois aura sauvé l'héritage de l'orphelin des mains de l'usurpateur avide ; et il dira : Béni soit le ciel ! le faible en moi trouve un appui. Ses guerriers ne lui donneront pas des consolations si pures. Mais lorsqu'ils lui raconteront avec quel zèle et quelle ardeur ses fidèles sujets auront versé leur sang pour leur prince et pour leur patrie, la pitié, le regret de les avoir perdus seront mêlés d'un sentiment d'amour et de reconnaissance qui mouillera ses yeux de pleurs. Enfin les vœux et les louanges du siècle heureux qui le possède, la jouissance anticipée des bénédictions de l'avenir, tels sont les plaisirs d'un monarque. Si pour le sauver de l'ennui ce n'est pas assez, il ira, comme les anciens rois de Perse, parcourir des yeux ses provinces, distribuant des récompenses à qui fera le mieux fleurir l'agriculture et l'industrie, l'abondance et la population, et déposant ceux dont l'orgueil, l'indolence ou la dureté auront produit les maux contraires. Dans Byzance comme dans Rome, les Empereurs ont pris sur eux le soin de visiter les greniers publics ; serait-il plus indigne d'eux d'aller voir si dans les campagnes, sous

---

18. A la fin du Livre X (*Aventures de Télémaque*, p. 290), Idoménée avoue à Mentor n'avoir « jamais senti de plaisir aussi touchant que celui [...] de rendre tant de gens heureux ».

l'humble toit du laboureur, il y a du pain pour ses enfants ? Ô qu'un Prince connaît bien peu ses intérêts et ses devoirs, s'il permet que l'ennui l'approche ! Du reste ne croyez pas que dans le peu de moments tranquilles que son rang peut lui laisser, la majesté se refuse aux familiarités touchantes de la confiance et de l'amitié. Il aura des amis ; ils lui feront goûter le charme des âmes sensibles. Les gens de bien contents de peu ont dans leur vertueux commerce une sérénité riante, qui prend sa source dans la paix de l'âme, et que le faste assiégé de besoins, le vice entouré de remords ne connaissent pas. Les devoirs de l'honnête homme en place lui laissent peu de loisir, sans doute ; mais les instants en sont délicieux. Ni le reproche, ni la crainte, ni l'ambition ne les trouble ; et la Cour d'un Prince avec qui l'innocence, la droiture, la vérité, le zèle courageux du bien n'auront aucun piège à éviter, aucune disgrâce à prévoir, aucune révolution à craindre, ne sera pas la Cour la plus brillante, mais la plus heureuse de l'univers. Elle sera peu nombreuse, dit l'Empereur. Pourquoi ? dit Bélisaire. Quelques ambitieux oisifs, quelques lâches voluptueux s'en éloigneront ; mais en revanche les gens utiles, les gens de bien y aborderont en foule. Je dis *en foule*, mon cher Tibère, et je le dis à la louange de l'humanité. Quand la vertu est honorée, elle germe dans tous les cœurs. L'estime publique est comme un soleil qui la fait éclore et pousser avec une vigueur extrême. N'en jugez pas sur l'état d'inertie et de langueur où sont les âmes. Comment voulez-vous qu'un fils à qui son père n'a jamais vanté que l'argent, qui n'a jamais entendu louer et envier que l'opulence, qui dans les villes et les campagnes n'a vu dès son enfance rien de plus méprisé que l'industrie et le travail, qui sait que les grandeurs s'abaissent, que la rigueur des lois fléchit, que les voies des honneurs s'aplanissent, que les portes de la faveur s'ouvrent devant la fortune ; que par elle, et par elle seule on se soustrait à la force et on l'exerce impunément ; qu'elle décore jusqu'au vice, qu'elle ennoblit jusqu'à la bassesse, qu'elle tient lieu de talents, de lumières, et de vertus ; comment voulez-vous que l'homme imbu de ces idées ne confonde pas l'honnête avec l'utile ? Mais que l'opinion change ; que l'arbitre des mœurs, le souverain, donne l'exemple ; que l'éducation, l'habitude fassent à l'homme un premier besoin de sa propre estime et de celle de ses semblables ; qu'on accoutume son âme à s'élancer hors d'elle-même pour recueillir les suffrages de son siècle et de l'avenir ; que sa renommée et sa mémoire soient pour lui, après la vertu, le plus précieux de tous les biens ; que le soin de cette existence morale lui rende l'honneur plus cher que la vie, et la honte plus effrayante, plus horrible que le néant ; on verra combien les inclinations basses auront peu d'empire sur lui. Hé ! mes amis ! qu'étaient les Decius, les Regulus, et les Catons, sinon des hommes dont l'âme exaltée vivait de gloire et de vertu ? Mais cette institution demande des encouragements réels. On aurait beau prescrire aux pères de famille d'élever leurs enfants à la vertu, si la vertu languissait oubliée, et si le vice, honoré seul, avait le droit de l'insulter. Il faut donc, pour rétablir l'ordre, attacher le bien au bien, le mal au mal, l'utile au juste et à l'honnête. Cet ordre rétabli, vous prévoyez sans peine comme les mœurs seconderaient les lois, et comme l'opinion soulagerait la force. Les espérances et les craintes, les récompenses et les peines, les jouissances et les privations : voilà les poids que la politique doit savoir mettre à propos dans la balance de la liberté ; avec cela elle est sûre de régir à son gré le monde.

Mais je m'en tiens à ce qui nous occupe. Les mœurs fastueuses des grands les rendent avides et injustes ; des mœurs plus simples les rendraient modérés, humains, généreux ; et le plus grand intérêt du vice ayant passé à la vertu, le même penchant qui les portait vers l'un les ramènerait tous vers l'autre.

Voilà un beau songe ! dit Justinien. Ce n'en est pas un, dit Bélisaire, que de prétendre mener les hommes par l'amour-propre et l'intérêt. Rappelez-vous comment s'était formé, dans la République naissante, ce Sénat où tant de vertu, où tant d'héroïsme éclatait. C'est qu'il n'y avait alors dans Rome rien au-dessus d'une grande âme[19] ; c'est que l'estime publique était attachée aux mœurs honnêtes, la vénération aux mœurs vertueuses, la gloire aux mœurs héroïques. Tels ont été dans tous les temps les grands ressorts du cœur humain.

Je sais qu'une longue habitude, et surtout celle de la tyrannie, ne cède pas sans résistance aux motifs même les plus forts. Mais pour un homme injuste et violent qui se raidirait contre la crainte du blâme, de la disgrâce et du mépris, il y en a mille à qui ce frein, joint à l'aiguillon de la gloire, ferait suivre le droit sentier de l'honneur et de la vertu. Je poursuis donc, et je suppose d'honnêtes gens à la tête des peuples. Dès lors je réponds sur ma vie de l'obéissance, de la fidélité, du zèle de cette multitude d'hommes qu'on n'opprimera

---

19. *Dum nullum fastidiretur genus in quo eniteret virtus, crevit Imperium Romanum. Tit. Liv. L. 4* (Note de Marmontel). (*Note de l'E. :* « C'est [...] en ne dédaignant jamais pour sa naissance l'homme d'un mérite éclatant que s'est accru l'empire romain », *Histoire romaine*, éd. Bayet, t. IV, Paris, Les Belles Lettres, 1946, Livre IV, III, p. 7).

plus, qu'on ne vexera plus, et dont les jours, la liberté, les biens seront protégés par les lois. Dès lors l'Empire se relève, ses membres épars se réunissent ; le plan de Constantin, élevé sur le sable, acquiert des fondements solides ; et du sein de la félicité publique, je vois renaître le courage, l'émulation, la force, l'esprit patriotique, et avec lui cet ascendant que Rome avait sur l'univers.

Tandis que Bélisaire parlait ainsi, Justinien admirait en silence l'enthousiasme de ce vieillard, qui, oubliant son âge, sa misère, et le cruel état où il était réduit, triomphait à la seule idée de rendre sa patrie heureuse et florissante. Il est beau, lui dit-il, de prendre un intérêt si vif à des ingrats. Mes amis, leur dit le héros, le plus heureux jour de ma vie serait celui où l'on me dirait : Bélisaire, on va t'ouvrir les veines, et pour prix de ton sang tes souhaits seront accomplis.

A ces mots, son aimable fille, Eudoxe, vint l'avertir que son souper l'attendait. Il rentra ; il se mit à table ; Eudoxe, avec une grâce mêlée de modestie et de noblesse, lui servit un plat de légumes, et prit place à côté de lui. Quoi ! c'est là votre souper ? dit l' Empereur avec confusion. Vraiment, dit Bélisaire, c'était le souper de Fabrice, et Fabrice me valait bien.

Allons-nous en, dit Justinien à Tibère. Cet homme-là me confond.

Sa Cour, espérant de le dissiper, lui avait préparé une fête. Il ne daigna pas y assister. A table il ne s'occupa que du souper de Bélisaire ; et en se retirant, il se dit à lui-même : Il est moins malheureux que moi, car il s'est couché sans remords.

CHAPITRE XIV

Je ne vis plus qu'auprès de lui, dit l'Empereur à Tibère le lendemain, en allant revoir le héros : le calme et la sérénité de son âme se communiquent à la mienne. Mais sitôt que je m'en éloigne, ces nuages qu'il a dissipés se rassemblent, et tout s'obscurcit de nouveau. Hier je croyais voir dans son plan le tableau de la félicité publique ; à présent ce n'est à mes yeux qu'un amas de difficultés. Le moyen, par exemple, qu'avec les frais immenses dont cet Empire est chargé, on puisse soulager les peuples ! Le moyen de renouveler des armées que vingt ans de guerre ont anéanties, et de réduire les impôts à un tribut simple et léger ! Il a tout prévu, dit Tibère, et il aura tout aplani. Proposez-lui vos réflexions. Ce fut par là qu'ils débutèrent.

Je savais bien, dit le vieillard, après les avoir entendus, que je vous laisserais des doutes ; mais j'espère les dissiper.

Les dépenses de la Cour sont réduites : nous en avons banni le luxe et la faveur[1]. Passons à la ville, et dites-moi pourquoi un peuple oisif et innombrable est

---

1. Voir respectivement les chapitres XIII et X.

à la charge de l'État. Le blé qu'on lui distribue[2] nourrirait vingt légions. C'est pour peupler sa ville et pour
imiter Rome que Constantin a pris sur lui cette
dépense ruineuse[3]. Mais à quel titre un peuple fainéant, qui n'est plus ni roi ni soldat, est-il à la charge
publique ? Le peuple romain, tout militaire, avait le
droit d'être nourri, même au sein de la paix, du fruit
de ses conquêtes ; encore ne demandait-il dans les
plus beaux jours de sa gloire que des terres à cultiver ; et quand l'État lui en accordait, vous savez avec
quelle joie il se répandait dans les champs. Ici que
faisons-nous de cette multitude affamée qui assiège
les portes du palais ?[4] Est-ce avec elle que j'ai chassé
les Huns qui ravageaient la Thrace ? Qu'on n'en
retienne que ce que l'industrie en peut occuper et
nourrir ; et que du reste on fasse d'heureuses colonies : elles repeupleront l'État, et vivront du fruit de
leur peine. L'agriculture est la mère de la milice ; et
ce n'est pas au sein d'une oisive indigence que s'élèvent de bons soldats.

2. *40 000 boisseaux par jour. Le boisseau, modius, d'un pied
carré sur quatre pouces de hauteur. Le pied romain de 10 de nos
pouces. Le soldat n'ayant que 5 boisseaux par mois ou le 6ᵉ d'un
boisseau par jour ; 40 000 boisseaux devaient nourrir 240 000
hommes* (Note de Marmontel).

3. « Pour que la nouvelle ville ne cédât en rien à l'ancienne,
Constantin voulut qu'on y distribuât aussi du blé... » (Montesquieu, *Considérations...*, p. 167).

4. *Et quem panis alit gradibus dispensus ab altis. Prud. L. I In
Symm. Panes Palàtini bilibres. La livre des Romains faisait dix
onces de la nôtre. Buling. De Trib. ac Vectig. Pop. R.* (Note de
Marmontel). (*Note de l'E. :* « (La populace) ...que nourrit le pain
distribué du haut des gradins » Prudence, *Contra Symmachum*, éd.
Lavarenne, Paris, Les Belles Lettres, 1948, v. 583, p. 155).

Toutes les lois simplifiées, et surtout celles du tribut, la milice palatine tombe d'elle-même par sa propre inutilité ; et vous savez de quels frais immenses[5] nous sommes par là soulagés.

La dépense la plus effrayante qui nous reste est celle des troupes. Mais elle se réduit aux seules légions. Les colonies de vétérans établies sur les frontières vivent de leur travail ; et leurs immunités[6] leur tiennent lieu de solde. Ces colonies, le chef-d'œuvre du génie de Constantin, ne sont pas éteintes encore ; et pour les voir revivre, on n'a qu'à le vouloir : tant de braves soldats, que vous laissez languir dans la misère et l'oisiveté, ne demandent pas mieux que d'aller cultiver et garder leur champ de victoire. Il en est de même des troupes répandues aux bords des

---

5. *Voy. M. l'Abbé Garnier, de l'orig. du Gouv. Fr.* (Note de Marmontel). (*Note de l'E. :* « On distingua deux sortes de milices, la milice armée et la milice palatine ou de robe », que les Empereurs eurent à tâche de « maintenir séparées et indépendantes l'une de l'autre », *éd. cit.* p. 32. La milice palatine avait « la garde du Palais », p. 40).

6. *Jam nunc munificentia mea (Constantini) omnibus veteranis id esse concessum perspicuum sit, ne quis illorum ullo munere civili, neque operibus publicis conveniatur... Vacantes terras accipiant, easque perpetuo habeant immunes. Cod. Theod. L. 7 T. 20* (Note de Marmontel). (*Note de l'E. :* la citation du *Codex Theodosanius* tirée du Titulus XX « De Veteranis » est faite par Garnier dans son *Traité*, p. 42 note (p) : Garnier rappelle que Constantin retira les légions des camps qu'elles occupaient aux frontières, mais que celles-ci ne furent pas pour autant dégarnies : « On assigna aux vétérans des terres sur la frontière pour les récompenser de leurs services. Constantin augmenta considérablement leurs privilèges, car non content de leur donner des terres [...], il les déchargea absolument de toute redevance envers le fisc et voulut que ces terres passassent aux mêmes conditions à leurs enfants à condition qu'ils s'enrôleraient dès l'enfance ».)

fleuves[7] : ces bords qu'elles rendent fertiles nourrissent leurs cultivateurs.

Des essaims de Barbares se présentent en foule[8] pour être admis dans nos provinces. On les y a reçus quelquefois avec trop peu de précaution[9] ; mais le danger n'est que dans le nombre. Qu'on les disperse, et qu'on leur donne des terres vagues et incultes : vous n'en avez que trop, hélas[10] ! un gouvernement doux et ferme en fera des sujets fidèles et des soldats disciplinés.

Il n'y a donc plus que les légions qui soient à la solde du Prince, et le seul tribut de l'Égypte, de

---

7. *On les appelait* ripenses. *Alexandre-Sévère les avait établies. Voy. Lamprid. in Alexand.* (Note de Marmontel). (*Note de l'E. :* Garnier (*ouvr. cit.* p. 46) signale qu'on désignait ces troupes « dans les lois ordinairement par le nom de *milites limitanei,* quelquefois par celui de *Ripenses,* nom qu'ils tenaient de leur situation sur les bords d'un fleuve ». Et pour préciser quelle fut leur origine, il cite « Lampridius in Alexandro p. 202 »).

8. *Ceux-ci s'appelaient* Laeti, *et les terres qu'on leur donnait à cultiver,* terres laetiques (Note de Marmontel). (*Note de l'E. :* voir *ibid.* p. 51 : ces terres étaient exemptes de toute sorte de redevances de même que celles des vétérans).

9. *Comme les Goths sous l'Empereur Valens* (Note de Marmontel). (*Note de l'E. :* Marmontel se reporte encore à Garnier, pp. 49-50 : les Goths épouvantés par une irruption subite des Huns demandent à Valens une retraite au-delà du Danube ; mais la surveillance du passage et de l'établissement de « ces nouveaux hôtes » se fit mal).

10. *Celles du fisc étaient immenses, la peine de la plupart des crimes étant la confiscation des biens. Voyez Garn. de l'orig. du Gouv. Fr.* (Note de Marmontel). (*Note de l'E. :* A côté des terres des particuliers, il y avait les terres du fisc « destinées à la dépense de la maison impériale » : « ces terres fiscales étaient considérables » et les mauvais Empereurs tendaient à « les augmenter par la voie des confiscations : c'était la peine de tous les grands crimes et particulièrement de la rébellion », *ibid.,* pp. 126-127. Garnier parle de « terres vagues et sans rapport », p. 49).

l'Afrique et de la Sicile en nourrirait trois fois autant que l'Empire en a jamais eu[11]. Ce n'est donc pas sur elles que doit porter l'épargne ; et ce n'est pas de leur entretien[12], mais de leur rétablissement que l'État doit s'inquiéter. Il fut un temps où l'honneur d'y être admis était réservé aux citoyens[13], et où l'élite de la jeunesse se disputait cet avantage. Ce temps n'est plus ; il faut le ramener. Et que ne fait-on pas des hommes avec de l'honneur et du pain !

Les hommes ne sont plus les mêmes, dit l'Empereur. Rien n'est changé, dit Bélisaire, que l'opinion souve-

---

11. *La Sicile donnait pour tribut aux Romains 7 200 000 bois-seaux de blé, l'Égypte 21 600 000, l'Afrique 43 200 000. A six hommes par boisseau, il y avait de quoi nourrir 1 200 000 hommes* (Note de Marmontel). (*Note de l'E. :* Garnier oppose aux « milites limitanei » qui « ne coûtaient rien à l'État que des terres dont on ne pouvait manquer » les légions qui, elles, « recevaient des vivres, c'est-à-dire du blé, de la viande et de l'argent », *ouvr. cité* p. 62).

12. *La paie du soldat était, par mois, de 400 asses, valant 25 deniers d'argent, qui valaient un denier d'or,* nummus aureus. *L'asse était une once de cuivre, plus faible d'un sixième que la nôtre ; le denier d'argent pesait un gros, et l'aureus, 140 grains* (Note de Marmontel).

13. *Et à ceux des provinces qui avaient droit de cité à Rome* (Note de Marmontel). (*Note de l'E. :* « Tant que l'Empire avait été florissant, on n'avait point manqué de soldats, et ce titre était telle-ment ambitionné qu'on pouvait toujours choisir entre un grand nombre de sujets qui se présentaient pour remplir les places vacantes dans une légion ». Il y eut ensuite dégradation de ce corps « qui avait soutenu si longtemps la gloire du nom romain » (Gar-nier, *ouvr. cité,* p. 170). Rappelons que les troupes entre lesquelles Romulus divisa ceux qui étaient en âge de porter les armes ont été appelées légions parce qu'« elles étaient composées d'hommes élus et choisis entre tous les autres pour combattre », Plutarque, *Les Vies des Hommes illustres, Vie de Romulus,* XIX, éd. La Pléiade, t. I, p. 51).

raine des mœurs ; et il ne faut que l'âme d'un seul, que son génie et son exemple, pour entraîner tous les esprits. De mille traits qui me le prouvent, en voici un que je crois digne des plus beaux jours de la République, et qui fait voir que dans tous les temps les hommes valent ce qu'on les fait valoir.

Rome était prise par Totila. Un de nos vaillants capitaines, Paul, à la tête d'un petit nombre d'hommes, s'était échappé de la ville, et retranché sur une éminence où l'ennemi l'enveloppait. On ne doutait pas que la faim ne l'obligeât de se rendre ; et en effet, il manquait de tout. Réduit à cette extrémité, il s'adresse à sa troupe : « Mes amis, leur dit-il, il faut mourir ou être esclaves. Vous n'hésiterez pas sans doute ; mais ce n'est pas tout de mourir, il faut mourir en braves gens. Il n'appartient qu'à des lâches de se laisser consumer par la faim, et de sécher en attendant une mort douloureuse et lente. Nous qui, élevés dans les combats, savons nous servir de nos armes, cherchons un trépas glorieux : mourons, mais non pas sans vengeance, mourons couverts du sang de nos ennemis ; qu'au lieu d'un sourire insultant notre mort leur cause des larmes. Que nous servirait de nous déshonorer pour vivre encore quelques années, puisque aussi bien dans peu il nous faudrait mourir ? La gloire peut étendre les bornes de la vie ; la nature ne le peut pas. »

Il dit. Le soldat lui répond qu'il est résolu à le suivre. Ils marchent ; l'ennemi juge à leur contenance qu'ils viennent l'attaquer, avec le courage du désespoir; et sans les attendre, il leur fait offrir le salut et la liberté[14].

Je crois connaître, mes amis, deux cent mille

---

14. *Leonard. Aretin. De Bell. Ital. Adversus Gothos L. 4* (Note de Marmontel). (*Note de l'E. : Histoire de la guerre des Gots en*

hommes dans l'Empire, capables d'en faire autant, s'ils avaient un Paul à leur tête ; et de ces dignes chefs, vous en avez encore : la victoire vous les a nommés. Ne croyez donc pas que tout soit perdu avec de pareilles ressources. Ignorez-vous à quel point la prospérité, l'abondance, la population peuvent multiplier les forces d'un État ? Rappelez-vous seulement ce qu'étaient autrefois, je ne dis pas les Gaules, que nous avons perdues et lâchement abandonnées[15] ; mais l'Espagne, la Grèce, l'Italie, la République de Carthage, et tous ces royaumes d'Asie, depuis le Nil jusqu'au fond de l'Euxin. Souvenez-vous que Romulus, qui n'avait d'abord qu'une légion[16], laissa en mourant

---

Italie composée en latin par L. Aretin et traduit en françois par L.M., Paris, 1667, pp. 279-285. Voir également Procope, *De la Guerre des Goths*, Livre III, p. 283. Natif de Sicile, Paul, capitaine de cavalerie, se retire au môle ou tombeau d'Adrien avec 400 cavaliers. Certains conseillent de tuer et manger les chevaux. C'est alors que Paul prend la parole et anime les soldats qui se dévouent à la mort. Le héraut de Totila leur donne le choix de se retirer sains et saufs en laissant leurs armes et chevaux ou de garder tout ce qu'ils avaient en restant dans l'armée des Goths. Tous choisissent la deuxième solution, sauf Paul et un nommé Mundus d'Isaurie qui préfèrent se retirer à Constantinople. Comparé à sa source, le discours de Paul a, sous la plume de Marmontel, plus de vigueur et d'accent).

15. *Les Empereurs, pour délivrer Rome et l'Italie du joug des Goths, leur avaient cédé les plus belles provinces de la Gaule.* Facta est servitus nostra praetium securitatis alienae. *Sidon. Apolli. L. 7. Ep. 7* (Note de Marmontel). (*Note de l'E. :* « Notre servitude est devenue le prix payé pour la sécurité d'autrui », Sidoine Apollinaire, *Lettres*, t. III, éd. Loyen, Paris, Les Belles Lettres, 1970, VII, 7, 2).

16. *La légion n'était alors que de 3 000 hommes de pied et de 300 hommes de cheval. Voy. Denis d'Halic. et Plutarque, Vie de Romulus* (Note de Marmontel). (*Note de l'E. : Les Vies des hommes illustres, éd. cit.* t. I, *Vie de Romulus*, XIX, p. 51).

quarante-sept mille citoyens sous les armes ; et jugez de ce que peut le règne d'un homme habile, actif et vigilant. L'État est ruiné, dit-on. Quoi ! l'Hespérie et la Sicile, l'Espagne, la Libye et l'Égypte, la Béotie et la Macédoine, et ces belles plaines d'Asie qui faisaient la richesse de Darius et d'Alexandre, sont-elles devenues stériles ? Elles manquent d'hommes ! Ah ! qu'ils y soient heureux ; ils y viendront en foule ; et pour lors, mes amis, j'oserai proposer le vaste plan que je médite, et qui seul rendrait cet Empire plus puissant qu'il ne fut jamais. Quel est-il donc ce plan ? demanda l'Empereur. Le voici, reprit Bélisaire.

La guerre, comme nous la faisons, excède les armées par de trop longues marches et par des travaux excessifs. Elle donne à nos ennemis le temps de nous surprendre par des incursions soudaines, que les lignes de vétérans et de soldats cultivateurs, dont on a bordé nos limites, n'ont pas la force de soutenir ; et avant que les légions aient volé au point de l'attaque, l'épouvante, la désolation, le ravage ont fait de rapides progrès[17]. Pour opposer à ces torrents une digue toujours présente, je demanderais qu'on rendît tout cet Empire militaire : en sorte que tout homme libre serait soldat, mais seulement pour la défense du pays[18].

---

17. *Sous Auguste, les marches ou frontières n'étaient qu'au nombre de neuf. Il y avait établi les légions à poste fixe. Mais le nombre des provinces qu'il fallait garder s'étant accru, les légions n'y pouvaient plus suffire ; et Constantin, en les retirant dans l'intérieur des provinces, y avait faiblement suppléé par des lignes de vétérans* (Note de Marmontel). (*Note de l'E. :* voir Garnier, *ouvr. cité*, p. 41 et s.).

18. « Que notre République soit donc militaire, que tout citoyen soit destiné à défendre sa patrie » : Fréron opère le rapprochement avec ce passage des *Entretiens de Phocion* (1763, Quatrième Entretien, p. 140). L'union des emplois civils et militaires est pour

Ainsi chaque préfecture composerait une armée, dont les cités formeraient les cohortes, les provinces les légions, avec des points de ralliement, où le soldat, au son de la trompette, se rangerait sous les drapeaux.

Ces troupes auraient l'avantage d'être attachées à leur pays natal, qu'elles cultiveraient, qu'elles feraient fleurir, qu'elles peupleraient elles-mêmes. Et vous prévoyez avec quelle ardeur elles défendraient leurs foyers[19].

Dans un vaste Empire, rien de plus difficile à établir que l'opinion de la cause commune. Des peuples séparés par les mers s'intéressent peu l'un et l'autre. Le midi ne prend aucune part aux dangers qui menacent le nord. Le Dalmate, l'Illyrien ne sait pas pourquoi on le fait passer en Asie : il lui est égal que le Tigre coule sous nos lois, ou sous les lois du Perse. La discipline le retient, l'espoir du butin l'encourage ; mais la réflexion, la fatigue, l'ennui, le premier mouvement d'impatience ou de frayeur lui fait abandonner une cause qui n'est pas la sienne. Au lieu que dans mon plan, la patrie n'est plus un nom vague, une chimère pour le soldat ; c'est un objet présent et cher, auquel

---

Montesquieu un trait caractéristique de la République : « On ne prend les armes, dans la république, qu'en qualité de défenseur des lois et de la patrie ; c'est parce que l'on est citoyen qu'on se fait, pour un temps, soldat » (*De l'Esprit des Lois*, L. V, ch. 19, p. 304).

19. *La terre donne à ses laboureurs le courage de la défendre : elle met ses fruits, comme un prix, au milieu du jeu, pour le vainqueur. Xénop. Traité du ménage* (Note de Marmontel). (*Note de l'E. :* Xénophon, *Économiques*, éd. Chantraine, Paris, Les Belles Lettres, 1949, V 7 : « La terre incite les cultivateurs à défendre leur pays par les armes : les récoltes qu'elle fait pousser sont offertes à tous, à la merci du plus fort »).

chacun est attaché par tous les nœuds de la nature[20].
« Citoyens, pourrait-on leur dire, en les menant à l'ennemi, c'est le champ qui vous a nourris, c'est le toit
qui vous a vu naître, c'est le tombeau de vos pères, le
berceau de vos enfants, le lit de vos femmes que vous
défendez. » Voilà des intérêts sensibles et puissants.
Ils ont fait plus de héros que l'amour même de la
gloire. Jugez de leur effet sur des âmes accoutumées
dès l'enfance aux rigueurs de la discipline et à l'image
des combats.

Rien ne me plaît tant, je l'avoue, que le tableau de
cette jeunesse laborieuse et guerrière, répandue
autour des drapeaux dans les villes et les campagnes,
préservée par le travail des vices de l'oisiveté, endur-
cie par l'habitude à des exercices pénibles, utile à
l'ombre de la paix, et toute prête à courir aux armes
au premier signal de la guerre. Parmi ces troupes, la
désertion serait un crime contre nature[21] ; tout ce qu'il
y a de plus sacré au monde répondrait de leur courage et de leur fidélité. L'État n'en aurait pas moins
ses légions impériales, qui, comme autant de forteresses mouvantes, se porteraient d'un poste à l'autre,
où le danger les appellerait. L'esprit militaire établi,
et l'émulation donnée, ce serait à qui mériterait le
mieux de passer dans ces corps illustres ; et au lieu
de ces levées faites à la hâte, que la faveur, la collusion, la fraude ou la négligence font accepter sans

---

20. Conception concrète, terrienne, charnelle de la patrie.
Coquille : « auxquel » : Ed. IV ; « auxquels » : Ed. V.

21. *Communis utilitatis derelictio contra naturam est.* Cic.
Off. 3 (Note de Marmontel). (*Note de l'E.* : « L'abandon de l'intérêt
général va contre la nature », *Les Devoirs, éd. cit.*, L. III, VI, 30,
p. 85).

examen[22], nous aurions l'élite du peuple. Alors quelle comparaison des forces de l'Empire, avec ce qu'il en eut jamais, dans ses temps même les plus heureux[23] ? Et quels peuples du midi ou du nord oseraient venir nous troubler, nous qui les avons repoussés tant de fois avec des troupes sans discipline, presque sans armes et sans pain ?

Et qui vous répond, lui dit Justinien, que dans un Empire tout militaire les peuples seront bien soumis ? Qui m'en répond ? leur intérêt, dit le vieillard, la bonté de vos lois, l'équité d'un gouvernement modéré, vigilant et sage. Oubliez-vous que j'ai demandé que les peuples fussent heureux ? Non, dit Justinien ; mais je les crois amis des nouveautés, enclins au changement, inquiets, remuants, crédules pour le premier audacieux qui leur promet un sort plus doux. Vous voyez le peuple, dit Bélisaire, dans l'état présent, dans l'état de souffrance, et tel qu'on le voyait à Rome[24] lorsqu'il y

---

22. *Hinc tot ubique ab hostibus illatae clades, dum longa pax militem incuriosius legit ; dum possessoribus indicti tyrones per gratiam aut dissimulationem probantur. Veget. L. I Ch. 7* (Note de Marmontel). (*Note de l'E.* : Voir *Flavii Vegetii Renati Institutorum rei militaris Libri quinque*, Lutetiae, 1762, p. 9. « Tant de pertes que les ennemis nous ont fait éprouver partout ne doivent s'imputer qu'au relâchement qu'une longue paix avait introduit dans les levées [...] à la négligence ou à la lâcheté des commissaires qui remplissaient indistinctement les milices », *Institutions militaires de Végèce*, Paris, 1743, pp. 12-13).

23. *Sous Auguste 23 Lég., sous Tibère 25, sous Adrien 30, sous Galba 372 000 hommes, moitié troupes Rom., moitié Auxil.* (Note de Marmontel).

24. *Hi mores vulgi : odisse praesentia, praeterita celebrare... Ingenio mobili, (plebem) seditiosam, discordiosam, cupidam rerum novarum, quiete et otio adversam. Salust.* (Note de Marmontel). (*Note de l'E.* « Telles sont les mœurs de la foule : haïr ce qui est

était malheureux. Mais croyez que les hommes savent ce qui leur manque, et ce qui leur est dû ; qu'ils ne seraient point insensibles au soin qu'un Prince bienfaisant prendrait de soulager leurs peines, et que l'amour qu'il leur témoignerait serait payé par leur amour[25]. Qu'il essaie d'être envers eux juste, sensible, secourable ; qu'il n'emploie à régner sous lui que des gens dignes de le seconder ; qu'il veille en père sur ses enfants ; je lui réponds qu'ils seront dociles. Et par quel prestige voulez-vous que quelques mécontents, quelques séditieux fassent d'un peuple fortuné un peuple parjure et rebelle ? C'est au Prince qui laisse gémir ses sujets dans l'oppression à craindre qu'ils ne l'abandonnent ; mais celui qu'on sait occupé du repos et du bonheur des siens n'a point d'usurpateurs à craindre. Est-ce en entendant célébrer ses vertus, publier ses bienfaits, qu'on osera troubler son règne ? Est-ce dans les campagnes où régneront l'aisance, le calme et la liberté ; dans les villes où l'industrie et la fortune des citoyens, leur état, leurs droits et leur vie seront sous la garde des lois ; dans les familles où l'innocence, l'honneur, la paix, la sainteté des nœuds de l'hymen et de la nature auront un asile sacré ; est-ce là, dis-je, que les rebelles iront chercher des partisans ?

---

présent, glorifier ce qui est passé... De caractère changeant, amie de la sédition et de la discorde, désireuse de nouveautés, ennemie de la paix et du repos », Salluste, *Catilina. Jugurtha. Fragments des Histoires*, éd. Ermont, Paris, Les Belles Lettres, 1968, *Bellum Jugurthinum*, LXVI, 2, p. 208. Ce portrait du peuple a tendu à devenir un lieu commun : voir, par exemple, La Bruyère, *Les Caractères,* « Du Souverain ou de la République », *éd. cit.,* pp. 278-279).

25. Cette réciprocité d'affection est un thème cher à Fénelon. Le portrait qui suit du roi-père confirme l'inspiration fénelonienne.

Non, si l'empire de la justice n'est pas inébranlable, rien ne l'est sur la terre. Je suppose avec vous cependant qu'il y ait du risque et de l'audace à rendre ses sujets puissants, pour les rendre heureux et tranquilles ; c'est cette audace que j'aurais, dût-elle entraîner ma ruine ; et je leur dirais hautement : Je vous mets à tous les armes à la main, pour me servir si je suis juste, et pour me résister si je ne le suis pas[26]. Vous me trouvez bien téméraire ! Mais je me croirais bien prudent de m'assurer ainsi à moi-même et aux miens un frein contre nos passions, et surtout une digue contre celles des autres ! Avec ma couronne, et au-dessus d'elle, je transmettrais à mes successeurs la nécessité d'être justes ; et ce serait pour ma mémoire le monument le plus glorieux qu'un monarque eût jamais laissé[27]. Je sais, mes amis, que la vertu n'a pas besoin du frein de la crainte ; mais quel homme est sûr d'être vertueux à tous les instants de sa vie ? Un Prince est au-dessus des lois : vos lois le disent[28] et

---

26. Dans la 2ᵉ édition de son *Examen* (p. 55), Coger, citant cette interpellation fictive de Bélisaire à ses sujets, s'indigne de voir Marmontel « faire le peuple le juge de son souverain ».

27. Coger commente : « M. Marmontel voudrait enchérir sur l'enthousiasme du bien public et sur le ton ampoulé auquel affectent de se monter les Arétin et les Don Quichotte de notre siècle, ces prétendus réformateurs de la société dont ils sont réellement les plus dangereux ennemis ». Et il dénonce les expressions employées « qui ont de quoi alarmer ou du moins attrister la prudence circonspecte et la juste délicatesse d'un sujet pénétré envers son Prince des sentiments de vénération et de respect que la nature et la religion ont gravés dans son cœur en traits ineffaçables » (*ibid.*, pp. 57-58).

28. *Princeps legibus solutus est. Pandec. L. I T. 3* (Note de Marmontel). (*Note de l'E. :* Voir *Pandectae...*, t. I, p. 8. « Le prince est affranchi du joug des lois », *Les 50 Livres...*, p. 60. Marmontel se fait ici l'écho des théoriciens de l'absolutisme royal – Omer Talon, Le Bret... – pour qui l'autorité du roi est supérieure à celle des lois).

cela doit être ; mais ce serait la première chose que j'oublierais en montant sur le trône ; et malheur au flatteur infâme qui m'en ferait souvenir[29]. Adieu, mes amis. C'est un travail pénible que de changer la face d'un Empire. Il est temps de nous reposer. Cependant il me reste encore à vous parler d'une calamité qui m'afflige sensiblement, et à laquelle je veux demain intéresser mon cher Tibère[30].

Il a sans doute de grandes vues, dit l'Empereur en s'en allant. Mais si l'exécution en est possible, ce n'est que pour un jeune Prince qui portera sur le trône un esprit mâle, une âme droite, du courage et de la vertu. Encore, hélas ! aura-t-il besoin d'un long règne, pour

---

29. Dans sa lettre à Riballier (n° 136), où il répond à la 2ᵉ édition de l'*Examen*, Marmontel reprend cette longue réplique de Bélisaire et observe que le critique a pris soin de ne pas reproduire les « dernières paroles » qui « prouvent évidemment » que Bélisaire « ne porte aucune atteinte à l'indépendance d'un souverain et qu'il n'exprime que le désistement du droit de se faire obéir lors même qu'il serait injuste ». « Ce désistement généreux », ajoute Marmontel, « est pris par le critique pour un prétexte que je donne à la révolte […] ; mais il devrait savoir que le langage qu'il condamne dans la bouche de Bélisaire est presque, à la lettre, celui que Trajan tint lui-même au chef de la milice prétorienne en lui remettant le javelot qui était la marque de sa dignité. *Pour vous en servir*, lui dit-il, *contre moi si j'abuse de mon pouvoir*. Était-ce l'esprit de révolte que Trajan voulait exciter ? »

30. Dans la 1ʳᵉ édition de l'*Examen* (p. 23), Coger, dans une note, traduit le terme de « calamité » par « religion ». Marmontel, dans sa lettre à Riballier (n° 120) crie à la « calomnie » puisque Bélisaire ne veut évidemment parler que de la « persécution » . Dans sa 2ᵉ édition, Coger précise : « L'intolérance de la religion chrétienne ». « C'est encore une calomnie », remarque Marmontel (n° 136), « et plus formelle que la première », car « la religion chrétienne est intolérante d'une intolérance théologique » et Bélisaire s'élève non contre « cette espèce d'intolérance », mais contre « l'intolérance civile ».

achever cette[31] grande révolution. Je ne sais, dit Tibère, mais il me semble avoir vu dans le projet de ce héros bien des choses qui ne demandent qu'un seul acte d'une volonté ferme ; et si le reste veut du temps, ce temps du moins n'est pas si éloigné, qu'on ne puisse à tout âge espérer d'y atteindre. Mon cher Tibère, lui dit l'Empereur, vous voyez les difficultés avec les yeux de la jeunesse. Votre activité les franchit ; mais ma faiblesse s'en effraie. Si l'on veut faire de grandes choses, ajouta-t-il en gémissant, il faut s'y prendre de bonne heure. Il n'est pas temps de commencer à vivre, quand on n'a plus besoin que de savoir mourir. Je veux pourtant revoir encore cet homme juste. Il m'afflige ; mais j'aime mieux aller m'affliger avec lui que de participer à la joie insultante de tous ces hommes froids et durs dont je me vois environné.

---

31. Variante : « une » : Ed. I BHVP, IV, V.

CHAPITRE XII

CHAPITRE XV

Le jour suivant, l'Empereur et Tibère étant arrivés à l'heure accoutumée trouvèrent le héros assis dans son jardin, à l'aspect du soleil couchant[1]. Il ne m'éclaire plus, mais il m'échauffe encore, leur dit-il d'un air serein ; et j'adore en lui la magnificence et la bonté de celui qui l'a fait. Que j'aime à voir, dit Justinien, ces sentiments dans un héros ! c'est le triomphe de la religion. Son triomphe, dit Bélisaire, c'est de consoler l'homme dans le malheur, c'est de mêler une douceur céleste aux amertumes de la vie. Et qui l'éprouve mieux que moi ? Accablé de vieillesse, privé de la vue, sans amis, seul avec moi-même, et n'ayant devant moi que la caducité, la douleur et la tombe, qui m'ôterait l'idée du ciel me réduirait peut-être au désespoir. L'homme de bien est avec Dieu ; il est assuré que Dieu l'aime[2] :

---

1. Coger, pour qui « le modèle » du ch. XV a été « la conférence du Vicaire Savoyard avec Émile », souligne l'identité de départ : « J.-J. Rousseau prend l'aspect du soleil levant et Bélisaire l'aspect du soleil couchant pour entrer en matière » (*Examen*, p. 53).

2. *Nulla sine Deo mens bona est. Senec. Inter bonos viros ac Deum amicitia est, conciliante virtute. Idem* (Note de Marmontel). (*Note de l'E. :* « Il y a entre les hommes de bien et Dieu une amitié dont le lien est la vertu » Sénèque, *De Providentia*, in *Œuvres Complètes*, 1842, p. 126).

voilà ce qui le remplit de force et de joie au milieu des afflictions. Je me souviens que dans des moments de détresse, où tout m'abandonnait, où tout conjurait ma ruine, je me disais : Courage, Bélisaire, tu es sans reproche[3], et Dieu te voit. Cette pensée me dilatait le cœur que la tristesse avait serré, elle rendait la vie et la force à mon âme. Je me parle de même encore ; et quand ma fille est avec moi, qu'elle s'afflige, et que je sens ses larmes baigner mon visage : Hé bien, lui dis-je, as-tu peur que celui qui nous a créés ne nous délaisse et ne nous oublie ? Ton cœur est pur, sensible, honnête ; ton père n'est pas plus méchant que toi ; comment veux-tu que la bonté même n'ait pas soin des bonnes gens ? Laisse, ma fille, laisse venir le moment où celui qui d'un souffle a produit mon âme l'enveloppera dans son sein ; et nous verrons si les méchants y viendront troubler mon repos. Ma fille, que ce langage éclaire et persuade, pleure en m'écoutant ; mais ce sont de plus douces larmes ; et peu à peu je l'accoutume à regarder la vie comme un petit voyage, où l'on est dans la barque assez mal à son aise, mais dont le port sera délicieux.

Vous vous faites, dit l'Empereur, une religion en effet bien douce ! Et c'est la bonne, reprit Bélisaire[4].

---

3. Ce jugement sur soi qui sera repris plus loin suscite la réprobation des critiques : « Jamais saint Paul aurait-il osé faire de lui-même un si grand éloge ? [...] Il n'y a personne dans le christianisme qui puisse se dire juste [...] Ce n'est pas à l'homme à se juger soi-même » (*Lettre à Marmontel par un déiste converti à l'occasion de son livre intitulé Bélisaire dans laquelle on fait une critique du XV*[e] *chapitre de ce fameux roman*, 1767, pp. 14 et 36).

4. S'ouvre avec ce début de paragraphe la 11e Proposition censurée (*Censure de la Faculté de Théologie de Paris contre le Livre qui a pour titre Bélisaire*, Paris, 1767, p. 142) : il s'agit d'une reli-

Ne voulez-vous pas que je me représente le Dieu que
je dois adorer comme un tyran triste et farouche qui
ne demande qu'à punir ? Je sais bien que lorsque des
hommes jaloux, superbes, mélancoliques nous le
représentent, ils le font colère et violent comme eux[5] ;
mais ils ont beau lui attribuer leurs vices ; je tâche,
moi, de ne voir en lui que ce que je dois imiter[6]. Si je
me trompe, au moins suis-je assuré que mon erreur est
innocente[7]. Dieu m'a créé faible, il sera indulgent ; il
sait bien que je n'ai ni la folie ni la malice de vouloir
l'offenser : c'est une rage impuissante et absurde que
je ne conçois même pas[8]. Je lui suis plus fidèle encore

---

gion que « Bélisaire s'est formée » et qui est « opposée à la vraie
religion de Jésus-Christ ». La phrase interrogative qui suit n'est pas
retenue par les censeurs.

5. Qui sont ces « hommes » ? « Les chrétiens » ? (*Examen*, 1ʳᵉ
éd., p. 58). « Les fidèles ministres de cette religion sainte dont
Jésus-Christ est l'auteur » ? (*Censure*, p. 143). « Les Prophètes, les
Apôtres, les Évangélistes et leurs successeurs » ? (*Suite des Nouvelles ecclésiastiques*, 27/2/1768). La phrase semble jouer par rapport aux vers du *Poème sur la Loi naturelle* (Troisième Partie) que
cite d'ailleurs Coger :
Nous l'avons fait injuste, emporté, vain, jaloux,
Séducteur, inconstant, barbare comme nous »

6. C'est-à-dire, selon la *Censure* (p. 141), que Bélisaire « tâche
de détourner sa pensée de la considération de la justice de Dieu et
qu'il ne veut voir en lui qu'un Dieu propice et bienfaisant, et non un
Dieu qui punit le pécheur impénitent comme la révélation chrétienne et même la raison nous l'enseignent ».

7. « Si je me trompe, c'est de bonne foi, cela suffit pour que
mon erreur ne me soit point imputée à crime » (*Émile*, in *Œuvres
complètes*, La Pléiade, t. IV, Livre IV, p. 566).

8. La *Censure* (pp. 143-149) qui rappelle que la faiblesse n'est
pas le fait de la création mais la suite du péché originel interprète
l'expression « vouloir offenser Dieu » dans le sens d'une « volonté
directe, formelle et expressive ». Que Bélisaire dès lors ait lieu

et plus dévoué mille fois que je ne le fus jamais à l'Empereur ; et je suis bien sûr que l'Empereur, qui n'est qu'un homme, ne m'eût jamais fait aucun mal, s'il avait pu lire comme lui dans mon cœur.

Hélas ! Ce Dieu, reprit Justinien, n'en est pas moins un Dieu terrible. Terrible aux méchants, je le crois, dit Bélisaire ; mais je suis bon ; et autant[9] l'âme d'un scélérat est incompatible avec cette divine essence, autant je me plais à penser que l'âme du juste lui est analogue. Et qui de nous est juste ? dit l'Empereur. Celui qui fait de son mieux pour l'être, dit Bélisaire : car la droiture est dans la volonté[10].

Je ne m'étonne pas, dit le jeune Tibère, si votre pensée aime à s'élever jusqu'à lui : vous le voyez si favorable ! Hélas ! dit le vieillard ; je sens bien qu'en m'efforçant de le concevoir, je fatigue en vain ma faible intelligence à réunir tout ce que je sais de meilleur et de plus beau, et qu'il n'en résulte jamais qu'une idée très imparfaite. Mais que voulez-vous que fasse un homme qui tâche de connaître un Dieu ? Si cet Être incompréhensible se plaît à quelque chose, c'est à

---

d'espérer, soit ; mais « *les scélérats les plus déterminés*, pourvu qu'ils se soient abstenus, dans tous leurs crimes, de cette *rage impuissante et absurde* de vouloir directement et *formellement offenser Dieu*, doivent [...] avec la même sécurité espérer que *Dieu sera indulgent* pour eux » (Cf. *Lettre à M. Marmontel...*, pp. 17-18 et *Réfutation de Bélisaire et de ses oracles, J.-J. Rousseau, Voltaire, etc.*, 1768, pp. 355-357).

9. Variante : « bon. Autant » : Ed. IV, V.

10. « Ainsi parlerait un païen qui ne connaîtrait qu'une justice naturelle et n'aurait nulle idée de celle qui est un effet de la grâce sanctifiante » (*Mandement*, p. 4, in *Recueil de Mandemens, Lettres et Instructions pastorales de Mgr l'Archevêque de Paris depuis 1747 jusques et y compris 1779*, Paris, 1781).

l'amour de ses enfants ; et ce qui me le peint sous les traits les plus doux est ce que je saisis le plus avidement, pour en composer son image.

Ce n'est pas assez, dit l'Empereur, de se le peindre bienfaisant, il faut ajouter qu'il est juste. C'est la même chose, dit le vieillard : se plaire au bien, haïr le mal, récompenser l'un, punir l'autre, c'est être bon : je m'en tiens là. N'avez-vous jamais, comme moi, assisté en idée au lever de Titus, de Trajan, et des Antonins ? C'est une de mes rêveries les plus fréquentes et les plus délicieuses. Je crois être au milieu de cette Cour, toute composée de vrais amis du Prince ; je le vois sourire avec bonté à cette foule d'honnêtes gens, répandre sur eux les rayons de sa gloire, se communiquer à eux avec une majesté pleine de douceur, et remplir leur âme de cette joie pure, qu'il ressent lui-même en faisant des heureux. Hé bien, la Cour de celui qui m'attend sera infiniment plus auguste et plus belle. Elle sera composée de ces Titus, de ces Trajans, de ces Antonins, qui ont fait les délices du monde[11].

----

11. Ici commence la 1ʳᵉ Proposition de la *Censure* (pp. 3-4), jugée « fausse », opposée à la raison même et à la loi naturelle qui proscrivent l'idolâtrie (la religion des héros païens nommés), « contraire aux Saintes-Écritures » (qui si souvent condamnent ceux qui rendent aux faux dieux et aux idoles le culte qui n'est dû qu'à Dieu, p. 8) et aussi à la Tradition en vertu de laquelle, avant la loi de grâce, nul sans la foi au moins implicite dans les mystères du Christ ne saurait être sauvé. Coger (*Examen*, 2ᵉ éd., pp. 83-84) rapproche les propos de Bélisaire de la confession de foi adressée à François 1ᵉʳ par Zwingli lequel « composait la Cour céleste à peu près comme M. Marmontel ». Rappelant l'opposition de Luther sur cet article, il estime honteux que soient copiées « les absurdités des hérétiques les plus décriés », cependant qu'il rappelle le combat mené par saint Augustin contre les mêmes erreurs dans son Livre IV contre Julien (Cf. *Mandement*, p. 238 et s.).

C'est avec eux et tous les gens de bien, de tous les
pays et de tous les âges, que le pauvre aveugle Bélisaire se trouvera devant le trône du Dieu juste et bon[12].
Et les méchants, lui dit Tibère, qu'en faites-vous ? —
Ils ne seront point là[13]. J'espère y voir, ajouta-t-il, l'auguste et malheureux vieillard qui m'a privé de la
lumière : car il a fait du bien, et il l'a fait par goût ; et
s'il a fait du mal, il l'a fait par surprise. Il sera bien
aise, je crois, de me retrouver mes deux yeux ! En parlant ainsi, son visage était tout rayonnant de joie ; et
l'Empereur fondait en larmes, penché sur le sein de
Tibère.

Mais bientôt l'attendrissement faisant place à
la réflexion : Vous espérez trouver, dit-il à Bélisaire, les héros païens dans le ciel[14] ? Y pensez-

————

12. Cette phrase fait l'objet de la 10ᵉ Proposition de la *Censure*
(p. 120). L'*Examen* (pp. 61-62) cite l'*Émile :* « Tout homme de
bien, dans quelque religion qu'il vive de bonne foi, peut être
sauvé ».

13. Ce jeu de répliques est rattaché à la 1ʳᵉ Proposition de la
Censure (p. 67) qui reproche à Marmontel de ne pas s'expliquer sur
les peines que les méchants subiront. « Où les mettrons-nous
donc ? », demande l'auteur de la *Critique théologique du 15ᵉ chapitre de Bélisaire* (*Pièces relatives à l'Examen de Bélisaire*, 1768,
p. 9), « c'est ce que vous ne dites pas. Mais j'oubliais », poursuit le
critique sur un ton ironique, « que vous avez établi qu'il est impossible d'offenser Dieu et par conséquent d'être puni. Votre libéralité
ouvre le ciel à tout le monde et votre système rentre dans celui d'un
Anglais dont l'écrit a pour titre *Coelum apertum omnibus*, consolation pour les scélérats ». [*Le Ciel ouvert à tous les hommes* de
Pierre Cuppé qui circula en manuscrit et fut imprimé en 1768].

14. *Les Pères de l'Église ont décidé que Dieu ferait un miracle
plutôt que de laisser mourir hors de la voie du salut celui qui
aurait fidèlement suivi la loi naturelle. Mais on sait que Justinien
était fanatique et persécuteur* (Note de Marmontel). (*Note de l'E. :*

vous[15] ? Écoutez, mon voisin, dit Bélisaire : vous n'avez pas envie d'affliger ma vieillesse ? Je suis un pauvre homme, qui n'ai d'autre consolation que l'avenir que je me fais. Si c'est une illusion, laissez-la moi : elle me fait du bien ; et Dieu n'en est point offensé : car je l'en aime davantage[16]. Je ne puis me résoudre à

Cette note, qui, affirment les *Nouvelles ecclésiastiques* (12/3/1768 p. 42), est un carton inséré à la suite des plaintes élevées, constitue la 3ᵉ Proposition de la *Censure* (pp. 26-29). Elle est jugée comme tendant « d'une manière captieuse à faire illusion ». Car, s'il est vrai « qu'il est très conforme à la doctrine des Saints Pères, et en particulier de saint Augustin, d'admettre en Dieu *une volonté générale de sauver les hommes et de les amener, de loin ou de près, par des moyens différents, à la connaissance de la vérité* » (selon les paroles de Bossuet) et s'il est vrai que les « théologiens concluent de cette doctrine des Pères que Dieu, par des moyens qui lui sont connus, ne manquera jamais de pourvoir à l'instruction nécessaire au salut de l'infidèle qui n'aurait jamais rien ouï des vérités de l'Évangile et qui, par le secours d'une grâce surnaturelle, aurait fidèlement observé pendant sa vie la loi naturelle », on ne voit pas « de quel usage peut être toute cette doctrine pour prouver que les héros que Bélisaire place au Ciel y sont effectivement, eux qui pratiquèrent toute leur vie les superstitions de l'idolâtrie » et qui furent souillés de divers excès que la loi naturelle condamne. Quant à la dernière phrase, elle a « un sens très mauvais », car on y insinue qu'« il faut être animé de l'esprit de fanatisme et de persécution pour contredire Bélisaire sur le salut des héros païens qu'il nomme ». Voir aussi *Mandement*, (pp. 6-7) dont l'auteur remarque que le reproche de persécuteur ici lancé contre Justinien n'est pas adressé à Trajan, Marc-Aurèle qui furent pourtant des persécuteurs. C'est à cette note qu'est apportée une « Addition » (Voir *Annexe I*).

15. Sur la double interrogation du début du paragraphe, s'ouvre la 2ᵉ Proposition de la *Censure* qui se prolonge jusqu'à la fin du paragraphe et qui, jointe à la première, est qualifiée en termes identiques.

16. Une telle réflexion, selon la *Censure* (p. 25), « favorise toutes les prétentions chimériques, toutes les vaines et ridicules opinions, les erreurs même les plus pernicieuses dont le délire du

croire qu'entre mon âme et celle d'Aristide, de Marc-Aurèle et de Caton, il y ait un éternel abîme ; et si je le croyais, je sens que j'en aimerais moins l'Être excellent qui nous a faits.

Jeune homme, dit l'Empereur à Tibère, en honorant dans ce héros cet enthousiasme généreux, n'allez pas le prendre pour guide[17]. Bélisaire ne s'est jamais piqué d'être profond dans ces matières. Profond ! hélas ! et qui peut l'être ? dit le vieillard. Quel homme assez audacieux peut dire avoir sondé les décrets éternels ? Mais Dieu nous a donné deux guides, qui doivent être d'accord ensemble, la lumière de la foi et celle du sentiment. Ce qu'un sentiment naturel et irrésistible nous assure, la foi ne peut le désavouer[18]. La révélation n'est que le supplément de la conscience[19] : c'est la même

---

fanatisme et de l'enthousiasme pourrait se repaître dans la vue de s'exciter davantage à un prétendu amour de Dieu qui ne serait dans le fond que l'effet d'une imagination déréglée » (Cf. *Mandement*, pp. 7-8).

17. Avec cette phrase, commence la 5ᵉ Proposition de la *Censure* qui se prolonge jusqu'à l'expression : « objet de ses vengeances ».

18. Dans cette Proposition, comme dans la 6ᵉ qui correspond à la fin du paragraphe, les censeurs notent que le texte, pris en lui-même, ne renferme rien que de vrai. Mais, estiment-ils, il doit être entendu comme une preuve de l'assertion sur le salut des païens – cette preuve n'étant autre que le fait que Bélisaire éprouve en lui un sentiment qui le porte à avancer ce paradoxe. Pour faire illusion aux lecteurs et favoriser « l'erreur pernicieuse des rationalistes », Bélisaire charge ce sentiment de l'autorité de l'évidence attachée aux premiers principes et prétend que, comme tel, il ne saurait être désavoué par la foi (*Censure*, p. 43 et s.).

19. « Cela veut dire », explique la *Censure* (pp. 59-60) « que la Révélation ne corrige point, ne guide point le jugement de la conscience ou de la raison, mais y ajoute seulement la connais-

voix qui se fait entendre du haut du ciel et du fond
de mon âme. Il n'est pas possible qu'elle se démente,
et si d'un côté je l'entends me dire que l'homme juste
et bienfaisant est cher à la divinité, de l'autre elle
ne me dit pas qu'il est l'objet de ses vengeances[20].
Et qui vous répond, dit l'Empereur, que cette voix
qui parle à votre cœur soit une révélation secrète ?
Si elle ne l'est pas, Dieu me trompe, dit Bélisaire,
et tout est perdu. C'est elle qui m'annonce un Dieu,
elle qui m'en prescrit le culte, elle qui me dicte sa

---

sance de vérités que la raison ou la conscience ne peuvent
atteindre. Cela veut dire encore », si ces paroles sont replacées
dans le contexte, « que tout ce qui tient à la morale et aux devoirs
que l'homme doit remplir pour parvenir au salut est tellement
connu par la conscience sans le secours de la Révélation que cette
voie intérieure de la conscience soit, à l'égard de ces objets, un
guide indépendant, nullement subordonné à la lumière de la révélation divine ». Ce qui est jugé faux, téméraire, opposé à la Révélation chrétienne, injurieux à la foi qui est aussi le guide et la règle
des mœurs, contraire enfin à la nécessité de la Révélation chrétienne (Cf. *Mandement*, p. 8).

20. « Si d'un côté ma raison me dit que l'homme juste et bienfaisant est cher à la Divinité, de l'autre elle ne me dit pas que (*le
méchant*) est l'objet de ses vengeances » : contre cette « falsifica-
tion » de la 1ᵉ édition de l'*Examen* (p. 60), Marmontel se récrie
(*Correspondance*, n° 120). Dans la 2ᵉ édition (pp. 76-77), Coger
reprend le pronom « il », mais précise : « quand même il serait
mort idolâtre », ajoutant que Bélisaire appelle « justes » des païens
persécuteurs de chrétiens, des « hommes coupables et méchants
aux yeux de la religion et même au tribunal d'une raison saine et
éclairée ». Marmontel riposte en ironisant : il fallait, dit-il, « se
contenter d'observer que ceux que j'appelais ainsi, comme les
Catons, les Titus, les Trajans, les Antonins, les Aristides, étaient
des méchants et que l'univers, qui depuis tant de siècles vante et
honore leurs vertus, ne jouit pas d'une saine raison » (*Correspondance*, n° 136).

loi[21]. Aurait-il donné l'ascendant irrésistible de l'évidence à ce qui ne serait qu'une erreur ? Ô qui que vous soyez, laissez-moi ma conscience : elle est mon guide et mon soutien. Sans elle je ne connais plus le vrai, le juste ni l'honnête ; le mensonge et la vérité, le bien et le mal se confondent ; je ne sais plus si j'ai fait mon devoir ; je ne sais plus s'il y a des devoirs : c'est alors que je suis aveugle ; et ceux qui m'ont privé de la clarté du jour ont été moins barbares que ne serait celui qui obscurcirait en moi cette lumière intime.

Que vous fait-elle donc voir si clairement, reprit Justinien, cette lueur faible et trompeuse ? Qu'une religion qui m'annonce un Dieu propice et bienfaisant est la vraie, dit Bélisaire ; et que tout ce qui répugne à l'idée et au sentiment que j'en ai conçu n'est pas de cette religion[22]. Vous l'avouerai-je ?[23] Ce qui m'y attache, c'est qu'elle me rend meilleur et plus humain. S'il fallait qu'elle me rendît farouche, dur, impitoyable, je l'abandonnerais, et je dirais à Dieu : dans

---

21. Les deux dernières expressions, « par leur trop grande généralité qui est indéfinie », sont condamnables « comme fausses et se rapportent à l'erreur qu'on nomme le naturalisme ». Car on doit rendre à Dieu « un culte surnaturel » et il y a une autre loi de Dieu qui prescrit bien des devoirs que la loi naturelle ne prescrit pas (*Censure*, pp. 60-62).

22. Objet de la 7ᵉ Proposition dont la première partie est jugée captieuse (car si la vraie religion annonce bien « un Dieu propice et bienfaisant », « elle annonce aussi, comme une vérité qu'il faut également reconnaître, que ce même Dieu est saint et juste, qu'il hait et punit le crime », *Censure*, p. 65) et dont la seconde passe pour contenir « le principe fondamental de la méthode pernicieuse des rationalistes » et conférer à chacun le droit de se faire une religion « particulière » (pp. 72-74).

23. Début de la 8ᵉ Proposition.

l'alternative fatale d'être incrédule ou méchant, je fais le choix qui t'offense le moins[24]. Heureusement elle est selon mon cœur. Aimer Dieu, aimer ses semblables : quoi de plus simple et de plus naturel ! Vouloir du bien à qui nous fait du mal : quoi de plus grand, de plus sublime ![25] Ne voir dans les afflictions que les épreuves de la vertu : quoi de plus consolant pour l'homme[26] ! Après cela qu'on me propose des mystères inconcevables[27] ; je m'y soumets, et je plains ceux dont la raison est moins éclairée ou moins docile que la mienne. Mais j'espère pour eux en la bonté d'un Père dont tous les hommes sont les enfants, et en la clémence d'un Juge qui peut faire grâce à l'erreur[28].

Par là, reprit Justinien, vous allez sauver bien du monde ! Est-il besoin, dit Bélisaire, qu'il y ait tant de

---

24. Proposition jugée encore « captieuse », car « si l'on fait attention que la religion que Bélisaire croit vraie est [...] une religion qu'il s'est formée et qui est toute opposée à la religion chrétienne et à la foi catholique », on voit qu'il désigne la religion de Jésus-Christ « sous le nom d'une religion qui rend les hommes durs, farouches... » (*Censure*, pp. 115-116).

25. Variante : « grand et de plus » : Ed. IV, V.

26. Mais les afflictions sont aussi souvent « une punition du péché » (*Censure*, pp. 79-80. Cf. *Mandement*, p. 257).

27. « Pourquoi ne pas dire que *Dieu* me propose ? » (*Nouvelles ecclésiastiques*, 27/2/1768).

28. « Cela signifie [...] que, quand Dieu jugera les hommes, non seulement il pourra *faire grâce à l'erreur*, mais qu'il pardonnera effectivement l'*erreur* de ceux qui [...], parce que leur *raison est moins docile*, ne se *soumettent pas aux mystères* de la Foi ». Les censeurs décèlent une contradiction : Bélisaire commence par viser les mystères de la Révélation chrétienne et fait donc profession de penser que la Révélation est vraie ; et cependant il espère « en la clémence d'un juge qui peut faire grâce à l'erreur » : c'est à la fois admettre et ne pas admettre la Révélation... (*Censure*, pp. 82 et 95-96). Cf. *Mandement*, pp. 10-11.

réprouvés ?[29] Je sens comme vous, dit l'Empereur, qu'il est plus doux d'aimer son Dieu que de le craindre ; mais toute la nature atteste ses vengeances et la rigueur de ses décrets. Moi, dit Bélisaire, je suis certain qu'il ne punit qu'autant qu'il ne peut pardonner, que le mal ne vient point de lui, et qu'il a fait au monde tout le bien qu'il a pu[30]. Telle est ma religion.

---

29. La réponse interrogative de Bélisaire « présente avec une irrévérence marquée un sens différent de celui de ces paroles si connues et si expresses de Jésus-Christ […] : Il y a beaucoup d'appelés, mais il y a peu d'élus » et elle respire l'hérésie. Les censeurs trouvent aussi de l'« indécence dans cette façon de parler d'un mystère dont les causes profondes sont fort au-dessus de l'intelligence humaine » et sont tentés de répondre par une autre question : « Est-il besoin qu'il y ait tant de pécheurs qui meurent dans l'impénitence ? Le mystère de la foi sur le grand nombre de réprouvés ne consiste pas en ce qu'il *y en a tant* […]. Mais comment Dieu permet-il tant de crimes ? » (*Censure*, pp. 98-99 et 102). Pour l'auteur de la *Critique théologique sur le 15ᵉ chapitre...* (pp. 4-5), il est aisé d'apercevoir que, feignant de se récrier sur le nombre, Marmontel en combat la réalité.

30. *On attribue ici à Bélisaire l'opinion des Stoïciens adoptée par Leibniz et par tous les optimistes. Bonus est (Deus) : bono nulla cujusquam boni invidia est : fecit itaque quam optimum potuit. Senec. Epistol. L. 15. Quidquid nobis negatum est, dari non potuit. Idem. De Beneficiis. L. 2 C.28. Magna accepimus : majora non cepimus. Ibid. C. 29.*
Deum sine consilio agentem ne cogitare quidem facile est : quae autem fuisset causa propter quam male mihi consultum fuisset ? Marc Anton. L. 6 (Note de Marmontel). (*Note de l'E. :* « (Dieu) est bon. Or l'être bon n'est jamais jalousement avare du bien qu'il peut faire. Il a donc fait le monde et le meilleur possible », Sénèque, *Lettres à Lucilius*, L. VII, Lettre LXV, 10, éd. Préchac et Noblot, Paris, Les Belles Lettres, 1947, p. 109. « Tout ce qui nous a été refusé ne pouvait nous être donné », *Des bienfaits*, II, XXIX, 3, éd. Préchac, Les Belles Lettres, 1961, t. I, pp. 53-54. « Nous avons reçu de grands biens ; des biens plus grands dépassaient notre capacité », II, XXIX, 6, p. 54. « Un Dieu

Qu'on la propose à tous les peuples, et qu'on demande si elle n'est pas digne de vénération et d'amour ; toutes les voix de la nature vont s'élever en sa faveur. Mais si la violence et la cruauté lui mettent la flamme et le fer à la main, si les Princes qui la professent, faisant de ce monde un enfer, tourmentent, au nom d'un Dieu de paix, ceux qu'ils devraient aimer et plaindre[31], on croira de deux choses l'une, ou que leur religion est barbare comme eux, ou qu'ils ne sont pas dignes d'elle.

Vous élevez là, dit Justinien, une question bien sérieuse ! Il ne s'agit pas de moins que de savoir si un Prince a le droit d'exiger dans ses États l'unité de dogme et de culte. Car s'il a ce droit, il ne peut l'exercer sur des rebelles obstinés que par la force et les châtiments.

Comme je suis de bonne foi, dit Bélisaire, je conviens d'abord que tout ce qui peut influer sur les mœurs et intéresser l'ordre public est du ressort du souverain, non pas comme juge de la vérité et de l'erreur, mais comme juge du bien ou du mal qui en

---

qui ne délibérerait pas, ce n'est même pas facile à concevoir. Et pourquoi eussent-ils (les Dieux) dû se porter à me faire du mal ? », Marc-Aurèle, *ouvr. cité*, VI, 44 ; on lit dans l'édition de 1680, Oxionae, « consultum voluisset ». Selon la *Censure* (p. 109), la note « *autorise mal à propos l'opinion très fausse et très mauvaise des Stoïciens* que l'auteur a tort de confondre avec l'opinion de Leibniz et des autres optimistes. En y citant le même Leibniz et les autres optimistes, *on a eu en vue de faire illusion au lecteur*. A moins cependant que l'auteur n'aime mieux que sa note, ou observation, ne soit prise pour une bévue ». Voir *Mandement*, p. 13, où l'opinion des Stoïciens est qualifiée d'« absurdité mille fois réfutée »).

31. Selon le *Mandement* (p. 266), Marmontel recourt à des images outrées pour « peindre sous les traits les plus injustes et les plus odieux l'intolérance de l'Église catholique ».

résulte[32] : car le premier principe de toute croyance est
que Dieu est ami de l'ordre, et qu'il n'autorise rien de
ce qui peut le troubler. Hé bien, dit l'Empereur, dou-
tez-vous que les mœurs publiques n'aient des rapports
intimes et nécessaires avec la croyance ? Je reconnais,
dit Bélisaire, qu'il y a des vérités qui intéressent les
mœurs ; mais observez que Dieu en a fait des vérités
de sentiment, dont aucun homme sensé ne doute. Au
lieu que les vérités mystérieuses, et qui ont besoin
d'être révélées, ne tiennent point à la morale. Exami-
nez-les bien : Dieu les a détachées de la chaîne de nos
devoirs, afin que, sans la Révélation, il y eût partout
d'honnêtes gens[33]. Or, si la Providence a rendu indé-

---

32. « Il y a une profession de foi purement civile dont il appartient au souverain de fixer les articles, non pas précisément comme
dogmes de la religion, mais comme sentiments de sociabilité »
(*Encyclopédie*, « Tolérance », t. XVI, 1765, p. 394a : il s'agit d'une
citation du *Contrat Social*).

33. « Négligez donc tous ces dogmes mystérieux [...] Mainte-
nez toujours vos enfants dans le cercle étroit des dogmes qui tiennent à la morale [...] Quant aux dogmes qui n'influent ni sur les
actions ni sur la morale [...], je ne m'en mets nullement en peine »
(*Émile*, L. V, p. 729, L. IV, p. 627). Ici s'achève la 9ᵉ Proposition
ouverte depuis : « Je reconnais, dit Bélisaire... » ; elle est déclarée
fausse même si les vérités que dicte la loi naturelle sont des vérités
de sentiment que la raison est capable de connaître ; car des vérités
d'un ordre supérieur, autres que les vérités de la loi naturelle, intéressent aussi les mœurs et ont rapport à la morale (*Censure*, p. 124
et s.). Rapprochée du passage où il est dit que « tous les gens de
bien » se trouvent devant le trône de Dieu, la Proposition est aussi
jugée contraire à l'Écriture et à la Tradition, puisque Bélisaire
attache le salut à une probité toute humaine et non à une foi surnaturelle en un Dieu rémunérateur et à la foi au moins implicite en
Jésus-Christ. Ainsi est détruite « la démonstration évidente de la
nécessité d'une religion révélée » (*ibid.* p. 119 et s.). (Sur la
défense de Marmontel qui déclare ne viser que les rapports de
l'homme envers l'homme, voir *Correspondance*, n° 111).

pendants de ces vérités sublimes l'ordre de la société, l'état des hommes, le destin des empires, les bons et les mauvais succès des choses d'ici-bas, pourquoi les souverains ne font-ils pas comme elle ? Qu'ils examinent de bonne foi, si, en croyant ou ne croyant pas tel ou tel point de doctrine, on en sera mieux ou plus mal, meilleur ou moins bon citoyen, et sujet plus ou moins fidèle[34]. Cet examen sera leur règle ; et vous voyez par là de combien de disputes je les dispense de se mêler.

Je vois, dit l'Empereur, que vous ne leur laissez que le soin de ce qui intéresse les hommes ; mais y a-t-il pour eux de devoir plus saint que d'être les ministres des volontés du ciel ? Ah ! qu'ils soient les ministres de sa bonté, s'écria Bélisaire ; et qu'ils laissent aux démons l'infernal emploi de ministres de ses vengeances. Il est dans l'ordre de la bonté, dit l'Empereur, de vouloir que l'homme s'éclaire et que la vérité triomphe. Elle triomphera, dit Bélisaire ; mais vos armes ne sont pas les siennes. Ne voyez-vous pas qu'en donnant à la vérité le droit du glaive, vous le donnez à l'erreur ? que pour l'exercer, il suffira d'avoir l'autorité en main ? et que la persécution changera d'étendards et de victimes, au gré de l'opinion du plus fort ? Ainsi Anastase a persécuté ceux que Justinien protège ; et les enfants de ceux qu'on égorgeait alors égorgent à leur tour la postérité de leurs persécuteurs. Voilà deux princes qui ont cru plaire à Dieu, en faisant massacrer les hommes ; hé bien ? lequel des deux est

---

34. L'auteur de la *Critique théologique*… (pp. 67-70) qui refuse de croire que la félicité publique soit indépendante de la connaissance de la Révélation (la religion ajoutant « un nouveau ressort aux lois civiles ») montre, en s'appuyant sur Montesquieu, que la religion a rendu « les gouvernements plus modérés et moins sanguinaires ».

sûr que le sang qu'il a fait couler est agréable à l'Éternel ? Dans les espaces immenses de l'erreur, la vérité
n'est qu'un point. Qui l'a saisi, ce point unique ? Chacun prétend que c'est lui ; mais sur quelle preuve ?[35] Et
l'évidence même le met-elle en droit d'exiger, d'exiger
le fer à la main, qu'un autre en soit persuadé ? La persuasion vient du ciel ou des hommes. Si elle vient du
ciel, elle a par elle-même un ascendant victorieux ; si
elle vient des hommes, elle n'a que les droits de la raison sur la raison[36]. Chaque homme répond de son âme.
C'est donc à lui, et à lui seul, à se décider sur un
choix, d'où dépend à jamais sa perte ou son salut[37].

---

35. 12ᵉ Proposition de la *Censure* (depuis : « Dans les espaces
immenses… »), dénoncée comme exprimant « un doute universel
en matière de religion », favorisant toute sorte d'erreurs jusqu'au
déisme et à l'athéisme, se révélant injurieuse envers la religion
chrétienne qui serait destituée de preuves convaincantes, et contre-
disant plusieurs assertions de la profession de foi de Bélisaire
énoncées du « ton le plus affirmatif ». Coger croit reconnaître là
« le langage de MM. de Montesquieu et Fréret et après eux de
M. Thomas » (allusion à l'*Examen de l'Éloge de M. le Dauphin*)
pour qui « le bien moral comme le bien politique se trouve presque
sur une ligne invisible » (*Examen*, p. 42). Cf. *Encyclopédie*,
« Tolérance » (p. 390 b) : « Mille chemins conduisent à l'erreur,
mais un seul mène à la vérité : heureux qui sait le reconnaître ».

36. Début de la 13ᵉ Proposition. La *Censure* (pp. 162-169)
rejette l'alternative (« Il y a ici un milieu, la foi vient de Dieu et des
hommes, mais d'une manière différente ») et déclare qu'il est faux
que la foi, dans la mesure où elle vient des hommes, n'ait que les
droits de la raison sur la raison : « Car quoique la foi […] vienne
du ministère ou des instructions de l'Église, qui est une société
d'hommes, elle n'en vient pas moins de Dieu et n'en est pas moins
appuyée sur l'autorité de Dieu même ». Cf. *Mandement*, p. 22.

37. « Ce que Dieu veut qu'un homme fasse, il ne lui fait pas dire
par un autre homme, il le dit lui-même, il l'écrit au fond du cœur
[…] Quand Dieu fait tant que de parler aux hommes, pourquoi
faut-il qu'il ait besoin d'interprète ? » (*Émile*, L. IV, p. 620. Cf.
Examen, pp. 64-65).

Vous voulez m'obliger à penser comme vous ! Et si
vous vous trompez, voyez ce qui m'en coûte. Vous-
même, dont l'erreur pouvait être innocente, serez-vous
innocent de m'avoir égaré ? Hélas ! à quoi pense un
mortel de donner pour loi sa croyance ? Mille autres,
d'aussi bonne foi, ont été séduits et trompés. Mais
quand il serait infaillible, est-ce un devoir pour moi de
le supposer tel ? S'il croit parce que Dieu l'éclaire,
qu'il lui demande de m'éclairer[38]. Mais s'il croit sur la
foi des hommes, quel garant pour lui et pour moi ![39]
Le seul point sur lequel tous les partis s'accordent,
c'est qu'aucun d'eux ne comprend rien à ce qu'ils osent
décider ; et vous voulez me faire un crime de douter
de ce qu'ils décident ! Laissez descendre la foi du ciel,
elle fera des prosélytes[40] ; mais avec des édits, on ne
fera jamais que des rebelles ou des fripons. Les braves
gens seront martyrs, les lâches seront hypocrites[41] ; les

---

38. Partie de la Proposition propre, sous une apparence de piété,
à faire illusion : « On y suppose vrai ce qui est très faux, savoir que
la bonne foi la mieux fondée n'empêchera pas un Prince de se
tromper et que Dieu n'a établi sur la terre aucune autorité visible à
laquelle l'infaillibilité dans l'enseignement de la foi soit attaché en
vertu des promesses de Jésus-Christ » (*Censure*, pp. 161-162).

39. Bélisaire « ne compte pour rien le ministère de l'Église à qui
Jésus-Christ a promis son assistance perpétuelle dans l'enseignement de la foi. [...] Il donne même très clairement à entendre, sans
nommer l'Église, qu'il fait peu de cas de son autorité ; il n'ose pas
la mépriser en termes exprès, mais il la comprend sous la dénomi-
nation générale des hommes » (*Censure*, p. 158).

40. Fin de la 13ᵉ Proposition. La *Censure* (p. 159) remarque que
Bélisaire désigne sous le terme de « partis » (employé pour ne pas
choquer les lecteurs catholiques) l'Église et les communions séparées – lesquelles en fait s'accordent entre elles sur plusieurs points
importants.

41. « La violence fera de l'homme un hypocrite s'il est faible, un
martyr s'il est courageux », *Encyclopédie*, « Intolérance », t. VIII,

fanatiques de tous les partis seront des tigres déchaî-
nés. Voyez ce sage roi des Goths, ce Théodoric dont le
règne ne le céda que vers sa fin au règne de nos
meilleurs Princes. Il était arien ; mais bien loin d'exiger qu'on adoptât ses sentiments, il punissait de mort
dans ses favoris cette complaisance infâme et sacri-
lège. « Comment ne me trahiriez-vous pas, disait-il,
moi qui ne suis qu'un homme, puisque vous trahissez
pour moi celui que vos pères ont adoré ? ». L'Empereur Constance pensait de même. Il ne fit jamais un
crime à ses sujets d'être fidèles à leur croyance ; il en
faisait un à ses courtisans d'abjurer la leur pour lui
plaire, et de trahir leur âme pour gagner sa faveur.
Oh ! plût au ciel que Justinien eût renoncé comme eux
au droit d'asservir la pensée ! Il s'est laissé engager
dans des querelles interminables ; elles lui ont coûté
plus de veilles que ses plus utiles travaux. Qu'ont-elles
produit ? des séditions, des révoltes et des massacres.
Elles ont troublé son repos et le repos de ses États[42].

Le repos des États, reprit l'Empereur, dépend de
l'union des esprits. C'est une maxime équivoque, dit
Bélisaire, et dont on abuse souvent. Les esprits ne sont
jamais plus unis que lorsque chacun est libre de pen-

1765, p. 843 b. Cf. « Persécuter » (T. XII, 1765, p. 425 b) : « La
persécution fait des hypocrites et jamais des prosélytes », « Tolérance » (T. XVI, 1765, p. 392 a) : « Tels sont les succès si vantés
des persécuteurs, de faire des hypocrites ou des martyrs » selon
que l'âme est « faible » ou « généreuse ».

42. Montesquieu (*Considérations*, p. 189) rappelle l'existence de
nombreuses sectes que Justinien détruisit « par l'épée ou par ses
lois » et qu'il « s'obligea » à « exterminer » en « les obligeant à se
révolter ». Procope souligne que Justinien consacrait une grande
partie de son temps à des controverses dogmatiques et à des querelles ecclésiastiques.

ser comme bon lui semble[43]. Savez-vous ce qui fait que l'opinion est jalouse, tyrannique et intolérante ? c'est l'importance que les souverains ont le malheur d'y attacher ; c'est la faveur qu'ils accordent à une secte, au préjudice et à l'exclusion de toutes les sectes rivales[44]. Personne ne veut être avili, rebuté, privé des droits de citoyen et de sujet fidèle ; et toutes les fois que dans un État on fera deux classes d'hommes, dont l'une écartera l'autre des avantages de la société, quel que soit le motif de l'exhérédation, la classe proscrite regardera la patrie comme sa marâtre. Le plus frivole objet devient grave, dès qu'il influe sérieusement sur l'état des citoyens. Et croyez que cette influence est ce qui anime les partis. Qu'on attache le même intérêt à une dispute élevée sur le nombre des grains de sable

---

43. Face à ce « paradoxe » (*Nouvelles ecclésiastiques*, 5/3/1768) qui peut rappeler la formule de l'*Encyclopédie* sur la « variété des opinions » susceptible de ne pas nuire à l'harmonie de même que « les dissonances dans la musique ne nuisent point à l'accord total » (« Tolérance », p. 394 b), l'auteur de la *Lettre à M. Marmontel* (pp. 59-60) pense que, « pour que des esprits soient unis malgré la différence des religions, il faut des hommes indifférents pour leur religion », à la limite, des hommes qui perdent toute religion, et il soupçonne que c'est là la pensée de l'auteur exprimée « d'une manière mystérieuse »…

44. Dans cette 15ᵉ Proposition ouverte avec l'interrogative : « Savez-vous que… », la *Censure* (p. 181) décèle derrière les termes d'« opinion », de « secte » non pas seulement les doctrines opposées à la foi catholique et les communions séparées de l'Église, mais « la foi catholique même et l'Église catholique ». Elle en déduit que Bélisaire milite pour la tolérance civile la plus étendue, qu'il s'agisse de penser ou de manifester sa pensée. Suspendue à partir de la phrase suivante jusqu'à l'expression : « la patrie comme sa marâtre », la Proposition reprend ensuite.

de la mer[45] ; on verra naître les mêmes haines. Le fanatisme n'est le plus souvent[46] que l'envie, la cupidité, l'orgueil, l'ambition, la haine, la vengeance qui s'exercent au nom du ciel ; et voilà de quels dieux un souverain crédule et violent se rend l'implacable ministre. Qu'il n'y ait plus rien à gagner sur la terre à se débattre pour le ciel ; que le zèle de la vérité ne soit plus un moyen de perdre son rival ou son ennemi, de s'élever sur leurs débris, de s'enrichir de leurs dépouilles, d'obtenir une préférence à laquelle ils pouvaient prétendre ; tous les esprits se calmeront, toutes les sectes seront tranquilles.

Et la cause de Dieu sera abandonnée, dit Justinien.

Dieu n'a pas besoin de vous pour soutenir sa cause, dit Bélisaire. Est-ce en vertu de vos édits que le soleil se lève, et que les étoiles brillent au ciel ?[47] La vérité luit de sa propre lumière ; et on n'éclaire pas les

---

45. Nouvelle suspension jusqu'à « l'implacable ministre », la 15ᵉ Proposition s'achevant avec la fin du paragraphe. « Indécence de la comparaison » (*Critique théologique...*, p. 78).

46. *Privatae causae pietatis aguntur obtentu et cupiditatum quisque suarum religionem habet velut pedisequam* (*Le Pape Léon à l'Empereur Théodose*) (Note de Marmontel). (*Note de l'E.* : Epistola XLIV, Ad Theodosum Augustum, 13 octobre 449, in *Sancti Leonis Magni Romani Pontificis Opera*, Venetiis, 1753, t. I, p. 911. On traite ses propres affaires sous le manteau de la piété et chacun de nos désirs a la religion pour compagne. Selon le *Mandement*, p. 294, la lettre invoquée est en fait une autorité contre le système de Bélisaire, puisque le saint pontife y fait une mention expresse de la protection que les Souverains doivent à la religion).

47. « Rien n'est plus absurde que de comparer des effets physiques tels que le lever du soleil et la clarté des étoiles, où les hommes ne peuvent rien, avec le moral qui dépend de la volonté des hommes » (*Censure*, p. 191).

esprits avec la flamme des bûchers[48]. Dieu remet aux Princes le soin de juger les actions des hommes ; mais il se réserve à lui seul le droit de juger les pensées[49] ; et la preuve que la vérité ne les a pas pris pour arbitres, c'est qu'il n'en est aucun qui soit exempt d'erreur.

Si la liberté de penser est sans frein, dit l'Empereur, la liberté d'agir sera bientôt de même.

Point du tout, reprit Bélisaire : c'est là que l'homme rentre sous l'empire des lois ; et plus cet empire se renfermera dans ses limites naturelles, moins il aura besoin de force pour maintenir l'ordre et la paix. La justice est le point d'appui de l'autorité ; et celle-ci n'est chancelante que lorsqu'elle est hors de sa base. Comment voulez-vous accoutumer les hommes à voir un homme s'ériger en dieu, et commander, les armes à la main, de croire ce qu'il croit, de penser comme il pense ? Demandez à vos généraux si l'on persuade à coups d'épée. Demandez-leur ce qu'a fait en Afrique la rigueur et la violence exercée sur les Vandales.

---

48. Phrase retenue par l'*Indiculus* mais non par la *Censure* et dont les philosophes ont assuré la célébrité (cf. Voltaire, *L'Ingénu*, ch. XI, D.14184, 14186, 14187..., D'Alembert, D 14161, Diderot, Lettre à Falconet [15/8/1767]...). Cf. *Encyclopédie*, « Tolérance » (p. 391 a et 392 b) : « Ce n'est point avec le fer ou le feu que vous détruirez des erreurs [...] La vérité n'a besoin que d'elle-même pour se soutenir [...] elle brille de son propre éclat ». L'auteur de la *Critique théologique...* (pp. 116-117) souligne la contradiction avec la formule antérieure de la « vérité point unique ».

49. La *Critique théologique...* (pp. 72-73) distingue les pensées « secrètes » qui « ne relèvent que de la justice divine » et les pensées qui « se manifestent par des actes extérieurs, tels que des paroles et des écrits » et qui « rentrent sous la juridiction des lois » (Cf. *Lettre à M. Marmontel*, p. 67).

J'étais en Sicile ; Salomon y arriva furieux et désespéré. « Tout est perdu en Afrique (me dit-il) : les Vandales sont révoltés ; Carthage est prise, elle est au
pillage ; et dans ses murs et dans les campagnes on
nage dans des flots de sang ; et cela, pour quelques
rêveurs qui ne s'entendent pas eux-mêmes, et qui
jamais ne seront d'accord. Si l'Empereur s'en mêle, s'il
donne des édits pour des subtilités où il ne comprend
rien, il n'a qu'à mettre ses docteurs à la tête de ses
armées : pour moi, j'y renonce ; je suis au désespoir. »
Ainsi me parla ce brave homme. Entre nous, il avait
raison[50]. C'est bien assez des passions humaines pour

---

50. A propos de cette 14ᵉ Proposition ouverte avec la phrase
« Demandez à vos généraux… », la *Censure* (pp. 176-179) prétend, à l'appui de l'*Histoire du Bas-Empire* de Le Beau (Paris,
1766, p. 350 et s.) écrite d'après Procope et les autres historiens
anciens, qu'« il n'y a rien de vrai dans tout ce récit », sinon l'existence même d'une révolte contre Salomon : ce ne furent pas les
Vandales Ariens (la plupart avaient été transportés captifs à
Constantinople après la victoire de Bélisaire), mais les soldats
romains qui, pour un prétendu droit temporel, se révoltèrent contre
leur chef. Des Ariens, dont le culte public avait été à la vérité interdit par Justinien, mais que jamais des généraux ne cherchèrent à
persuader « à coups d'épée », favorisèrent la rébellion à laquelle
s'unirent beaucoup de Maures qu'animaient des motifs non de religion, mais d'intérêt. En modifiant l'histoire, Mamontel blesse la
religion , traitant de « subtilités » les principaux mystères, appelant
« rêveurs » les défenseurs mêmes des dogmes sacrés (Cf. *Mandement*, pp. 286-287). En réalité, il y avait bien un mécontentement
de l'armée lié notamment au retard du paiement de la solde. Mais
les mesures prises dans le domaine religieux (loi du 1/8/535 défen-
dant dans la préfecture d'Afrique indistinctement aux ariens, aux
païens, aux donatistes, aux juifs la pratique de leur religion) mirent
le comble à l'irritation des soldats dont un millier était arien.
Accompagné de Procope, Salomon, dont l'assassinat avait été pro-
jeté, se réfugia à Syracuse auprès de Bélisaire qui, quelques mois
auparavant, avait conquis la Sicile sur les Ostrogoths.

troubler un si vaste Empire, sans que le fanatisme encore y vienne agiter ses flambeaux.

Et qui apaisera les troubles élevés ? demanda l'Empereur. L'ennui, répondit Bélisaire, l'ennui de disputer sur ce qu'on n'entend pas, sans être écouté de personne. C'est l'attention qu'on a donnée aux nouveautés, qui a produit tant de novateurs[51]. Qu'on n'y mette aucune importance ; bientôt la mode en passera[52] ; et ils prendront d'autres moyens pour devenir des personnages. Je compare tous ces gens-là à des champions dans l'arène. S'ils étaient seuls, ils s'embrasseraient. Mais on les regarde ; ils s'égorgent.

En vérité, dit le jeune homme, ses raisons me persuaderaient. Ce qui m'en afflige, dit l'Empereur, c'est qu'il rend le zèle d'un Prince inutile à la religion.

Le ciel m'en préserve ! dit Bélisaire. Je suis bien sûr de lui laisser le plus infaillible moyen de la rendre chère à ses peuples : c'est de faire juger de la sainteté de sa croyance par la sainteté de ses mœurs[53] ; c'est de donner son règne pour exemple et pour gage de la

---

51. « C'est-à-dire », lit-on dans le *Mandement* (p. 292), « que si l'Église et les Princes voulaient fermer les yeux sur les outrages faits à la religion, l'erreur ne se produirait plus ou qu'elle périrait en naissant. [...] Combien cette prétention n'est-elle pas démentie par une funeste expérience ! L'esprit d'irréligion qui fait parmi nous tant de progrès n'est-il pas le fruit malheureux de tous ces livres impies qui inondent la capitale et les provinces... ? ».

52. « Toutes les factions à la fin sont cruelles ;
    Pour peu qu'on les soutienne, on les voit tout oser :
    Pour les anéantir, il faut les mépriser » (*Poème sur la Loi naturelle*, IVe Partie).

53. Règle jugée équivoque, car « la sainteté des mœurs n'est pas tellement liée à la véritable religion qu'elle en soit absolument inséparable [...] On renouvelle ici la chimère des héros païens qu'on veut absolument placer dans le ciel » (*Critique théologique...*, pp. 80-81).

vérité qui l'éclaire et qui le conduit. Rien de plus aisé, en faisant des heureux, que de faire des prosélytes ; et un monarque juste a lui seul plus d'empire sur les esprits que tous les persécuteurs ensemble[54]. Il est plus commode sans doute de faire égorger les hommes que de les persuader ; mais si les souverains demandaient à Dieu : Quelles armes emploierons-nous pour vous faire adorer comme vous devez l'être ? et que Dieu daignât se faire entendre, il leur répondrait : *Vos vertus.*

Quand l'âme de Justinien, que cette dispute avait émue, se fut calmée dans le silence, il se rappela les maximes et les conseils des sectaires qui l'entouraient, leur violence, leur orgueil, leurs animosités cruelles. Quel contraste ! disait-il en lui-même. Voilà un homme blanchi dans les combats, qui respire l'humanité, la modération, l'indulgence ; et les ministres d'un Dieu de paix ne m'ont jamais recommandé qu'une contrainte tyrannique et qu'une inflexible rigueur ! Bélisaire est pieux et juste[55] : il aime son Dieu, il désire que tout l'adore comme lui ; mais il veut que ce culte soit volontaire et libre. C'est moi qui me suis trop livré à ce zèle qui, dans mon âme, n'était peut-être que l'orgueil de dominer sur les esprits.

---

54. « Vraie dans le sens naturel des termes », la proposition, replacée dans le chapitre entier, tend à signifier autre chose : « Un *monarque juste* veut dire ici un prince qui tolère dans ses États toutes les religions. *Tous les persécuteurs ensemble* désignent les princes qui imposent silence aux déistes et aux sectaires qui dogmatisent » (*Lettre à M. Marmontel*, p. 74).

55. Les critiques soulignent l'étrangeté de la piété et de la justice d'un homme qui entend substituer aux pensées de Dieu l'orgueil de ses propres pensées.

CHAPITRE XVI

Le lendemain l'Empereur et Tibère, en allant revoir[1] le héros, coururent un danger qu'ils n'avaient pas prévu ; et la gloire de les en délivrer fut un triomphe que le ciel voulut donner encore à Bélisaire.

Les Bulgares, qu'on n'avait poursuivis que jusqu'au pied des montagnes de la haute Thrace, n'avaient pas plus tôt vu la campagne libre qu'ils s'y étaient répandus de nouveau ; et l'un de leurs corps détachés faisait des courses sur la route du château de Bélisaire, lorsqu'ils aperçurent un char qui annonçait un riche butin. Ils l'environnent, lui coupent le passage, et se saisissent des voyageurs. Ceux-ci, en donnant ce qu'ils avaient, obtinrent aisément la vie. Mais on mit à leur liberté un prix qu'ils n'étaient pas en état de payer sur l'heure ; et on les emmenait captifs.

L'Empereur ne vit qu'un moyen d'échapper aux Bulgares, sans en être connu. Conduisez-nous, leur dit-il, où nous avons dessein de nous rendre : de là nous nous procurerons la rançon que vous demandez. Je vous réponds sur ma tête que vous n'avez point de surprise à craindre ; et si je manque à ma parole, ou si je

---

1. Variante : « trouver » : Ed. IV, V.

vous fais repentir de vous être fiés à moi, je consens à perdre la vie.

L'air d'assurance et de majesté dont il appuya ces paroles fit impression sur les Bulgares. Où faut-il vous mener ? lui demanda leur chef. A six milles d'ici, répondit l'Empereur, au château de Bélisaire. De Bélisaire ! dit le Bulgare. Quoi ! vous connaissez ce héros ! Assurément, dit l'Empereur, et j'ose croire qu'il est mon ami. S'il est vrai, dit le chef, vous n'avez rien à craindre : nous allons vous accompagner.

Bélisaire, au bruit de leur arrivée, croit qu'on vient l'enlever une seconde fois ; et sa fille toute tremblante le serre dans ses bras, avec des cris perçants. Mon père, dit-elle, ah ! mon père ! faut-il encore nous séparer !

A l'instant même on vient leur dire que la cour du château se remplit d'hommes armés, qui environnent un char. Bélisaire se montre ; et le chef des Bulgares l'abordant avec ses captifs : Héros de la Thrace, lui dit-il, voilà deux hommes qui te réclament, et qui se disent tes amis[2]. Qu'ils se nomment, dit Bélisaire. Je suis Tibère, dit l'un d'eux, et mon père est pris avec moi. Oui, s'écria Bélisaire, oui sans doute, ce sont mes voisins, mes amis. Mais vous qui me les amenez, de quel droit sont-ils en vos mains ? Qui êtes-vous ? Nous sommes Bulgares, dit le chef ; et nos droits sont les droits des armes. Mais il n'est rien qui ne cède au respect que nous avons pour toi. Ce serait mal servir un prince qui t'honore que de manquer d'égards pour ceux qui te sont chers. Grand homme, tes amis sont libres, et ils te doivent leur liberté.

---

2. Variante : « de tes amis » : Ed. IV, V.

A ces mots, l'Empereur et Tibère tendirent les bras à leur libérateur ; et Bélisaire se sentant enveloppé de leurs chaînes : Quoi, dit-il, vos mains sont captives ! et il détacha leurs liens.

Quels furent dans l'âme de l'Empereur l'étonnement, la joie et la confusion ! Ô vertu, dit-il, en lui-même, ô vertu, quel est ton pouvoir ! Un pauvre aveugle, du fond de sa misère, imprime le respect aux rois ! désarme les mains des Barbares ! et rompt les chaînes de celui... ! Grand Dieu ! si l'univers voyait ma honte !... Ah ! ce serait encore un châtiment trop doux.

Les Bulgares voulaient lui rendre tout ce qu'il leur avait donné. Non, leur dit-il, gardez ces dons, et soyez sûrs que j'y joindrai la rançon qui vous est promise.

Leur chef, en quittant Bélisaire, lui demanda s'il ne le chargeait d'aucun ordre auprès de son Roi. Dites-lui que je fais des vœux, répondit le héros, pour qu'un si vaillant prince soit l'allié de ma patrie, et l'ami de mon Empereur.

Ô Bélisaire ! s'écria Justinien, quand il fut revenu du trouble que ce péril lui avait causé, ô Bélisaire ! quel ascendant vous avez sur l'âme des peuples ! les ennemis mêmes de l'Empire sont vos amis ! Ne vous étonnez pas, lui dit Bélisaire en souriant, de mon crédit chez les Bulgares. Je suis fort bien avec leur Roi. Il y a même très peu de jours que nous avons soupé ensemble. Où donc ? lui demanda Tibère. Dans sa tente, dit le vieillard : j'ai oublié de vous le dire. Lorsque je me rendais ici, ils m'ont arrêté comme vous sur la route, et ils m'ont mené dans leur camp. Leur Roi m'a bien reçu, m'a donné à souper, m'a fait coucher sous ses pavillons ; et le lendemain je me suis fait remettre au lieu même où l'on m'avait pris. Quoi ! dit Justinien, ce Roi sait qui vous êtes, et il ne vous a pas retenu ! Il en avait bien quelque envie, dit Bélisaire ; mais ses vues et mes principes ne se sont pas trouvés d'accord. Il me parlait de me venger ! Me venger, moi ! la digne cause pour mettre mon pays en feu ! je l'ai remercié comme vous croyez bien ; et il m'en estime davantage.

Ah ! quels remords ! quels remords éternels pour l'âme de Justinien, lui dit Justinien lui-même, s'il sait jamais quel a été l'excès de son ingratitude ! Où trouvera-t-il un ami comme celui qu'il a perdu ? Et n'est-il pas indigne d'en avoir jamais, après son horrible injustice ?

Non, reprit Bélisaire, ne l'outragez pas. Plaignez, respectez sa vieillesse. Vous allez voir comment il a été surpris. Ma ruine a eu trois époques. La première fut mon entrée dans Carthage. Maître du palais de Gelimer, je fis de son trône un tribunal où je siégeai pour rendre la justice[3]. Mon intention était de donner aux lois un appareil plus imposant ; mais on n'était pas obligé de lire dans ma pensée ; et lorsqu'on s'assied sur un trône, on a bien l'air de l'essayer. Je fis donc là une imprudence : ce ne fut pas la seule. J'eus la curiosité de me faire servir à la table de Gelimer, et à la manière des Vandales, par les officiers de leur Roi[4]. C'en fut assez pour faire croire que je voulais prendre sa place. Le bruit en courut à la

---

3. Bélisaire reçut et distribua le butin conquis sur les Barbares, fit grâce de la vie aux Vandales…

4. Bélisaire « commanda aux siens de se trouver au lieu auquel Gelimer et ses Princes et Seigneurs avaient accoutumé de demeurer et prendre leur repas. Les Romains appellent ce lieu Delphique […] Bélisaire prit donc son repas en ce Delphique et fit le festin aux plus apparents de son armée » (Procope, *De la Guerre des Vandales*, L. I, p. 35).

Cour[5]. Pour le détruire, je demandai mon retour après ma victoire[6] ; et Justinien récompensa ma fidélité par le plus beau triomphe. Je menais Gelimer captif, avec sa femme et ses enfants, et les trésors accumulés que les Vandales, depuis un siècle, avaient ravis aux nations[7]. L'Empereur me reçut dans le Cirque ; et en le voyant sur ce trône élevé qu'entourait un peuple innombrable tendre la main à son sujet, avec une grâce mêlée de douceur et de majesté, je tressaillis de joie, et je dis en moi-même : Cet exemple va lui donner une foule de héros ; il sait le grand art d'exciter l'émulation et l'amour de la gloire ; on se disputera l'honneur de le servir. Mais si mon triomphe lui préparait des succès, il m'annonçait bien des traverses ! Ce fut dès lors que l'envie se déchaîna contre moi.

Cinq ans de victoires lui imposèrent silence ; mais lasse enfin de mes succès, elle perdit toute pudeur.

J'assiégeais Ravenne[8], où les Goths s'étaient retirés, chassés de toute l'Italie. C'était leur unique refuge ; ils ne pouvaient plus m'échapper. On fit entendre à l'Em-

---

5. « Quelques-uns de ses [Bélisaire] capitaines l'accusèrent envers Justinien d'avoir voulu usurper une tyrannie et se faire roi » (*ibid.*, L. II, p. 55).

6. « Bélisaire écrit à Justinien le suppliant enfin de lui vouloir donner congé de s'en retourner à Constantinople » (*ibid.*, p. 54).

7. « Bélisaire étant arrivé à Constantinople avec Gelimer et les Vandales reçut [...] tous les honneurs desquels au temps passé on souloit honorer les capitaines lesquels avaient obtenu de grandes victoires sur les ennemis et tels que six cents ans auparavant aucun n'en avait reçu de pareils... » (*ibid.*, p. 57). Cf. *Considérations...*, p. 186. Procope décrit les « dépouilles » qui ornent ce « triomphe magnifique ».

8. Vers la fin de 539 avec le concours de Vitalis qui occupe la rive gauche du Pô tandis que les Byzantins contrôlent l'Adriatique.

pereur que la place était imprenable, que la ruine de
son armée serait le fruit de mon[9] obstination ; et
lorsque réduits à l'extrémité les Goths m'allaient
rendre les armes, arrivent des ambassadeurs, que Justinien envoie pour leur offrir la paix[10]. Je vois clairement qu'on l'a surpris, et que ce serait le trahir que de
manquer l'instant de gagner l'Italie : je diffère de
consentir à la paix qu'il fait proposer[11] ; la ville se
rend[12] ; et je suis accusé de révolte et de trahison[13]. Ce
n'était pas sans quelque apparence, comme vous
voyez : j'avais désobéi, j'avais fait encore plus. Les
assiégés mécontents de leur Roi m'avaient offert sa
couronne : un refus pouvait les aigrir ; je les flattai par
ma réponse[14], et cette acceptation, en effet simulée,

---

9. Coquille : « son » : Ed. IV, V.

10. Il s'agit du « comes domesticorum » et patrice Domnicus et
du sénateur Maximin autorisés à signer un traité de paix aux
termes duquel les Goths renonceraient à l'Italie au sud du Pô et à la
moitié de leur trésor royal. Conditions que les Goths acceptèrent
avec empressement (*De la Guerre des Goths*, L. II, p. 210).
Coquille : « ambasseurs » : Ed. V.

11. Bélisaire estime que le fait de l'empêcher d'achever une victoire qui est déjà « entre ses mains » est « une grande diminution
de son honneur » (*ibid.*, pp. 210-211) et refuse de signer le traité.
Seul acte d'insubordination à l'égard de Justinien inspiré à la fois
par une ambition militaire et un excès de zèle au service de son
maître.

12. En mai 540.

13. « Quelques-uns des chefs de l'armée envieux de la fortune
prospère de Bélisaire l'avaient accusé envers l'Empereur d'avoir
envié une tyrannie de laquelle il n'était aucunement digne » (*ibid.*,
p. 214).

14. A l'offre des Goths, Bélisaire répond « qu'il ne voulait
accepter ce royaume sans la permission de l'Empereur, attendu
qu'il haïssait intimement ce nom de tyran [...] et aussi qu'il s'était

passa pour sincère à la Cour. Je fus rappelé[15] ; et mon
obéissance déconcerta mes ennemis. Je menai captif
aux pieds de l'Empereur ce roi des Goths[16], dont on
m'accusait d'avoir accepté la couronne. Mais cette fois
le triomphe ne me fut point accordé[17]. J'en eus une
douleur mortelle. Non que j'en fusse humilié : mon
cortège faisait ma pompe ; et l'affluence et les acclamations du peuple qui m'environnait auraient satisfait
une vanité plus ambitieuse que la mienne[18]. Mais le

---

par un grand serment obligé à l'Empereur [...] Toutefois, pour retenir cette affaire présente toujours en bon état, il leur fit paraître
qu'il recevait en bonne part ce qu'ils lui avaient dit ». Vitigès, crai-
gnant pour sa personne, lui envoie en secret un émissaire pour le
persuader d'accepter et promet de ne pas s'y opposer. Finalement,
Bélisaire confirme par serment la sûreté des vies et des biens des
Goths ; en ce qui concerne l'article relatif à la charge du royaume,
il promet de faire le serment, après la reddition de la ville, entre les
mains de Vitigès et des grands seigneurs goths (*ibid.*, p. 212).

15. Justinien prend le parti de la désobéissance de Bélisaire dont
l'issue paraît heureuse, mais il le rappelle à Constantinople et
ordonne à Constantianus d'achever avec l'aide de plusieurs généraux restés en Italie la pacification du pays.

16. *Vitigès* (Note de Marmontel).

17. Bélisaire « avait mené avec soi Vitigès, les principaux des
Goths [...], le trésor royal et tous les autres meubles précieux ».
Justinien fait exposer à part ces richesses et joyaux précieux, « car il
ne voulut qu'iceux furent présentés en public devant tout le peuple et
ne voulut que Bélisaire eut cet honneur du triomphe, comme autrefois il l'avait reçu » (*De la Guerre des Goths*, L. III, p. 217).

18. « Au lieu de ce triomphe glorieux, Bélisaire triomphait par
la bouche d'un chacun [...]. Jamais personne ne fut si recommandé
ni si renommé [...]. L'ordonnance de son marcher et de sa suite
représentait ordinairement une pompe magnifique et très belle à
voir tant par le grand nombre d'hommes qui marchaient devant lui
que pour les autres qui le suivaient entremêlés de plusieurs Vandales, Goths et Maurusiens » (*ibid.*).

froid accueil de Justinien m'annonçait qu'il n'était point dissuadé ; et par malheur, cette cruelle atteinte qu'on avait portée à son âme fut encore envenimée par l'enthousiasme imprudent d'un peuple enivré de ma gloire.

Ici, de bonne foi, mettez-vous à la place de l'Empereur, déjà prévenu contre moi. N'auriez-vous pas été blessé des éloges qu'on me donnait, et qui étaient pour lui des reproches ? N'auriez-vous pas pris quelque ombrage de l'ambition d'un sujet, que la voix publique élevait jusqu'au ciel ? N'auriez-vous pas vu avec quelque dépit tout un peuple, dans son ivresse, affecter de me venger de vous, en me décernant un triomphe plus beau que celui qu'on me refusait ? Auriez-vous fermé l'oreille aux réflexions de la Cour, sur l'insulte faite à la majesté par ce tumulte populaire ? Mon voisin, le plus grand Prince est homme ; il n'en est point qui ne soient jaloux de leur gloire et de leur pouvoir ; et quand Justinien n'aurait pas eu la force de se vaincre et de me pardonner, cela devrait peu nous surprendre. Il le fit cependant : il se mit au-dessus des faiblesses de la vanité, et des soupçons de la jalousie ; il daigna me confier encore l'honneur de ses armes et la défense de ses États[19]. Mais un dernier événement le fit pencher enfin du côté de mes ennemis.

J'étais au bout de ma carrière. Narsès, qui m'avait succédé en Italie, me consolait par ses victoires de ma triste inutilité ; je croyais n'avoir plus qu'à mourir tranquille, quand les Huns vinrent désoler la Thrace.

---

19. En 541 et 542, Chosroès, roi de Perse, étant entré sur les terres de l'Empire, Justinien envoya Bélisaire qui, par deux fois, arrêta les progrès des Perses.

L'Empereur se souvint de moi, et daigna charger ma vieillesse d'une expédition dont l'issue décidait du sort de l'État. Je couvris mes rides et mes cheveux blancs d'un casque rouillé par dix ans de repos[20]. La fortune me seconda ; je chassai les Huns, qui n'étaient plus qu'à quelques milles de nos murailles ; et le succès d'une embuscade me fit regarder comme un dieu[21]. Ce

---

20. *Dum interea civitas omnis tumultuando maximum in modum pertubaretur... Belisarius, clarissimus olim praefectus, etsi prae senectute in curvitatem jam declinasset, mittitur tamen per Imperatorem in hostes... Et ipse quidem de se, mira animi promptitudine, juvenis munera exequebatur. Id namque ultimum illi in vita certamen fuit ; nec sane minorem ex eo retulit gloriam, quam ex Vandalis olim Gothisque devictis. Agathias. L. 5* (Note de Marmontel). (*Note de l'E. :* Cependant, alors que la cité entière était en proie au plus grand désordre né de la guerre..., Bélisaire, général jadis très illustre, bien que déjà courbé par l'âge, est néanmoins envoyé sur l'ordre de l'Empereur contre l'ennemi... Quant à lui, animé d'une admirable résolution de caractère, il accomplissait par lui-même les fonctions d'un jeune homme. Ce fut là de fait le dernier combat de sa vie ; et il n'en retira pas assurément une gloire moindre que celle qu'il avait retirée autrefois de la défaite des Vandales et des Goths).

21. En mars 559, Zabergan, chef des Kotrigours, traverse les Balkans, défait une armée impériale, s'avance vers le Long Mur (qui, depuis le tremblement de terre de décembre 557, n'est pas restauré) et jusqu'à trente kilomètres de la capitale. C'est alors que Justinien, dans le climat de terreur qui règne, se tourne vers Bélisaire qui, depuis 551, n'est plus en activité de service. Bien que vieilli physiquement, Bélisaire se révèle une fois encore habile tacticien. Il improvise une cavalerie, fait appel à trois cents vétérans qui ont participé à ses campagnes, établit un camp à quelques kilomètres du mur théodosien, emploie les paysans qui s'étaient réfugiés à Constantinople à fortifier ce camp et à tromper l'ennemi sur les forces réelles des impériaux, de sorte que Zabergan croit se trouver en présence d'une armée formidable. Lorsqu'il attaque, deux corps embusqués sortent des bois, prennent l'ennemi en flanc ; quatre cents barbares sont tués. C'est la dernière victoire de Bélisaire (voir Gibbon, *ouvr. cité*, t. VIII, pp. 151-155).

fut dans toute la ville, à mon retour, une folie, un égarement dont je gémissais en moi-même ; mais le
moyen de l'apaiser ?[22] L'Empereur était vieux : cet âge
a des faiblesses ; et l'extrême faveur du peuple, les
honneurs excessifs qu'il me rendait, firent croire à ce
Prince qu'on était las de son règne, et qu'on l'avertis-
sait de céder le trône à celui qui le défendait. L'inquiétude et le chagrin se saisirent de son âme ; et sans me
traiter comme criminel, il m'éloigna comme dangereux. Ce fut alors que se forma contre lui cette conspiration, dont les complices sont morts dans les tortures,
sans en avoir nommé le chef. La calomnie a suppléé
au silence des coupables ; et ce silence a été pris lui-
même pour un aveu qui m'accusait. J'ai été arrêté ; le
peuple s'en est plaint ; une longue prison l'a ému de
pitié ; l'indignation a produit la révolte ; et l'Empereur,
obligé de me livrer au peuple, n'a cru faire, en m'ôtant
les moyens de lui nuire, que désarmer son ennemi. Je
ne le fus jamais, le ciel m'en est témoin ; mais le ciel
qui lit dans les cœurs n'a pas permis aux souverains
d'y lire ; et celui que vous accusez est plus malheureux que coupable d'en avoir cru des apparences qui
vous auraient peut-être abusé comme lui[23].

Oui sans doute, il est malheureux, et le plus malheureux des hommes, dit Justinien, en se précipitant sur
lui, et en le serrant dans ses bras. Quel est ce transport

---

22. Bélisaire fut reçu par les habitants de Constantinople avec
des acclamations de joie et de reconnaissance. L'Empereur, lui,
l'embrassa froidement sans le remercier (*ibid.*).

23. Avec ce développement relatif à « toutes les fausses apparences qui ont pu séduire l'Empereur », la réconciliation de Justinien et de Bélisaire est, selon Fréron, « amenée avec assez
d'adresse » (*Année littéraire*, 1768, t. I, Lettre I, p. 25).

de douleur ? lui demanda Bélisaire étonné. C'est le
tourment d'une âme déchirée, lui dit Justinien. Ô mon
cher Bélisaire ! ce maître injuste, ce tyran barbare, qui
vous a fait crever les yeux, et qui vous a réduit à la
mendicité, c'est lui, c'est lui qui vous embrasse. Vous,
Seigneur ! s'écria le héros. – Oui, mon ami, mon
défenseur, oui, le plus vertueux des hommes, c'est moi
qui ai donné au monde cet horrible exemple d'ingratitude et de cruauté. Laissez-moi subir à vos pieds l'humiliation que je mérite. J'oublie un trône que j'ai
souillé, une couronne dont je suis indigne. C'est la
poussière que vous foulez que je dois mouiller de mes
larmes ; c'est là que mon front doit cacher l'opprobre
dont il est couvert[24].

Hé bien ! lui dit Bélisaire, qui le retenant dans ses
bras le sentait suffoqué de sanglots, hé bien, Seigneur ! allez-vous succomber au repentir d'une faute ?
Vous voilà dans l'abattement, comme si vous étiez le
premier homme que la calomnie eût séduit, ou que
l'apparence eût trompé ! Mais votre erreur fût-elle un
crime, y a-t-il de quoi vous dégrader et vous avilir à
vos propres yeux ? Non, grand Prince, un moment de
surprise ne doit pas vous ôter l'estime de vous-même,
et le courage de la vertu. Que votre âme flétrie et
consternée se relève au souvenir de tout le bien que
vous avez fait aux hommes, avant ce malheureux
moment. Bélisaire est aveugle ; mais vingt peuples par
vous sont délivrés du joug des Barbares ; mais les
ravages de tous les fléaux sont réparés par vos bienfaits ; mais trente ans d'un règne marqué par des tra-

---

24. « Y a-t-il jamais eu pénitent aussi contrit ? », demande
Coger qui ne comprend pas comment Justinien a pu jusque-là
contenir sa douleur (*Examen*, 1re éd., p. 79).

vaux utiles ont prouvé à tout l'univers que vous n'êtes
pas un tyran[25]. Bélisaire est aveugle ; mais il vous le
pardonne ; et si vous croyez devoir expier encore le
mal que vous lui avez fait, voyez combien cela vous
est facile. Ah ! remplissez un seul des vœux que je
fais pour le bonheur du monde, et je suis trop dédommagé.

Venez donc, lui dit l'Empereur, en le serrant de
nouveau dans ses bras, venez m'aider à expier mon
crime ; venez l'exposer dans toute son horreur aux
yeux de ma perfide Cour ; et que votre présence, en
rappelant ma honte, atteste aussi mon repentir.

Bélisaire eut beau le conjurer de le laisser dans sa
solitude ; il fallut, pour le consoler, qu'il consentît à le
suivre. Alors Justinien s'adressant à Tibère : Que ne
vous dois-je pas, lui dit-il, mon ami ! et quels bienfaits
égaleront jamais le service que vous m'avez rendu ?
Non, Seigneur, lui dit le jeune homme, vous n'êtes pas
assez riche pour m'en récompenser. Mais chargez
Bélisaire de la reconnaissance. Tout pauvre qu'il est, il
possède un trésor que je préfère à tous les vôtres. Mon
trésor est ma fille, dit Bélisaire ; et je ne puis mieux le
placer[26]. A ces mots il fit appeler Eudoxe. Ma fille, lui
dit-il, embrassez les genoux de l'Empereur, et deman-
dez-lui son aveu pour donner votre main au vertueux
Tibère. Au nom, à la vue de Justinien, le premier

_____

25. Voici, assure Coger (*ibid.*, p. 80), « tout à coup cet ami de la
vérité, cet ennemi des flatteurs » qui « devient un courtisan qui
prodigue l'encens et les louanges… »

26. « Est-il naturel que le jeune Tibère sans doute tendre et sensible paraisse à peine penser à Eudoxe dans le cours du roman et
que, tout à coup transformé en Roland passionné, il demande avec
ardeur le trésor que possède Bélisaire ? » (*ibid.*, pp. 88-89).

mouvement de la nature, dans le cœur de la fille de Bélisaire, fut le frémissement et l'horreur. Elle jette un cri douloureux, recule, et détourne la vue. Justinien s'avance vers elle. Eudoxe, lui dit-il, daignez me regarder ; vous me verrez baigné de larmes : elles expriment le repentir qui me suivra dans le tombeau. Ni ces larmes, ni mes bienfaits ne peuvent effacer mon crime ; mais Bélisaire me le pardonne ; et voici le moment de vous montrer sa fille, en me pardonnant comme lui.

Ce fut pour Justinien une consolation d'unir Eudoxe avec Tibère ; et il commença dès ce moment à sentir rentrer dans son cœur la douce paix de l'innocence.

Jamais révolution plus soudaine et moins attendue n'avait renversé les idées et les intérêts de la Cour. L'arrivée de Bélisaire y jeta le trouble et la consternation. Le voilà, dit l'Empereur à ses courtisans, le voilà ce héros, cet homme juste, que vous m'avez fait condamner. Tremblez, lâches : son innocence et sa vertu me sont connues ; et votre vie est dans ses mains. La pâleur, la honte et l'effroi étaient peints sur tous les visages : on croyait voir dans Bélisaire un juge inexorable, un dieu terrible et menaçant ; il fut modeste comme dans sa disgrâce ; il ne voulut connaître aucun de ses accusateurs ; et honoré jusqu'à sa mort de la confiance de son maître, il ne lui inspira jamais que l'indulgence pour le passé, la vigilance sur le présent, et une sévérité imposante pour tous les crimes à venir. Mais il vécut trop peu pour le bonheur du monde, et pour la gloire de Justinien. Ce vieillard faible et découragé se contenta de lui donner des larmes ; et les conseils de Bélisaire furent oubliés avec lui[27].

---

27. Bélisaire meurt en mars 565, Justinien en novembre.

APPROBATION.

J'ai lu, par ordre de Monseigneur le Vice-Chance-
lier, Bélisaire, *Ouvrage de M. Marmontel ; & je n'y ai*
rien trouvé qui m'ait paru devoir en empêcher l'im-
pression. Fait à Paris, ce 20 novembre 1766.

BRET.

PRIVILÈGE DU ROI.

Louis, par la grâce de Dieu, Roi de France & de
Navarre : A nos amés & féaux Conseillers, les Gens
tenant nos Cours de Parlement, Maîtres des Requêtes
ordinaires de notre Hôtel, Grand Conseil, Prévôt de
Paris, Baillifs, Sénéchaux, leurs Lieutenants Civils &
autres nos Justiciers qu'il appartiendra, Salut. Notre
amé le Sieur Joseph Merlin, *Libraire à Paris,* Nous a
fait exposer qu'il désirerait faire imprimer & donner
au Public un Ouvrage qui a pour titre : *Bélisaire,*
par M. Marmontel, de l'Académie Française, avec
Estampes, s'il Nous plaisait lui accorder nos Lettres de
privilège pour ce nécessaires. A ces causes, voulant
favorablement traiter l'Exposant, Nous lui avons per-

mis & permettons par ces présentes de faire imprimer ledit Ouvrage autant de fois que bon lui semblera, de le vendre, faire vendre & débiter par tout notre Royaume, pendant le temps de six années consécutives, à compter du jour de la date des présentes. FAISONS défenses à tous Imprimeurs, Libraires & autres personnes de quelque qualité & condition qu'elles soient, d'en introduire d'impression étrangère dans aucun lieu de notre obéissance, comme aussi d'imprimer, faire imprimer, vendre, faire vendre, débiter ni contrefaire ledit Ouvrage, ni d'en faire aucun extrait sous quelque prétexte que ce puisse être, sans la permission expresse dudit Exposant, ou de celui qui aura droit de lui, à peine de confiscation des Exemplaires contrefaits, de trois mille livres d'amende contre chacun des contrevenants, dont un tiers à Nous, un tiers à l'Hôtel-Dieu de Paris, & l'autre tiers audit Exposant, ou à ceux qui auront droit de lui, & de tous dépens, dommages & intérêts : à la charge que ces Présentes seront enregistrées tout au long sur le Registre de la Communauté des Imprimeurs & Libraires de Paris, dans trois mois de la date d'icelles ; que l'impression dudit Ouvrage sera faite dans notre Royaume, & non ailleurs, en bon papier & beaux caractères, conformément aux Réglements de la Librairie, & notamment à celui du 10 avril 1725 ; à peine de déchéance du présent Privilège ; qu'avant de l'exposer en vente le Manuscrit qui aura servi de copie à l'impression dudit Ouvrage, sera remis dans le même état où l'Approbation y aura été donnée, ès mains de notre très-cher & féal Chevalier, Chancelier de France, le Sieur DE LAMOIGNON ; & qu'il en sera ensuite remis deux Exemplaires dans notre Bibliothèque publique, un dans celle de notre Château du Louvre, un dans celle dudit Sieur DE LAMOIGNON, &

un dans celle de notre très-cher & féal Chevalier Vice-Chancelier & Garde des Sceaux de France, le Sieur DE MAUPEOU, le tout à peine de nullité des Présentes. Du contenu desquelles vous mandons & enjoignons de faire jouir ledit Exposant & ses ayant-cause, pleinement & paisiblement, sans souffrir qu'il leur soit fait aucun trouble ou empêchement. VOULONS que la copie des Présentes, qui sera imprimée tout au long au commencement ou à la fin dudit Ouvrage, soit tenue pour duement signifiée, & qu'aux copies collationnées par l'un de nos amés & féaux Conseillers, Secrétaires, foi soit ajoutée comme à l'Original : Commandons au premier notre Huissier ou Sergent sur ce requis de faire pour l'exécution d'icelles tous actes requis & nécessaires, sans demander autre permission ; & nonobstant clameur de Haro, Charte Normande, & Lettres à ce contraires. CAR tel est notre plaisir. DONNÉ à Paris, le dixiéme jour du mois de décembre, l'an de grace mil sept cent soixante-six, & de notre Règne le cinquante-uniéme. Par le Roi en son Conseil.

Signé, LE BÈGUE.

Registré sur le Registre XVII. de la Chambre Royale & Syndicale des Libraires et Imprimeurs de Paris, N°. 1091, fol. 65, conformément au Réglement de 1723. A Paris, ce 16 décembre 1766.

GANEAU, Syndic.

ANNEXE I

Nous reproduisons ici le texte de l'*ADDITION A la Note de la Page 237* de l'édition Merlin, 1767, 340 pages (voir dans la présente édition la note 14 du chapitre XV). Parue en feuille volante, nous l'avons dit, cette addition fut insérée en tête ou à la fin des émissions/éditions qui suivirent l'édition originale avant d'être intégrée dans la note même. Elle serait l'œuvre de l'abbé Genest, sous-principal du collège Mazarin, qui aurait garanti que, « moyennant ce lénitif », le livre pourrait « passer » (*Nouvelles ecclésiastiques*, 12/3/1768, p. 42).

*
* *

Suarès et presque tous les auteurs de son temps enseignent que la connaissance implicite des vérités mystérieuses de la religion chrétienne suffit pour le salut aux personnes qui sont dans l'impossibilité de les connaître distinctement ; qu'il suffit, dans ce cas, de connaître et de croire d'une véritable foi l'existence de Dieu et sa providence, et d'observer fidèlement la loi naturelle.

Ce sentiment n'a jamais été condamné par l'Église ; et les auteurs qui le combattent, comme Sylvius, Haber, etc. ne le rejettent que comme moins probable.

Innocent XI et le clergé de France, dans l'assemblée de 1700, n'ont donné aucune atteinte à ce sentiment de Suarès. La plus saine partie des théologiens s'accordent à dire que les infidèles, dont l'erreur est de bonne foi, peuvent, avec des grâces surnaturelles que Dieu leur accorde, observer la loi naturelle ; et que s'ils le font, Dieu ne permettra jamais qu'ils meurent sans la connaissance des vérités nécessaires au salut.

Saint Thomas, dans son Commentaire sur le livre des Sentences, se propose la difficulté des Incrédules :

« Nullus damnatur in hoc quod vitare non potest ; sed aliquis natus in silvis, vel inter Infideles, non potest distincte de fidei articulis cognitionem habere : ergo non damnatur ; et tamen non habet fidem explicitam : ergo videtur quod explicatio fidei non sit de necessitate salutis. » *Voici sa réponse.* « In eis quae sunt necessaria ad salutem, numquam Deus homini quaerenti suam salutem deest, vel defuit, nisi ex culpa sua remaneat : unde explicatio eorum quae sunt de necessitate salutis, vel divinitus homini provideretur per praedicationem fidei, sicut patet de Cornelio ; vel per revelationem (intimam), qua supposita, in potestate est liberi arbitrii ut in actum fidei erumpat. » *Distinct. 25, quest. 2, art. 1.*

*
* *

Traduction du texte de saint Thomas : « Nul n'est damné pour ce qu'il ne peut éviter ; mais un homme né dans les bois ou au sein des infidèles ne peut avoir une connaissance distincte des articles de la foi : il n'est donc pas damné ; et cependant il n'a pas la foi explicite : il semble donc que l'exposition de la foi ne soit pas de nécessité de salut ». *Réponse :* « Pour ce qui est nécessaire au salut, Dieu ne manque ni n'a jamais manqué à l'homme qui cherche son salut, à moins qu'il ne demeure à l'écart par sa faute. C'est pourquoi l'exposition de ce qui est nécessaire au salut sera divinement communiquée à l'homme soit par la prédication de la foi, comme il en est dans le cas de Cornelius, soit par une révélation (intime) susceptible, par l'effet d'une décision libre, de se manifester en acte de foi ».

Cette addition correspond à la 4ᵉ Proposition de la *Censure* (pp. 29-42). Elle est jugée « fausse sur beaucoup d'objets » :

— L'opinion attribuée à Suarès n'est pas celle qu'il soutient, c'est même celle qu'il « rejette très expressément », car il enseigne que « sans un acte de foi surnaturelle fondée sur la révélation ou le témoignage de Dieu, acte de foi qui doit être joint à la foi implicite en Jésus-Christ, acte par lequel on croit en un seul Dieu comme rémunérateur et auteur d'une justice et d'une béatitude surnaturelles, nul adulte en quelque temps, en quelque lieu et en quelques circonstances que ce soit, ne parvient à la rémission de ses péchés et à la justification nécessaire au salut ».

— Il est faux que l'opinion infidèlement imputée à Suarès ait été suivie de « presque tous les auteurs de son temps ». Ceux qui « ont paru donner dans cet écart » ont été réfutés.

— Ce que Sylvius et Haber rejettent comme moins probable, c'est non l'opinion attribuée mal à propos à Suarès, mais le vrai sentiment de Suarès sur la nécessité de la foi en Jésus-Christ.

— Innocent XI en 1679 a condamné des propositions qui portent atteinte au sentiment injustement attribué à Suarès, de même que le Clergé de France en 1700.

— La note est « *faussement appliquée à la défense de l'erreur de Bélisaire sur le salut des païens* » puisque les héros païens placés dans le Ciel par Bélisaire sont coupables de superstitions d'un culte idolâtre et de vices monstrueux, qu'ils n'ont donc pas « *observé fidèlement la loi naturelle* » et qu'ils n'ont pas cru « d'une *véritable foi l'existence de Dieu et de sa Providence* » ; cependant ce sont là deux points essentiels exigés pour le salut dans la prétendue opinion de Suarès. D'ailleurs les erreurs de ces idolâtres étaient-elles de bonne foi ?

— Le texte rapporté de saint Thomas est « contraire à l'erreur de Bélisaire sur le salut des païens puisque le saint Docteur y soutient que la foi explicite des mystères du christianisme, depuis la promulgation de la loi nouvelle, est de nécessité de salut pour tous et pour chacun en particulier. Il est vrai qu'il enseigne que Dieu procurerait, soit par une révélation intime soit par la prédication, la connaissance explicite des mystères à l'infidèle qui n'en aurait rien pu apprendre et qui aurait fidèlement suivi la loi naturelle [...] Mais les héros idolâtres que Bélisaire place dans le Ciel étaient-ils des fidèles observateurs de la loi naturelle ? »

– Au total, la *Censure* relève que cette partie de la note avec son « étalage de citations » paraît annoncer de la vénération pour la doctrine de l'Église, mais que, par ses « faux énon-cés » et ses « applications fausses », elle « ne tend qu'à faire illusion ».

ANNEXE II

Nous reproduisons ci-dessous le projet de Dédicace à Louis XV. Marmontel espérait ainsi se concilier les bonnes grâces de la Cour. Le manuscrit est conservé à la Bibliothèque de la Chambre des députés (ms. 1499).

Sire,

La vérité se cache devant les mauvais Rois, parce qu'elle est pour eux un éternel reproche. Elle se montre devant les bons, parce qu'elle ne peut jamais être que leur éloge, ou leur apologie. C'est sous le règne d'un Souverain modéré, juste, bienfaisant, d'un Législateur doux et sage, d'un ami de l'humanité, d'un Monarque l'amour de Ses peuples, qu'on peut sans crainte élever sa voix en faveur de la vertu qu'il aime, de l'équité qui le conduit, de la nature dont les droits lui sont chers et inviolables. Voilà, Sire, ce qui m'a donné le courage de mettre aux pieds de Votre Majesté la faible esquisse du caractère d'un héros citoyen. Les vérités simples que je mets dans sa bouche, les sentiments vertueux que je lui suppose, les vues de bienfaisance et d'humanité que je lui attribue, tout cela, Sire, est selon le cœur de Votre Majesté. Des maximes bien plus sublimes y ont été gravées dès l'enfance par le sage, l'éloquent, le vertueux Massillon. Que dis-je, Sire ? elles vous ont été transmises par la nature. Le plus tendre, le plus humain, le plus touchant de tous les hommes qui ont parlé aux rois[1], Fénelon les avait inspirées à Votre auguste père ; et de son âme elles ont passé dans celle de Votre Majesté. Si le tableau qu'elle daigne me permettre de lui offrir était de la main de l'un de ces grands hommes, j'ose dire qu'il serait digne des regards du meilleur des Rois. Je n'ai fait qu'indiquer les traits qu'ils auraient peints ; mais si une seule des idées répandues dans mon ouvrage, peut jamais être utile à quelque jeune prince, et contribuer à faire que sous son règne il y ait au monde un heureux de plus, je serai trop récompensé. Daignez, Sire, agréer mon hommage, avec cette bonté qui vous fait adorer de vos peuples, et révérer de l'univers.

> *Je suis avec un très profond Respect,*
> *Sire,*
> *De Votre Majesté,*
> *Le très humble très obéissant*
> *et très fidèle serviteur et sujet*
> *Marmontel*

---

1. Première version : ont écrit en faveur de l'humanité.

ANNEXE III

EXPOSÉ DES MOTIFS QUI M'EMPÊCHENT DE SOUSCRIRE A L'INTOLÉRANCE CIVILE

C'est vers le 15 mars 1767 que Marmontel compose cet *Exposé* où il confirme avec force sa position face au problème de la tolérance civile. Manifestement, il se souvient et de l'article « Intolérance » de l'*Encyclopédie* et du chapitre XV du *Traité sur la tolérance* de Voltaire : ici et là, c'est le même mouvement énumératif de témoignages tirés des Apôtres, des Pères, des représentants modernes de l'Église contre la persécution, c'est la même ardeur dans l'appel convaincu à l'indispensable tolérance dans l'ordre de la cité. On sait que cet *Exposé* contribua à ruiner définitivement les tentatives de conciliation menées avec les membres de la Sorbonne et l'archevêque de Paris. Le texte a paru dans les *Pièces relatives à Bélisaire* (5ᵉ cahier, pp. 4-12). Il a été reproduit dans les nouvelles éditions augmentées des pièces relatives à l'ouvrage (par exemple, La Haye, 1769, pp. 342-350).

J'ai dit que tout ce qui intéresse l'ordre public est du ressort du Prince. C'est reconnaître en lui le droit de réprimer et de forcer au silence toute opinion qui attaque les lois, les mœurs, la constitution politique. Mais il s'agit ici d'une doc-

trine purement théologique, et de savoir si le Prince, qui n'en est pas le juge, en doit être le défenseur.

*1° L'intolérance civile n'est point un dogme de la foi. Le passage de saint Paul[1], qu'on m'oppose, ne peut regarder la croyance, ni les objets spirituels. Saint Paul n'a pu dire aux chrétiens d'être soumis, dans leur croyance, à des Princes qui n'étaient pas chrétiens. Il n'a pu leur dire qu'*en faisant le bien *spirituel* – c'est-à-dire en professant une religion destructive et différente de celle du Prince* – ils seraient louables aux yeux du Prince[2]. *Cela ne peut donc s'entendre que du bien temporel ; et il en est de même du mal dont parle l'Apôtre dans ce chapitre :* Ne soyez point adultère, homicide, voleur, faux témoin[3], *etc. Tout cela tient au temporel, et intéresse l'ordre public. Voilà les maux qui, selon saint Paul, sont du ressort du Prince, et dont* il est le vengeur[4]. *Vouloir appliquer ce passage à l'intolérance, c'est donc en détourner le sens.*

2° Plusieurs des Pères de l'Église se sont déclarés contre l'intolérance civile. Saint Augustin avait changé d'avis depuis sa dispute avec les Donatistes[5] ; mais auparavant il

---

1. *Aux Romains, ch. 13, v. 1. Omnis anima potestatibus sublimioribus subdita sit* (Note de Marmontel) (*Note de l'E.* : « Que chacun se soumette aux autorités en charge », *La Bible de Jérusalem*, 1981, p. 1641).

2. *Bonum fac et habebis laudem ab illa (potestate), v. 3* (Note de Marmontel). (*Note de l'E.* : « Fais le bien et tu en [des magistrats] recevras des éloges », *ibid.*).

3. *Non adulterabis, non occides, non furaberis, non falsum testimonium dices, v. 9* (Note de Marmontel). (*Note de l'E.* : « Tu ne commettras pas d'adultère, tu ne tueras pas, tu ne voleras pas, tu ne diras pas de faux témoignages », *ibid.*, p. 1642).

4. *Vindex in iram ei qui malum agit, v. 4* (Note de Marmontel). (*Note de l'E.* : « [L'autorité est un instrument de Dieu] pour faire justice et châtier qui fait mal », *ibid.*).

5. Marmontel doit emprunter cette précision au chapitre XV du *Traité sur la Tolérance* intitulé « Témoignages contre l'intolé-

prêchait l'indulgence envers les Manichéens, et ne voulait pas qu'on sévît contre eux⁶. Saint Hilaire, saint Athanase, saint Justin Martyr, Tertullien, Lactance ont pensé de même⁷. Saint Martin de Tours refusa de communier avec les évêques qui excitaient la persécution contre les hérétiques d'Espagne, et pour cette seule raison⁸.

3° L'intolérance civile est contraire à l'esprit du christianisme qui ne respire que la douceur, la patience, la charité. Si, d'un côté, la religion ne donne à ses ministres que des armes spirituelles, et que, de l'autre, elle exige des Princes d'employer pour elle la rigueur des lois pénales, elle se dément ; elle avoue que si elle avait la force en main, elle en userait elle-même. En vain se glorifierait-elle d'interdire à ses ministres spirituels les moyens qu'elles prescrirait aux

---

rance » (« Persécuterons-nous ceux que Dieu tolère ? dit saint Augustin, avant que sa querelle avec les donatistes l'eût rendu trop sévère », *éd. cit.*, p. 109).

6. *Illi saeviant in vos qui nesciunt quo labore verum inveniatur, et quam difficile caveantur errores ; illi in vos saeviant qui nesciunt quanta difficultate sanetur oculus interioris hominis ut possit intueri solem suum... Ego autem saevire in vos omnino non possum* (Note de Marmontel) (*Note de l'E. :* la citation en traduction française est donnée par l'article « Intolérance » de l'*Encyclopédie* (t. VIII, 1765, p. 844) : « Que ceux-là vous maltraitent qui ignorent avec quelle peine on trouve la vérité, et combien il est difficile de se garantir de l'erreur. Que ceux-là vous maltraitent qui ne savent pas... » (la citation diverge ensuite) « au prix de quelle difficulté est guéri l'œil de l'homme intérieur pour qu'il puisse se tourner vers sa véritable lumière... Pour ma part, je ne puis absolument pas vous maltraiter ». Dans *De L'Esprit* (t. I, Milan, s.d., Discours II, p. 302), Helvétius rapporte, de son côté, des propos tolérants de saint Augustin.

7. Saint Hilaire, saint Athanase, saint Justin martyr, Lactance sont invoqués et cités par Voltaire dans le même chapitre XV.

8. Saint Martin est évoqué dans l'article « Intolérance » de l'*Encyclopédie*.

puissances temporelles ; ce serait dire : Je ne veux pas ver-
ser le sang, mais je veux bien qu'on le verse. Pour être d'ac-
cord avec elle-même, elle ne doit exiger des Princes que ce
qu'elle ferait à leur place, si elle était armée de la force. Je
demande : Que ferait-elle ? *La réponse décidera de son*
véritable esprit.

4° *L'intolérance civile est contraire aux intérêts de la*
véritable religion. Dans un État où la puissance temporelle
se trouve du parti de la vérité, on peut être séduit par cet
avantage du lieu, du temps, des circonstances. Mais on n'a
qu'à se déplacer ; à deux pas, tout change de face ; et
l'avantage est pour l'erreur. Or, en écrivant, il faut se dire
que l'on écrit pour tous les temps, pour tous les lieux, pour
tous les hommes, et qu'on travaille, autant qu'il est en soi, à
établir dans les esprits une opinion générale et constante.
Cela posé, quelle est l'opinion qu'on peut espérer d'établir
sur la tolérance ou l'intolérance ? Dire qu'il n'appartient
qu'aux Princes catholiques d'être intolérants dans leurs
états, parce qu'ils ont seuls pour garant une auto-
rité infaillible, c'est vouloir n'être écouté que des Princes
catholiques. Un Prince bien persuadé par l'éducation,
l'exemple, l'habitude, le témoignage et l'enseignement, sup-
pose un poids déterminant aux motifs qui le persuadent. S'il
ne croit pas infaillible l'autorité à laquelle il défère, à plus
forte raison ne croira-t-il pas infaillible l'autorité qui la
dément. Un monarque indien, musulman, chinois, peut être
attaché à sa croyance autant qu'un Prince chrétien, et un
hérétique autant qu'un catholique. Celui-ci aura, si l'on
veut, pesé les motifs de crédibilité ; un autre croira sans
examen ; mais il sera persuadé. Or, ce n'est pas la vérité,
c'est la persuasion qui décide du droit que chacun croit
avoir. Attribuer aux Princes catholiques le droit de la force
coactive en fait de croyance, c'est donc induire tous les
autres à se l'attribuer de même ; c'est mettre partout indis-
tinctement le glaive dans les mains de la vérité et de l'er-
reur, et ouvrir les voies de la violence à l'opinion domi-
nante.

Il s'agit donc d'examiner laquelle de ces deux hypothèses est la plus favorable à la vérité : ou « que tous les Princes prétendent avoir le droit de réprimer, de poursuivre, d'exterminer toute doctrine nouvelle et étrangère dans leurs états ; » *ou que* « laissant les opinions s'élever et se combattre, ils livrent l'erreur et la vérité à leurs propres forces. »

Chacun, selon sa façon de voir, peut préférer l'une ou l'autre hypothèse. Pour moi, je pense qu'il est plus glorieux et plus avantageux pour la vérité de demander qu'on laisse le champ libre à l'opinion et à la croyance.

Un des caractères les plus sensibles de la véritable religion, est de s'être établie, étendue, élevée sur les ruines de l'erreur, sans le secours de la force. Voilà son triomphe. Dès que les Empereurs ont tiré le glaive pour sa défense, ils lui ont dérobé une partie de sa gloire ; les incrédules ont pu méconnaître dès lors la main de Dieu qui la soutenait, et ne voir dans sa propagation que la politique des hommes. Pour la rendre odieuse, ils lui ont reproché tout le sang qu'elle avait fait répandre, tous les brigandages, toutes les cruautés, tous les excès commis en son nom ; et lorsqu'on leur a répondu comme saint Augustin[9], ou ce qu'on a fait, on l'a fait justement ; ou c'est la paille, dont nous sommes le froment pur, qui a fait ce qu'il y a d'injuste, *ils ont répliqué, que* cette paille *s'allumait, et qu'elle allumait des bûchers ; qu'en lâchant la bride au faux zèle, on répondait de ses emportements ; et que, si on ne l'approuvait pas, on n'avait qu'à le retenir.* Si l'on usait de violence pour la défense de la foi *(dit saint Hilaire)* les évêques s'y opposeraient[10]. *Mais dans quel temps les a-t-on vus aller arrêter le glaive dans les mains des persécuteurs ? On convient que quelques docteurs, quelques prélats, et le Clergé de France même, dans ses assemblées, ont* désapprouvé les voies de

---

9. *Aut juste factum aut palea nostra fecit* (Note de Marmontel).

10. Citation faite par Voltaire (*Traité sur la tolérance*, ch. XV, p. 109) qui précise sa référence (Liv. Ier).

rigueur[11], *et déclaré* qu'ils ne prétendaient point guérir les maladies de l'âme par la contrainte et la violence[12] ; *mais on n'a pas oublié qu'à Rome on célébra la Saint-Barthélemy ; on n'a pas oublié qu'à Paris, la Sorbonne, du temps d'Érasme, regardait comme une hérésie de croire qu'il ne fallait pas brûler les hérétiques. Ainsi la vérité, en prenant les armes de l'erreur, se voit confondue avec elle, et perd son avantage en donnant à la force le droit de décider leur sort.*

Qu'on se rappelle ces combats en champ clos, qui, chez nos pères, encore barbares, tenaient lieu de jugement. Il est évident que tout le risque était du côté de la bonne cause. Il en est de même de l'intolérance. C'est à l'erreur à s'en applaudir, car elle a besoin de la force, au lieu que la vérité n'a besoin que d'elle-même, et du temps.

La religion, seule et sans appui, a résisté dès sa naissance, et dans son état de faiblesse, aux plus violentes persécutions ; elle a vaincu les plus grands obstacles ; et, par ses forces surnaturelles, elle s'est élevée et répandue dans presque tout l'univers. Si donc, pendant plus de 300 ans, elle s'est passée du secours de la puissance des Princes, n'est-ce pas vouloir paraître se défier de ses avantages que de demander pour elle, aujourd'hui qu'elle est établie et régnante, les secours qu'elle a dédaignés dans ses temps les plus malheureux ?

Enfin l'intolérance civile est un fléau pour l'humanité : 1° En ce que l'erreur s'attribue le droit d'être intolérante aussi bien que la vérité : c'est à qui le sera le plus ; et de tous côtés l'on s'égorge. 2° En ce que la vérité même n'est jamais sûre de la prudence, de l'équité, de la douceur de ses ministres ; que le fanatisme s'en mêle, que le zèle irrité devient furieux et impitoyable, et que la religion de l'Agneau se trouve avoir des tigres pour vengeurs.

---

11. Citation empruntée encore à Voltaire (*ibid.*) qui renvoie à l'« Assemblée du Clergé, 11 auguste 1560 ».

12. Nouvel emprunt à Voltaire (*ibid.*, p. 110) qui indique sa source : « Le Cardinal Le Camus, *Instruction pastorale* de 1688 ».

Toute autorité légitime procède d'après des lois dont l'objet est déterminé, dont les règles sont fixes, dont la marche est certaine. L'objet de l'intolérance est vague ; et les rigueurs qu'elle doit exercer sont à la discrétion des hommes. C'est une jurisprudence criminelle sans code, sans forme de procédure, dont les délits et les peines n'ont aucun rapport décidé, et dont le plus souvent les bourreaux sont les juges.

Le Prince est juste et modéré ; son ministre lui-même est sage ; mais les exécuteurs de sa volonté seront avides et féroces. C'est la cause de Dieu qu'ils vengent ; l'humanité n'est plus rien pour eux. De là tous les forfaits commis au nom de la religion ; de là ces scènes de meurtre et d'horreur, dont tant de fois a frémi la nature. C'est ce qui fait trembler tout homme né sensible, en jetant les yeux sur l'histoire des temps. C'est ce qui me fait refuser mon aveu à l'intolérance civile. En y souscrivant, je croirais tremper ma plume dans le sang. Ma voix n'est rien, je le sais ; mais ma conscience est quelque chose : elle me défend d'approuver un système que je crois injurieux pour la religion, et funeste à l'humanité.

Non est religionis cogere religionem, quae sponte suscipi debet, non vi *(Tertul. ad Scapulam)*[13].

Nihil est tam voluntarium quam religio, in qua si animus sacrificantis adversus est, jam sublata, jam nulla est *(Lactant. 1. 5. cap. 20)*[14].

Defendenda religio est, non occidendo, sed moriendo ;

---

13. *Tertulliani Opera*, t. I, 1662, p. 131 et *Annotationes Jacobi Pamelii in Librum ad Scapulam*, note 7. Traduction : Ce n'est pas le propre de la religion de contraindre la religion qui doit être adoptée librement et non par la violence. Citation déjà rapportée par l'article « Intolérance » de l'*Encyclopédie*.

14. Rien n'est si volontaire que la religion et, si le sentiment de celui qui offre un sacrifice y est contraire, la religion est dès lors niée, elle n'est plus rien. Dans son chapitre XV, Voltaire avance une citation voisine tirée du Livre III de Lactance.

non saevitia, sed patientia... Si sanguine, si tormentis, si malo religionem defendere velis, jam non defendetur, sed polluetur atque violabitur *(ibid.)*[15].

In carne ambulamus ; non secundum carnem militamus : nam arma militiæ nostræ non carnalia sunt *(Paul. 2. Corinth.)*[16].

Quae desursum est sapientia, pacifica est, modesta, suadibilis, seu facile aliis obsequens, plena misericordia et fructibus bonis *(Idem ad Rom.)*[17].

---

15. *Libri Quinti de Justitia*, XX, De vanitate et sceleribus impiarum religionum et christianorum cruciatibus, in *L.C.F. Lactantii Opera omnia*, t. I, Lutetiae Parisiorum, 1748, p. 414. « Il la [religion] faut défendre non par occir mais par être occis, non par cruauté, ains par patience [...] Si tu veux défendre la religion par effusion de sang, par tourments, par mal, elle ne sera lors défendue, mais polluée et contaminée », *Des Divines Institutions contre les religions et erreurs des Gentils et Idolâtres*, Paris, 1581, p. 470).

16. « Nous vivons dans la chair, mais nous ne combattons pas selon la chair ; non, les armes de notre combat ne sont pas charnelles », *Deuxième Épître aux Corinthiens*, 10, 3 (*La Bible de Jérusalem*, p. 1674).

17. La citation se trouve non dans l'*Épître aux Romains*, mais dans l'*Épître de saint Jacques*, 3, 17 (« [...] la Sagesse d'en haut est [...] pacifique, indulgente, bienveillante, pleine de pitié et de bons fruits », *ibid.*, p. 1751).

ANNEXE IV

Dès le 1ᵉʳ mars 1767, la *Correspondance littéraire, philosophique et critique* rend compte de *Bélisaire*. Ce premier article, comme nous le rappelons au cours de l'Introduction, n'est pas exempt de réserves, qu'il s'agisse du tableau historique, de la réflexion politique, de la forme de la narration... La querelle que suscite le livre est l'objet de plusieurs articles successifs (15 avril, 15 juin, 1ᵉʳ octobre, 1ᵉʳ décembre 1767, 15 janvier, 1ᵉʳ février, 15 mars 1768) à l'occasion desquels sont évoqués les principaux ouvrages qui, issus des deux camps, ponctuent le conflit. Nous présentons ici un extrait en date du 15 juin 1767 (éd. Tourneux, t. VII, pp. 288-294). Piquant par le tour de la fiction retenue, le développement, qui témoigne de l'atmosphère polémique de l'époque, est écrit en faveur des Lumières et cependant n'épargne ni Marmontel ni son *Bélisaire*.

L'Église de Dieu a été singulièrement en désarroi, depuis un mois ou six semaines, par l'étourderie du R. P. Marmontel, capucin de la province d'Auvergne, associé à la confrérie des puritains, qui tient ses assises au Louvre pour le maintien de la langue française en ses droits et prérogatives. Lequel capucin Marmontel, ayant réussi par ses menées à se faire nommer, pour un court espace de temps, portier du paradis par intérim, au lieu de faire son devoir avec fidélité et exactitude en bon et digne capucin, a provi-

soirement ou du moins étourdiment confié sa porte à un aveugle nommé Bélisaire. Lequel Bélisaire, ci-devant capitaine général, s'étant fait capucin par la grâce de Dieu et l'intervention du R.P. Marmontel, et ayant pris depuis peu l'habit de l'ordre séraphique, après avoir fait les preuves requises d'imbécillité et de pauvreté d'esprit, n'était néanmoins, vu sa cécité, aucunement propre à être préposé à la garde de la susdite porte. Aussi les méchants, abusant de l'impunité et plus encore de la bonhomie dudit R. P. Bélisaire, il est arrivé par mégarde ou trahison que le susdit capucin Bélisaire a laissé entrer en paradis les ci-devant empereurs Titus, Trajan et Marc-Aurèle, ensemble quelques autres coquins de cette trempe, lesquels, pour avoir gouverné l'empire comme on sait, avaient été justement condamnés par la Sorbonne, pour première correction et sauf quinzaine, à être éternellement détenus et bouillis en enfer, en la cinquième chaudière de la première salle, en entrant à gauche.

Or l'arrivée des susdits damnés en paradis et leur hardiesse d'écarter et de percer toutes ces belles rangées de bienheureux jacobins et cordeliers dont ce séjour céleste est orné, pour se placer insolemment entre saint Thomas et saint François, a causé un tel scandale et un tel vacarme en ce lieu de paix éternelle (où, comme on sait, les logements sont très rares, et les loyers, quoique baissés depuis quelque temps, sont cependant encore d'une cherté excessive), que la Sorbonne n'a pu se dispenser de prendre connaissance de cette affaire et d'informer contre les auteurs, fauteurs et moteurs de ce désordre.

En conséquence, le docteur Riballier, syndic de ce respectable corps, a porté plainte au lieutenant général de police, de ce que le Petit Carême *du R. P. Bélisaire s'était imprimé avec approbation et privilège, et qu'en quinze jours de temps il s'en était répandu dans Paris plus de deux mille exemplaires, dont chacun contenait au quinzième chapitre le passeport et droit de prendre séance en paradis, expédié obrepticement et subrepticement en faveur des nommés Titus, Trajan, Marc-Aurèle et autre canaille, à l'instigation du R. P. Marmontel, capucin sentant l'hérésie.*

Et la police, justement alarmée des suites dangereuses qui pourraient résulter de cette surprise, et jalouse de maintenir les élus en leur légitime possession et droit exclusif aux places du paradis, s'est d'abord fait rendre compte par quel accident des gens sans aveu ont pu usurper des logements dont l'Église les a déclarés inhabiles à tout jamais. Et par les recherches faites à ce sujet, il a apparu que le censeur royal Bret, nommé par la police pour veiller sur la conduite et les propos dudit Bélisaire, a cru que le radotage d'un vieux soldat devenu capucin était sans conséquence, et que son faible pour lesdits méchants empereurs mentionnés au procès, ensemble leur promotion de la cinquième chaudière à la première place vacante en paradis, promotion non ratifiée par la Sorbonne, n'aurait aucune influence réelle sur leur sort, ne diminuerait pas d'une goutte l'huile bouillante de leur chaudière, et ne pourrait par conséquent causer aucun scandale aux âmes pieuses ni aucun regret aux âmes charitables. Conformément à ces idées, ledit censeur Bret a cru témérairement pouvoir donner approbation et privilège audit Petit Carême *du R. P. Bélisaire, capucin aveugle. Pour ce méfait et autre résultant du procès, ledit Bret, atteint et convaincu d'avoir sciemment laissé Marc-Aurèle et Trajan en paradis, sans leur porter aucun empêchement, a été privé de sa place de censeur royal et rayé de dessus la liste d'iceux, pour l'exemple de tous et un chacun qui voudraient affecter ou risquer d'avoir le sens commun en ce qui concerne l'exercice de leurs fonctions. Et l'abbé Genest, docteur de Sorbonne et censeur royal pour la science absurde, ayant été pareillement mais sommairement consulté sur l'orthodoxie de ce quinzième chapitre, et ayant dit verbalement qu'il croyait qu'on pouvait le laisser publier, mais n'ayant donné son avis par écrit, la police a déclaré n'avoir point d'action contre ledit Genest, laissant à la sagesse de la Sorbonne de statuer sur ledit confrère Genest ce que de droit.*

Et quant au R. P. Bélisaire, lequel, après l'information dûment faite de ses vie et mœurs, ensemble ses principes et doctrine contenus dans les quatorze premiers sermons de son Petit Carême, *avait obtenu la survivance de la première place vacante en l'hôpital royal des Quinze-Vingts, a été dit que ledit Père Bélisaire, pour scandale donné par son quinzième sermon, serait frustré de sa survivance, et déclaré inhabile d'entrer jamais dans le susdit hôpital royal des aveugles des Quinze-Vingts.*

Ces résolutions prises et exécutées, restait à statuer sur le sort du R. P. Marmontel, premier moteur des troubles. Et a été ledit Marmontel, d'abord et dès le commencement, déclaré par ses confrères les philosophes, brasseur et débitant de petite bière, lequel, pour faire favoriser son débit préférablement à celui de la confrérie, a affadi sa marchandise de tous lieux communs qu'il a cru le plus propres à diminuer la vertu des drogues jugées essentiellement nécessaires, par la manufacture de Ferney, à la véritable composition de la bonne et salubre bière moderne. Pour raison de ce, et après préalable dégustation de sa dite petite bière faite en manière accoutumée par les jurés de la communauté, et rapport fait par iceux à icelle, tout considéré, a été ledit Marmontel déclaré déchu de sa maîtrise de brasseur, et ce nonobstant la savante apologie en faveur d'icelui envoyée de Ferney par le sieur abbé Mauduit, qui prie qu'on ne le nomme pas. Défenses à lui faites de brasser dorénavant pour l'usage de la communauté. Et la rigueur dudit arrêt ayant contraint ledit Marmontel de se faire brasseur d'hôpitaux, d'Hôtels-Dieu, de couvents de moines et autres lieux privilégiés, il a eu le chagrin de voir en lesdits lieux sa bière condamnée comme trop forte et nuisible à la santé des bonnes âmes. En sorte que se trouvant, suivant le proverbe, entre deux chaises le cul à terre, il s'est fait dans l'amertume de son cœur capucin indigne, et cette qualité l'ayant rendu habile à entrer en conférence avec le docteur abbé Riballier, syndic de la Sorbonne, il a proposé d'ajouter à sa bière tous les adoucissements que ladite Sorbonne pourrait juger nécessaires pour tolérer le débit de ladite bière, dite piquette *par forme de sobriquet.*

Et moi, greffier à la peau de la Chambre des Pacifiques, riant sous cape aux dépens de qui il appartient, ayant été appelé pour dire mon avis, j'ai conseillé chrétiennement et en ma conscience, au R. P. Marmontel, capucin, d'offrir à la congrégation des docteurs en science absurde, dite Sorbonne, de livrer et substituer en enfer, au lieu et place de Marc-Aurèle et compagnie, ledit P. Bélisaire, aveugle, pour y être détenu jusqu'à l'arrivée de l'Antéchrist, laquelle un chacun sait être prochaine, si même il n'est déjà né, et ce en punition d'avoir par sa faute laissé entrer en paradis par fraude le susdit empereur et ses compagnons : estimant pour bonnes raisons n'y avoir aucun mal de damner un peu un vieux radoteur, rendu aveugle, suivant son propre dire, du fait d'un auguste et respectable vieillard dit Justinien, et y avoir au contraire un grand bien de procurer par cet expédient le repos et la paix au R. P. Marmontel à d'autant meilleur marché que la damnation du P. Bélisaire, accordée à la Sorbonne en réparation par le susdit Marmontel, ne faisait au bout du compte ni froid ni chaud à ce bon aveugle.

Mais n'a pas ledit P. Marmontel jugé à propos de suivre un avis charitable, et a mieux aimé se jeter aux pieds du révérendissime père en Dieu, l'archevêque de Paris, duc de Saint-Cloud, pour lui confesser dans la sincérité de son cœur que, depuis l'âge de raison, il s'est toujours senti un penchant invincible pour la religion catholique, apostolique et romaine, et d'être le croyant le plus intrépide des diocèses de Paris et de Limoges. Laquelle confession ayant touché le cœur du prélat, Sa Grandeur a exigé dudit pénitent Marmontel de la consigner par écrit, ensemble les raisons sur lesquelles son vieux radoteur de Bélisaire prétend appuyer les propositions qui ont fait monter le fumet d'hérésie au nez du docteur Riballier et de ses confrères, pour le tout être remis à la Sorbonne en toute soumission par ledit pénitent, sous les auspices dudit prélat, en sa qualité de proviseur de la maison dite Sorbonne et composée de tous les aigles du monde chrétien.

Et ledit pénitent Marmontel ayant travaillé nuit et jour à la confection de la soumise et respectueuse défense des sentiments de son aveugle, faisant en outre de fréquents actes

de contrition, afin de détourner l'orage de la censure
publique sorbonnique annoncée par le syndic Riballier, a
néanmoins cru devoir exhiber avant tout sa dite défense à la
confrérie des philosophes à laquelle il se disait réintégré et
réagrégé par le baptême de la persécution dont il venait
d'essuyer l'ondée. Et ladite cour des pairs, l'affaire mise en
délibération et lecture faite de ladite défense, a déclaré
l'habit vulgairement dit de saint François dûment pris et
endossé par ledit capucin Marmontel ; et a néanmoins pro-
posé pour le prix de philosophie morale de l'année pro-
chaine la question : A quel point doit-il être permis à un
philosophe de déguiser ses vrais sentiments, et lequel doit
être préféré de mentir au Saint-Esprit contre sa conscience,
ou d'attendre paisiblement, et sans bouger de son cabinet, la
censure lancée par le corps des docteurs de la science
absurde ?

Et pour traiter cette question avec toute la clarté dont elle
est susceptible, observe ladite cour, à ceux qui voudront
concourir, qu'elle a toujours estimé que ledit P. Marmontel,
ayant rempli tous les règlements prescrits à la communauté
des brasseurs pour le débit de leur bière, aurait dû se tenir
paisiblement renfermé dans sa cellule, sans s'inquiéter des
clabauderies de la meute dite de Sorbonne, lesquelles elle
juge être nulles et de nulle conséquence, adoptant en tant
que besoin l'observation du feu sieur Deslandes, impri-
mée en son Histoire de la philosophie, *tome troisième,*
page 299[1], où il est dit que la Faculté de théologie de Paris
est le corps le plus méprisable du royaume. Ce que ladite
cour estime être la seule vérité utile contenue dans ce mau-
vais livre du feu sieur Deslandes, dont le titre est ci-dessus
mentionné.

Au lieu de ce qui vient d'être dit, le R. P. Marmontel
ayant jugé à propos d'entrer en pourparlers, explications,

---

1. *Histoire critique de la philosophie où l'on traite de son ori-*
gine, de ses progrès et des diverses révolutions qui lui sont arri-
vées jusqu'à notre temps (d'André-François Boureau-Deslandes),
Amsterdam, 1737, 3 vol.

interprétations, modifications avec ladite Sorbonne, le tout
accompagné de force capucinades, actes de soumission et
de contrition faits en présence de l'archevêque de Paris,
n'ont pourtant toutes ces démarches et conférences produit
d'autre effet que de faire enfin arrêter en Sorbonne irrévo-
cablement au prima mensis *du courant que ledit* Petit
Carême *du P. Bélisaire, et nommément son sermon du quin-*
zième chapitre, serait épluché, épousseté, éventé par une
censure publique.

Et a été le R. R. Bonhomme, cordelier haut de couleur et
connu par son attachement pour le bon vin et la saine doc-
trine, chargé par ladite Sorbonne, dont il est docteur, de
composer ladite censure[2], laquelle étant déjà parvenue
depuis quinze jours à six cents pages d'impression, occu-
pera néanmoins ladite Sorbonne encore cinq ou six mois, à
l'effet de rétablir la paix dans le monde chrétien, de
remettre toutes choses dans leur lieu et place, de faire
déguerpir du paradis tous intrus qui ne reconnaîtront pas
l'infaillibilité du pape et de la Sorbonne, et spécialement
tous ceux qui, par la faute du feu P. Bélisaire, se sont glis-
sés en dernier lieu dans ce manoir de délices. Le tout pour
la plus grande gloire de Dieu, l'édification des fidèles,
l'amendement des coupables et l'avancement en arrière de
la raison en ce royaume de France. Amen.

---

2. Voir la *Seconde Anecdote sur Bélisaire*. C'est Marmontel
lui-même qui a fourni à Voltaire dans une de ses lettres (n° 118)
les renseignements sur ce membre commissaire : « Si j'avais prévu
que vous auriez la bonté de faire rire aux dépens de mes censeurs,
je vous aurais fourni encore des armes. Le père Bonhomme, cordelier, l'un des commissaires nommés pour l'examen de mon livre,
était un personnage à mettre sur la scène, c'est de tous les docteurs
de l'Église celui qui vide le mieux un broc de vin et son visage
rubicond annonce l'ardeur de son zèle ».

INDEX NOMINUM

(Sont relevés les noms des personnages historiques
mentionnés dans *Bélisaire* en dehors de ceux
du héros, de Justinien et de Tibère)
(les chiffres renvoient aux pages)

Photius né d'un premier mariage, elle mena, liée à Théodora, une vie d'intrigues et de désordres.

Aristide : 69, 182

Dit le Juste (v. 540-v. 468), rival de Thémistocle, condamné à l'exil par le jugement de l'ostracisme en 484.

Athanase : 132 (note 37)

Ambassadeur de Justinien, préfet du prétoire d'Italie et d'Afrique, il reçut la dignité de patrice.

Barsames : 44

Intendant des finances.

Bélus : 103

Roi légendaire d'Assyrie qui, vers 2000 avant J.C., aurait fixé le siège de son empire à Babylone, après en avoir chassé les Arabes. Chez Virgile, c'est un roi de Tyr. Dans le *Télémaque* (Livre XIV), il est présenté comme roi d'Égypte et se trouve au nombre des bons rois que Télémaque découvre dans les Enfers.

Bessas : 28, 29, 30

Ostrogoth de Thrace, il prend part dans sa jeunesse à la guerre perse d'Anastase. Maître de milice lors de la première expédition de Bélisaire en Italie, il est promu ensuite à la dignité de patrice et commande, à partir du printemps 545, en remplacement de Jean, neveu de Vitalien, la ville de Rome où, pendant la guerre contre Totila, il fait preuve d'une avarice éhontée. Lorsque, le 17 décembre 546, celui-ci entre dans la ville, il s'enfuit précipitamment, ayant porté les plus grands torts à la cause de l'Empire. Nommé, alors qu'il est âgé de plus de 70 ans, « magister militum per Armeniam », il prend en 551 Petra qu'il fait démanteler, mais néglige ensuite ses devoirs pour satisfaire à sa cupidité sordide à l'occasion d'une tournée d'inspection dans les territoires de sa circonscription. Justinien finit par le révoquer et le reléguer, après avoir confisqué ses biens, chez les Aphkhazes.

Camille : 69, 107

Marcus-Furius Camillus, accusé d'avoir détourné une partie du butin fait à Véies dont il avait terminé le siège (396), s'exila et fut condamné à l'amende par contumace. Rappelé à la suite de l'invasion des Gaulois (387), il les défait. Il devait les repousser une seconde fois sur les bords de l'Anio.

CASSIODORE : 138

Flavius Magnus Aurelius Cassiodorus Senator (environ 485-578), fils d'un gouverneur de Sicile, questeur de 506 à 511, consul en 514, maître des offices en 523, s'attira l'estime de Théodoric dont il devint le secrétaire et qu'il aida dans l'établissement de ses vastes projets. Sept ans après la mort de Théodoric (526), il fut nommé préfet du prétoire (533) et le resta jusqu'en 538, date à laquelle il quitta le service de la royauté ostrogothique. Doué d'aptitudes administratives, il ne manquait pas de talent littéraire et a laissé notamment une *Histoire des Goths*.

CATON (les) : 108, 150, 155, 182

CÉSAR : 121, 141

COMBEFIS (François) : 6 (note 3)

Né à Marmande en 1605, mort à Paris en 1679, dominicain, professeur de philosophie et de théologie, helléniste, pensionné par l'Assemblée du Clergé de France pour travailler aux éditions et versions latines des Pères grecs.

CONSTANCE : 192

« Père de Constantin », précise une note ajoutée dans la « nouvelle édition, revue et corrigée », Merlin, 1767, 249 p. Flavius-Valerius Constance Ier Chlore (vers 225-306), nommé César sous Dioclétien et Maximien, devint Auguste quinze mois avant sa mort. Il exerça toujours le pouvoir avec équité et douceur et fit preuve de tolérance pendant la persécution de Dioclétien.

CONSTANTIN : 56, 105, 106, 108, 157, 160, 161

CYRUS : 75, 103

DARIUS (1er roi des Perses de 521 à 486) : 166

DÉCIUS (Publius Decius Mus) : 155

Plébéien, tribun des soldats, il prit une grande part à la victoire sur les Samnites sous le consulat de Cornelius Cossus. Consul, il se dévoua aux Dieux Mânes lors de la bataille donnée contre les Latins au pied du mont Vésuve en 340.

EICHELIUS : 6
Nom latinisé de Jean Eichel de Rautenkron (1622-1688), jurisconsulte allemand. Contre Nicolaus Alemannus (N. Alemanni), auteur en 1623 d'une édition des *Anecdotes* dont l'authenticité tendait à être établie, il publia, en 1654, *ANEKDOTA seu Historia arcana Procopii...* qui comprend le texte grec, la version latine d'Alemanni ainsi qu'une *Præfatio ad lectorem* et des *Animadversiones* (pp. 1-304) où il défend Justinien et où il tente de prouver que ces *Anecdotes* sont pour la plupart calomnieuses.

EUDOXE : 43, 45, 47, 48, 49, 51, 53, 54, 157, 210, 211
Prénommée Joannina, la fille unique de Bélisaire et d'Antonina fut, sur l'ordre de l'Impératrice, donnée en mariage à Anastase, petit-fils naturel de Théodora. Après la mort de celle-ci, Antonina fit casser l'union qui blessait sa fierté.

FABIUS (Quintus Fabius Maximus, dit Cunctator) : 64, 134
Adopta, face aux armées d'Annibal, après la bataille de Trasimène (217), une tactique de temporisation qui mécontenta les Romains (ils donnèrent la moitié de l'autorité à son lieutenant Minutius Rufus avant de revenir de leur erreur) mais qui se révéla si efficace que les troupes carthaginoises ne furent plus en état de se défendre contre les Romains.

FABRICE (CAIUS FABRICIUS) : 157
Consul (282) et censeur (277), il est présenté par Plutarque comme le type même de l'antique vertu romaine. On pense à l'apostrophe célèbre du *Discours sur les sciences et les arts* (1750).

GELIMER : 21, 23, 24, 25, 202, 203
Arrière-petit-fils de Genséric, Gelimer profite de la faiblesse de son cousin Hildéric, roi des Vandales, et du mécontentement public consécutif à une défaite infligée par les Maures pour usurper le trône le 19 mai 530. Il donne par là l'occasion à Justinien d'intervenir.

GERMAIN (GERMANUS) : 109
Neveu de l'Empereur Justin 1ᵉʳ, doué de hautes qualités morales de loyauté et de générosité, non dépourvu de

capacité militaire, il fut, après avoir combattu en Thrace, chargé en 536 de sauver la préfecture d'Afrique : il battit Stotzas en 537, revint à Constantinople en 539, fut envoyé en Orient lors de la deuxième guerre perse, mais ne put empêcher la prise d'Antioche en 540. Après une disgrâce de dix ans consécutive à cet échec, il fut nommé généralissime en Italie dans la guerre contre les Ostrogoths, mais tandis qu'il levait des troupes et que tout annonçait une heureuse campagne, il mourut de façon imprévue à Sardique en Illyrie au début de l'automne 550.

GROTIUS : 6 (note 2)

HERMES : 32
   Général byzantin.

JUSTIN (1ᵉʳ ou l'Ancien) : 7, 56, 87
   Issu d'un milieu humble appartenant à la population de langue latine de l'Illyricum oriental, né à Bedériana, employé d'abord aux travaux des champs, il se fit enrôler vers 470 dans la garde impériale. Parvenu aux premiers grades militaires, nommé sénateur, il fut élevé au trône le 10 juillet 518 à l'âge de 66 ou 68 ans. Il régna neuf ans (il mourut le 1ᵉʳ août 527) et son neveu Justinien lui succéda. Il ne manquait pas de valeur et avait de la douceur. Mais le sentiment de sa faiblesse le disposait à l'incertitude.

LA MOTHE LE VAYER : 6 (note 3)

LONGIN : 97
   L'épisode rapporté par Marmontel se situe dans le cadre des deux expéditions (101-102, 105) entreprises par Trajan pour tenter de mettre fin à la menace que faisaient peser les Daces sur l'Empire.

LUCULLUS (Lucius Lucinius) : 150
   Général romain (v. 109-v. 57) qui a laissé la réputation d'une magnificence de vie et notamment du luxe de sa table resté proverbial.

MARC-AURELE : 72, 77, 109, 111, 182

MUNDUS : 32, 109

Barbare de nation (prince gépide), mais ayant pris à cœur les intérêts de l'Empire, il fut maître des milices dans l'Illyricum et joua un rôle important dans les régions danubiennes. Il mourut en Dalmatie à Salone en 536 au cours d'une bataille contre une armée ostrogothique qu'il défit.

NARSES : 32, 54, 99, 100, 101, 107, 109, 206

Eunuque aux origines mal éclaircies qui devint par la force de son caractère et la vigueur de son esprit un homme d'état et un guerrier. Sacellaire dès les premières années du règne de Justinien, commissaire impérial à Alexandrie en 535, revêtu en 537 du titre de « praepositus sacri cubiculi » et devenu l'égal des maîtres de milice, il fut envoyé par Justinien à la tête d'un corps de troupes en Italie où guerroyait Bélisaire dans l'espoir de hâter la conquête. En désaccord avec celui-ci, il fut finalement rappelé à Constantinople en 539. Mais, en 551, il fut de nouveau envoyé en Italie pour achever la conquête laissée imparfaite par Bélisaire. Il prit Rome (552), devint le premier exarque de Ravenne, gouvernant – non sans donner l'impression d'une administration tyrannique – tout le royaume de l'Italie pendant 15 ans sans jamais perdre la confiance de Justinien. Remplacé par Longin sur l'ordre de Justin, successeur de Justinien, il se retira de dépit à Naples et vit les Lombards menacer l'Italie ; appelé à Rome en médiation par le Pape, il mourut peu après.

NÉRON : 74

PAUL-ÉMILE : 108

Consul en 219, tué à la bataille de Cannes (216) ; son fils, deux fois consul, vainqueur des Liguriens (182) et de Persée, roi de Macédoine (168).

PHARAS : 22

Chef hérule orné, selon Procope (*De la Guerre des Vandales*, Livre II, p. 49), de grandes vertus – d'autant plus remarquables que les Hérules comptaient parmi les plus corrompus des Barbares.

PHOTIUS : 6

Né à Constantinople en 820 d'une famille illustre et riche, mort en 891, patriarche de Constantinople à la carrière mouvementée, initiateur du schisme d'Orient, érudit et savant, il a laissé, en dehors d'œuvres théologiques, polémiques..., un recueil précieux imité de l'*Art des Bibliothèques* du grammairien Téléphe, le *Myriobiblion sive Bibliotheca librorum quos legit et censuit Photius* où sont analysés, jugés et présentés en extraits 280 ouvrages de la littérature ancienne (Voir P.Ch. Faucher, *Histoire de Photius, patriarche schismatique de Constantinople*, 1772).

POMPÉE : 64, 141

PROCOPE : 5, 6, 7, 8, 9

Né à Césarée où il fut professeur d'éloquence, devenu secrétaire de Bélisaire dont il gagna la confiance et qu'il suivit dans ses campagnes d'Asie, d'Afrique et d'Italie. Auteur d'une *Histoire* dont les deux premiers livres contiennent la guerre des Perses, les deux suivants la guerre des Vandales et dont les quatre derniers rapportent les guerres d'Italie. Les sept premiers livres parurent en 550 ; le huitième fut ajouté en 554. Dans les *Anecdotes*, Justinien et Bélisaire, loués dans l'ouvrage précédent, sont couverts d'opprobres. Procope est aussi l'auteur d'un *Traité des Édifices* (560) composé à la demande de l'Empereur.

REGULUS : 49, 84, 97, 134, 155

Après ses brillantes victoires sur Amilcar et sur Hannon, Regulus, battu et prisonnier à Carthage, fut envoyé à Rome pour traiter du rachat des captifs et de la paix ; il dissuada le sénat de traiter, et, conformément à sa parole donnée, il retourna à Carthage pour être livré aux plus affreux supplices (250).

ROMULUS : 165

SALOMON : 32, 109, 196

Eunuque, chef de l'état-major de Bélisaire jusqu'en septembre 533, Solomon de Dara occupa, au lendemain du départ de son général, la charge de maître des milices d'Afrique qu'il cumula avec celle de préfet du prétoire

(Procope, *De la Guerre des Vandales*, Livre II, pp. 56 et 66). Il accéda à la dignité de patrice après deux victoires remportées en Byzacène sur les Berbères, mais il échoua en Numidie en 535 devant un autre chef berbère. Durant l'hiver 535-536, il se contenta de préparer la défense ultérieure du pays en-deçà de l'Aurès en élevant des forteresses. A la suite d'une conspiration due à une situation intérieure tendue, il fut menacé de mort et se réfugia à Syracuse auprès de Bélisaire. Il retourna en Afrique avec celui-ci (la capitulation de Carthage fut évitée). Étant reparti avec Bélisaire pour la Sicile, il revint en Afrique en 539, cumulant de nouveau les fonctions de maître des milices et de préfet du prétoire. Il conquit la Numidie, soumit la Maurétanie Première et se révéla un administrateur avisé, justifiant la confiance de Justinien.

SCIPION (les) : 108, 134

SOLON : 137

SUIDAS : 6
Lexicographe grec mal connu et qui a laissé un *Lexicon*, compilation dont la première édition remonte à 1499 (Milan, in-fol.) et qui, bien que faite sans jugement ni goût, est précieuse pour ce qu'elle nous apprend sur l'Antiquité (vies de savants et de princes, extraits d'écrivains non parvenus jusqu'à nous…).

THÉMISTOCLE : 69
Le vainqueur de Salamine (480) fut banni par la loi de l'ostracisme en 471 sur diverses accusations.

THÉODORA (THEODORA) : 43, 44, 46
Fille d'une courtisane et d'un père chargé de nourrir les bêtes pour les spectacles, elle épousa Justinien, fut couronnée impératrice en 527 et s'imposa jusqu'à sa mort en 548 par ses désordres, son ambition, ses cruautés et ses intrigues.

THÉODORIC : 111, 138, 192
Prince germanique qui passa son enfance à la Cour de Constantinople, Théodoric l'Amale, après vingt ans de massacres et de dévastations, devint par droit de conquête le maître éclairé de l'Italie et gouverna avec prudence et fermeté, justice et sagesse, courage et huma-

nité. Il ranima l'Italie, lui donna la paix et la prospérité pendant un règne de 33 ans en s'efforçant de concilier civilisation antique et germanisme. Procope le loue, notant qu'il laissa « après soi un grand regret de soi à tous ses sujets » (*De la Guerre des Goths*, Livre I, p. 93). Élevé dans la secte d'Arius, il était sans fanatisme. Se regardant comme le protecteur du culte public, alors que l'Italie professait le symbole de Nicée, il assura la tolérance religieuse et la paix de l'Église, faisant « un accueil distingué » aux prêtres catholiques et estimant la sainteté d'évêques orthodoxes. « Il permit à ceux de ses compatriotes qu'il favorisait le plus et même à sa mère de continuer à suivre ou d'embrasser le symbole d'Athanase et, durant tout son règne, on ne peut citer un catholique italien qui, de gré ou de force, ait adopté la religion du vainqueur » (Gibbon, *ouvr. cité*, t. VII, pp. 175-177).

TITUS : 80, 111, 179

TOTILA : 107, 111, 112, 113, 164
Neveu d'Ildibad, il devint roi des Ostrogoths en automne 541 (il le restera onze ans) à la suite de l'assassinat d'Éraric. Continuant la guerre, il multiplia les victoires, prit notamment Rome (17 décembre 546). La ville ayant été reprise par Bélisaire (avril 547), il la reprit le 16 janvier 550. Il dévasta la Sicile et réduisit les Byzantins à n'avoir plus que quelques forteresses éloignées les unes des autres. Tandis qu'il étendait son gouvernement, il fit apprécier sa prudence, sa modération et sa justice, se montra clairvoyant dans le domaine économique et social (il expropria les propriétaires de latifundia). Il fut défait et blessé à mort par Narsès en 552 à la bataille qui eut lieu près de l'endroit dit des Busta Gallorum. Procope rend hommage au mérite de Totila qu'il représente « sage », « avisé » : « Son nom fut très illustre et célèbre envers les Romains tant par la sagesse et prudence que pour la douceur et clémence dont il était orné et faisait-on grand cas de lui » (*De la Guerre des Goths*, Livre III, pp. 221 et 227).

TRAJAN : 97, 179

VITIGES : 205 (note 16)
Général de Théodoric, proclamé roi des Ostrogoths fin

novembre 536 à la place de Théodat qu'il fit tuer (Procope, *De la Guerre des Goths*, Livre I, p. 115). Il céda aux rois des Francs ce qu'il possédait au-delà des Alpes à la condition qu'ils le défendraient contre les Grecs ; mais les rois francs ne respectèrent pas leurs engagements. Il se mesura avec Bélisaire à Rome, prit Milan qu'il saccagea. Après l'invasion des troupes de Théodebert, roi d'Austrasie, il s'enferma, affaibli, à Ravenne (*Ibid.*, Livre II, p. 210) et se vit obligé de capituler au début de 540. Emmené par Bélisaire à Constantinople, il fut reçu « courtoisement » par Justinien (*Ibid.*, Livre III, p. 217), reçut de grandes propriétés en Orient, fut nommé patrice et mourut en 542.

VOSSIUS (Gérard-Jean) : 6 (note 2)

Né en 1577, mort en 1649, directeur du collège de Dordrecht, puis professeur d'éloquence et de chronologie à Leyde et d'histoire à Amsterdam, il est l'auteur de nombreux écrits recueillis en 6 volumes in-fol. à Amsterdam en 1701 (le tome IV contenant les livres sur les historiens grecs et latins).

TABLE DES MATIÈRES

SOCIÉTÉ DES TEXTES FRANÇAIS MODERNES
(S.T.F.M.)

Fondée en 1905
Association loi 1901 (J.O. 31 octobre 1931)
Siège social : Institut de Littérature française
(Université de Paris-Sorbonne)
1, rue Victor Cousin. 75005 PARIS

Président d'honneur : † M. Raymond Lebègue, Membre de
l'Institut.

Membres d'honneur : MM. René Pintard, † Jacques Roger,
Isidore Silver, † Robert Garapon.

BUREAU : Juin 1993

Président : M. Roger Guichemerre.
Vice-Présidents : Mᵐᵉ Yvonne Bellenger.
M. Jean Céard.
Secrétaire général : M. François Moureau.
Secrétaire adjoint : M. Georges Forestier.
Trésorier : M. Alain Lanavère.
Trésorier adjoint : Mˡˡᵉ Huguette Gilbert.

———————

La Société des Textes Français Modernes (S.T.F.M.), fondée en 1905, a pour but de réimprimer des textes publiés
depuis le XVIᵉ siècle et d'imprimer des textes inédits appartenant à cette période.
Pour tout renseignement et pour les demandes d'adhésion : s'adresser au Secrétaire général, M. François Moureau,
14 *bis,* rue de Milan 75009 Paris.

*Demandez le catalogue des titres disponibles et les condi-
tions d'adhésion.*

LES PUBLICATIONS DE LA SOCIÉTÉ DES TEXTES
FRANÇAIS MODERNES SONT EN VENTE AUX
ÉDITIONS KLINCKSIECK
8, rue de la Sorbonne 75005 Paris

———————

EXTRAIT DU CATALOGUE

(janvier 1994)

XVIᵉ siècle

Poésie :

4. HÉROËT, *Œuvres poétiques* (F. Gohin)
5. SCÈVE, *Délie* (E. Parturier).
7-31. RONSARD, *Œuvres complètes* (P. Laumonier), 20 tomes.
32-39, 179-180. DU BELLAY, *Deffence et illustration. Œuvres poétiques françaises* (H. Chamard) *et latines* (Geneviève Demerson), 10 t. en 11 vol.
43-46. D'AUBIGNÉ, *Les Tragiques* (Garnier et Plattard), 4 t. en 1 vol.
141. TYARD, *Œuvres poétiques complètes* (J. Lapp.)
156-157. *La Polémique protestante contre Ronsard* (J. Pineaux), 2 vol.
158. BERTAUT, *Recueil de quelques vers amoureux* (L. Terreaux).
173-174, 193, 195. DU BARTAS, *La Sepmaine* (Y. Bellenger), 2 t. en 1 vol. *La Seconde Semaine (1584)*, I et II (Y. Bellenger *et alii*), 2 vol.
177. LA ROQUE, *Poésies* (G. Mathieu-Castellani).
194. LA GESSÉE, *Les Jeunesses* (G. Demerson et J.-Ph. Labrousse).
198. SAINT-GELAIS, *Œuvres poétiques françaises*, I (D. Stone).

Prose :

2-3. HERBERAY DES ESSARTS, *Amadis de Gaule (Premier Livre)*, 2 vol. (H. Vaganay-Y. Giraud).
6. SÉBILLET, *Art poétique françois* (F. Gaiffe-F. Goyet).
150. NICOLAS DE TROYES, *Le Grand Parangon des Nouvelles nouvelles* (K. Kasprzyk).
163. BOAISTUAU, *Histoires tragiques* (R. Carr).
171. DES PERIERS, *Nouvelles Récréations et joyeux devis* (K. Kasprzyk).
175. *Le Disciple de Pantagruel* (G. Demerson et C. Lauvergnat-Gagnière).
183. D'AUBIGNÉ, *Sa Vie à ses enfants* (G. Schrenck).
186. *Chroniques gargantuines* (C. Lauvergnat-Gagnière, G. Demerson *et al.*).

Théâtre :

42. DES MASURES, *Tragédies saintes* (C. Comte).
122. *Les Ramonneurs* (A. Gill).
125. TURNÈBE, *Les Contens* (N. Spector).
149. LA TAILLE, *Saül le furieux. La Famine...* (E. Forsyth).
161. LA TAILLE, *Les Corrivaus* (D. Drysdall).
172. GRÉVIN, *Comédies* (E. Lapeyre).
184. LARIVEY, *Le Laquais* (M. Lazard et L. Zilli).

XVIIᵉ siècle

Poésie :

54. RACAN, *Les Bergeries* (L. Arnould).
74-76. SCARRON, *Poésies diverses* (M. Cauchie), 3 vol.
78. BOILEAU-DESPRÉAUX, *Épistres* (A. Cahen).
123. RÉGNIER, *Œuvres complètes* (G. Raibaud).
151-152. VOITURE, *Poésies* (H. Lafay), 2 vol.
164-165. MALLEVILLE, *Œuvres poétiques* (R. Ortali), 2 vol.
187-188. LA CEPPÈDE, *Théorèmes* (Y. Quenot), 2 vol.

Prose :

64-65. GUEZ DE BALZAC, *Les premières lettres* (H. Bibas et K.T. Butler), 2 vol.
71-72. Abbé de PURE, *La Pretieuse* (E. Magne), 2 vol.
80. FONTENELLE, *Histoire des oracles* (L. Maigron).
132. FONTENELLE, *Entretiens sur la pluralité des mondes* (A. Calame).
135-140. SAINT-ÉVREMOND, *Lettres et Œuvres en prose* (R. Ternois), 6 vol.
142. FONTENELLE, *Nouveaux Dialogues des morts* (J. Dagen).
144-147 et 170. SAINT-AMANT, *Œuvres* (J. Bailbé et J. Lagny), 5 vol.
153-154. GUEZ DE BALZAC, *Les Entretiens* (1657) (B. Beugnot), 2 vol.
155. PERROT D'ABLANCOURT, *Lettres et préfaces critiques* (R. Zuber).
169. CYRANO DE BERGERAC, *L'Autre Monde ou les Estats et Empires de la Lune* (M. Alcover).
182. SCARRON, *Nouvelles tragi-comiques* (R. Guichemerre).
191. FOIGNY, *La Terre Australe connue* (P. Ronzeaud).
192-197. SEGRAIS, *Les Nouvelles françaises* (R. Guichemerre), 2 vol.
199. PRÉCHAC, *Contes moins contes que les autres*. Précédés de *L'Illustre Parisienne* (F. Gevrey).

Théâtre :

57. TRISTAN, *Les Plaintes d'Acante et autres œuvres* (J. Madeleine).
58. TRISTAN, *La Mariane. Tragédie* (J. Madeleine).
59. TRISTAN, *La Folie du Sage* (J. Madeleine).
60. TRISTAN, *La Mort de Sénèque, Tragédie* (J. Madeleine).
61. TRISTAN, *Le Parasite. Comédie* (J. Madeleine).
62. *Le Festin de pierre avant Molière* (G. Gendarme de Bévotte - R. Guichemerre).
73. CORNEILLE, *Le Cid* (G. Forestier et M. Cauchie).
121. CORNEILLE, *L'Illusion comique* (R. Garapon).
126. CORNEILLE, *La Place royale* (J.-C. Brunon).
128. DESMARETS DE SAINT-SORLIN, *Les Visionnaires* (H. G. Hall).
143. SCARRON, *Dom Japhet d'Arménie* (R. Garapon).
160. CORNEILLE, *Andromède* (C. Delmas).
166. L'ESTOILE, *L'Intrigue des filous* (R. Guichemerre).
167-168. *La Querelle de l'École des Femmes* (G. Mongrédien), 2 vol.

3 9001 03350 2512

Photocomposé en Times de 10
et achevé d'imprimer en Mars 1994
par l'Imprimerie de la Manutention à Mayenne
N° 90-94